教育部人文社会科学研究青年基金项目资助
（题名：先秦两汉风俗与文学研究　批准号：10YJCZH210）
德州学院学术出版基金资助

风俗文化视阈下的
先秦两汉文学

昝风华◎著

中国社会科学出版社

图书在版编目（CIP）数据

风俗文化视阈下的先秦两汉文学 / 昝风华著 . 一北京：中国社会科学
出版社，2015.10

ISBN 978 - 7 -5161 - 5997 - 2

Ⅰ.①风… Ⅱ.①昝… Ⅲ.①中国文学—古典文学研究—先秦时代
②中国文学—古典文学研究—汉代 Ⅳ.①I206.2

中国版本图书馆 CIP 数据核字（2015）第 081338 号

出 版 人	赵剑英	
责任编辑	李炳青	
责任校对	周 昊	
责任印制	李寡寡	

出　　版	中国社会科学出版社	
社　　址	北京鼓楼西大街甲 158 号	
邮　　编	100720	
网　　址	http://www.csspw.cn	
发 行 部	010 - 84083685	
门 市 部	010 - 84029450	
经　　销	新华书店及其他书店	

印刷装订	三河市君旺印务有限公司	
版　　次	2015 年 10 月第 1 版	
印　　次	2015 年 10 月第 1 次印刷	

开　　本	710 × 1000　1/16	
印　　张	16	
插　　页	2	
字　　数	270 千字	
定　　价	60.00 元	

序

　　风华君的研究方向主要是先秦两汉文学与文化。由于年代久远、天灾人祸等原因，此阶段文献资料留存甚少；但自古及今对此阶段学术的关注势头不衰，有关成果的积累颇为丰硕。因此，若想继续在此领域钻研，有所进步，有所开拓，特别需要勇气和智慧。风华君就属于这样的年轻学者。经过数年的勤奋钻研，如今风华君又将有大作付梓。这是她在先秦两汉文学与文化研究领域进行跨学科交叉研究的硕果。之前，一些论著对先秦两汉文学与风俗文化的关系已有所涉及，但仅限于少量作品或个别现象，缺乏系统性，深度和广度难免有局限。本书则对风俗文化视阈下的先秦两汉文学进行了较为系统深入的论述。

　　与关注政略治术、伦理道德探讨的政教文化不同，风俗文化呈现出较明显的民众性、地域性、综合性，其内涵之实质更接近民众实际的生活场景。本书对风俗之多重意蕴有较全面的把握。作者在绪论界定了"风俗"之广泛意蕴，从总体上指出它是广大民众在社会生活中世代传承、相沿成习的生活模式，是一个社会群体在行为、语言和心理上的集体习惯，并全面梳理了其外延的广泛性。作者指出"风俗"包括物质风俗（饮食、服饰、居住、交通、生产、商贸、卫生保健等方面的风俗）、社会风俗（包括社会组织风俗、社会制度风俗、岁时节日风俗、民间娱乐风俗等）、精神风俗（包括民间信仰、民间哲学伦理观念、民间艺术等）、语言风俗（包括民俗语言和民间文学）四个部分，如此概括是颇为全面的。在此基础上，作者从创作主体、文学演变的整体趋势、文体差异等方面考论了风俗文化与先秦两汉文学之互动关系的具体情况。前两章先从创作主体作家层面入手，考察了本阶段作家及其创作活动与风俗文化之间的关系；然后论述文学的发展演变趋势、文学的地域特色与风俗文化之间的互动关系。第三章到第五章分别论述了先秦两汉诗赋、叙事散文、说理散文与风俗文化之间的关系，揭示风俗文化对不同体裁文学作品的影响存在较大的差异。凡所引证，皆紧扣风俗事象和文学现象予以剖析，有的放矢，具体切实，若非下苦功钻研琢磨，是达不到这种地步的。

风华所涉足的课题对她来说是一个较新的领域，本书肯定存在这样那样的不足。在今后的研究中，建议风华君进一步开阔视野，扩大有关文献的覆盖面，融会贯通，以期使这方面的研究成果更加厚重、更加有说服力。

风华获得博士学位任职高校已历八年，这是她人生中异常紧张的八年。于公，她入职伊始，就担任着繁重的教学任务，讲授多门必修课、选修课；科研上也不敢懈怠，孜孜钻研，发表论文多篇，出版专著一部，还承担了教育部人文社科规划项目和山东省社科规划项目。于私，这期间她生子添丁，又适逢爱人赴京攻读博士学位，照料儿子，操持家务，她都得上手，生活节奏真是超快。令人欣慰的是，风华以她一贯的乐观勤奋的生活态度和要强坚韧的精神品格，顺利地从"多事之秋"挺过来了。付出了就会有所回报，作为高校教师，风华的教学科研工作受到学生、同事、学校和省有关部门的高度肯定。入职的第三年晋升副教授，随后其专著荣获省社科优秀成果二等奖，还被评为校级拔尖人才、学术骨干。儿子健康活泼，就要成为小学生了。

风华的又一部专著将要出版，我先睹为快，略述感言，表示祝贺。坚信以她对本职工作的兴趣和不懈的勤奋钻研，其学术前景定会光明灿烂。是为序。

王　琳

2015 年 4 月 6 日

目　　录

绪　论

　　本书是将先秦两汉文学置于风俗文化的视阈下加以观照，从而对其面貌、特质和发展规律提出一些新的观点和见解，并拉近其与当今现实民生和社会日常生活之距离的一部著作。

　　"风俗"和含义与之相近的"习俗""民俗"等词语在中国很早就已出现。如《荀子·强国》中有"入境，观其风俗"之语。《毛诗大序》亦称"美教化，移风俗"。《战国策·赵策二》载赵武灵王语曰："常民溺于习俗，学者沉于所闻。"《礼记·缁衣》载孔子语曰："君民者章好以示民俗。"在早期古书中还有很多单用"俗"字，其所表达的意义与"风俗"相近的情况。如《老子》第八十章曰："安其居，乐其俗"；《墨子·非命下》曰"上变政而民改俗"；《荀子·乐论》曰："移风易俗，天下皆宁"。对于"风俗"一词的含义，古籍中也有多种解说。《汉书·地理志下》释"风俗"曰："凡民函五常之性，而其刚柔缓急，音声不同，系水土之风气，故谓之风；好恶取舍，动静亡常，随君上之情欲，故谓之俗。"① 这就是说，风俗是在自然和人文双重因素的共同作用下形成的，因自然条件不同而形成的风尚、习俗叫作"风"，因社会环境不同而形成的风尚、习俗叫作"俗"。应劭《风俗通义序》释"风俗"曰："风者，天气有寒暖，地形有险易，水泉有美恶，草木有刚柔也。俗者，含血之类，像之而生，故言语歌讴异声，鼓舞动作殊形，或直或邪，或善或淫也。"② 按照这种解释，"风俗"之"风"是指各地不同的自然条件，"风

---

　　① 说明：本书所列参考文献的各项信息，凡不是首次出现的书籍，均省略编著者、出版社和版本等内容，只注出书名和页码。

　　② （汉）应劭撰，王利器校注：《风俗通义校注》，中华书局1981年版，《应劭自序》，第8页。

俗"之"俗"是指人受特定自然环境影响而形成的风尚、习俗,总之风俗的形成也离不开自然与人文的结合。此外,《增修互注礼部韵略》、《洪武正韵》、《康熙字典》等书均将"风"、"俗"二字解释为:"上所化曰风,下所习曰俗。"根据此说,由上层社会倡导,普通人民仿效而形成的社会风尚叫作"风",在民众中历代相沿、共同遵循的行为习惯叫作"俗"。以上诸种说法虽有矛盾不一致之处,但都具有一定的合理性。参考古籍中各家之说,并借鉴今人给"风俗"下的种种定义,可以对"风俗"一词的内涵做这样的概括:"风俗"是指广大民众在社会生活中世代传承、相沿成习的生活模式,它是一个社会群体在行为、语言和心理上的集体习惯。从外延上说,"风俗"大致由四个部分组成:一是物质风俗,包括饮食、服饰、居住、交通、生产、商贸、卫生保健等方面的风俗;二是社会风俗,包括社会组织风俗、社会制度风俗、岁时节日风俗、民间娱乐风俗等;三是精神风俗,包括民间信仰、民间哲学伦理观念、民间艺术等;四是语言风俗,包括民俗语言和民间文学。另外,古人所使用的"风俗"、"习俗"、"民俗"、"俗"等词语,有时是指各种具体的风俗事物,在很多情况下又指由各种具体的风俗事物体现出来的某一地域或人群的风俗总特征,有社会风气、民情、民性等含义,这是特别需要注意的。

从广义文化的角度来看,风俗是一种文化现象,是与正统文化(或曰主流文化、精英文化、高雅文化)相互对立而又相互渗透、相互转化的,以程式化生活相为外表,以风习性思想意识为内核的一类文化现象。任何一个人,无论其出身、经历、学识、修养、所属的阶级和阶层如何,都不能与风俗文化绝缘,人在骨子里总摆脱不了世俗的东西,正如美国人类学家露丝·本尼迪克特所言:"谁也不会以一种质朴原始的眼光来看世界。他看世界时,总会受到特定的习俗、风俗和思想方式的剪裁编排。即使在哲学探索中,人们也未能超越这些陈规旧习,就是他的真假是非概念也会受到其特有的传统习俗的影响。"① 人类社会是一个不可分割的有机整体,作为一种文化类型的风俗文化与其他文化领域有着千丝万缕的联系,会对其他文化领域的事物产生难以估量的影响,有人把它视作与经济、政治、文化(精神文化)同等重要的第四种历史力量。风俗文化与

---

① [美]露丝·本尼迪克特:《文化模式》,王炜等译,生活·读书·新知三联书店1988年版,第5页。

文学艺术之间存在着尤为密切的关系。法国史学家丹纳曾说，艺术作品的产生"取决于时代精神和周围的风俗"①。国内著名民俗学家钟敬文也说："文学与民俗的联系很自然。因为文学作品是用人的生活的形象来表达思想感情和传达真理的。而民族的民俗正是同人们的生活发生着最密切关系的文化事象。"② 由这些言论可见风俗或民俗在人们生活中的重要地位，风俗或民俗在文学艺术产生过程中的重要作用及其与文学艺术的血肉联系。既然如此，从风俗文化的视角来研究文学，运用风俗文化领域的相关理念和事实来解释文学现象，评析文学作品，也就是很有必要的事情了。

　　文学是以语言文字为工具，形象化地反映现实人生状况，表达作者对现实人生的思考和感悟的一种艺术形式。文学研究理应以现实人生为出发点和归宿点，要有一种宽广通透的学术视野和关注社会现实、民生日用的精神境界。否则，"我们的学术只能越做越技术化，而缺少人文情怀；越来越脱离社会，而引起人们对于文学研究的误解乃至排斥"③。当然，文学研究不应过分实用和功利，对于文学研究的其他种种目的也不能一味排斥。但是，文学的基本功能是反映社会现实生活，描述人们心灵的世界，它在展示人类社会生活和思想感情的丰富性、生动性方面，与其他学科相比具有得天独厚的优势。文学创作和文学研究的根本目的，无非要丰富人们的精神世界，增长人们的智慧，美化人们的生活，帮助人们更深入、更有品位地观察历史与现实，理解人性与人生，对于中国古代文学的研究自然也不例外。因此，"注重生活史、心灵史的研究，探讨文学作品反映了怎样的社会现实和人们的精神生活，它们与当代人的生活和思想感情具有怎样的联系，能对当代人的现实生活和思想感情提供怎样的经验和滋养，应该是古代文学研究的应有之义"④。从服务于现实人生的目的出发，在文学研究领域，凡是与文学有一定关联的生活现象和心灵现象，不管是贵族的、文人的，还是平民的，都是可以而且应该加以关注和探究的。对于与文学有着极其密切的联系的，作为与现实人生距离最近的文化事象的风俗，更应将其与文学结合起来进行研究。从风俗文化的视角来研究古代文

---

　　①　[法] 丹纳：《艺术哲学》，傅雷译，天津社会科学院出版社 2007 年版，第 29 页。

　　②　钟敬文：《文学研究民俗学方法》，《民族艺术》1998 年第 2 期，第 30—31 页。

　　③　刘跃进：《古代文学研究的思想境界》，《文学遗产》2014 年第 2 期，第 109—110 页。

　　④　廖可斌：《回归生活史和心灵史的古代文学研究》，《文学遗产》2014 年第 2 期，第 122—125 页。

学，可以使古代文学研究更能贴近当今现实民生和社会日常生活，更能在当代社会现实生活中发挥它的作用。就古代文学和古代文学研究本身而言，挖掘古代文学中的风俗文化因素，既可以提升古代文学研究的价值，也可以从看似寡淡枯燥的作品中咀嚼出无穷无尽的滋味，在某种程度上实现学术活动的雅俗结合，从而提高当今人们对古代文学的兴趣。这样，古代文学及其研究才能在当下备受冷落、日益边缘化的境地中受到较为普遍的关注和欢迎，获得自己应有的地位。

　　与中国古代文学本身的复杂性和多面性相适应的广阔文化学视野下的、多学科交叉的中国古代文学研究，是近年来古代文学研究界的热门领域。从民俗文化或风俗文化的视角对古代文学进行的研究，也呈现出一派繁荣景象，诸如对唐诗与民俗、宋词与民俗、元曲与民俗、明清小说与民俗之关系的研究，都有不少论文和著作问世。在先秦两汉文学研究方面，也陆续出现了一些从风俗文化或民俗文化、民间文化的角度来审视此时期文学作品的学术成果。不过，从总体上说，当前学术界对先秦两汉文学的研究仍多局限于文艺学或者正统文化、高雅文化的视角，而在很大程度上忽视了它与风俗文化之间的关系。一些论文和专著虽然涉及了先秦两汉文学作品与风俗文化或者属于风俗文化范围的某些事物之间的关系，但却仅限于对个别作品、个别现象的谈论，未能将先秦两汉文学置于风俗文化的视阈下加以全面系统的观照。这类研究还存在其他若干缺憾和不足。如研究者对那些蕴含风俗文化因子较浓重或较明显的作品，包括《诗经》、楚辞、汉乐府诗、汉赋等关注比较多，而对于大量其他的、蕴含风俗文化因子较少或不太明显的作品则缺乏关注。许多研究成果还有避重就轻之弊，即流于对某一作品或某些作品所描写、反映的风俗事象或者能与风俗文化沾上边的事物和现象的罗列、梳理，缺乏对作品风俗文化意蕴的深入挖掘和细致解析，也缺乏对作品与风俗文化之深层关联以及作品中风俗因子之文学价值的揭示和阐发。上述研究现状就决定了，对现有的研究先秦两汉时期文学与风俗文化之关系的、尚处于零散和不平衡状态的成果进行汇总和整合，并在此基础上继续前进，从风俗文化的视角来对先秦两汉文学做出全面系统而且具体深入的，也是更为切近其原生态的考察和论析，是先秦两汉文学研究工作进一步开展和提升的需要。

　　先秦两汉时期，风俗民情受到上层社会和知识阶层的特别看重，被视为关乎国家社会兴衰存亡的大事。这一时期的文人学者对于风俗事物格外留意，而且不乏吸纳和探究风俗文化的兴趣和热情。众多的文人学者正是在民众风俗生活、社会现实生活的基础上，构建起了自己的理论之大厦、文学之华屋。他们还非常善于在日常生活和风俗事象、习见事物中体悟有关宇宙、社会、人生的大道理，这从记载孔子、孟子、庄子等人言行的一些文献资料就可略知一二。《孟子·尽心上》记载①，孟子从范邑到齐都，远远地看见了齐王之子，不由得心生感慨，喟然而叹曰："居移气，养移体，大哉居乎，夫非尽人之子与！"又曰："王子宫室车马衣服多与人同，而王子若彼者，其居使之然也。况居天下之广居者乎？鲁君之宋，呼于垤泽之门，守者曰：'此非吾君也，何其声之似我君也？'此无他，居相似也。"由此可见，孟子在不经意间的一瞥中，便悟到了人应"居天下之广居"，以仁义涵养心胸、气质的大道。孔子面对一道河川便能说出"逝者如斯夫，不舍昼夜"（《论语·子罕》）的至理名言，偶尔听到民间流传的《沧浪之歌》便能领悟到"清斯濯缨，浊斯濯足矣，自取之也"（《孟子·离娄上》）的妙理，其事与孟子相类。庄子声称他所推崇的"道"无所不在，可以潜存于蝼蚁、稊稗、瓦甓乃至屎溺之中，总之是"每下愈况"，"无乎逃物"的（《庄子·知北游》），由此也可看出他从日常生活、风俗事物中体悟哲理要道的智慧。先秦两汉时期社会上层人物和文人学者对于风俗事物的特别关注和频繁地从中取资、借鉴，使得本时期文学与风俗文化之间产生了特别密切的联系，因而，从风俗文化的视角对先秦两汉文学进行的考察，也就更显其必要性和重要性了。

本书结合风俗学、民俗学方面的知识、理论及其研究方法来观照、考察先秦两汉文学，是古代文学跨学科研究的成果之一。多学科交叉的文学研究，虽然会较多运用到其他学科的知识、理论和方法，但其本质还是文学研究，应当立足于文学本位，其他学科知识、理论和方法的引入只是为了更好地阐释和论证文学问题，最终在一个更高、更深的层次上回归文学。"多学科交叉的研究，如果没有用来说明文学现象，那就又可能离开文学这一学科，成了其他学科的研究。例如，成了政治制度史、教育史、思想史、民俗史、宗教史、音乐艺术史、社会生活史，或者其他什么史的

---

① （清）焦循撰，沈文倬点校：《孟子正义》，中华书局1987年版，第933—935页。

研究。"① 有鉴于此，本书在撰写过程中始终注意把研究工作落实到文学问题上，以避免将其变成风俗学、民俗学的研究。文学是人类生活及其认知、体验的全息性表征，是包含着从个体到社会、从文化到自然的广阔境域和纷繁因素的多维交织的复杂现象，具有从不同角度加以考察和分析的可能性。但文学作品又与历史、哲学等类型的文献不同，它更多地表达着个体对人生遭际的认知和体验，而且是通过特殊的话语方式对经验进行再塑和整合。因此，古代文学研究在方法上"一方面应回到文学本身固有的复杂性上来——否则不能臻于博大沉深之境；另一方面又必须与文学自身的特殊性质相适配——否则不足以彰显文学之独特内涵和价值"，总之应当"以文学活动之独有特质为参照系，力求揭示多源的文化之光在文学棱镜中的混合与折射"②。考虑到这一点，本书从风俗文化视角对先秦两汉文学做出的考察论析，大致不离其之所以成为文学的特殊性质，力求确立文学研究的独特品质并彰显其真正的价值。多学科交叉的学术研究，不但容易离开本位学科而成为其他学科的研究，还容易出现外围研究与本体研究缺乏联系或联系不紧密的"两张皮"问题。文学的跨学科研究，应使外部研究与文本研究紧相结合，所涉及的社会和文化现象与所谈论的文学现象必须有相关性。"只有在社会对文学形式的决定性影响能够明确地显示出来之后，才谈得上社会态度是否能变为艺术作品的组成'要素'和艺术价值的一种有效部分的问题。"③ 有鉴于此，本书在撰写过程中又始终注意让风俗研究与文学研究紧密相扣，一方面针对那些与风俗现象之间确实存在联系的文学现象展开研究，另一方面尽可能全面深入而客观准确地揭示风俗现象与文学现象二者之间的种种关联，以使研究工作真正落到实处。

从风俗文化的角度来研究和论说文学作品，容易停留在对某一作品或某些作品所描写、反映的风俗事象的泛泛罗列上，深度不足，意义不大。为突破这一局限，本书基本不作对作品中风俗事象的烦琐罗列，而把重点

---

① 罗宗强：《目的、态度、方法——关于古代文学研究的一点感想》，《天津社会科学》2002 年第 5 期，第 97—100 页。

② 沈立岩：《古代文学研究：出入于文献与文化之间》，《文学遗产》2014 年第 1 期，第 150—152 页。

③ ［美］勒内·韦勒克、［美］奥斯汀·沃伦：《文学理论》（修订版），刘象愚等译，江苏教育出版社 2005 年版，第 121 页。

放在对一些全局性、实质性的问题，诸如风俗文化对文学作品的生成、题材、论说对象、思想情感、写作艺术、风格成就等方面的影响的剖析上，或者放在对某一作品中占较大比重的与风俗有关之内容的深入阐释上，从而能够抓住研究对象的本质和规律。当前的中国古代文学研究，研究者往往热衷于理论的推演和文献的考索，而忽视了对文学文本的涵咏和分析。从事文学研究而不熟悉文本，缺乏对文本的沦肌浃髓的体会，自然难以把握其中所深藏的文化和文学意味，难以对研究对象做出个性化的精妙阐发，研究成果也就难免会有肤浅狭陋之弊。本书的撰写力图避免这一弊端，既注重理论的概括和理性的思辨，又注重文本的细读和审美的体味。在对文本的细致品读中，往往能捕捉到重要的信息，而后从捕捉蛛丝马迹入手，逐步上升到对普遍性问题的分析上。这样既可以见人所不见，发人所未发，获得对研究对象的深入而独到的把握，又可以使研究工作紧贴文本进行，不致为了证明某种简单的教条而脱离或肢解文本材料，或将文学作品错位到其他领域。如此，方能收到如《中庸》所说的"致广大而尽精微"的功效。除注重文本细读之外，本书还坚持以材料说话，运用尽可能多的相关材料来说明问题，不作空洞无稽之言。传统的文史研究多依赖于文字史料，以之为唯一证据。进入近代以后，文史研究者们打破传统，相继推出了二重证据法和三重证据法。二重证据法提倡文献记载与考古材料、异族故书与本国旧籍、外来观念与固有资料等的相互参证。三重证据法提倡文献记载、考古材料、口述史料三者的结合，以及文献记载、考古材料、跨文化的民族学与民俗学资料的综合运用等。现在看来，文史研究所应使用的方法并不止于二重证据法或三重证据法，有关学科、有关领域所能提供的一切证据均可在研究过程中加以利用。本书在论证观点和问题时，动用了多方面的证据，包括文献记载、考古材料、外来观念、民俗学资料以及来自当今社会生活的事实，等等。基于风俗文化的传承性和延续性特点，笔者较多地运用了"以今揆古"之法，注意从当代现实生活和风俗民情中寻找鲜活材料，或者从中获取某种启发，甚至确立起某个论题。现实生活是文学创作取之不尽、用之不竭的源泉，或许也可以成为文学研究的一道源泉。总之，本书在研究方法上不但力避跨学科研究中容易出现的脱离本位、"两张皮"等问题，还注重抓本质、抓规律，注重文本细读，注重使用多重证据，以期获得一种对先秦两汉文学的更深入、更具体、更确切、更到位的认识和理解。

　　从结构上说，本书分为五章。第一章先介绍了先秦两汉文学作者对风俗文化的接触和了解情况，而后分析了他们的创作活动与风俗文化之间的多层面的联系。作家或文学作者是风俗文化进入并作用于文学作品的中介因素，所以本书首先对先秦两汉文学的作者及其创作活动与风俗文化之间的关系进行了考察。第二章论述了先秦两汉时期文学的发展流变与风俗文化的发展演变之间的关系，以及文学的地域特色与风俗文化的地域差别之间的关系。基于风俗文化自身较强的延续性、稳定性特点与先秦两汉文学作品的实际情况，本书主要是在共时态兼全方位的视野中展开论述的。考虑到风俗文化又具有一定程度的变动性和明显的地域差别性，所以在本章又专门将先秦两汉文学置于历时态和地域差异的视野中加以审视。第三章到第五章分别论述了先秦两汉诗歌辞赋、叙事散文、说理散文与风俗文化之间的关系。由于风俗文化对不同体裁文学作品的影响情况存在着较大的差异，所以本书在主体部分采取了按文体分章的做法。第三章、第四章、第五章均遵循从面到点的结构方式，先就某一文体的作品与风俗文化之间的关系进行综论，然后选取风俗文化对某一文体作品较为突出的几点影响着重加以论述。第三章首先综合论述了先秦两汉诗歌辞赋与风俗文化之间的关系，而后转向本时期诗歌辞赋园地的两大经典作品——《诗经》和《楚辞》，从风俗文化的角度分别对在《诗经》中占有很大比重的怀人思归作品和在《楚辞》中出现频率相当高的服饰描述进行了探究。第四章首先综合论述了先秦两汉叙事散文与风俗文化之间的关系，而后转向本时期叙事散文领域的四部重要作品——《左传》、《国语》、《史记》和《汉书》，从风俗文化的角度分别对《左传》中的饮食叙述、《国语》中的观人记述、《史记》中的父母形象、《汉书》中的人物兴身起家模式四种具有典型意义的文学事实做出了探析。第五章首先综合论述了先秦两汉说理散文与风俗文化之间的关系，而后转向本时期说理散文领域的三部重要作品——《孟子》、《庄子》和《淮南子》，从风俗文化的角度分别对《孟子》中与礼俗相关的部分、《庄子》中所蕴含的相术思想、《淮南子》中涉及悲、乐问题的言论三种具有典型意义的文学事实做出了论析。先秦两汉时期的风俗事象和文学现象都是纷繁复杂的，如果在论述过程中面面俱到，势必会给人以无的放矢、蜻蜓点水之感，使全书流于杂乱无章、空疏浮泛。为避免这一弊病，本书在总体研究思路上以点面结合、突出重点为原则，以增强研究的针对性，兼顾研究的广度和深度。

　　将先秦两汉文学置于风俗文化的视阈下加以观照，可以使我们认识到，先秦两汉时期文学的产生、存在和发展，固然曾受到过当时正统文化的重要影响，但也时时处处会受到风俗文化的或大或小的影响，而且正统文化（如礼制、儒学等）对本时期文学的影响常常是以在正统文化影响下所产生的风俗变化为中介而实现的。同时，也应该看到，先秦两汉文学在表现风俗文化的过程中，也在丰富着它的内涵，增加着它的理论分量和实际影响力，并以其对良好风俗的渲染和鄙陋风俗的鞭挞塑造着人们的心灵世界，美化着日常生活的各个方面。就风俗对文学的影响而言，先秦两汉时期，风俗文化不但包含着多种文学创作契机，还为文学作品提供了多条传播渠道；风俗文化不但丰富和充实了文学作品的题材与内容，还是其多方面艺术特质和成就的促成因素。与其他文化现象相比，风俗文化拥有特别丰富深厚的历史积淀和特别动人的审美韵味，这使得它在进入先秦两汉文学作品之后，成为其中最具魅力的艺术因素之一，并进而为后世的文学创作提供了珍贵的素材和养料。从风俗文化的角度来考察先秦两汉文学，也可以使我们认识到，先秦两汉文学还有别样面貌尚待展现，还有别种魅力尚待发挥，还有无穷滋味尚待品评，还有无尽价值尚待发掘。昔日，陶渊明以《穆天子传》与《山海经》下酒，苏舜钦以《汉书》下酒，陆游以案上书下酒，屈大均、宝廷以《离骚》下酒，于成龙以唐诗下酒，他们都从古书和古代文学作品中品出了佳肴盛馔的滋味。时至今日，古书、古代文学作品却再难以提起人们的胃口。或许对今日一般人而言，先秦两汉文学不过是一堆枯燥乏味、令人敬而远之的经典，而对其中有着厚重历史积淀和独特审美价值的风俗文化因素的挖掘、探究，将会更多地展示其潜在之意味、醇深之滋味、会心合意之趣味，从而在相当大的程度上消解今人与古老的先秦两汉文学之间的隔膜。

第 一 章

风俗文化与先秦两汉文学作者
及其创作活动

文学作者或作家是文学活动整体中最主要、最活跃的因素。按照艾布拉姆斯"文学四要素"的说法，作家是由世界（社会生活和现实事物）到作品的中介。作为社会生活之重要组成部分的风俗文化进入并作用于文学作品，同样也要以文学作者或作家为中介。因此，研究先秦两汉文学与风俗文化之间的关系，不能不先对先秦两汉文学作者与风俗文化之间的关系做一番考察。

第一节　先秦两汉文学作者对风俗文化的接触和了解

先秦两汉时期，文学作者与风俗文化之间进行交流的渠道较为宽广而通畅，这一时期的政治措施、学术文化传统、社会形态等为文学作者对风俗文化的接触和了解提供了诸多有利条件。

一　先秦两汉时期的采诗观风制度

按照传统的说法，周代设有采诗之官，负责从乡野民间采集诗歌，所采诗歌逐级上传于朝廷，天子可从中观览民情风俗。如《汉书·艺文志》说："（故）古有采诗之官，王者所以观风俗，知得失，自考正也。"①《礼记·王制》说："天子五年一巡守（狩）。……命大（太）师陈诗，

---

① 《汉书》，第 1708 页。

以观民风。"此处郑玄注云："陈诗，谓采其诗而视之。"①《史记·乐书》说："以为州异国殊，情习不同，故博采风俗，协比声律，以补短移化，助流政教。"② 此处"博采风俗"也是采集各地风谣的意思。由这些言论和记载可知，古代统治者曾经相当关注风土人情，采诗之官的设置就是出于体察民情风俗，了解行为得失，改进治国方略，推行政治教化的需要。还有一些文献描述了古代采诗制度盛行之时官方从民间采诗的具体情况。如《汉书·食货志上》说："孟春之月，群居者将散，行人振木铎徇于路，以采诗，献之大（太）师，比其音律，以闻于天子。故曰王者不窥牖户而知天下。"③《春秋公羊传·宣公十五年》何休注云："男女有所怨恨，相从而歌，饥者歌其食，劳者歌其事。男年六十，女年五十无子者，官衣食之，使之民间求诗，乡移于邑，邑移于国，国以闻于天子，故王者不出牖户，尽知天下所苦，不下堂而知四方。"④ 刘歆《与扬雄书》中更有"三代、周、秦轩车使者、遒人使者，以岁八月巡路，求代语、僮谣、歌戏"⑤ 的说法，认为夏、商、周三代以及秦王朝都有采诗观风之制，有关人员所采集来的不仅有民间歌谣，还有方言词语和歌谣之外的其他一些民间文艺作品。以上各家言论和记载对于古代官方采诗观风行为的负责人员、采风时间、执行方式等的说法虽然不一致，但都肯定在周代或者更长一个时期存在着采诗观风的制度。

自清代以来，采诗之说遭到不少学者的质疑，其主要理由是采诗说最早见于汉代文献，先秦典籍中并无此说，因此采诗说是不可信的。不过，倘若细加搜罗就可以发现，先秦典籍中并非全然没有相关的言论和记载。如《国语·晋语六》记范文子之言曰："吾闻古之言⑥土者，政德既成，又听于民。……风听胪言于市，辨袄祥于谣，考百事于朝，问谤誉于路，有邪而正之，尽戒之术也。"韦昭注"风听胪言于市"句云："风，采也。

①（汉）郑玄注，（唐）孔颖达疏：《礼记注疏》，（清）阮元校刻《十三经注疏》，中华书局 1980 年影印本，第 1327—1328 页。

②（汉）司马迁撰，（南朝宋）裴骃集解，（唐）司马贞索隐，（唐）张守节正义：《史记》，中华书局 1982 年版，第 1175 页。

③《汉书》，第 1123 页。

④（汉）何休注，（唐）徐彦疏：《春秋公羊传注疏》，（清）阮元校刻《十三经注疏》，中华书局 1980 年影印本，第 2287 页。

⑤ 周祖谟：《方言校笺》，中华书局 1993 年版，第 91—92 页。

⑥ "言"字为衍文。

胪，传也。采听商旅所传善恶之言。"① 此处所说"风听胪言于市"，"辨
祅祥于谣"，"问谤誉于路"等行为即应包含着采诗观风的工作。出土先
秦文献也为采诗制度的存在提供了证据。《上海博物馆藏战国楚竹书·孔
子诗论》中有这样一句话："邦风其纳物也，溥观人俗焉，大敛材焉。"②
"邦风"即"国风"，指以民歌为主的《诗经》之《国风》部分。"敛材"
二字，或解释为招聚贤人，或解释为敛集诗材，即收集邦风佳作，也就是
采诗，应以后一种说法为合理。此语指出《诗经》之《国风》中的诗歌
是从民间采集来的，通过这些诗歌可以广泛地了解民情风俗，从而有力地
证明了周代采诗观风制度的存在。在一些关于先秦官制的记述中也能够搜
检到采诗观风制度的蛛丝马迹。如《周礼》之《地官司徒·诵训》云：
"诵训掌道方志，以诏观事。掌道方慝，以诏辟忌，以知地俗。"③ 此处说
诵训之官的职责之一就是向天子解说四方的历史典故以及各地言语忌讳等
风俗状况。《夏官司马·训方氏》云："训方氏掌道四方之政事，与其上
下之志，诵四方之传道。正岁，则布而训四方，而观新物。"④ 此处说训
方氏之官的职责之一就是向天子诵说四方诸侯国世代所传说的往古之事，
并且还要注意观察四方新出现的物产器械等。又《秋官司寇·小行人》
载，小行人的职责之一是将天下各国的礼俗、政事、教化治理、刑法禁
令、民众生活康乐安宁与否等方面的情况记录为五书，上传于天子，使其
"周知天下之故"⑤。由以上记载可知，周代非常注重对民情民意的体察，
非常注重王畿与地方、官方与民间、宫廷与俗世的交流沟通。在这种交流
沟通过程中，王官采诗亦是自然应有之事。退一步说，即便在先秦时期不
存在王官采诗之制度，由于统治者对民情民意的重视，这一时期的贵族文
人对民间生活和风俗文化的接触和了解也是比较多的。

　　秦汉以后，采诗官制度和朝廷组织的采诗观风活动在国家政治领域中

　　① 徐元诰撰，王树民、沈长云点校：《国语集解》（修订本），中华书局 2002 年版，第
387—388 页。

　　② 马承源主编：《上海博物馆藏战国楚竹书》（一），上海古籍出版社 2001 年版，第 128—
130 页。

　　③ （汉）郑玄注，（唐）贾公彦疏：《周礼注疏》，（清）阮元校刻《十三经注疏》，中华书
局 1980 年影印本，第 747 页。

　　④ 《周礼注疏》，《十三经注疏》，第 864 页。

　　⑤ 同上书，第 894 页。

的地位总的来说是在不断弱化，直至彻底终结，形成"上不以诗补察时政，下不以歌泄导人情"（白居易《与元九书》），"世无采诗官，盛事恐湮芜"（周紫芝《悼友篇》）的局面，但两汉时期还基本保持着周代的采诗观风制度。其时除建立乐府机构收集民间歌谣外，还设有"风俗使者"巡行四方，采诗听谣，观览风俗。如《汉书·礼乐志》说："至武帝定郊祀之礼……乃立乐府，采诗夜诵，有赵、代、秦、楚之讴。"《汉书·艺文志》亦云："自孝武立乐府而采歌谣，于是有代赵之讴，秦楚之风，皆感于哀乐，缘事而发，亦可以观风俗，知薄厚云。"① 不管汉武帝立乐府采歌谣的目的与功用如何，汉王朝"采诗"举措的认识了解民情风俗的意义都是不容否认的。又《汉书·王莽传上》载，汉平帝元始四年，朝廷"遣大司徒司直陈崇等八人分行天下，览观风俗"，次年"风俗使者八人还，言天下风俗齐同，诈为郡国造歌谣，颂功德，凡三万言"②。此次"风俗使者"所献歌谣虽然是出于伪造，但上述记载仍表明至西汉末年采诗观风依然为朝政惯例。又《后汉书·循吏列传》载，光武帝"广求民瘼，观纳风谣，故能内外匪懈，百姓宽息"；《后汉书·方术列传上》载，汉和帝即位后，"分遣使者，皆微服单行，各至州县，观采风谣"；《后汉书·刘陶列传》载，汉灵帝光和五年，"诏公卿以谣言举刺史、二千石为民蠹害者"③。据李贤注，"以谣言举刺史、二千石为民蠹害者"意为"听百姓风谣善恶而黜陟之"④，此中自然也包含着采诗听谣活动。由以上记载可见，采诗观风制度在东汉时期仍然延续不断。还有一些历史记载虽未言及采诗听谣行为，但多次提到了"览观风俗"、"巡行风俗"等活动。如《汉书·元帝纪》所载初元元年汉元帝诏书中有"临遣光禄大夫褒等十二人循行天下，存问耆老鳏寡孤独困乏失职之民，延登贤俊，招显侧陋，因览风俗之化"的言辞；《汉书·魏相传》所载魏相给汉宣帝的奏疏中有"（先帝）遣谏大夫博士巡行天下，察风俗，举贤良，平冤狱，冠盖交道"的话语；《汉书·宣帝纪》载，汉宣帝元康四年，"遣大（太）中大夫强等十二人循行天下，存问鳏寡，览观风俗，察吏治得失，举茂材异

---

① 《汉书》，第 1045、1756 页。

② 同上书，第 4066—4076 页。

③ （南朝宋）范晔撰，（唐）李贤等注：《后汉书》，中华书局 1965 年版，第 2457、2717、1851 页。

④ 《后汉书》，第 1851 页。

伦之士";《汉书·平帝纪》载,汉平帝元始四年,"遣太仆王恽等八人置副,假节,分行天下,览观风俗"①。又《后汉书·周举列传》载,汉顺帝时(据《后汉书·孝顺帝纪》记载为汉安元年)"诏遣八使巡行风俗,皆选素有威名者";《后汉书·雷义传》(见《独行列传》)载,汉顺帝时雷义奉命"持节督郡国行风俗"②。这些"览观风俗"、"巡行风俗"的举动与传统的采诗观风行为性质相似,都有利于统治者与普通民众的交流沟通和文人士大夫对风俗文化的认识了解。

先秦两汉时期的采诗观风制度以及类似的政治举措虽然到后来出现了背离初衷、流于形式的弊病,但总体而言对于当时的"大传统"(精英文化)与"小传统"(风俗文化)之间的交流起着不可忽视的作用。这类政治措施不但可以收到"王者不窥牖户而知天下","不下堂而知四方"的效果,同时也促进了文人士大夫对民间生活方式和世俗文化的接触和了解。

二　先秦两汉文人学者对风俗文化的关注和探究

先秦两汉时期,不但朝廷官方注重观风察政,文人学者个人对于世情风俗亦格外关注。这一时期的有识之士认识到,一国风俗的优劣是与整个国家的治乱兴衰密切相关的。《大戴礼记·子张问入官》述孔子语曰:"(故)君子莅民,不可以不知民之性,达诸民之情,既知其以生有习,然后民特从命也。"③《商君书·算地》云:"(故)圣人之为国也,观俗立法则治,察国事本则宜。"④ 这些言论都强调了治国君民者了解知晓民情风俗的重要性。汉代文人学者更有"夫风俗者,国之脉诊也"⑤,"为政之要,辩风正俗,最其上也"⑥ 的说法。出于这种重视风俗的意识,再加上中国知识阶层历来就有关注现实社会和民众生活的特性,先秦两汉文人

---

①　《汉书》,第279、3137、258、357页。

②　《后汉书》,第2029、2688页。

③　(汉)戴德撰,(清)王聘珍解诂,王文锦点校:《大戴礼记解诂》,中华书局1983年版,第140页。

④　蒋礼鸿:《商君书锥指》,中华书局1986年版,第48页。

⑤　(汉)崔寔:《政论》,《全后汉文》卷46,(清)严可均校辑《全上古三代秦汉三国六朝文》,中华书局1958年影印本,第722—728页。

⑥　《风俗通义校注》,《应劭自序》,第8页。

学者对世情风俗格外留意。他们不但十分关注那些总体性的社会风尚、习气（即上述《大戴礼记》等文献中所说的"习"、"俗"、"风"、"风俗"），对于各种具体的风俗事物也甚是留心，而且不乏学习和探究的兴趣。

先秦两汉文人学者关注和探究风俗文化的举动，在典籍文献中屡有记述。如《荀子》之《强国》篇中荀子谈到了他到秦国后对其地风土人情的留心观察："入境，观其风俗，其百姓朴，其声乐不流污，其服不挑（佻），甚畏有司而顺，古之民也。"① 屈原在《九章·哀郢》中也写下了这样的诗句："哀州土之平乐兮，悲江介之遗风。"从中可见屈子对他流浪放逐所经之地的风尚习俗的关注。司马迁更是一个注重了解探究风俗文化的典型。《汉书·司马迁传》"赞曰"称其为"博物洽闻"之士，在他广博丰富的知识见闻之中必然包含着不少风俗文化方面的东西。司马迁的"博物洽闻"受益于他的博览群书，还得益于他的四处游访的经历，这种游访中自然也少不了对风俗事物的探究。大约是出于考察历史的需要，司马迁从二十岁开始就有一段游历四方的生活。《史记·太史公自序》说："（迁）二十而南游江、淮，上会稽，探禹穴，窥九疑，浮于沅、湘；北涉汶、泗，讲业齐、鲁之都，观孔子之遗风，乡射邹、峄；厄困鄱、薛、彭城，过梁、楚以归。"② 由文中的"观孔子之遗风"等语句，可以明显看出司马迁在游历过程中对风俗文化的关注。在担任郎官以后，由于侍从皇帝和奉命出使等原因，司马迁又游历了更多的地方，接触了更广袤的土地和更多的人民，也获得了对各地风俗文化的更广泛深入的了解。在《史记》的不少篇卷中都可以看到司马迁对其游访某些地域并观览当地风俗的行为的交代，如：

> 余尝西至空桐，北过涿鹿，东渐于海，南浮江淮矣，至长老皆各往往称黄帝、尧、舜之处，风教固殊焉，总之不离古文者近是。（《五帝本纪》）
>
> 吾适齐，自泰山属之琅邪，北被于海，膏壤二千里，其民阔达多

---

① （战国）荀况撰，（清）王先谦集解，沈啸寰、王星贤点校：《荀子集解》，中华书局1988年版，第303页。

② 《史记》，第3293页。

匿知，其天性也。（《齐太公世家》）

　　吾尝过薛，其俗间里率多暴桀子弟，与邹、鲁殊。问其故，曰："孟尝君招致天下任侠，奸人入薛中盖六万余家矣。"（《孟尝君列传》）①

由这些叙述不但可以看出司马迁是如何通过实地考察来验证旧有文献的真伪和搜集历史资料的，还可以看出他对各地风俗人情的深切关注。他不但注意体察所经之地的风俗状况，还有意对造成某种风俗状况的深层原因进行探求，这种眼光正是一个勤思好学的文人学者所特有的。司马迁之外，董仲舒、刘向、扬雄亦皆"博物洽闻"（见《汉书·楚元王传》"赞曰"）之人，在他们琳琅满目的知识库存中也必定有不少风俗文化方面的储备。据《史记·儒林列传》，董仲舒擅长"求雨"、"止雨"之术。这种事情类似于世俗之间的巫术方技之士所为，由此可见董仲舒风俗文化储备之一斑。《汉书·刘向传》（见《楚元王传》）记载，刘向自幼喜欢研读其父从淮南王刘安处得来的谈论神仙方术之事的《枕中鸿宝苑秘书》，并将此书献于朝廷，且"言黄金可成"，后来却因为所献铸造黄金之方不灵而获罪。令刘向大感兴趣的神仙方术之事属于世间方士所为，由此亦可见刘向风俗文化储备之一斑。扬雄更是一个方俗文化的爱好者。他在《答刘歆书》中说："（故）天下上计孝廉及内郡卫率会者，雄常把三寸弱翰，赍油素四尺，以问其异语，归即以铅摘次之于椠，二十七岁于今矣。"②扬雄对方言殊语数十年如一日的孜孜不倦的调查和记录，类似于古代官方人员的采诗观风，只不过扬雄所为乃是出于兴趣和自愿。方言是风俗文化的优质载体，扬雄对方言殊语的热情，代表了他对风俗文化的热情。其他应该提到的人士还有桓谭、蔡邕、应劭等。史籍记载，桓谭"博学多通"，"好音律，善鼓琴"（《后汉书·桓谭列传》）；蔡邕"博学有隽才，善属文，解音声伎艺并术数之事，无不精综"（《后汉纪·孝献皇帝纪》）；应劭亦"博览多闻"（《后汉书·应奉列传》附《应劭传》）。根据以上记载，并结合桓谭的《新论》，应劭的《风俗通义》，蔡邕的《短人赋》、

---

　　①　《史记》，第46、1513、2363页。

　　②　（汉）扬雄：《答刘歆书》，（宋）章樵注《古文苑》（《丛书集成初编》本），上海商务印书馆中华民国二十六年（1937）版，第242—247页。

《鼙师赋》、《弹琴赋》、《弹棋赋》等音乐游艺类赋作来看，在他们所了解、喜好或精通的事物中也不乏风俗文化园地内的东西。

还有一些相关记述虽具有传说性质，但从中也可以窥见先秦两汉文人学者对于风俗事物、风俗文化的关注、探究之心。如《说苑》之《辨物》篇所述孔子据童谣识异物之事：

> 楚昭王渡江，有物大如斗，直触王舟，止于舟中。昭王大怪之，使聘问孔子。孔子曰："此名萍实，令剖而食之。惟霸者能获之，此吉祥也。"其后齐有飞鸟，一足，来下，止于殿前，舒翅而跳。齐侯大怪之，又使聘问孔子。孔子曰："此名商羊，急告民，趣治沟渠，天将大雨。"于是如之。天果大雨。诸国皆水，齐独以安。孔子归，弟子请问。孔子曰："异哉！小儿谣曰：'楚王渡江，得萍实。大如拳，赤如日。剖而食之，美如蜜。'此楚之应也。儿又有两两相牵，屈一足而跳，曰：'天将大雨，商羊起舞。'今齐获之，亦其应也。"①

孔子之所以能够辨识出"萍实"、"商羊"这样的罕见之物并说出它们的预兆意义，是由于他平日对童谣民歌等风俗事物的留心观听和暗中研求，正如作者所评论的："夫谣之后，未尝不有应随者也。故圣人非独守道而已也，睹物记也，即得其应矣。"② 虽然上述孔子之事带有传说性质，我们从中仍可感受到先秦两汉文人学者对于风俗事物的高度关注。在《庄子》中也可以找到一些类似的事例。如《达生》篇述及，孔子在去楚国的路上遇到一个用竹竿粘知了的佝偻者，只见他粘取知了就像从地上拾东西一样容易，孔子乃向他询问其中奥妙，在佝偻者讲了一番之所以承蜩如掇物的道理之后，孔子不由发出"用志不分，乃凝于神"的感叹。同篇又述及，颜渊在渡过觞深之渊时见摆渡者"操舟若神"，亦向他询问其中之道，摆渡者做出回答之后颜渊觉得难以理解，乃向孔子请教，于是孔子讲出了一番"凡外重者内拙"，忘掉外物才能心思灵巧的道理。同篇又述及，孔子在吕梁观赏山水，看见一个男子在"悬水三十仞，流沫四十里"，鼋鼍鱼鳖都无法进入的激流中出没，起初以为他要寻死，后来才知

---

① （汉）刘向撰，向宗鲁校正：《说苑校证》，中华书局1987年版，第465页。
② 《说苑校证》，第465页。

道他是在游泳，孔子乃向此人询问蹈水之道，于是男子讲了一番"从水
之道而不为私"的道理。此外，《达生》篇中鲁侯向梓庆询问削木为鐻之
术，《知北游》篇中"大马"（大司马）向捶钩者询问其捶制带钩"不失
毫芒"的缘由，亦属于同类事例。《庄子》中孔子等人所关心的粘蝉、摆
渡、游泳、制鐻、捶钩等事，都属于风俗性事象。虽然书中所述之事一般
出于虚构，但它们仍在一定程度上反映了先秦两汉文人学者对于风俗事物
的关注和思考，起码从中能看出作者本人对风俗事物的关注与思考。

　　在先秦两汉文人学者关注和探究风俗文化的举动中，汉代儒者对方术
文化即数术、方技文化的热情尤其惹人注目。《汉书·艺文志》之《数术
略》和《方技略》著录有数术、方技两大门类的图书，前者包括天文、
历谱、五行、蓍龟、杂占、形法六种，总计一百九十家；后者包括医经、
经方、房中、神仙四种，总计三十六家。据研究，数术、方技之类的知
识、观念和思想是秦汉时代的人们普遍接受的，许多方术内容已成为他们
的生活常识①，所以方术文化在秦汉之时属于风俗文化的范畴。汉代儒者
对于当时流行的方术文化表现出了极大的热情。在汉代思想界居于中心地
位的儒学，是以原始儒家学说为基本精神，又融合了黄老道家、法家、阴
阳家等各派思想，并采纳了相当多的数术、方技知识，而官方对儒家经学
的提倡反过来又促进了方术信仰的流行，所以汉代儒者中信奉数术、方技
的特别多。正如顾颉刚所言，当时儒生为皇帝所提供的合乎皇家需要的宗
教式学说"表面上看都是由圣经和贤传里出发的，实际上却都是从方士
式的思想里借取的"，"儒生们已尽量方士化，方士们为要取得政治权力
已相率归到儒生的队里来了"②。汉代儒者对方术文化的吸纳、研求和儒
生的方士化固然是出于建构理论学说的需要，但也从一个侧面反映了当时
的文人学者对于风俗文化的兴趣和热情。

三　风俗文化对先秦两汉文人学者的约束和渐染

　　除了对风俗文化的主动的观察、了解、关注和探究之外，先秦两汉文
人学者与社会上的其他人一样，还在一种不知不觉的状态中受着风俗文化
的不可避免的约束和渐染。

---

① 参见葛兆光《中国思想史·第一卷》，复旦大学出版社 2001 年版，第 217—218 页。
② 顾颉刚：《秦汉的方士与儒生》，上海古籍出版社 1978 年版，《序》，第 9 页。

　　风俗文化作为一种群体性的行为方式和精神世界，具有很强的约束力和渐染力。美国民俗学功能结构学派先驱森纳尔在其著作《民俗学》中说："民俗（Folkways）是由人们某些不断重复的、经常的小动作，以及人们之间按同一方式，同一需要的大量协调行为所构成。当这些行为及其观念一旦为整个集群所公认并自觉遵守而成为准则后，它就成为社会的基本力量。""风俗（Customs）就是规定一个人的全部行为：举凡沐浴、洗脸、剪发、进餐、喝水和斋戒（Fasting）所必须遵循之准则，而且从生至死，终生不渝。"① 虽然森纳尔对于"民俗"和"风俗"这两个词语有自己特定的理解，从他对"民俗"和"风俗"的界定中我们仍然可以领会到风俗文化对人的强大的约束力和渐染力，这种约束和渐染在人们的日常生活中几乎无孔不入，并且贯穿其生命始终。清末民俗学家张亮采也有类似言论："至有人类，则渐有群，而其群之多数人之性情、嗜好、言语、习惯常以累月经年，不知不觉，相演相嬗，成为一种之风俗。而人其风俗者，遂不免为所熏染，而难超出其限界之外。"② 可以说，一个人自从来到这个世界上，就进入了一个风俗圈，并要在言行举止、知识结构、思想性情等方面接受所在风俗圈的日复一日年复一年的塑造和培养，正如露丝·本尼迪克特所说的："个体生活的历史中，首要的就是对他所属的那个社群传统上手把手传下来的那些模式和准则的适应。落地伊始，社群的习俗便开始塑造他的经验和行为。到咿呀学语时，他已是所属文化的造物，而到他长大成人并能参加该文化的活动时，社群的习惯便已是他的习惯，社群的信仰便已是他的信仰，社群的戒律亦已是他的戒律。"③ 风习民俗是一种自在的运动系统，人们对它的遵守通常是出于自愿和惯性。德国社会学家马克思·韦伯指出，习俗"是一种外在方面没有保障的规则，行为者自愿地事实上遵守它，不管是干脆出于'毫无思考'也好，或者出于'方便'也好，或者不管出于什么原因，而且他可以期待这个范围内的其他成员由于这些原因也很可能会遵守它"④。法国结构主义人类学

---

　　① 转引自潘雄《森纳尔的狭义民俗学的形成——美国民俗学评价之一》，载徐洸尘主编《民族民间艺术研究》（第三集），广东人民出版社1992年版，第75—82页。

　　② （清）张亮采：《中国风俗史》，东方出版社1996年版，《序例》，第1页。

　　③ 《文化模式》，第5页。

　　④ （德）马克思·韦伯：《社会学基本概念》，林荣远译，载韦伯著，韩水法编《韦伯文集》，中国广播电视出版社2000年版，第107—166页。

家列维·斯特劳斯亦言："我们的行动和思想都依照习惯；稍稍偏离风俗，就会遇到非常大的阻难，其原因更多在于惯性，而不是出于要维持某种明确效用的有意识考虑或者需要。"①这些言论都点明了风俗习尚运行的自在性，它的运行既不需要外力的强制，也没有一个明确目的的导引，但人们却很难偏离它的既定轨道。至于摆脱风俗的束缚和熏染之难度，则如晚清学者黄遵宪所论："风俗之端始于至微，搏之而无物，察之而无形，听之而无声。然一二人倡之，千百人和之，人与人相接，人与人相续，又踵而行之，及其既成，虽其极陋甚弊者，举国之人习以为然，上智所不能察，大力所不能挽，严刑峻法所不能变。……习之囿人也大矣！"②风尚习俗对人的支配限囿力之大，几乎到了令人难以想象，乃至顿足扼腕的地步。对于生活在传统社会中的人们来说，风俗文化对他们的约束力和渐染力更是强大顽固到难以抵挡。

　　先秦两汉文人学者都是在或大或小的风俗文化环境中生存和成长起来的，自然也摆脱不了时代风俗的约束和渐染。对于风俗习尚对人的潜移默化和难以抗拒的作用力以及违背或对抗风俗习尚的不良后果，他们自己也有所察觉。如《墨子·节葬下》指出，习俗会使人不假思索地去遵从和顺应它，厚葬久丧、食长子、弃祖母、父母死则剔肉埋骨或焚烧尸体以为登遐等地域风俗的长期延续，就是人们"便其习而义其俗"的结果。《荀子·儒效》讲到了"居楚而楚，居越而越，居夏而夏"的现象，并指出这是人们顺应积习使然。屈原一边发着"世溷浊而莫余知兮，吾方高驰而不顾"的吟唱，一边又在感叹"邑犬之群吠兮，吠所怪也"（二语分别见于《楚辞·九章》之《涉江》和《怀沙》），从中可感受到他对逆风背俗者艰难处境的认识。赵壹在其《刺世疾邪赋》中对"浑然同惑，孰温孰凉"的世道发出的"偃蹇反俗，立致咎殃"的批判之声，也喊出了一个逆风背俗者不为世人所容的悲愤。司马迁在其《报任少卿书》中言及，自己在遭受宫刑之后，"重为乡党戮笑"，只觉"污辱先人"，无颜再上父母坟墓，因此忧愤难平，心神恍惚，"每念斯耻，汗未尝不发背沾衣也"，

---

　　①　［法］C.L－斯特劳斯：《历史学和人类学——〈结构人类学〉一书序言》，易将摘译，《哲学译丛》1979年第6期，第44—47页。

　　②　（清）黄遵宪：《日本国志》（沈云龙主编《近代中国史料丛刊续编》本）卷34《礼俗志一》，台湾文海出版社1981年版，第825—826页。

从中亦可感受到他所承受的一种风俗压力。由屈原等人对违背抗拒风俗习尚的不良后果的认识和感叹，可以想见风俗文化对先秦两汉文人学者的约束力之强大。

四　先秦两汉文人学者对待风俗文化的基本态度

如前所述，风俗文化是先秦两汉文人学者时时处处要接触的，他们本人也给予了风俗文化较多的关注。对于风俗文化，先秦两汉文人学者持有两种基本的态度，一是认同和接受；二是批判和超越。

先说认同和接受的一面。先秦两汉文人学者承认各地风俗习惯存在的合理性，主张因俗立法，入乡随俗，不干涉风俗的健康发展。如《老子》第八十章提出了让民众"甘其食，美其服，安其居，乐其俗"的社会理想，《史记·礼书》宣扬"因民而作，追俗为制"的治国方略，《礼记·曲礼上》有"入境而问禁，入国而问俗，入门而问讳"的规定，《庄子·山木》亦言"入其俗，从其令"。先秦两汉文人学者自身也免不了要做出或参加各种各样的风俗类行为活动，这也反映了他们对风俗文化的认同和接受。如《论语》中所记录的孔子行为就有不少属于风俗行为，择要列表（见表1—1）：

表1—1

《论语》中孔子的风俗行为	具体记录
嫁女	子谓公冶长："可妻也，虽在缧绁之中，非其罪也。"以其子妻之。（《公冶长》）
嫁侄女	子谓南容："邦有道，不废；邦无道，免于刑戮。"以其兄之子妻之。（《公冶长》） 南容三复白圭，孔子以其兄之子妻之。（《先进》）
周济他人	子华使于齐，冉子为其母请粟。子曰："与之釜。"请益。曰："与之庾。"冉子与之粟五秉。子曰："赤之适齐也，乘肥马，衣轻裘。吾闻之也，君子周急不继富。"（《雍也》）
探病	伯牛有疾，子问之，自牖执其手，曰："亡之，命矣夫！斯人也而有斯疾也！斯人也而有斯疾也！"（《雍也》）
与人共食	子食于有丧者之侧，未尝饱也。（《述而》）

续表

《论语》中孔子的风俗行为	具体记录
歌咏娱乐	子于是日哭，则不歌。（《述而》）
钓鱼、射鸟	子钓而不纲，弋不射宿。（《述而》）
受馈、答谢馈赠	康子馈药，拜而受之。曰："丘未达，不敢尝。"（《乡党》） 阳货欲见孔子，孔子不见，归（馈）孔子豚。孔子时（伺）其亡也，而往拜之。遇诸涂（途）。（《阳货》）
吊唁、安葬死者	颜渊死，颜路请子之车以为之椁。子曰："才不才，亦各言其子也。鲤也死，有棺而无椁，吾不徒行以为之椁。以吾从大夫之后，不可徒行也。"（《先进》） 颜渊死，子哭之恸。从者曰："子恸矣！"曰："有恸乎？非夫人之为恸而谁为？"（《先进》） 颜渊死，门人欲厚葬之。子曰："不可。"门人厚葬之。子曰："回也视予犹父也，予不得视犹子也。非我也，夫二三子也！"（《先进》）

由以上记录来看，即便是圣人孔子，也是不时要做些风俗之事的。再举例来说，根据文献所载，墨子精通手工业和农业，庄子曾织屦为生，司马迁少年时也曾耕过田放过牧，司马相如少时学过击剑，桓谭嗜倡乐成性，马融喜奢侈好女乐，他们的这些行为也都在风俗文化之列。在风俗文化的熏染和影响下，先秦两汉文人学者头脑中还形成了一些风习性思想意识，这同样反映了他们对风俗文化的认同和接受。例如，苏秦在世风熏染之下形成了一种追求富贵名利的思想，这由他面对"贫穷则父母不子，富贵则亲戚畏惧"的时代风气发出的"人生世上，势位富贵，盍可忽乎哉"的感叹（见《战国策·秦策一》）就可察觉。再如《史记·贾生列传》记载，贾谊在做长沙王太傅时，有一只鸮鸟飞入其住处，停在座位旁边，他认为这是自己将要短命而死的征兆[①]，不由心中感伤起来，还写了一篇《鹏鸟赋》以自我宽解，可见贾谊有信奉神秘预兆的风俗性思想观念。又如司马迁在《史记·佞幸列传》开篇这样说："谚曰'力田不如逢年，善仕不如遇合'，固无虚言。"可见其思想意识颇有点民众化色彩。又如张

---

① 贾谊《鹏鸟赋》云："异物来集兮，私怪其故，发书占之兮，筮言其度。曰'野鸟入处兮，主人将去'。"

衡《冢赋》写道："载舆载步，地势是观。降此平土，陟彼景山。一升一降，乃心斯安。……幽墓既美，鬼神既宁。降之以福，如水之平，如春之卉，如日之升。"由此赋来看，张衡生前曾经依照风水上的观念标准为自己选择墓地，可见这样一位大科学家的头脑中也不乏风俗思想乃至民俗信仰意识。

先秦两汉文人学者在对风俗文化有所认同和接受之外，还对之进行了高屋建瓴的观照，并敏锐地觉察到其中的种种弊病与不足，因此批判和超越成为他们对待风俗文化的另一基本态度。先秦两汉文人学者对风俗文化虽然有被动的顺应，但又常常会对它进行理性的审视。《孟子·离娄上》记录了孟子述说的孔子的一件事："有孺子歌曰：'沧浪之水清兮，可以濯我缨；沧浪之水浊兮，可以濯我足。'孔子曰：'小子听之！清斯濯缨，浊斯濯足矣，自取之也。'"此处朱熹《集注》曰："圣人之言入心通，无非至理，此类可见。"① 由孔子从民间歌谣受到启发之事及朱熹对此的注解可以看出，孔子之类文人学者对于风俗文化的审视是何其独具慧眼，这显然是对风俗文化的一种超越。先秦两汉文人学者虽然也会顺从风俗行事，但又并非盲目跟风，一味从俗。《论语·子罕》中记录了孔子讲过的一段话："麻冕，礼也；今也纯，俭。吾从众。拜下，礼也；今拜乎上，泰也。虽违众，吾从下。"此处朱熹《集注》引程子语曰："君子处世，事之无害于义者，从俗可也；害于义，则不可从也。"② 由孔子之言及朱子之注也可以看出孔子之类有识之士对待风俗文化的超越姿态：做一件事情是从俗还是不从俗，要以怎样做更为合理合宜为依据，一切唯义所在。《战国策·赵策二》中肥义的"夫论至德者，不和于俗；成大功者，不谋于众"③，以及赵武灵王的"贤者议俗，不肖者拘焉"等言语，同样体现了先秦两汉文人学者对风俗文化的一种批判和超越。先秦两汉文人学者还大力提倡"移风易俗"，"辩风正俗"。如荀子宣称"儒者在本朝则美政，在下位则美俗"（《荀子·儒效》），并说以礼乐教化民众可收到"移风易俗，天下皆宁，美善相乐"（《荀子·乐论》）的功效。陆贾推崇"节奢

---

① （宋）朱熹：《四书章句集注》，中华书局1983年版，第280页。
② 《四书章句集注》，第109页。
③ 《商君书·更法》中公孙鞅引郭偃之法亦言："论至德者，不和于俗；成大功者，不谋于众。"

侈，正风俗，通文雅"（《新语·道基》）的治国之道，贾谊亦倡言统治者"移风易俗，使天下回心而向道"（《上疏陈政事》）。王充将"进则尽忠宣化，以明朝廷；退则称论贬说，以觉失俗"（《论衡·对作》）作为贤人之责任，崔寔更发出"洗濯民心，涤浣浮俗"（《政论》）的呼喊。上述有关消除社会风俗中的鄙陋、有害、不合理之处，使之归于正道的言论也反映了先秦两汉文人学者对风俗文化的批判和超越的态度。

总而言之，先秦两汉文学作者并不缺少对于风俗文化的接触和了解。在先秦两汉文学作者队伍中更有一支具备较多风俗文化知识的重要力量，这就是从事祭祀、占卜等活动的巫觋和精通数术、方技的方士，他们写下了大量巫术祭祀歌谣和怪奇迂诞之文。巫觋方士的存在，进一步提升了先秦两汉文学作者的整体风俗文化知识水平。先秦两汉文学作者对风俗文化的多途径的接触和了解，必然会使他们在知识经验、才艺技能、思想性情、心理结构等方面大受影响，并进而对他们的创作活动产生不可低估的作用力。

第二节　风俗文化与先秦两汉文学作者之创作活动

先秦两汉文学作者的创作和著述活动与风俗文化之间存在着纷繁复杂、或隐或显的联系。无论是写诗作赋，还是撰文立论，他们都时时要调动自己的风俗文化库存，并受着一个潜存于其思想情感深处的民俗机制的导引。

一　风俗文化与先秦两汉文学作者之书写和论说对象

结合具体作品来看，风俗事物和风俗文化是先秦两汉文学作者的重要的叙述、描写或论说的对象。

就诗歌辞赋而言，《诗经》和《楚辞》不仅是诗歌集，也是风俗志；两汉乐府诗堪称汉代社会生活的百科全书；作为一类力求"苞括宇宙，总揽人物"（《西京杂记》卷二）的文学体裁，汉赋也展现了一系列异彩纷呈的风俗画面；其他诗赋作品中亦不乏对风俗事物的叙述和描写。在先秦两汉诗歌辞赋里面，我们可以欣赏到各式各样的风俗事物，诸如饮食、宴飨、服饰、居住、建筑、出行、交通、送别、乐舞、游艺、婚恋、育诞、丧葬、祭祀、求仙、占卜、禁忌、诅祝、农事、手工业、商贸、节日、人际交往等方面的风俗以及各种神话传说，不胜枚举。试看其中对饮食宴飨场景的几处描写：

> 伐木于阪，酾酒有衍。笾豆有践，兄弟无远。民之失德，干糇以愆。有酒湑我，无酒酤我。坎坎鼓我，蹲蹲舞我。迨我暇矣，饮此湑矣。（《诗经·小雅·伐木》）

> 稻粢穱麦，挐黄粱些。大苦咸酸，辛甘行些。肥牛之腱，臑若芳些。和酸若苦，陈吴羹些。腼鳖炮羔，有柘浆些。鹄酸臇凫，煎鸿鸧些。露鸡臛蠵，厉而不爽些。粔籹蜜饵，有餦餭些。瑶浆蜜勺，实羽觞些。挫糟冻饮，酎清凉些。华酌既陈，有琼浆些。（《楚辞·招魂》）

> 上金殿，著玉樽。延贵客，入金门。入金门，上金堂。东厨具肴膳，椎牛烹猪羊。主人前进酒，弹瑟为清商。投壶对弹棋，博奕并复行。朱火飏烟雾，博山吐微香。清樽发朱颜，四坐乐且康。今日乐相乐，延年寿千霜。（汉乐府《古歌》）

> 犓牛之腴，菜以笋蒲；肥狗之和，冒以山肤。楚苗之食，安胡之饍，抟之不解，一啜而散。……熊蹯之臑，芍药之酱，薄耆之炙，鲜鲤之脍，秋黄之苏，白露之茹；兰英之酒，酌以涤口。山梁之餐，豢豹之胎。小饭大歠，如汤沃雪。（枚乘《七发》）

这些饮食宴飨场面，或充满友好和乐的气氛，或食品丰盛散发着难以抵挡的诱惑力，或环境豪华舒适给宾客以乐上之乐，或力供珍肴美馔几乎无以复加，读来不唯使人口中流津，也可以获得一份对先秦两汉食饮风俗的真切感受。先秦两汉诗歌辞赋中的服饰描写也颇引人注目，如《诗经·豳风·狼跋》中"赤舄几几"的贵族，《诗经·卫风·淇奥》中"充耳琇莹，会弁如星"的君子，《陌上桑》中"头上倭堕髻，耳中明月珠"，"缃绮为下裙，紫绮为上襦"的秦罗敷，司马相如《天子游猎赋》① 中"被阿锡，揄纻缟，杂纤罗，垂雾縠"的美女们，其衣裙冠履饰物虽各具特色，但都是对当时服饰风俗的生动写照。先秦两汉诗歌辞赋中的生产劳

---

① 依龚克昌等所撰《全汉赋评注》（花山文艺出版社 2003 年版），将通常所说的《子虚赋》和《上林赋》合为一篇，定名为《天子游猎赋》。

动情形也颇值一提。如《诗经·周颂·良耜》写道："畟畟良耜，俶载南亩。播厥百谷，实函斯活。……获之挃挃，积之栗栗。其崇如墉，其比如栉，以开百室。"班固《两都赋》写道："沟塍刻镂，原隰龙鳞。决渠降雨，荷臿成云。五谷垂颖，桑麻敷棻。"从这些充满生机和喜悦的农业生产景象中，读者可以嗅到浓厚的风俗气息。再如王逸《机妇赋》[①]中写织布女子的"解鸣佩，释罗衣，披华幕，登神机，乘轻杼，揽床帷"，"动摇多容，俯仰生姿"，班婕妤《捣素赋》中写捣素女子的"投香杵，扣玟砧，择鸾声，争凤音"，"任落手之参差，从风飙之远近"等语句，也都富有民俗生活气息。

先秦两汉叙事散文（主要是历史散文）也述及了繁多的风俗事物。先秦之时，尤其是殷商西周时期，史事记录基本上出自史官之手。当时的史官承继了上古时巫史不分的特点，他们不仅负责记录历史，而且对占卜、祭祀、天象、历法等也很了解和熟悉，更重要的是，"殷人尊神"，"周人尊礼"（见《礼记·表记》），当时君王举事不是问神，就是按礼，这样史官记事就离不开作为风俗文化重要组成部分的祭祀或礼仪，因此先秦叙事散文势必会出现史俗一体的情况[②]。先秦史俗并载的传统为秦汉史家所继承，并且被发扬光大[③]。司马迁在这方面做得尤其出色。他有一种明确的采俗补史的意识，曾为写作《史记》而"网罗天下放失旧闻"（《报任少卿书》），其中必然包含着大量风俗文化成分。扬雄《法言》之《君子》篇称"子长多爱，爱奇也"，袁枚《随园随笔》卷二"史迁序事意在言外"条亦云："史迁序事，有明知其不确而贪所闻新异，以助己之文章，则通篇以幻忽之语序之，使人得其意于言外，读史者不可无识也。"[④] 所谓"爱奇"，"贪所闻新异"，都点出了司马迁撰写《史记》时叙及了相当多的民间逸闻传说，采风俗以助史笔的特点。在《史记》和《汉书》中还出现了对秦汉时代各地风俗状况的系统陈述，这就是《史

---

① 或题为《机赋》。

② 参见徐杰舜主编，徐杰舜著《汉族风俗史》（第一卷），学林出版社 2004 年版，第103 页。

③ 参见徐杰舜主编，周耀明、万建中、陈华文著《汉族风俗史》（第二卷），学林出版社 2004 年版，第 35 页。

④ （清）袁枚：《随园随笔》，《续修四库全书》第 1148 册，上海古籍出版社 2002 年版，第 181 页。

记·货殖列传》和《汉书·地理志》中的相关记录。先秦两汉叙事散文不但叙述了与祭祀、礼仪有关的种种风俗事物，还叙及祭祀、礼仪之外的众多风俗事物，它们遍布衣食住行、婚丧嫁娶、卫生保健、农工商贸、岁时节日、游艺娱乐、神仙方术、社会交际、神话传说、民间歌谣等风俗文化领域，举不胜举。如《左传·桓公六年》所记申缙言辞就涉及取名风俗：

> 名有五，有信，有义，有象，有假，有类。以名生为信，以德命为义，以类命为象，取于物为假，取于父为类。不以国，不以官，不以山川，不以隐疾，不以畜牲，不以器币。

申缙所说的给人命名的五种方式和六条禁规，在先秦时期是人们普遍遵从的。再如《国语·鲁语下》所载之事：

> 公父文伯饮南宫敬叔酒，以露睹父为客。羞鳖焉小，睹父怒，相延食鳖，辞曰："将使鳖长而后食之。"遂出。文伯之母闻之，怒曰："吾闻之先子曰：'祭养尸，飨养上宾。'鳖于何有？而使夫人怒也！"遂逐之。五日，鲁大夫辞而复之。

这段记事涉及饮食、宴飨、家庭关系等方面的风俗。又如《史记·卢绾列传》开篇写卢绾与汉高祖刘邦是同乡，卢绾之父与刘邦之父非常要好，卢绾又与刘邦同日出生，于是"里中持羊酒贺两家"；刘邦、卢绾大些后在一块学书习字，又非常要好，因此乡亲们"复贺两家羊酒"，这既是对卢绾早年经历的介绍，也是对当时风俗背景的勾画。又如《吴越春秋·阖闾内传》叙干将、莫邪铸造宝剑的情形为"采五山之铁精，六合之金英，候天伺地，阴阳同光，百神临观，天气下降"，还要"断发剪爪，投于炉中，使童女童男三百人鼓橐装炭"，整个铸剑过程笼罩着一层神秘气氛，显然是根据传说故事写成的，反映出作者对风俗文化的采择。《越绝书·外传》之《记宝剑》通篇写相剑、铸剑、用剑等事，《记吴王占梦》通篇写吴王夫差占梦及梦兆应验之事，皆弥漫着神秘气氛，同样反映了作者对民间传说和风俗文化的青睐。

先秦两汉时期的说理散文也把风俗作为重要的论说对象。东汉末年出现了一部被今人看作世界上最早的风俗学专著同时又可以视作文学作品的书籍，即应劭的《风俗通义》。据作者自序，该书乃应劭有感于世人竞为正统之学，"俗间行语，众所共传，积非习贯，莫能原察"而作，书名意为"通于流俗之过谬，而事该之于义理也"①。此书"辩物类名号，释时俗嫌疑"（《后汉书·应奉列传》附《应劭传》），内容极其广博，堪称包罗万象。东汉王充也推出了一部旨在"释物类同异，正时俗嫌疑"（《后汉书·王充列传》），"拨流失之风，反宓戏之俗"（《论衡·自纪》）的说理散文作品，即洋洋洒洒二十余万言的《论衡》，其所涉足的风俗领域也甚是宽广。据《论衡·自纪》，王充还撰有《讥俗节义》一书（已亡佚），对当时趋炎附势的风气进行了指斥。其他如《论语》和《孟子》中有较多对礼俗的谈论；《墨子》中有《明鬼》、《节葬》、《非乐》诸篇，对鬼神信仰、丧葬、音乐等风俗发表意见；《荀子》中有《非相》篇，专论相人术；王符《潜夫论》中有《卜列》、《巫列》、《相列》、《梦列》、《浮侈》、《交际》、《志氏姓》诸篇，论说卜筮、祷祀、相人、占梦等信仰风俗，还有奢侈离本、以利相交等不良风气以及姓氏风俗；荀悦《申鉴》中有《俗嫌》篇，谈及卜筮、禁忌、祈请、相人、神仙、养生等风俗问题；朱穆有《崇厚论》和《绝交论》，刘梁有《破群论》，皆为抨击浇薄时俗之作②。除谈论风俗的专书专篇外，先秦两汉说理散文中其他论及风俗之处比比皆是，兹不赘述。就对待风俗的态度而言，先秦两汉说理散文中包含着一些风习性思想意识，表现出作者对风俗文化的某些认同，但对风俗的批判和理论匡正在其中所占的比重更大③。论说风俗看似容易，实则难度不小，正如应劭在《风俗通义序》中所言，"俗语虽云浮浅，然贤愚所共咨论"，故而论说风俗与论说其他事物相比，有似画"犬马"之与画"鬼魅"，其难易程度相去甚远。先秦两汉文学作者能够知难而进，精神着实可嘉。

此外，先秦两汉之时还产生了一些具有较强小说意味的作品（或可作为小说或准小说看待），包括《山海经》、《穆天子传》、《汉书·艺文

---

① 《风俗通义校注》，《应劭自序》，第4页。

② 朱穆和刘梁著论事分别见于《后汉书·朱晖列传》附《朱穆传》和《后汉书·刘梁传》（见《文苑列传下》）。

③ 参见本书第五章第一节的相关论述。

志》所录 15 家 "小说" 等，它们主要是在民间传言俗说的基础上写成的，其中尤多神仙方术之谈，这也反映了风俗文化对先秦两汉文学作者之书写论说对象的影响。

先秦两汉文学作品除了把风俗事物作为重要的叙述、描写和论说对象外，还表达或表现了作者自己的来自风俗文化熏染的某些风习性思想情感①，这也是风俗文化影响本时期文学作者书写对象的一种体现。

二 风俗文化与先秦两汉文学作者之写作艺术

风俗文化对先秦两汉文学作者的写作艺术也具有重要影响，主要表现为以下三点：

一是风俗文化对作者叙事、写人、抒情和说理艺术的影响。就叙事而言，由于预知信仰、报恩复仇现象、善恶报应观念等的流行，再加上作者本身固有的某些民俗心理结构的支配，先秦两汉叙事散文中出现了一些带有风俗文化印痕的普遍性的叙事模式，包括以预兆或预言来暗示、照应事件的发展趋向和结局的叙事模式，行善得福，作恶招祸的善恶报应型叙事模式，无德不报，无仇不复的恩怨报偿型叙事模式，等等。就写人而言，先秦两汉叙事散文中有为数甚多的带有风俗文化烙印的几类人物形象，包括预言家形象、体貌特异者之形象、拘于 "小节" 者之形象等，他们的出现与当时的风俗习尚和作者的民俗心理结构之间也存在着密切联系②。就抒情而言，先秦两汉诗歌辞赋对各种风俗事物的描述常常寄寓着作者的情感，它们也惯于借助风俗事物来抒情言志，其中甚至出现了若干风俗化的抒情模式，此点无须多论③。就说理而言，先秦两汉说理散文善于借用里谚俗语、神话传说和民间故事传闻，以及其他形形色色的风俗事物来作比喻，充例证，提供佐助，支撑论点④。仅就擅长比喻的《孟子》而论，其中用来作比喻的事物就有不少属于风俗事物。下面从《孟子》中选出一些有代表性的用风俗事象作比喻的例子，按其在书中出现的顺序列表（见表 1—2）：

---

① 详见本书第三章第一节、第四章第一节和第五章第一节的有关论述。
② 关于风俗文化对先秦两汉叙事散文之叙事模式和人物形象的影响，详见本书第四章第一节的相关论述。
③ 本书第三章第二节专门论述了《诗经》怀人思归作品的风俗化抒情模式，可参阅。
④ 参见本书第五章第一节的有关论述。

表1—2

风俗事象	比喻意义	原文
玉匠琢玉	治理国家须任用贤人	今有璞玉于此，虽万镒，必使玉人雕琢之。至于治国家，则曰"姑舍女（汝）所学而从我"，则何以异于教玉人雕琢玉哉？（《梁惠王下》）
射箭	为仁之态度	仁者如射，射者正己而后发，发而不中，不怨胜己者，反求诸己而已矣。（《公孙丑上》）
放牧	为官治民之态度	今有受人之牛羊而为之牧之者，则必为之求牧与刍矣。求牧与刍而不得，则反诸其人乎，抑亦立而视其死与？（《公孙丑下》）
嫁女、敬夫	纵横家苟合取容	丈夫之冠也，父命之；女子之嫁也，母命之。往送之门，戒之曰："往之女（汝）家，必敬必戒，无违夫子。"以顺为正者，妾妇之道也。（《滕文公下》）
农夫耕种	士人出仕	士之仕也，犹农夫之耕也。农夫岂为出疆舍其耒耜哉！（《滕文公下》）
以圆规、曲尺画方圆	做人应取法于圣人	规矩，方员（圆）之至也。圣人，人伦之至也。（《离娄上》）
奏乐时以敲钟起音，以击磬收尾	孔子集先圣之大道以成己之圣德	孔子之谓集大成，集大成也者，金声而玉振之也。金声也者，始条理也。玉振之也者，终条理也。（《万章下》）
以木材制作杯棬	凭借人的本性成就仁义	告子曰："性，犹杞柳也；义，犹杯棬也。以人性为仁义，犹以杞柳为杯棬。"孟子曰："子能顺杞柳之性而以为杯棬乎？将戕贼杞柳而后以为杯棬？如将戕贼杞柳而以为杯棬，则亦将戕贼人以为仁义与？率天下之人而祸仁义者，必子之言夫！"（《告子上》）
食肉	接受理义之道	（故）理义之悦我心，犹刍豢之悦我口。（《告子上》）
种树	养生修身	拱把之桐梓，人苟欲生之，皆知所以养之者。至于身，而不知所以养之者，岂爱身不若桐梓哉？弗思甚也。（《告子上》）
挖井	有所作为	有为者辟（譬）若掘井，掘井九轫（仞）而不及泉，犹为弃井也。（《尽心上》）

由表 1—2 可见，《孟子》在论学说理时对风俗事象的采择之广。孟子能够娴熟老练地运用风俗事物为自己论证事理服务，除了与他对风俗文化较多的接触和了解有关系外，也与他深厚的道德学问的修养有关。《孟子·离娄下》记孟子之语曰："君子深造之以道，欲其自得之也。自得之，则居之安；居之安，则资之深；资之深，则取之左右逢其原：故君子欲其自得之也。"此处朱熹《集注》云："所借者深，则日用之间取之至近，无所往而不值其所资之本也。"① 《孟子·尽心上》记孟子之语曰："舜……及其闻一善言，见一善行，若决江河，沛然莫之能御也。"朱熹《集注》云："盖圣人之心，至虚至明，浑然之中，万理毕具。一有感触，则其应甚速，而无所不通，非孟子造道之深，不能形容至此也。"② 由孟、朱二人的言论可领悟到这样一个规律：一个具有较高的道德学问之修养的人，能将世间事物包括日常习见的事物贯之以道，从而触类旁通。上述言论正是孟子等文学作者在撰文说理时风俗事物拈之即来的一个注脚。

　　二是风俗文化对作品形态和风格的影响。先秦两汉时期的诗歌基本上是一种与乐舞相结合的艺术样式，因此在形态和风格上受乐舞风俗影响甚大。由于诗乐舞的结合，此时期诗歌带有很多音乐和表演的印记，甚至蕴含着某些戏曲因素。如《诗经》作品的重章叠句结构就是它们曾经与歌乐相结合的印记。《楚辞·九歌》上面留有诗乐舞一体和分角色演唱的痕迹，这等于宣告了戏曲的萌芽。汉代诗歌有些在题目中使用"歌"、"行"、"引"、"曲"、"吟"等名称，或者诗中有"解"、"艳"、"趋"、"乱"等音乐专名或表声字，或者篇首有稳定观听者情绪的话，或者篇尾有祝颂之语，这些都属于音乐或表演印痕。汉代乐府诗惯于在有限的篇幅中用戏剧化的手段表现情节冲突，呈现出体裁上的戏剧化特征。许多汉代诗歌还具有与舞蹈或百戏表演相配合的舞词或"戏"词之性质。如汉乐府《铙歌·雉子班》和《艳歌何尝行》里面有很多表现飞鸟动作和姿态的语句，似乎最初是与"裾似飞燕，袖如回雪"（张衡《舞赋》，或题为《观舞赋》）的汉代舞蹈相配的。由内容来看，汉乐府诗中的《俳歌辞》明显是一篇扮演兽类的侏儒戏的唱词，《蜨蝶行》也很可能是乐人化装表演动物戏时所唱的歌词，《艳歌》（今日乐上乐）、《王子乔》、《长歌行》

① 《四书章句集注》，第 292 页。
② 同上书，第 353 页。

（仙人骑白鹿）和《董逃行》很可能是配合神仙戏的唱词。先秦两汉诗歌在风格上较为质朴自然，这也与乐舞有关。由于诗歌常常与音乐舞蹈结合在一起，而歌词往往不如音调、舞姿、表演等受人看重，所谓"歌者有诗，然使人善之者，非其诗也"（《淮南子·说山》），因此人们不甚讲究歌词的修饰雕琢，这是先秦两汉诗风质朴的一个重要原因。汉赋风格的闳富奇丽，与汉代的风尚习俗也不无关系。汉代有一种以"不歌而诵"之赋娱悦耳目的风尚①，而且时人"好奇怪之语，悦虚妄之文"（《论衡·对作》），崇尚完备繁富之美②，这些因素都促使汉赋向着闳富奇丽的方向发展。先秦两汉说理散文的真淳朴厚之风，也是得益于作者说理论政时对风俗事物的采择和利用。其作者有时还针对世风有意营造某种文章风格，如庄子恢诡谲怪的文风和战国纵横家铺张扬厉的文风与面对天下"沉浊"，"不可与庄语"（《庄子·天下》）的时代风气有关，王充"形露易观"（《论衡·自纪》）的文风与反对虚妄浮华的时代风气有关。整体而言，先秦两汉文学作品中的风俗文化成分，为它们增添了许多生动活泼、新奇有趣、淳厚有味的风格因子，无形中提升了其艺术魅力。

三是文人创作对民间文艺的学习和借鉴。先秦时的屈原和荀子都注重对民间文艺的学习和借鉴③。屈原的《九歌》等作品就是在民间乐歌的基础上创作出来的，屈原所创立的楚辞文体也是从民间歌谣乐调中生长起来的。荀子的《赋》应是作者学习俳词之类民间文艺样式进行创作的结果，其《成相辞》也是作者向民间文艺学习的成果。汉代文人在创作上学习和借鉴民间文艺的现象更为广泛和突出。这一时期文人的四言诗和五言诗创作都受着民间诗歌的影响，文人五言诗体即是在模拟五言民间歌谣的基础上产生的④。汉代文人在赋、文写作上也注意向民间文艺学习。据史籍记载，东方朔"口谐倡辩，不能持论，喜为庸人诵说"⑤；枚皋"不通经术，诙笑类俳倡，为赋颂，好嫚戏"⑥；汉灵帝时的鸿都门诸生亦"憙陈

---

① 参见本书第三章第一节的有关论述。
② 参见本书第二章第三节的有关论述。
③ 关于屈原和荀子学习、借鉴民间文艺的情况，详见本书第三章第一节的相关论述。
④ 详见本书第三章第一节的有关论述。
⑤ 《汉书》卷65《东方朔传》"赞曰"，第2873页。
⑥ 《汉书》卷51《枚乘传》附《枚皋传》，第2366页。

方俗闾里小事",出自他们之手的辞赋、文章往往"连偶俗语,有类俳优"①。由以上资料可知,东方朔、枚皋等人在赋、文写作上特别喜欢向俳词、说唱等民间文艺学习。从今存作品来看,不少汉代文人的赋中都带着民间文艺的影子。有学者指出,在赋的产生和发展史上,首先出现的是民间赋,在民间赋的基础上才出现了文人赋②,可见汉代文人赋对民间文艺的学习借鉴之多。在《韩诗外传》、《史记》、《说苑》、《新序》、《列女传》、《越绝书》、《吴越春秋》等汉代散文著作中可以见到不少整齐有韵的语句,这应当也是民间文艺的影响所致,反映出作者在创作中对相关民间说唱文艺作品的从内容到形式语言的吸纳和借鉴。

三　风俗文化与先秦两汉文学作者之创作机缘

除影响书写论说对象和写作艺术之外,风俗文化还为先秦两汉文学作者提供了大量创作机缘。先秦两汉时期,音乐歌舞在人们的生活中占有后世乐舞难以比拟的重要地位,乐舞游艺风俗对诗歌辞赋的创作和生成具有极大的推动作用,此问题将在本书第三章第一节安排专门论述,下面谈谈风俗文化为先秦两汉文学作者提供的其他创作机缘。

首先应该提及的是宴饮。由于团结亲族,增进人际关系,奢侈享乐等的需要,周汉时期盛行宴饮之风。"饮酒而乐,使人欲歌"(《淮南子·说林》),宴饮成了当时诗歌创作的重要触媒。在史籍中可以见到很多汉代人饮酒而歌且自编自唱的记录。如《史记·高祖本纪》载,刘邦于荣归故里酺饮之时击筑歌舞,其歌诗乃出于自为:"大风起兮云飞扬,威加海内兮归故乡,安得猛士兮守四方!"《史记·滑稽列传》载,东方朔于某次酒酣之时据地而歌曰:"陆沉于俗,避世金马门。宫殿中可以避世全身,何必深山之中,蒿庐之下!"《汉书·景武昭宣元成功臣表》载,秺侯商丘成于侍祠文帝庙时醉歌堂下曰"出居安能郁郁",并因此获罪自杀。《汉书·杨恽传》(见《杨敞传》)所录杨恽《报孙会宗书》中提到,杨恽在被贬为庶人后,每每在逢年过节之时与家人"烹羊炰羔,斗酒自劳","酒后耳热,仰天拊缶而呼乌乌",其歌诗曰:"田彼南山,芜秽不

---

① 《后汉书》卷60下《蔡邕列传下》,第1992、1996页。
② 关于汉代文人赋与民间赋和民间文艺之间的关系,可参阅本书第三章第一节的相关论述。

治。种一顷豆，落而为萁。人生行乐耳，须富贵何时！”由上述事例可知，汉代人习惯于在宴饮间即兴歌舞，而且常常自作歌诗。也有于宴饮间作赋或文的。如祢衡《鹦鹉赋序》言及，《鹦鹉赋》是祢衡在黄祖大宴宾客“无用娱宾”之时，应一献鹦鹉者的请求即席而作。《后汉书·高彪传》（见《文苑列传下》）记载，汉灵帝时朝中百官为京兆第五永赴外任饯行，蔡邕等皆赋诗，唯独高彪作箴一篇，其文甚美。蔡邕有《祖饯祝》一篇，亦颇具文采，从其题名和内容来看，也是在某场饯行宴会上所作。以上事例进一步说明了宴饮对汉代人文学创作的触发作用。关于周代人在宴饮间即兴创作的记录也有一些。如《晏子春秋·内篇谏下》“景公为长庲欲美之晏子谏”章记载，晏子在与齐景公宴饮正醋时作歌起舞。《穆天子传》卷三叙及，周穆王与西王母饮酒于瑶池之上并诗谣唱酬。以上资料虽带有传说性质，但仍能折射出周人的某些生活习惯，在宴饮中即兴作歌作诗应是他们的一种寻常行为。《宋书·乐志一》云：“前世乐饮，酒酣，必起自舞。《诗》云‘屡舞仙仙’是也。宴乐必舞，但不宜屡尔。讥在屡舞，不讥舞也。”① 此语点出了周人喜于宴饮间起舞的习惯。古时歌舞往往不分家，舞的同时常常伴有歌，所以《诗经》中的“屡舞仙仙”等诗句也可以说是宴饮为周人提供作诗机缘的证据。

先秦两汉民众对巫技方术和神仙道教的信仰也为文学作品的生成造就了种种机缘。

先秦两汉之时巫技方术信仰长期盛行，战国之后又兴起了神仙信仰，东汉中期以后道教也产生并逐渐流行起来。怀有巫技方术和神仙道教之说的巫觋、方士和道士们是要靠自己的知识技能来谋生立命的，这使得他们不但在口头上自炫其术，还以个人所知和民间传说为基础，编造了大量具有自炫其术意味的荒诞怪奇之文，其中有很多可以作为小说看待。据研究，在《四库全书》中被列入子部小说家类的《山海经》就是一部巫书，“是古代巫师们传留下来、经战国初年至汉代初年楚国或楚地的人们（包括巫师）加以整理编写而成的”②。同样被《四库全书》列入子部小说家

①　（南朝梁）沈约：《宋书》，中华书局 1974 年版，第 552 页。
②　袁珂：《中国神话史》，上海文艺出版社 1988 年版，第 18 页。

类的《穆天子传》（约成书于战国之时）①，其作者也应是方士一流人物②。《汉书·艺文志·诸子略》著录有"小说"15 家，共计 1380 篇，包括《伊尹说》27 篇、《鬻子说》19 篇、《周考》76 篇、《青史子》57篇、《师旷》6 篇、《务成子》11 篇、《宋子》18 篇、《天乙》3 篇、《黄帝说》40 篇、《封禅方说》18 篇、《待诏臣饶心术》25 篇、《待诏臣安成未央术》1 篇、《臣寿周纪》7 篇、《虞初周说》943 篇、《百家》139 卷。这些著作乃"街谈巷语，道听途说者之所造"（《汉书·艺文志》），可视作早期的小说作品，一般认为它们出自战国末至西汉时人之手。从各家小说题名及班固注语来看，其作者大多应为方士。张衡《西京赋》云："小说九百，本自虞初。""虞初"即《虞初周说》的作者。据《汉书·艺文志》班固自注，虞初是汉武帝时的一名方士，所以由《西京赋》之语更可发现《汉书·艺文志》所录小说与方士之间的密切关系。由其他一些文献资料可以进一步了解汉代方术之士撰文著书的情况。如《汉书·淮南王传》记载，淮南王刘安曾"招致宾客方术之士数千人"，作《内书》二十一篇（即今存《淮南子》），"《外书》甚众，又有《中篇》八卷，言神仙黄白之术，亦二十余万言"。《论衡·道虚》亦称刘安"招会术人"，"作道术之书，发怪奇之文"。《汉书·艺文志·方技略》述及，世上某些人专以神仙之事为务，使"诞欺怪迂之文弥以益多"。《后汉书·方术列传上》述及，汉朝自武帝以来"颇好方术"，自光武以来更出现了争谈符命谶言，"尚奇文，贵异数，不乏于时"的现象。由上可知，汉代方术之士编写奇书秘籍的行动，不仅盛况频现，而且蔚然成风。

　　先秦两汉之时的方士、道士等人出于宣扬其术的需要，应当还编写创作过为数不少的诗歌。我们在《老子》、《庄子》、《荀子》等诸子散文中能够遇到采用韵语说理的现象，可见先秦诸子为了有效地宣扬他们的学说，有时会将所用语言诗化或韵语化，这一点从荀子的阐述其政治主张的韵文作品《成相辞》更能看出来。先秦两汉的方士、道士等人所面对的宣传受众包括广大的平民百姓，这使得他们更会借助于易诵易记的诗歌韵文的形式来宣扬其术其说。在汉乐府诗歌中我们可以发现某些相关的迹

---

　　① 关于《穆天子传》的成书时间，有西周、战国、汉、晋等说法，应以成书于战国之说为合理。

　　② 胡士莹：《话本小说概论》，中华书局 1980 年版，第 3 页。

象。如《长歌行》（仙人骑白鹿）以一位方士面对"主人"的口吻写成，诗中方士述说自己如何在仙人引导下登山获取灵药并奉送至"主人"门下，还宣称"主人服此药，身体日康强，发白复更黑，延年寿命长"。《董逃行》（吾欲上谒从高山）以一位方士面对皇帝的口吻写成，诗中方士亦自述如何入高山求得神药并献与"陛下"，还宣称"服此药可得神仙"云云。由上述诗歌可知，先秦两汉方术仙道之士在向世人兜售他们的仙药秘术的时候，是会编造一些诗歌韵文以自我炫耀的。类似的情况在汉代道教经典《太平经》和《周易参同契》中也可见到。此二书里都有与歌谣相似的语句，有些还流露出浓重的说教口气。试看《太平经》卷一百零三中论说"无为"的一段文字：

> 无为者，无不为也，乃与道连；出婴儿前，入无间也。到于太初，乃反还也；天地初起，阴阳源也；入无为之术，身可完也；去本来末，道之患也；离其太初，难得完也；去生已远，就死门也。好为俗事，伤魂神也；守二忘一，失其相也；可不诚哉，道之元也。子专守一，仁贤源也；天道行一，故完全也；地道行二，与鬼神邻也；审知无为，与其道最神也。详思其事，真人先也；闭子之金阙，毋令出门也；寂无声，长精神也；神气已毕，仙道之门也；易哉大道，不复烦也；天道无有亲，归仁贤也。

这样的文字，像是出自一位向信众唱诗讲道者之口。再如《周易参同契》中的两段韵语：

> 明者省厥旨，旷然知所由。勤而行之，夙夜不休。服食三载，轻举远游。入火不焦，入水不濡。能存能亡，长乐无忧。（上篇）
> 朱鸟翱翔戏兮，飞扬色五采。遭遇网罗施兮，压止不得举。嗷嗷声甚悲兮，如婴儿慕母。颠倒就汤镬兮，摧折伤毛羽。（下篇）

这两段韵语分别讲论学道轻举之事和还丹之法，颇具诗歌味道，后者以朱鸟翱翔摧伤比喻火运鼎中，尤有文学色彩。由《太平经》和《周易参同契》里面类似歌谣的语句可知，汉代道士出于传道活动的需要，也会编写一些诗歌韵文以敷衍教义，传唱四方，这在《周易参同契》所附的

《鼎器歌》中表现得更为明显。总而言之，先秦两汉时期方士、道士等人宣扬其术的需要，不但为小说奇文，而且为诗歌的生成提供了大量机缘。除了方术仙道之士宣扬其术、其说的诗歌以外，先秦两汉之时还有数量甚多的用于巫术祭祀活动的诗歌。在巫文化盛行的夏商时代，巫术祭祀歌谣是当时主要的文学作品，夏商以后此类歌谣仍源源不断地被创造出来。先秦两汉巫术祭祀诗歌的产生也与世间的巫技方术等信仰有着密切关系，但这一点更多的是属于乐舞风俗对诗歌之生成的影响，此处就不多论了。

除宴饮、巫技方术信仰等风俗外，丧葬风俗中也蕴含着文学创作的机缘，墓碑文和诔文在先秦两汉时期的产生与兴盛即与丧葬礼仪的需要有关。墓碑文为碑文之一种，是刻在墓碑上的以述颂死者功德为主的一种文体。西周时期就有在宗庙铸器铭功的制度，至东汉时期，由于厚葬之风和墓祭的盛行、铭德崇孝意识的张扬、石料在坟墓建筑中的广泛应用等原因，先秦时的铸器铭功之制转移到了墓地上，产生了墓碑和墓碑文[1]。刘勰在《文心雕龙·诔碑》中论说东汉碑文撰作概况云："自后汉以来，碑碣云起。才锋所断，莫高蔡邕。观杨赐之碑，骨鲠训典；陈郭二文，词无择言；周乎众碑，莫非清允。其叙事也该而要，其缀采也雅而泽。清词转而不穷，巧义出而卓立。察其为才，自然而至。孔融所创，有慕伯喈。张陈两文，辨给足采，亦其亚也。"[2]诚如刘勰所言，在铭德崇孝的丧葬风俗的推动之下，东汉时期墓碑文的写作呈现出一派兴盛局面，其中有不少作品，如汉末蔡邕的《杨赐碑》、《陈寔碑》、《郭泰碑》、《周勰碑》、《胡广碑》，汉末孔融的《卫尉张俭碑铭》（今仅存残文）等还写得颇有文采。与墓碑文相近的诔文的产生与兴盛也与丧葬风俗的推动有关。诔文是述颂死者德行并致以哀悼的一种文体。周代丧葬中即有一种读诔赐谥的仪式，汉代崇儒重丧，儒家丧葬礼仪得到普遍遵循，加之在礼仪的崇尚中产生了兴作礼文的需要，诔文由此而形成并且兴盛起来[3]。汉代诔文中亦不乏具有较高文学成就的作品，如东汉时期的杜笃、傅毅、苏顺、崔瑗、崔骃、刘陶等人都写出过诔文佳篇，《文心雕龙·诔碑》对此数人之诔文撰制有

---

① 参见黄金明《汉魏晋南北朝诔碑文研究》，人民文学出版社 2005 年版，第 35—72 页。

② （南朝梁）刘勰著，范文澜注：《文心雕龙注》，人民文学出版社 1958 年版，第 214 页。引文中"乎"字当作"胡"。

③ 参见《汉魏晋南北朝诔碑文研究》，第 10—35 页。

精当评论："杜笃之诔,有誉前代。……傅毅所制,文体伦序;孝山崔瑗,辨絜相参:观其序事如传,辞靡律调,固诔之才也。……至如崔骃诔赵,刘陶诔黄,并得宪章,工在简要。"①

在日用器物上刻写铭文的习俗对于文学作品的催发作用也值得一提。先秦时即有在日常用器上勒刻或题写铭文以自警戒的做法。《文心雕龙·铭箴》云:"昔帝轩刻舆几以弼违,大禹勒笋簴而招谏,成汤盘盂,著日新之规,武王户席,题必戒之训……则先圣鉴戒,其来久矣。"② 关于黄帝、大禹、商汤、周武王等人在车舆、几案、笋簴、盘盂、座席等器物上刻写铭文的说法虽未必可信,但先秦之时已有刻写在日用器物上的警戒性的铭文(与记功颂德的铜器铭文不同)则是无疑的。至两汉时期,器物制造业兴盛发达,为日用器物所作的铭文大量涌现,如冯衍、崔骃、李尤等人都写下了多则此类铭文,其中李尤所作尤多。先秦两汉时期的日用器物铭文,有些写得优美可读,颇具文学性。试看西汉时的一则镜铭:

> 洁清白而事君,怨阴欢之弇明。焕玄锡之流泽,志疏远而日忘。
> 慎糜美之穷皑,外承欢之可说。慕窔窕于灵泉,愿永思而毋绝。③

此铭文以镜喻人,情调幽怨,动人心弦,而且饶有楚辞风味。严可均所辑《全后汉文》卷九十七收录有一则流露出类似情调的镜铭:"久不见,侍前希。秋风起,予志悲。"此铭文悲秋叹己,虽只有区区十二字,读来却颇有诗味。

通过以上论述还可以看出,风俗文化不但对于先秦两汉文学作品的生成具有重要的推动之功,而且对于其传播也具有重要的促进作用。因为先秦两汉时期的许多文学作品都是产生于某种风俗行为,并随之在广大民众中口口相传,自然流布,这无疑会促进它们的传播。

总之,先秦两汉文学作者的创作活动,与他们对风俗文化的接触和了解,与他们对待风俗文化的态度,与风俗文化对他们的影响有着错综复杂的联系。当然,由于文学作者对风俗文化的接触、了解和对待风俗文化的

---

① 《文心雕龙注》,第 213 页。
② 同上书,第 193 页。
③ 孙机:《汉代物质文化资料图说》,文物出版社 1991 年版,第 269 页。

态度不尽相同，其所受风俗文化的影响各有差别等原因，风俗文化对文学作者创作活动的影响也因人而异。还应该注意到，先秦两汉文学作者的创作活动及其作品并不只是被动地受着风俗文化的影响，它们或者能宣扬某种风俗，或者能抵制某种风俗，或者能增加某些风俗文化的理论分量，从而对风俗文化也有着一定的反作用力。

第 二 章

风俗文化与先秦两汉文学的发展
流变和地域特色

　　风俗是特定社会共同体中积久成习的各种行为方式的总和，它在时间上是传承的，具有较强的稳定性，但又表现出一定程度的变动性；它在空间上是扩布的，具有某些统一性，但又表现出明显的地域差别性。文学的存在和发展，不可避免地要受到各种时间和空间因素的影响。因此，研究某一历史时期文学与风俗文化之间的关系，不仅要从共时态的角度来考察此时期文学作者的创作活动或整个文学领域与客观存在的风俗文化的总体关系，还有必要从历时态和地域差别的角度来考察此时期文学与风俗文化的时空差异的关系。先秦两汉时期风俗文化的发展变化和地域差别，与此时期文学的发展流变过程和地域色彩的呈现之间存在着诸多层面的联系。

第一节　风俗文化与先秦文学的发展流变

　　先秦时期，随着风俗文化的发展演变，文学亦显现出不同的风貌。

一　风俗文化与上古至殷商文学风貌

　　上古至殷商时期，风俗文化尚处于滥觞阶段，总的来说具有原始、质朴的特点。《墨子·节用中》描述上古社会管理制度说：

　　　　古者圣王制为饮食之法曰："足以充虚继气，强股肱，使耳目聪明，则止。"不极五味之调、芬香之和，不致远国珍怪异物。何以知其然？古者尧治天下……黍稷不二，羹胾不重，饭于土塯，啜于土形，斗以酌。俯仰周旋威仪之礼，圣王弗为。古者圣王制为衣服之法

曰："冬服绀緅之衣轻且暖，夏服絺绤之衣轻且清，则止诸。"加费
不加于民利者，圣王弗为。……虽上者三公诸侯至，舟楫不易，津人
不饰，此舟之利也。……为宫室之法……其旁可以圉风寒，上可以圉
雪霜雨露，其中蠲洁，可以祭祀，宫墙足以为男女之别，则止诸。①

这虽然说的是唐尧之类上古帝王管理社会人民的制度方法，而且带有理想
化的色彩，从中仍可窥见上古之世的风俗状况，其时人们在衣、食、住、
行等众多生活领域都以质朴、实用为上，不讲求奢华和文饰。《韩非子》
之《五蠹》篇称扬尧治理天下之时，"茅茨不翦，采椽不斫；粝粢之食，
藜藿之羹；冬日麑裘，夏日葛衣"②，其中也反映了上古社会原始、质朴
的风俗状况。《礼记·表记》述夏代文化特征云："夏道尊命，事鬼敬神
而远之，近人而忠焉，先禄而后威，先赏而后罚，亲而不尊。其民之敝，
蠢而愚，乔（骄）而野，朴而不文。"③ 这段言论据说是出自孔子之口，
是对有夏一代立国行政的原则方针及在其影响下出现的一些民情风俗特点
的追述，虽然不是那么可信，但从中仍可捕捉到夏代风俗的某种特有气
息。可以肯定地说，夏代风俗仍然处于一种质拙、朴野的状态。殷商风俗
虽然现出了一些由"野"向"文"发展的迹象，但总体上说仍未脱离原
始、质朴的状态。《论语·为政》述孔子语曰："殷因于夏礼，所损益，
可知也。周因于殷礼，所损益，可知也。"《论语·八佾》又述孔子语曰：
"周监于二代，郁郁乎文哉！吾从周。"④ 由孔子之语可知，周代礼制、文
化是沿袭夏、商之礼制、文化而有所增益或减损的，夏、商之礼制、文化
较为简陋、朴实，周代礼制、文化则具有了突出的注重文采修饰的特征。
虽然孔子谈论的是夏、商、周三代礼制和文化的特色与其传承情况，但在
先秦时期，礼制与风俗是密不可分的，"有些俗就是礼，而有些礼也便是
俗"⑤，所以孔子之语实际上也点出了夏、商、周风俗文化的某些特色。

---

① 吴毓江撰，孙启治点校：《墨子校注》，中华书局 2006 年版，第 249—251 页。
② （战国）韩非撰，（清）王先慎集解，钟哲点校：《韩非子集解》，中华书局 1998 年版，
第 443 页。
③ 《礼记注疏》，《十三经注疏》，第 1641 页。
④ （魏）何晏集解，（宋）邢昺疏：《论语注疏》，（清）阮元校刻《十三经注疏》，中华书
局 1980 年影印本，第 2463、2467 页。
⑤ 钟敬文主编，晁福林等著：《中国民俗史·先秦卷》，人民出版社 2008 年版，第 11 页。

与周代风俗文化重"文"相比，商代风俗文化与夏代风俗文化有着更多的共同性，它们可以说都没有脱离原始、质朴的发展阶段。

与风俗文化的原始、朴野特色相应，上古至殷商时期的文学亦呈现出一派简古、质朴的风貌。《弹歌》（相传作于黄帝时代）、《蜡辞》（相传作于伊耆氏时代）是流传至今的较为可信的远古诗歌。《弹歌》全诗如下："断竹，续竹，飞土，逐宍。"《蜡辞》全诗如下："土反其宅，水归其壑，昆虫毋作，草木归其泽！"二诗歌词之简单自然、表达之即兴直白正是对上古社会民情风习的印证。据《吴越春秋·勾践阴谋外传》中善射者陈音之言，《弹歌》乃产生于中华先民劳动和创造的过程中："古者人民朴质。饥食鸟兽，渴饮雾露。死则裹以白茅，投于中野。孝子不忍见父母为禽兽所食，故作弹以守之，绝鸟兽之害。故歌曰：断竹续竹，飞土逐害之谓也。"[①]《吴越春秋》中弹弓乃古时"孝子"所发明的说法虽不可信，但其对《弹歌》产生缘起的解释却在无意间将上古人民的生活、习俗与当时的诗歌风貌联系了起来，这对于我们是颇具启发意义的。《吕氏春秋·音初》中提到的涂山氏之女所作的"南音"之始和有娀氏之女所作的"北音"之始，前者曰"候人兮猗"，后者曰"燕燕往飞"，均为现实生活的再现，歌词虽都只有一句，但其古拙质朴之汁液可掬。蕴含于《周易》卦爻辞中的一些大约在殷商时代即已流行的诗歌，在风格上也甚是古朴。例如《屯·六二》："屯如，邅如，乘马班如。匪寇，婚媾。女子贞不字，十年乃字。"《中孚·六三》："得敌，或鼓，或罢（疲），或泣，或歌。"前者吟唱上古抢婚情形，后者歌咏战场景象，在简短的言辞和粗犷的格调中散发着一种原始蛮野的生命力。《尚书》中的《甘誓》和《盘庚》是较为可靠的夏商时代的散文，虽属官方文诰，亦充满质朴之气。如《夏书·甘誓》所记录的夏启在讨伐有扈氏之前告诫将士的言辞中有这样的话："左不攻于左，汝不恭命；右不攻于右，汝不恭命；御非其马之正，汝不恭命。用命，赏于祖；弗用命，戮于社，予则孥戮汝！"此数语径直发布一己之命令，显得极其简朴。又如《商书·盘庚上》所记录的商王盘庚迁都到殷前后说服臣民的训诫之辞中有这样的话：

---

① （汉）赵晔撰，周生春辑校汇考：《吴越春秋辑校汇考》，上海古籍出版社 1997 年版，第 152 页。引文中"害"字或作"宍"。

格汝众，予告汝训。汝猷黜乃心，无傲从康。……今汝聒聒，起信险肤，予弗知乃所讼！非予自荒兹德，惟汝含德，不惕予一人。予若观火，予亦拙谋，作乃逸。若网在纲，有条而不紊；若农服田力穑，乃亦有秋。汝克黜乃心，施实德于民，至于婚友，丕乃敢大言，汝有积德！乃不畏戎毒于远迩，惰农自安，不昏（暋）作劳，不服田亩，越其罔有黍稷。

这段文字逼真地再现了商王的声口语气，在直白的表述之外，又善于采用日常生活中习见的事物作比喻，显得十分朴素平实。至于殷商时期的甲骨卜辞和铜器铭文等简短记事文字，其原始、朴直之特质更无须多言。对于上古至殷商之文学，刘勰《文心雕龙》之《时序》篇有论云："昔在陶唐，德盛化钧，野老吐何力之谈，郊童含不识之歌。有虞继作，政阜民暇，薰风诗于元后，烂云歌于列臣。尽其美者何？乃心乐而声泰也。至大禹敷土，九序咏功；成汤圣敬，猗欤作颂。"《文心雕龙·明诗》亦云："至尧有大唐之歌，舜造南风之诗，观其二文，辞达而已。"[1] 所谓"辞达而已"也可以说是整个上古至殷商文学的共同风貌。此时期文学的只求以言辞达意，不讲究文采藻饰的特点，固然是文学尚处在起源阶段的一种表现，但也是与时代、社会包括风俗文化的影响分不开的。

上古至殷商时期，人们的物质力量和精神力量尚相当低下，对超自然的神灵的信仰是其文化观念的一大特色，这使得本时期的风俗文化也带有浓重的神秘色彩。从远古时代起，人们就认为有天神、地祇、人鬼等神灵在主宰社会生活中的一切。夏代人民虽然被认为是"事鬼敬神而远之"，但即便如此，他们仍然没有放弃"事鬼敬神"。商代人民对神灵更是万分尊崇，如《礼记·表记》所言："殷人尊神，率民以事神，先鬼而后礼，先罚而后赏，尊而不亲。"[2] 殷商统治者不仅极尽奉鬼事神之能事，还将宗教迷信与政治权威结合起来，利用人们对神灵的信仰崇拜制约其思想及行动，以维护贵族统治和等级制度，因此这一时期风俗文化的神秘色彩是非常引人注目的。总而言之，自上古至殷商，鬼神信仰的烟气长期笼罩着中华大地，各种自然崇拜、图腾崇拜、祖先崇拜、祭祀仪式、占卜活动、

---

① 《文心雕龙注》，第 671 页。
② 《礼记注疏》，《十三经注疏》，第 1642 页。

巫术禁忌等充斥于人们的社会生活之中，作为沟通人神之中介的巫觋也得以大显身手。与这种鬼神信仰和风俗文化的神秘性相应，上古至殷商时期，在文学领域产生了大量的巫术祭祀歌谣和神话传说。据说是作于伊耆氏时代的《蜡辞》即是一首年终合祭百神时所唱的诗歌。相传夏代有名为《九辩》和《九歌》的乐歌。《山海经·大荒西经》云："夏后开（启）……上三嫔于天，得《九辩》与《九歌》以下。"① 由此神话之说推测，夏代的《九辩》与《九歌》大约是产生于祭天活动，应当都是祭歌。商代的巫术祭祀歌谣更多。除收录于《诗经》里面的《商颂》5 篇②之外，在《周易》卦爻辞和甲骨卜辞中也能够见到一些可作为殷商诗歌看待的文句。至于上古神话，由于没有获得完整系统的保存，今天只能在《山海经》、《诗经》、《楚辞》、《庄子》、《吕氏春秋》、《淮南子》等典籍文献中见到一些零星的神话传说。这些巫术祭祀歌谣和神话传说的存在，使得上古至殷商时期的文学也富有神秘奇幻之意味，因而更显原始、古老之美。

二 风俗文化与西周春秋文学风貌

从殷商到西周，随着生产力的不断发展和人们认识水平的逐步提高，社会文化发生了由野而文，由尚鬼到崇礼，由以神为本到以人为本的转变，正如《礼记·表记》所言："周人尊礼尚施，事鬼敬神而远之，近人而忠焉，其赏罚用爵列，亲而不尊。其民之敝，利而巧，文而不惭，贼而蔽。"③ 与此相适应，西周春秋时期的风俗文化也表现出尚文重礼的特色，人们几乎在生活的方方面面、生命的时时刻刻都要受"礼"的限制和约束。如在服饰风俗方面，不同等级的人要穿着不同的衣服饰物，"虽有贤身贵体，毋其爵不敢服其服"（《管子·立政》），甚至连衣帽镶什么颜色的边都不能随意，有"为人子者，父母存，冠衣不纯素"，"孤子当室，冠衣不纯采"（《礼记·曲礼上》）等规章。在饮食风俗方面，有"毋抟饭""毋放饭""毋扬饭""毋啮骨""毋嘬炙""毋流歠""毋咤食""毋

---

① 袁珂：《山海经校注》，上海古籍出版社 1980 年版，第 414 页。
② 关于《诗经·商颂》的写作年代，长期以来有两种说法，一种认为是殷人所作；另一种认为是春秋时宋人所作，本书采用后一种说法。
③ 《礼记注疏》，《十三经注疏》，第 1642 页。

固获""毋刺齿"(《礼记·曲礼上》)等烦琐细微的规定,以避免各种不卫生、不雅观、不礼貌的宴饮行为的出现。在起居风俗方面,有"为人子者,居不主奥,坐不中席,行不中道,立不中门"(《礼记·曲礼上》)等规矩,以免冲撞了父母的尊严。在出行风俗方面,有"道路,男子由右,妇人由左,车从中央","父之齿随行,兄之齿雁行,朋友不相逾"(《礼记·王制》)等规则,不厌其详地对人进行限制。据《礼记·曲礼上》,即便是对于儿童,也有不穿皮裘、裙裳,站立时必须正对四方方位,不歪头侧耳听人说话等种种礼节约束。在无穷无尽的繁文缛节的制约之下,人们的一视一听、一言一动都不可任意为之,《礼记·曲礼上》载有下列礼仪规定:"毋侧听,毋噭应,毋淫视,毋怠荒。游毋倨,立毋跛,坐毋箕,寝毋伏。敛发毋髢,冠毋免,劳毋袒,暑毋褰裳。"① 由这些唯恐有所遗漏的规定,可以想见"礼"对周人的浸染和约束之深。周代思想家和有识之士对于"礼"在治理国家和个人成长中的作用也有极其深刻的认识。《礼记·曲礼上》说:"道德仁义,非礼不成。教训正俗,非礼不备。分争辨讼,非礼不决。君臣、上下、父子、兄弟,非礼不定。宦学事师,非礼不亲。班朝治军,莅官行法,非礼威严不行。祷祠祭祀,供给鬼神,非礼不诚不庄。"又曰:"人有礼则安,无礼则危,故曰'礼者,不可不学也'。"② 上述言论高度评价了礼制的功用:就国家社会而言,"礼"在朝政、军事、祭祀、教育、思想以及端正风俗,解决矛盾纠纷,处理人际关系和家庭关系等方面都是不可或缺的;就个人而言,守"礼"与否是关系其安危存亡的大事。《左传》中也有"礼,国之干也"(《僖公十一年》、《襄公三十年》),"礼以庇身"(《成公十五年》),"礼,人之干也"(《昭公七年》),"夫礼,死生存亡之体也"(《定公十五年》),"夫礼,天之经也,地之义也,民之行也"(《昭公二十五年》)等说法。这种高度重视"礼"在国计民生中的功用的思潮,对周代风俗文化尚文重礼特色的形成起了促进和强化的作用。

在尚文重礼的风俗和思想背景之下,西周春秋时期的文学作品中也处处可见对"礼"的关注。清代经学家皮锡瑞说:"六经之文,皆有礼在其

---

① 《礼记注疏》,《十三经注疏》,第 1240 页。

② 同上书,第 1231 页。

中；六经之义，亦以礼为尤重。"① 不止《诗经》《尚书》《春秋》等六经文本，在《左传》《国语》《论语》等文本之中也都贯穿着"礼"的精神。由于先秦时期礼与俗密不可分，所以西周春秋文学作者在表现自己对"礼"的关注的时候，也自觉不自觉地将种种礼俗摄入笔端，他们热衷于叙写守礼之事，刻画循礼之人，贬责违礼之举，抒发崇礼之情，寄托尊礼之思，将一股强烈的礼乐文化的精神灌注进本时期文学的躯体之中。《诗经》即展现了宴饮、祭祀、婚姻、丧葬、馈赠等诸多方面的礼俗，其中渗透着一种重礼尚德的思想意识，甚至发出了"人而无仪，不死何为"，"人而无止，不死何俟"，"人而无礼，胡不遄死"（《鄘风·相鼠》）的感叹。如《小雅·宾之初筵》是一首写宴饮礼俗的诗，它描绘了客人未醉之时和既醉之后的截然相反的姿态，对酗酒失德的行为进行了讽刺。诗中写道：

> 宾之初筵，左右秩秩。笾豆有楚，殽核维旅。酒既和旨，饮酒孔偕。钟鼓既设，举酬逸逸。大侯既抗，弓矢斯张。射夫既同，献尔发功。发彼有的，以祈尔爵。……

宴飨之初，席间酒菜齐备，众乐和奏，宾客举杯同饮，张弓赛射，个个温雅谦恭，矜庄有礼。但是随着美酒一杯杯下肚，客人便不由得忘乎所以起来，他们丢掉先前的威仪，衣冠不整地在一片杯盘狼藉中狂舞乱叫：

> 其未醉止，威仪反反。曰既醉止，威仪幡幡。舍其坐迁，屡舞仙仙。……宾既醉止，载号载呶。乱我笾豆，屡舞僛僛。是曰既醉，不知其邮（訧）。侧弁之俄，屡舞傞傞。

对于宾客的丑态毕露，作者做出了"醉而不出，是谓伐德"的批评以及"饮酒孔嘉，维其令仪"的劝告，表达了自己对宴饮礼俗的看法。《左传》和《国语》也十分注重对礼俗的叙写和评论，甚至根据有关人物守"礼"与否来推断人的吉凶祸福，预测事态的发展趋向。在作者笔下，即使是刀兵相见的战场上，也时时流淌着"礼"的脉脉温情。如《左传·成公二

---

① （清）皮锡瑞：《经学通论·三礼》，中华书局1954年版，第81页。

年》所写齐晋鞌之战中，晋将韩厥居中驾车追赶齐顷公，齐侯御者劝其箭射韩厥，但齐侯却以"谓之君子而射之，非礼也"为由而不肯向韩厥发箭，结果自己险些被韩厥活捉；齐侯之车右逢丑父冒充齐侯使其逃脱，丑父自己却为晋军所擒，后来晋军主帅郤克又因为丑父"不难以死免其君"而免其一死；齐侯脱险后为救"丑父"而三次出入于敌军，并且因为在回师路上遇到的一位女子"有礼"（先问君后问父）而赐给她一块封地。《左传·成公十六年》所写晋楚鄢陵之战中，晋国将领郤至"三遇楚子之卒，见楚子，必下，免胄而趋风"，晋将韩厥亦以"不可以再辱国君"为由不肯急追郑伯。以上这些叙写都突出地表现了作者对"礼"的重视和对礼俗的关注。由以上论述可见，西周春秋文学作品在思想内容上的尊礼尚德特点的形成，固然与当时的政治制度和精英思想的影响有关，但也与那个时代崇文重礼的风俗民情有着一定的联系。

尚文重礼的风俗和政治伦理思想，也促成了西周春秋文学温柔敦厚、委婉雅致的艺术特质和风格。《文心雕龙·时序》所说的"逮姬文之德盛，周南勤而不怨；大王之化淳，邠（豳）风乐而不淫"[1]，即隐约点出了周代政教、民俗与文学之间的这层关系。周人不但讲究"动作有文"，还追求"言语有章"，提倡"文以足言"，并认识到了"言之无文，行而不远"的道理（见《左传》之《襄公三十一年》和《襄公二十五年》）。当然，他们所推崇的有"文"之"言"并不是雕琢过度或徒具形式的言语，而是修饰与简括、朴素与华美结合，文质兼备，情采相谐的言辞，如孔子就主张"情欲信，辞欲巧"（《礼记·表记》），反对"巧言乱德"（《论语·卫灵公》）。在周代文人和思想家看来，有文采合礼仪的言语应该是温婉谦和而不离正道的，所谓"言语之美，穆穆皇皇"（《礼记·少仪》）。《周易·系辞下传》论《周易》卦爻辞语言特点云："其称名也小，其取类也大，其旨远，其辞文，其言曲而中，其事肆而隐。"[2] 语浅意深，言近旨远，含蓄蕴藉，婉曲有致，这就是周人所称道的语言风格。周人在实际的语言表达和交流上的确也喜欢以委婉曲折的方式进行。如《左传·昭公二十八年》记载，晋国执政者魏献子打算接受梗阳人的贿

---

① 《文心雕龙注》，第 671 页。

② （魏）王弼注，（唐）孔颖达疏：《周易正义》，（清）阮元校刻《十三经注疏》，中华书局 1980 年影印版，第 89 页。

赂，大夫阎没和女宽采取先是莫名其妙地"三叹"，待到魏献子怪而问之，然后言在此而意在彼地做出对答的办法对他加以劝谏。《论语·述而》所记录的子贡通过向孔子询问伯夷、叔齐的为人而窥知孔子不会帮助卫君，也采用了隐晦迂曲的方式。以上事例都突出地反映了周人在语言交流上惯于转弯抹角，擅长委婉其辞的特点，这一特点也融入了西周春秋时期的文学作品中。如《诗经》善用比兴手法和重章叠句的结构形式，形成一种含而不露、回环往复的艺术风格，故被刘勰誉为"摛风裁兴，藻辞谲喻，温柔在诵"，"最附深衷"（《文心雕龙·宗经》）①。《春秋》善用"微而显，志而晦，婉而成章，尽而不污，惩恶而劝善"（《左传·成公十四年》）②的笔法，形成一种语不直露而意味深长的审美风格。《左传》继承和发展了春秋笔法，其人物语言富于"典而美"，"博而奥"（《史通·外篇·申左》）③之趣，叙述语言亦"言近而旨远，辞浅而义深"（《史通·内篇·叙事》）④。西周春秋文学作品温柔敦厚、委婉雅致的风格的产生，固然与当时礼乐制度的推行有关，但也与本期在礼乐制度影响下出现的重礼文、尚温恭的风尚习俗有着一定的联系。日本学者今道友信曾说："礼即举止文雅、严肃的艺术，它不仅是单纯地用在典礼上的艺术，还包括社会生活中的各种各样的活动。"⑤的确如此，"礼"的渗入，让周人的日常言行举止及整个世俗生活都荡漾着一种诗意，回旋着艺术的精神，也使西周春秋时期的文学作品充满了文雅、严肃的艺术之美。

三　风俗文化与战国文学风貌

战国是一个列国纷争，礼崩乐坏的时代，其民情风俗也不能不为之一变。关于战国时期的风俗状况，历代学者及著述多有论说。如生活于战国中期的孟子即批评过当时国君"不乡（向）道，不志于仁"，事君者亦"皆曰我能为君辟土地，充府库"，君臣上下唯财富是好的风俗，并提倡

---

① 《文心雕龙注》，第 22 页。

② 杨伯峻：《春秋左传注》，中华书局 1990 年版，第 870 页。

③ （唐）刘知几著，（清）浦起龙通释，王煦华整理：《史通通释》，上海古籍出版社 2009 年版，第 391 页。

④ 《史通通释》，第 162 页。

⑤ ［日］今道友信：《东方的美学》，蒋寅等译，生活·读书·新知三联书店 1991 年版，第 103 页。

"变今之俗"（《孟子·告子下》）①。西汉刘向在其《校〈战国策〉书录》中说："及春秋之后，众贤辅国者既没，而礼义衰矣。……至秦孝公捐礼让而贵战争，弃仁义而用诈谲，苟以取强而已矣。夫篡盗之人，列为侯王，诈谲之国，兴兵为强。是以转相放（仿）效，后生师之，遂相吞灭，并大兼小，暴师经岁，流血满野，父子不相亲，兄弟不相安，夫妇离散，莫保其命，滑然道德绝矣。……故孟子孙卿儒术之士弃捐于世，而游说权谋之徒见贵于俗。"②《汉书·食货志》有言曰："陵夷至于战国，贵诈力而贱仁谊，先富有而后礼让。"③ 近代学者张亮采在其著作中也说："盖至七国时，文武周公之礼乐刑政既荡然扫地。攻伐争斗，较春秋尤甚。诈力权谋，公行而无所讳惮。脱仁义道德之假相，而露出弱肉强食之真面目。"④ 以上诸家言论表达了一个大致相同的观点，即战国时代是一个风俗浇薄败坏的历史阶段，当时之民众普遍不看重仁义礼让之道，争相追逐富贵财利，极端推崇诈力权谋，如顾炎武所说，"春秋时犹尊礼重信，而七国则绝不言礼与信矣"（《日知录》卷十三"周末风俗"条）⑤。在这样一个轻礼义道德而重权变计谋的时代，一种崇尚游说口辩的风气与之相伴而生。《庄子·外物》有言曰："饰小说以干县令，其于大达亦远矣。"⑥ 此语讥刺世上某些人通过粉饰浅薄琐屑之言论来求取名利，正是对战国时崇游说尚口辩风气的反映。叶适曾指出，"游"乃战国士人之职业："游说也，游侠也，游行也，皆以其术游。而椎鲁之人释末耜，阡陌之人弃质剂，相与并游于世。子不难于诈其父，臣不难于胁其君，士不难于卖其友。黄金横带，从车粱肉，以偷乐焉而已矣！而尚奚择哉?"⑦ 由其语可见，借助于不择手段的游说和巧辩来获取富贵利禄，在战国之世已形成为一种社会风习，正如吴师道所说："战国名义荡然，攻斗并吞，相诈、相倾，机变之谋，惟恐其不深；捭阖之辞，惟恐其不工；风声气习，举一世

---

① 《孟子正义》，第 854 页。

② 诸祖耿：《战国策集注汇考》（增补本），凤凰出版社 2008 年版，第 1795—1797 页。

③ 《汉书》，第 1124 页。

④ 《中国风俗史》，第 31—32 页。

⑤ （清）顾炎武著，（清）黄汝成集释：《日知录集释》，世界书局中华民国二十五年（1936）版，第 304 页。

⑥ （清）王先谦撰，沈啸寰点校：《庄子集解》，中华书局 1987 年版，第 239 页。

⑦ （宋）叶适：《战国策题记》，转引自《战国策集注汇考》，第 1809—1811 页。

而皆然!"① 游说口辩在战国之时确乎也发挥过重要的历史作用,并曾给游说者带来巨大的好处,刘勰对此有论云:"暨战国争雄,辨士云踊……一人之辩,重于九鼎之宝,三寸之舌,强于百万之师;六印磊落以佩,五都隐赈而封。"(《文心雕龙·论说》)② 在当时崇重游说口辩的社会风气中,甚至还诞生了不少言谈奇诡、出语荒诞的辩士,如学说"迂大而闳辩"的驺衍、言论"文具难施"的驺奭,"为坚白同异之辩"的公孙龙(见《史记·孟子荀卿列传》),以及"日以其知与人之辩","特与天下之辩者为怪"的惠施(见《庄子·天下》)等,均可作为这种时代风气的有力印证。

　　追求富贵财利、看重权谋口辩的时代风尚,在战国文学作品中留下了正反两个方面的思想印痕,即崇尚富贵谋辩的思想意识和对此思想意识及社会风气的批判。体现前一种思想意识的代表作品就是《战国策》。清人凌扬藻《记〈战国策〉》文云:"古之时人皆以节操为重。……战国则鲁仲连而外,其节操罕得而言矣。古之时人皆以学问为重。……战国则荀卿而外,其学问罕得而言矣。当重者轻之,当轻者重之,举世皆然,惟利是务。"清人王棻《读〈国策〉》文曰:"世之沈(沉)于势利也,知有己而不知有君亲也,相率而为机械变诈也,盖至是乎!"③ 这些言论是对战国时代风气的批评,同时也是对《战国策》一书思想内容的评论。正如凌氏、王氏所言,在《战国策》一书中充满了势利之争、变诈之事,而作者那种对富贵与谋辩的崇尚之心也遮挡不住地流淌出来。在《战国策》里面,更有如苏秦"安有说人主不能出其金玉锦绣,取卿相之尊者乎"(《秦策一》)那样的道白,赤裸裸地宣示着整个时代的心理趋向。还有一些表示作者看法的论断之语,也在意图明确地宣扬着重权变尚谋略一类思想意识。如《秦策一》"苏秦始将连横"章中有这样的论断语:

　　　　……故苏秦相于赵而关不通。当此之时,天下之大,万民之众,王侯之威,谋臣之权,皆欲决于苏秦之策。不费斗粮,未烦一兵,未战一士,未绝一弦,未折一矢,诸侯相亲,贤于兄弟。夫贤人在而天下服,一人用而天下从……当秦之隆,黄金万溢(镒)为用,转毂

---

① (元)吴师道:《书曾序后一则》,转引自《战国策集注汇考》,第1812—1813页。

② 《文心雕龙注》,第328—329页。

③ 《战国策集注汇考》,第1824、1827页。

连骑，炫煌于道，山东之国，从风而服，使赵大重。……

作者在这里极力夸大策士和谋略的作用，言语间还流露出对功名富贵的艳羡心理。在《齐策三》"楚王死"章中，作者连用了十个"可以"来说明苏秦计策的灵活性及其作用的多样性：

> 苏秦之事，可以请行；可以令楚王亟入下东国；可以益割于楚；可以忠太子而使楚益入地；可以为楚王走太子；可以忠太子，使之亟去；可以恶苏秦于薛公；可以为苏秦请封于楚；可以使人说薛公以善苏子；可以使苏子自解于薛公。

这是对一计数可的解说，也是对多谋善辩者的夸赞。《齐策四》"齐人有冯谖者"章末"孟尝君为相数十年，无纤介之祸者，冯谖之计也"；《齐策六》"燕攻齐取七十余城"章末"故解齐国之围，救百姓之死，仲连之说也"的作者论断，同样是对游说与策谋之功用的高度评价。至于对崇尚富贵谋辩之思想意识及社会风气的批判，在战国诸子散文及楚辞中每每可见。如《孟子·尽心》下篇中，作者以自己所拥有的古道正义与当时追逐富贵享乐的世风相对抗："堂高数仞，榱题数尺，我得志弗为也。食前方丈，侍妾数百人，我得志弗为也。般乐饮酒，驱骋田猎，后车千乘，我得志弗为也。……在我者，皆古之制也。"《孟子·滕文公下》中，作者把世俗之人所崇拜的"一怒而诸侯惧，安居而天下熄"的公孙衍、张仪等纵横家的行径比作"妾妇之道"，认为他们完全背离了"大丈夫"精神。《庄子·列御寇》中，作者斥责游说秦王得车百乘的宋人曹商为"舐痔者"，也是对背离正道，一味钻营富贵利达者的辛辣嘲讽。

章学诚曾论战国之文曰："战国者，纵横之世也。纵横之学，本于古者行人之官。观春秋之辞命，列国大夫，聘问诸侯，出使专对，盖欲文其言以达旨而已。至战国而抵掌揣摩，腾说以取富贵，其辞敷张而扬厉，变其本而加恢奇焉，不可谓非行人辞命之极也。……古之文质合于一，至战国而各具之质；当其用也，必兼纵横之辞以文之，周衰文弊之效也。"（《文史通义·内篇·诗教上》）① 确如章氏所论，战国文学作品或纵横捭

---

① （清）章学诚著，叶瑛校注：《文史通义校注》，中华书局1985年版，第60—61页。

阖，或谈天雕龙，或铺张排比，或音韵铿锵，或旁征博引，或巧设比喻，或汪洋恣肆，或瑰玮奇幻，总体上呈现出铺张扬厉、辩丽奇诡之艺术风貌。纵横家文章自不必说，被时人称为"好辩"（《孟子·滕文公下》）的孟子和提倡"君子必辩"（《荀子·非相》）的荀子，其文章也都长于论辩，饶有艺术之美，即便是以"辩虽雕万物，不自说也"（《庄子·天道》）为上的庄子和反对"文辩辞胜而反事之情"，"不谋治强之功，而艳乎辩说文丽之声"（《韩非子·外储说左上》）的韩非子，其文章仍有"华实过乎淫侈"（《文心雕龙·情采》）之嫌。造就战国文学辩丽奇诡之风貌的因素自然是多方面的，若从时代风习的角度加以探究，此风貌的形成，与章学诚所提到的战国之世"腾说以取富贵"的风气有关，也与当时重游说尚口辩的风气有关。以士人为主体的战国文学作者出于宣扬其学说道术、以游说巧辩获取富贵功名等目的，十分注重对言辞文章的雕饰加工。重游说尚口辩的时代风气的吹拂，也使得战国文学作者比较讲究论辩和撰文艺术，如刘知几在《史通·内篇·言语》中所说："战国虎争，驰说云涌，人持弄丸之辩，家挟飞钳之术，剧谈者以谲诳为宗，利口者以寓言为主……"①　关于战国文风与时代风俗的关系，刘勰也有所认识，他在《文心雕龙·时序》中说："春秋以后，角战英雄，六经泥蟠，百家飙骇。……故稷下扇其清风，兰陵郁其茂俗，邹子以谈天飞誉，驺奭以雕龙驰响，屈平联藻于日月，宋玉交彩于风云。观其艳说，则笼罩雅颂。故知昞烨之奇意，出乎纵横之诡俗也。"②　此语正点出了战国文学辩丽奇诡之特色的形成与崇尚权谋口辩的战国风俗之间的密切关联。

与其前的非民间类文学作品相比，战国诸子文学作品中的风俗文化或民间文化成分明显有所增多。战国之时，"门阀之风荡然扫地"，在政治和文化领域崛起的士人阶层中的大多数人出身都较为低微，"或由匹夫而为将相，或朝贫贱而暮公侯，或起自刑余，或出于盗薮"③。如苏秦最初不过是一名"穷巷掘门桑户棬枢之士"（《战国策·秦策一》），曾自称"东周之鄙人"（《战国策·燕策一》），张仪早年游说诸侯时曾因"贫无

---

① 《史通通释》，第 138 页。
② 《文心雕龙注》，第 671—672 页。
③ 《中国风俗史》，第 32 页。

行"而被人疑为盗璧之贼（《史记·张仪列传》），孟子少时家境清贫①，庄子更被描写为一个"处穷闾陋巷，困窘织屦，槁项黄馘"（《庄子·列御寇》）之人。出身的低微使众多战国士人对社会生活、民间生活和各地风俗文化有比较广泛深入的接触和了解，这对于他们的著述和创作活动发生了不可估量的影响。战国诸子散文对现实人生投入了更多的关注，其论事说理所用的材料主要也是来自客观的社会生活、日常生活。包括里谚俗语、民间故事传说等在内的形形色色的日常生活中习见的事物和风俗事物，经常被战国诸子用来取譬设喻或充当论据。《说苑·善说》中有这样一个故事：

> 客谓梁王曰："惠子之言事也善譬，王使无譬，则不能言矣。"王曰："诺！"明日见，谓惠子曰："愿先生言事则直言耳，无譬也。"惠子曰："今有人于此而不知弹者，曰：'弹之状若何？'应曰：'弹之状如弹。'则谕乎？"王曰："未谕也。""于是，更应曰：'弹之状如弓，而以竹为弦。'则知乎？"王曰："可知矣。"惠子曰："夫说者，固以其所知谕其所不知，而使人知之。今王曰'无譬'，则不可矣。"王曰："善！"②

这虽然是一个传说，但却有力地反映了战国诸子说理撰文时对比喻的依赖性以及对来自日常生活、风俗生活中的材料的依赖性。战国诸子文学作品中风俗文化成分的增多，反映了风俗文化在战国时期对文学影响力度的加大，这也是与风俗文化有关的战国文学风貌的一个值得留意之处。

总而言之，上古至殷商文学的原始质朴、西周春秋文学的温文尔雅、战国文学的辩丽奇诡等特色的形成都与其生成之时代的风俗文化有着一定的关系。至秦汉时期，随着风俗文化的进一步发展，文学又显现出另外一番风貌。

---

① 《韩诗外传》卷9"孟子少时诵，其母方织"一语即说明孟子并非出身于富贵之家。
② 《说苑校证》，第272页。

第二节　风俗文化与秦汉文学风貌与其发展流变

与先代风俗相比，秦汉风俗既继承了前者的某些重要因子，又出现了若干大的发展变化。在两汉的不同阶段，风俗状况也显现出较大的不同。这些风俗文化现实，都对秦汉文学风貌与其发展流变产生了影响。

一　风俗文化与秦汉文学的总体风貌

从文献记载和考古材料来看，秦汉风俗具有两个突出特点：一是求富趋利；二是崇神好怪。首先，由于前代的影响、经济的发展、礼制法度的不完善等原因，求富趋利是秦汉时期人们的普遍心态。《吕氏春秋·节丧》中所说的"民之于利也，犯流矢，蹈白刃，涉血抽肝以求之"[①] 的现象在秦汉时期继续上演而不衰。从《史记·货殖列传》中"天下熙熙，皆为利来；天下壤（攘）壤（攘），皆为利往"[②] 的谚语，到《焦氏易林》中"逐利三年，利走如神，辗转东西，如鸟避丸"[③] 的占卜辞，到崔寔《政论》中"夫人之情，莫不乐富贵荣华，美服丽饰，铿锵眩耀，芬芳嘉味者也"，"昼则思之，夜则梦焉"[④] 的言论，无不在诉说着这个时代心理。传世的汉代瓦当文字中的许多吉祥语，如"贵富"、"大富"、"安乐富贵"、"长乐富贵"、"富贵毋央"、"亿万长富"、"千秋万岁富贵"、"千秋万岁宜富安世"、"千秋万岁世利易富"[⑤] 等，也都在印证着时人对富贵财利以及与之相联系的安乐享受的渴求。虽然统治阶级推行的本是重农抑商的政策，但在逐利之心的驱动下，汉代民众始终怀有一股经商的热情，甚至弃农经商、弃文经商者大有人在，出现了"民弃本逐末，耕者不能半，贫民虽赐之田，犹贱卖以贾"（见《汉书·贡禹传》所载贡禹奏

---

①　（战国）吕不韦等撰，许维遹集释，梁运华整理：《吕氏春秋集释》，中华书局 2009 年版，第 222 页。

②　《史记》，第 3256 页。

③　（汉）焦延寿：《焦氏易林》卷 4《归妹》之《豫》，中华书局 1985 年版，第 252 页。

④　见《全后汉文》卷 46，《全上古三代秦汉三国六朝文》，第 722—728 页。

⑤　陈高华、徐吉军主编，彭卫、杨振红著：《中国风俗通史·秦汉卷》，上海文艺出版社 2002 年版，第 11 页。

疏)①，以及居于尚礼好学之地的人们在富商大贾诱惑下"多去文学而趋利"② 的现象，这进一步说明了当时求富好利之风气的旺盛强烈。其次，崇神好怪也是秦汉之人的普遍心态。秦汉是神鬼横行、谶纬迷信之说泛滥的时代，"如果说先秦时代的迷信只是由原始自然崇拜、巫术禁忌发展演变而来，那么秦汉的迷信则有了完整体系的理论依据，更深入地渗透到社会生活的各个角落"③。包罗万象的神学理论体系的支持和在上位者信巫求仙、崇奉异端等因素的影响使得迷信之风在秦汉时期如虎添翼。在到处充斥着鬼神方术之事、谶纬征兆之谈的汉代社会，人们普遍地存在着"好奇"的心理和"忽于见事而贵于异闻"（见《后汉书·桓谭列传》所录桓谭奏疏)④ 的喜爱奇闻异说、奇言虚语的倾向，这也是秦汉风俗崇神好怪特点的一种表现。秦汉人民对鬼神怪异的信奉，可谓到了草木皆"神"的地步。应劭《风俗通义》之《怪神》篇记录了这样一件发生在汉代社会的事情：

> 汝南南顿张助，于田中种禾，见李核，意欲持去，顾见空桑中有土，因殖种，以余浆溉灌，后人见桑中反复生李，转相告语，有病目痛者，息阴下，言李君令我目愈，谢以一豚。目痛小疾，亦行自愈。众犬吠声，因盲者得视，远近翕赫，其下车骑常数千百，酒肉滂沱。间一岁余，张助远出来还，见之，惊云："此有何神，乃我所种耳。"因就斫也。⑤

所谓李君神，不过是世人众犬吠声而制造出来的。同书同篇所载鲍君神、石贤士神之事亦属此类，可见当时这种"疑神疑鬼"现象着实不在少数。在宴饮乐舞、田猎出行等场景撞入眼帘，祥禽瑞兽、嘉木仙草、神灵怪物层出不穷的汉画中，我们可以更直观地感受到汉代民众求富趋利、崇神好怪的心态。例如，1973 年出土于山东苍山县城前村的一块汉桓帝年间画像石，画面分上中下三层：上层为龙凤对舞；中层有一老妇人坐于榻上，

---

①　《汉书》，第 3075 页。

②　《汉书》卷 91《货殖传》，第 3691 页。

③　《汉族风俗史》（第二卷），第 27 页。

④　《后汉书》，第 959 页。

⑤　《风俗通义校注》，第 405 页。

面前置几案，两侧男仆女妾手端食盘向其跪进酒食，身后一婢女手执便面为其扇风，左边一男子手执厨刀在案上为其切肉；下层为车骑出行，其中一骑执棨戟前导，随后有一辆辎车，一马露颈部①。1970 年出土于山东济宁市喻屯镇城南张村的一块东汉晚期画像石，画面分四层：一层有四位多头人物正面端坐，其中一人二头，一人三头，一人五头，一人七头；二层为二羽人戏虎；三层正中有一铺首衔环，左边一人立，一人踞，右边一人射鸟，下刻五位女子，中间一女抚琴，左右四位听者或立或坐；四层有二吏，一执戟，一拥篲，旁边有二童子引鸡相斗②。1994 年出土于四川合江县张家沟 2 号墓的一幅石棺画像，右侧刻一马驾棚车，内坐一头挽高髻的女子，马侧有男仆侍奉；中间刻庑殿式双重檐天门；左侧刻西王母，戴山字冠，两边夹胜，坐于龙虎座上③。由上述画像可见，汉代人的生活充满了对富贵安乐的追求和对与神灵交通往来的渴望，其精神世界具有非常突出的生前死后相接，天上人间相通，人神相杂，真幻相参的特点。

　　秦汉文学在题材内容和思想意蕴方面，深受当时求富趋利、崇神好怪的风尚习俗的影响。就诗歌辞赋而言，在汉诗、汉赋里面多处可见对富贵安乐、长寿多福等的叙写和追求，对适时享乐、及时行乐的肯定和提倡，以及对神界、仙境的描画和向往④。上述内容在先秦诗歌辞赋中也可见到，但与先秦诗歌辞赋中的同类内容相比，其在汉代诗歌辞赋中所占的比重显然要大得多。汉代诗歌以与乐舞相结合的歌诗为主，当时俗乐的流行使得汉代歌诗在内容上出现了世俗化的特点，对富贵福乐和神仙世界的追求在乐府诗等汉代歌诗中也表现得尤为突出。即使是被称作"无文"的秦代，也有博士创作了《仙真人诗》（事见《史记·秦始皇本纪》），故而《文心雕龙·明诗》中有"秦皇灭典，亦造仙诗"⑤之语。就叙事散文而言，在汉代叙事散文中时时会有对鬼神怪异事件、占卜相人行为、神

---

①　中国画像石全集编辑委员会：《中国画像石全集 1：山东汉画像石》，山东美术出版社、河南美术出版社 2000 年版，图版 106。

②　中国画像石全集编辑委员会：《中国画像石全集 2：山东汉画像石》，山东美术出版社、河南美术出版社 2000 年版，图版 9。

③　中国画像石全集编辑委员会：《中国画像石全集 7：四川汉画像石》，山东美术出版社、河南美术出版社 2000 年版，图版 178。

④　参见本书第三章第一节的相关论述。

⑤　《文心雕龙注》，第 66 页。

秘预兆及预言等的记写，其中还流露出作者的一定程度的信奉神秘事物的意识①，由此可见当时崇神好怪之风俗所产生的深刻影响。这类思想内容在先秦叙事散文中当然也有，但在两汉叙事散文中分量更重，其中所存在的若干在先秦叙事散文中尚不明显的以带有神秘信仰意味的预兆、预言来暗示、照应事件发展趋向和结局的叙事模式即是明证②。就说理散文而言，对鬼神怪异、吉凶兆验、卜相占算等神秘事物的谈论和对奢侈享乐、追逐富贵之风气的批判是两汉说理散文的重要内容③。先秦说理散文中也包含有同类内容，但它在汉代说理散文中显然更为突出地存在着。试看西汉贾谊之《新书》里面的两段文字：

> 今世以侈靡相竞，而上无制度，弃礼义，捐廉丑，日甚，可为月异而岁不同矣。逐利乎不耳，虑念非顾行也。今其甚者，到父矣，财（裁）大母矣，踝姁矣，刺兄矣。盗者虑探柱下之金，剟寝户之帘，搴两庙之器，白昼大都之中，剽吏而夺之金。矫伪者出几十万石粟，赋六百余万钱，乘传而行郡诸侯，此靡无行义之尤至者已。其余猖獗而趋之者，乃豕羊驱而往。（《俗激》）
>
> 胡以孝弟循顺为？善书而为吏耳。胡以行义礼节为？家富而出官耳。……欲交，吾择贵宠者而交之；欲势，择吏权者而使之。取妇嫁子，非有权势，吾不与婚姻；非贵有戚，不与兄弟；非富大家，不与出入。因何也？今俗侈靡，以出伦逾等相骄，以富过其事相竞。今世贵空爵而贱良，俗靡而尊奸；富民不为奸而贫为里侉也，廉吏释官而归为邑笑；居官敢行奸而富为贤吏，家处者犯法为利为材士。故兄劝其弟，父劝其子，则俗之邪至于此矣。（《时变》）

作者对西汉初年上承秦朝流泆坏败之俗而形成的侈靡、逐利、金钱蒙眼、富贵至上等时俗做出了如此翔实真切的描写和如此辛辣有力的批判，读后足以令人感叹再三。东汉更出现了一部专门针对谶纬大盛、异说日兴的时

---

①　参见本书第四章第一节的相关论述。

②　参见拙文《汉代的预知信仰与历史散文的叙事模式》，《中华文化论坛》2008 年第 2 期，第 61—67 页。

③　参见本书第五章第一节的相关论述。

俗而撰写的说理散文著作，这就是王充的《论衡》。王充曾自述其著书宗旨云："《诗》三百，一言以蔽之，曰：'思无邪。'《论衡》篇以十数，亦一言也，曰：'疾虚妄。'"（《论衡·佚文》）① 又曰："（是故）《论衡》之造也，起众书并失实，虚妄之言胜真美也。故虚妄之语不黜，则华文不见息；华文放流，则实事不见用。"（《论衡·对作》）② 虽然王充自称此书的批判对象是其所见书籍中的华文虚语，但这些华文虚语乃是在崇神好怪的风俗背景之下大行其道的，而且书中很多内容涉及民间流传的关于变异感应、福祸禁忌、仙道鬼神、卜筮、祭祀、解除、图宅术等的奇异虚诞之说。尽管作者对虚妄之说的批判并不是那么彻底，且有矫枉过正之处，但《论衡》的出现有力地表明了汉代说理散文对崇神好怪之时俗的关注。英国汉学家鲁惟一曾指出，汉代民间宗教仪式的扩大已经达到相当大的规模，并且"招致前汉和后汉的一些作者的批评，认为这是奢侈和虚伪"③，此语正说明了汉代说理散文中与神秘信仰有关的内容之引人注意。至于汉代那些具有较强小说意味的文学作品，其中的神怪方术之谈就更多了④。

　　汉代文学在风格上也深受当时风尚习俗的影响。汉代文学的风格特征可以概括为质实古朴、雄浑闳丽，"它与先秦的既尚文又张扬的多元风格不同，与建安慷慨使气的风格不同，也与江左六朝巧妆绘饰的柔弱风格不同"⑤。雄浑闳丽是汉代文学尤其突出的风格特征。汉乐府诗对四方新异事物的采择与其自由流动的体式和天界人间相通、真实虚幻相参的境界，汉大赋囊括宇宙、总览人物的气魄与其富丽如锦绣的词采和铿锵如乐音的声调，汉代历史散文贯通古今、穷究天人的努力和对逸事传说的记录，汉代说理散文谈天论地、撷拾谡闻奇谈的偏好，以及那些产生于民间传闻俗说基础之上的汉代小说或准小说作品，都在成就着汉代文学的雄壮阔大、闳富奇丽之美。这种雄浑闳丽的文风，与汉代求富趋利、崇神好怪的世风有着高度的一致性。汉代人有一种很强的求富之心和占有欲，他们企望征

---

　　① （汉）王充撰，黄晖校释：《论衡校释》，中华书局 1990 年版，第 870 页。

　　② 同上书，第 1179 页。

　　③ ［英］崔瑞德、［英］鲁惟一编：《剑桥中国秦汉史》，杨品泉等译，中国社会科学出版社 1992 年版，第 714 页。

　　④ 参见本书第一章第二节的有关论述。

　　⑤ 王洲明：《汉代文学精神与汉代文学的风格特征》，《河北师范大学学报》（哲学社会科学版）2003 年第 3 期，第 59—64 页。

服和占有物质世界，企望进入神灵世界长享安乐，企望拥有宇宙中乃至宇宙之外的一切①，由此在社会上形成了一种求全、求大、欲富、欲丽、好奇、好怪的审美风尚。汉代求富趋利、崇神好怪的社会风气和与之相应的审美风尚，不能不对当时的文风产生影响。元人祝尧曾评论汉赋说："取天地百神之奇怪，使其词夸；取风云山川之形态，使其词媚；取鸟兽草木之名物，使其词赡；取金璧彩缯之容色，使其词藻；取宫室城阙之制度，使其词壮。"② 所谓"天地百神之奇怪"、"金璧彩缯之容色"、"宫室城阙之制度"等，正是汉代崇神好怪、奢华趋利之风俗的体现物，它们是促使汉赋风格走向雄浑闳丽的重要因素。可以说，祝尧在这里隐约道出了汉赋乃至整个汉代文学在艺术风格上与当时崇神好怪、奢华趋利之风俗的关系。汉代一些思想家也觉察到了当时人们的"好奇"心理和喜爱奇闻异说、奇言虚语的倾向对文章写作的影响。如王充在《论衡》之《艺增》篇中说："世俗所患，患言事增其实；著文垂辞，辞出溢其真。称美过其善，进恶没其罪。何则？俗人好奇，不奇，言不用也。"③ 又在同书《对作》篇中说："世俗之性，好奇怪之语，说（悦）虚妄之文。何则？实事不能快意，而华虚惊耳动心也。是故才能之士，好谈论者，增益实事，为美盛之语；用笔墨者，造生空文，为虚妄之传。听者以为真然，说（悦）而不舍；览者以为实事，传而不绝。"④ 王符在《潜夫论》之《务本》篇中也说："今学问之士，好语虚无之事，争著雕丽之文，以求见异于世，品人鲜识，从而高之……今赋颂之徒，苟为饶辩屈塞之辞，竞陈诬罔无然之事，以索见怪于世，愚夫憨士，从而奇之……"⑤ 王充、王符之语明白地告诉我们：在汉代普通人中间存在着一种以闻奇说虚语为乐，以览空文丽辞为美的心理倾向，为了迎合世俗之人的这种心理，言谈者不得不"增益实事，为美盛之语"，作赋者不得不"苟为饶辩屈塞之辞，竞陈诬

___

① 司马相如《天子游猎赋》有"追怪物，出宇宙"之句，由此可见汉代人的征服心和占有欲之强烈。

② （元）祝尧：《古赋辩体》，文渊阁《四库全书》，台湾商务印书馆1986年影印本，总第1366册，第750页。

③ 《论衡校释》，第381页。

④ 同上书，第1179页。

⑤ （汉）王符著，（清）汪继培笺，彭铎校正：《潜夫论笺校正》，中华书局1985年版，第19页。

罔无然之事"，为文者也不得不"造生空文"，"争著雕丽之文"。上述祝氏和二王氏的言论可以帮助我们深刻认识汉代文学雄浑闳丽之风格与世风时俗之间的关系。当然，汉代文学雄浑闳丽之风格的形成还与当时宏阔昂扬的时代精神以及楚骚浪漫传统、经学神秘主义思想等因素的影响有关，但其与时代风俗之间的联系也是不可忽视的。

二　风俗文化与汉代文学的发展流变

汉代风俗文化在保持相对稳定性的同时，也表现出一定程度的流变现象。与此相应，汉代文学在总体风格上也呈现出某些阶段性变化。由于风俗文化在两汉不同阶段对文学之影响力的强弱也有所不同，汉代文学又呈现出一个风俗文化色彩的浓淡深浅的变化过程。

（一）两汉时期社会风气的演变

风俗文化在汉代的演变，总体表现在社会风气的变化上。由文献记载可知，两汉社会风气有一个由尚武崇利到尚文崇义、由轻急狂放到谨厚保守的变化过程①。

西汉王朝建立之后，上承战国之动荡和秦末之乱、楚汉之争以及战国秦代崇利尚功之风，再加上中央领导集团大多出身于平民百姓，且以性情"僄勇轻悍"（《史记·淮南衡山列传》）的楚人为统治基干，北方沿边地区又深受"至如猋风，去如收电"（《汉书·韩安国传》）的北方游牧民族作风的影响，在这样的时代背景下，社会上在一个相当长的时期内弥漫着尚武崇利、轻急狂放的风气。《史记·叔孙通列传》记载，汉高祖刘邦初即帝位之时，悉数废除秦朝的苛酷仪节法令，凡事崇尚简易，以至于"群臣饮酒争功，醉或妄呼，拔剑击柱"②。当时朝中臣僚尚且如此，一般民众的情况更是可想而知。《史记·货殖列传》为我们绘出了一幅西汉社会的趋时求富之图：

> （故）壮士在军，攻城先登，陷阵却敌，斩将搴旗，前蒙矢石，
> 不避汤火之难者，为重赏使也。其在闾巷少年，攻剽椎埋，劫人作
> 奸，掘冢铸币，任侠并兼，借交报仇，篡逐幽隐，不避法禁，走死地

---

① 参见刘厚琴《儒学与汉代社会》，齐鲁书社2002年版，第416—428页。
② 《史记》，第2722页。

如骛者，其实皆为财用耳。今夫赵女郑姬，设形容，揳鸣琴，揄长袂，蹑利屣，目挑心招，出不远千里，不择老少者，奔富厚也。……博戏驰逐，斗鸡走狗，作色相矜，必争胜者，重失负也。医方诸食技术之人，焦神极能，为重糈也。吏士舞文弄法，刻章伪书，不避刀锯之诛者，没于赂遗也。农工商贾畜长，固求富益货也。①

由这幅图画，不仅可以感受到西汉民众追逐财富的不遗余力、不讲谦让，也可以感受到一股浓烈的尚武、急躁、轻疏、狂放的气息。正如贡禹在给汉元帝的奏疏中所描述的那样，当时"亡义而有财者显于世，欺谩而善书者尊于朝，悖逆而勇猛者贵于官"，以至于产生了这样的俗语："何以孝弟为？财多而光荣。何以礼义为？史书而仕宦。何以谨慎为？勇猛而临官。"② 孝悌让位于财富，礼义屈服于仕宦，谨慎难敌于勇猛，这是西汉王朝长期存在的社会风气。

自汉武帝"罢黜百家，独尊儒术"以后，汉代社会出现了崇儒读经的盛况，并在东汉前期达到顶点。随着儒学的普及和儒家文化向民间生活的渗透，社会风气也发生了明显的变化。儒家一贯高扬尊道重义之旗帜，所谓"君子义以为上"（《论语·阳货》），"君子谋道不谋食"，"君子忧道不忧贫"（《论语·卫灵公》）。除提倡忠孝节义等伦理道德规范外，儒家还要求人在生活作风上持重舒雅，反对轻浮冒进。《论语·学而》中"君子不重则不威，学则不固"的说法以及扬雄在《法言·修身》中提出的"取四重"（重言、重行、重貌、重好），"去四轻"（言轻、行轻、貌轻、好轻）的主张就说明了这一点。与儒家的这些思想观念有关，随着风俗儒化过程的推进，从西汉到东汉，社会风气逐渐由尚武崇利变为尚文崇义，由轻急狂放变为谨厚保守。与西汉建国之初文化素质较低的中央领导集团不同，东汉开国君臣大多习学过儒经，在为人行事上颇有一番谨重柔缓的风范。据《后汉书·光武帝纪下》，光武帝刘秀本人即"少时谨信，与人不款曲"，唯以"直柔"相待，还曾宣称"吾理天下，亦欲以柔道行之"③，其手下的将帅功臣亦多与之意气相合者，如赵翼《廿二史札

---

① 《史记》，第3271页。
② 《汉书》卷72《贡禹传》，第3077页。
③ 《后汉书》，第68—69页。

记》卷四"东汉功臣多近儒"条所论："西汉开国，功臣多出于亡命无赖，至东汉中兴，则诸将帅皆有儒者气象，亦一时风会不同也。"① 与西汉官吏相比，东汉时的官吏作风趋于宽厚，《后汉书·酷吏列传》说："自中兴以后，科网稍密，吏人之严害者方于前世省矣。"② 统治集团的上述作风，自然会对社会风气产生不小的影响，正如顾炎武在《日知录》卷十三"两汉风俗"条所指出的，西汉"师儒虽盛，而大义未明"，"光武有鉴于此，故尊崇节义，敦厉名实，所举用者，莫非经明行修之人，而风俗为之一变"③。就士风而言，西汉士人中即不乏温雅谨重、矜严守礼者，如董仲舒、隽不疑、薛广德、冯参等均属此类，东汉士人中更出现了一派谨饬自守、优柔内敛之风。如《后汉书》里面"矜严好礼，动止有则，居处幽室，必自修整，虽遇妻子，若严君焉"的张湛；"温恭有蕴籍，辩明经义，每以礼让相猒，不以辞长胜人"的桓荣；"恂恂似不能言"，"然性沈正，不可干以非义"的王扶；"性宽和容众，不以才能高人"的班固；"性矜严，进止必以礼"的朱晖；"性周密，常称人臣之义，苦不畏慎"的陈宠④等，都是这一风气的明证。不但士人群体中尊礼重义成风，整个东汉社会上也到处流漾着贞孝、忠信、尊师、敬贤、礼让、互助、知恩图报的气息（其中当然也存在一些虚伪矫饰的成分），此类事迹史不绝书，时人甚至有过"家有贞妇，户有孝子，比屋连栋，不可胜记"⑤的夸张之语。张亮采论两汉风俗所谓"西汉重势利，东汉多气节"⑥，正道出了由西汉到东汉社会风气转变的大致趋向。

东汉中期以后，社会风气又发生了某些变化。顾炎武在《日知录》卷十三"两汉风俗"条论东汉光武帝时风俗之变化后，又曰："至其末造，朝政昏浊，国事日非，而党锢之流，独行之辈，依仁蹈义，舍命不

① （清）赵翼著，王树民校证：《廿二史札记校证》（订补本），中华书局1984年版，第90页。

② 《后汉书》，第2488页。

③ 《日知录集释》，第305页。

④ 上述张湛等人的为人行事分别见于《后汉书》之《张湛列传》、《桓荣列传》、《刘平列传》附《王扶传》、《班彪列传》附《班固传》、《朱晖列传》、《陈宠列传》。

⑤ （清）姚之骃：《后汉书补逸》卷14，徐蜀选编《二十四史订补》，书目文献出版社1996年影印本，第4册，第193页。

⑥ 《中国风俗史》，第46页。

渝，风雨如晦，鸡鸣不已，三代以下，风俗之美，尚无于东京者。"① 顾氏所说的上承东汉初期崇尚节义之风而出现的汉末"风俗之美"，在《后汉书》中有所记述。《后汉书·荀韩钟陈列传》篇末论曰："汉自中世以下，阉竖擅恣，故俗遂以遁身矫洁放言为高。士有不谈此者，则芸夫牧竖已叫呼之矣。故时政弥惛，而其风愈往。"②《后汉书·党锢列传》篇首亦曰："逮桓、灵之间，主荒政缪，国命委于阉寺，士子羞与为伍，故匹夫抗愤，处士横议，遂乃激扬名声，互相题拂，品核公卿，裁量执政，婞直之风，于斯行矣。"③ 这两处材料指出了同一个社会现象：东汉中后期，宦官擅权，国政日趋荒乱，引起了朝野士人和平民百姓的公愤，于是上至在朝之士，下至农夫牧儿，普遍以洁身自好、特立独行为高风，以放肆其言、激扬文字为伟节。这种随着政治形势的变化而出现的对婞直、独行的崇尚，也是两汉社会风气演变过程中的重要阶段性趋向之一。

（二）社会风气的变化对两汉文风的影响

两汉时期社会风气的演变，对本时期文学产生了一定的影响作用。与社会风气由崇尚武猛、轻急狂放到崇尚礼文、谨厚保守，再到以矫洁婞直放言为高的演变过程相应，两汉文学在总体风格上也经历了一个由疏直激切到平正典重，再到放言无忌的变化过程。

西汉较早时期的文学作品普遍具有疏直激切、气势磅礴的风格特征。汉初贾谊的散文就是体现这种风格的典型作品。其《过秦论》一文笔锋犀利，言辞激切，感情酣畅淋漓，文势纵横驰骋，显然沾染着时代风气的因了。其《上疏陈政事》（　名《治安策》）　文更是痛切陈词，畅所欲言，几至声泪俱下，使人仿佛看到了作者那副慷慨激昂、急不可待的面目。其《上疏请封建子弟》一文还直言不讳地指责汉文帝之不"智"、不"仁"，里面竟然出现了"苟身亡事，畜乱宿祸，孰视而不定，万年之后，传之老母弱子，将使不宁"这样的话。正像清人赵翼所指出的，此语"直谓帝必早崩于太后之前，太子未成人之时"（《廿二史札记》卷二"上书无忌讳"条）④，说得极其大胆。再如作于汉武帝之时的《史记》，

---

① 《日知录集释》，第 305 页。
② 《后汉书》，第 2069 页。
③ 同上书，第 2185 页。
④ 《廿二史札记校证》，第 48 页。

其风格虽已现出由西汉前期文风向西汉后期文风转变的迹象，但仍存有明显的疏直激切的一面。《汉书·司马迁传》论司马迁与其《史记》曰："至于采经摭传，分散数家之事，甚多疏略，或有抵牾。……又其是非颇缪于圣人，论大道则先黄老而后六经，序游侠则退处士而进奸雄，述货殖则崇势利而羞贱贫，此其所蔽也。"① 《史记》记事的"疏略"和前后"抵牾"与其思想上的"缪于圣人"之处，与西汉前期轻疏崇利的社会风气具有某些一致性。《史记》运笔"不拘于史法，不囿于字句，发于情，肆于心而为文"②，文风跌宕多变，去来无端，富有感情和气势，这与西汉前期的社会风气也是一致的。西汉较早时期的辞赋作品，如枚乘的《七发》、司马相如的《天子游猎赋》，也具有行文自由、感情充沛、气势纵横等特点，与同时期的散文作品在精神气质上是相通的。

西汉中期以后，文学的主导风格逐渐由疏直激切、气势磅礴变为深邃冷峻、平正典重。如董仲舒的《天人三策》、《春秋繁露》等作品，下笔从容不迫，文风醇厚儒雅，一改汉初说理散文的磅礴激切之气，开西汉中期散文之新面貌。再如西汉后期匡衡的《上疏言政治得失》、《上疏言治性正家》、《上疏戒妃匹劝经学威仪之则》等文章，皆引经据典，侃侃而谈，由古而及今，先颂而后谏，观点温和，结构严谨，用字考究，显得四平八稳，一派淳谨雅正之气象。又如西汉后期扬雄的《羽猎赋》、《长杨赋》等赋作，与西汉较早时期的同类赋作相比，显得冷静而沉着，严整而有条理，多了几分理性色彩。又如东汉前期班固的《汉书》，在风格上亦以详密整饬、尔雅深厚著称，与《史记》的疏宕磅礴之风颇异其趣。南朝范晔曾比较班、马之不同曰："迁文直而事核，固文赡而事详。"（《后汉书·班彪列传》附《班固》传）明代茅坤亦考量史、汉之不同曰："《史记》以风神胜，而《汉书》以矩矱胜。"（《茅鹿门集》卷一《刻汉书评林序》）清人刘熙载在《艺概·文概》中也说过这样的话："苏子由称太史公'疏荡有奇气'，刘彦和称班孟坚'裁密而思靡'。'疏'、'密'二字，其用不可胜穷。"③ 以上诸家之说都从各自的角度点出了《史记》与《汉书》的风格差异。班固的《两都赋》亦饶有深邃平

① 《汉书》，第 2738 页。
② 鲁迅：《汉文学史纲要》，人民文学出版社 1973 年版，第 59 页。
③ （清）刘熙载撰，袁津琥校注：《艺概注稿》，中华书局 2009 年版，第 79 页。

正之风。与西汉较早时期那些热情洋溢、浩荡恣肆的赋作相比，此赋虽仍多铺张渲染的笔墨，但包含着严正的政治主张和较多的理性精神，结构详略得当，铺陈井然有序，从中可以捕捉到某些世风变化的信息。

至东汉中后期，文学作品又普遍呈现出慷慨任气、放言无忌的风格特征。赵壹的《刺世疾邪赋》即是体现这种风格的典型之作。此赋直抒胸臆，锋芒毕露，对当世黑暗污浊的社会现实做出了猛烈批判，其中有语云："春秋时祸败之始，战国愈复增其茶毒。秦汉无以相逾越，乃更加其怨酷。"作者甚至将矛头直接指向了当朝执政者之"匪贤"，斥其"所好则钻皮出其毛羽，所恶则洗垢求其瘢痕"，还大胆宣称"宁饥寒于尧舜之荒岁兮，不饱暖于当今之丰年"。再如陈蕃的《谏封赏内宠疏》、《理刘瓆等疏》、《理李膺等疏》均直斥时政，无所忌讳，敢触当朝君主之逆鳞，大有置安危生死于度外之气，一改先前奏疏恭谨谦和的文风。仲长统的《昌言》亦属笔锋锐利、辞气激烈之作，书中痛斥腐朽政治，鞭笞愚主庸官，抨击不良现象，充满愤世嫉俗之情。其《理乱》篇写亡国君主之昏庸荒淫，则曰"使饿狼守庖厨，饥虎牧牢豚，遂至熬天下之脂膏，斫生人之骨髓"；写豪门富室之奢侈嚣张，则曰"三牲之肉臭而不可食，清醇之酎败而不可饮，睇盼则人从其目之所视，喜怒则人随其心之所虑"，读来使人有痛快淋漓之感。仲长统还写有两首四言《见志诗》，皆为矫洁放言之作。诗中高呼"叛散五经，灭弃风雅"，"百家杂碎，请用从火"，主张"六合之内，恣心所欲"，"人事可遗，何为局促"，与一般温柔敦厚的四言诗作大异其风。

两汉文学在总体风格上所经历的由峻直激切到平正典重，再到放言无忌的变化，与此时期社会风气的演变有着一定的联系。从根源上来看，汉代文风的阶段性变化是汉代儒学及政治形势的影响使然。但若从风尚习俗的角度加以考察，汉代文风的变化又与儒学及政治形势的影响所造成的社会风气由轻急狂放到谨厚保守，再到以矫洁婞直放言为高的演变有着更为直接的关系。

（三）汉代文学之风俗文化色彩的浓淡变化

自西汉中期开始，儒家经学逐渐在思想界占据了统治地位。经学作为一种正统、典雅的文化类型，对风俗文化具有一定的排斥力。汉代儒者固然也比较关注风俗文化，但总的来说还是以圣人之道为尽心着力之处的。《史记·五帝本纪》有论赞语曰："学者多称五帝，尚矣。然《尚书》独载尧以来；而百家言黄帝，其文不雅驯，荐（缙）绅先生难言之。孔子所传宰予问《五帝德》及《帝系姓》，儒者或不传。"① 此处司马贞《索隐》曰："《五帝德》、《帝系姓》皆《大戴礼》及《孔子家语》篇名。以二者皆非正经，故汉时儒者以为非圣人之言，故多不传学也。"由《史记》论赞及司马贞注解可知，对于包含着较多民间传闻俗说成分的"不雅驯"之文、"非正经"之言，儒者和正统人士往往是避而不谈的，由此可见他们对待风俗文化的一般态度。《论衡·谢短》中有一段作者所引述的时人之语也体现了这种态度："二尺四寸，圣人文语，朝夕讲习，义类所及，故可务知。汉事未载于经，名为尺籍短书，比于小道，其能知，非儒者之贵也。"② 由此语可知，汉代一般的儒学之士皆专意于圣贤之书，不以讲时事、知时俗为要务。对风俗事物的相对轻视，使得汉代儒者在撰文著书时往往不能向其轻易敞开大门。主要是由于儒学兴盛的原因，自西汉中期到东汉前期，风俗文化对文学的作用力曾一度减弱；东汉中期以后，官方的思想控制逐渐放松，风俗文化对文学的作用力又明显增强了。风俗文化在两汉不同阶段对文学影响力之强弱的不同，造成了汉代文学之风俗文化色彩的浓淡深浅的变化。

　　总体而论，西汉前期和东汉中后期文学的风俗文化色彩比西汉中期到东汉前期文学要浓一些，并且东汉中后期文学的风俗文化色彩显得尤重。西汉前期和东汉中后期文学中叙写日常生活，描摹日常用品，表达世俗思想，抒发世俗情怀，谈论风俗事物，记载传言俗说之类的内容，即与风俗文化相关的内容明显要多于西汉中期到东汉前期文学，而且西汉前期和东汉中后期文学在形式风格上的民间文化因素也比西汉中期到东汉前期文学要多，这些都是前者之风俗文化色彩浓于后者，或者说前者受风俗文化影响更大的表现。拿成书于西汉中期的《史记》（《史记》成书时虽已进入西汉中期，但其风格更接近于西汉前期的作品）和作于东汉前期的《汉书》来说，后者的风俗文化色彩显然要淡于前者。《汉书》没有像《史记》那样为刺客、医者、滑稽者、日者、龟卜蓍占者数类涉及较多风俗之事的人物专门立传，对人物遗闻轶事的重视程度也不如《史记》，语言文字上亦不如《史记》通俗平易，这些都是《汉书》风俗文化色彩淡于

① 《史记》，第46—47页。
② 《论衡校释》，第557—558页。

《史记》的表现。在思想感情上，《史记》与《汉书》也有一些"俗"与
"雅"的差别。下面择取《史记》和《汉书》中对同一人物或同类人物
的若干不同评价列一表格（见表2—1）：

表2—1

《史记》	《汉书》
天下称郦况卖交也。（《樊郦滕灌列传》）	当孝文时，天下以郦寄为卖友。夫卖友者，谓见利而忘义也。若寄父为功臣而又执劫，虽摧吕禄，以安社稷，谊存君亲，可也。（《汉书·樊郦滕灌傅靳周传》）
晁错为家令时，数言事不用；后擅权，多所变更。诸侯发难，不急匡救，欲报私仇，反以亡躯。语曰"变古乱常，不死则亡"，岂错等谓邪！（《袁盎晁错列传》）	晁错锐于为国远虑，而不见身害。其父睹之，经于沟渎，亡益救败，不如赵母指括，以全其宗。悲夫！错虽不终，世哀其忠。（《袁盎晁错传》）
今游侠，其行虽不轨于正义，然其言必信，其行必果，已诺必诚，不爱其躯，赴士之阸困，既已存亡死生矣，而不矜其能，羞伐其德，盖亦有足多者焉。……吾视郭解，状貌不及中人，言语不足采者。然天下无贤与不肖，知与不知，皆慕其声，言侠者皆引以为名。谚曰："人貌荣名，岂有既乎！"於戏，惜哉！（《游侠列传》）	（况于）郭解之伦，以匹夫之细，窃杀生之权，其罪已不容于诛矣。观其温良泛爱，振穷周急，谦退不伐，亦皆有绝异之姿。惜乎不入于道德，苟放纵于末流，杀身亡宗，非不幸也！（《游侠传》）
田农，掘（拙）业，而秦扬以盖一州。掘冢，奸事也，而田叔以起。博戏，恶业也，而桓发用富。行贾，丈夫贱行也，而雍乐成以饶。贩脂，辱处也，而雍伯千金。卖浆，小业也，而张氏千万。洒削，薄技也，而郅氏鼎食。胃脯，简微耳，浊氏连骑。马医，浅方，张里击钟。此皆诚壹之所致。由是观之，富无经业，则货无常主，能者辐凑，不肖者瓦解。千金之家比一都之君，巨万者乃与王者同乐。岂所谓"素封"者邪？非也？（《货殖列传》）	（故）秦杨以田农而甲一州，翁伯以贩脂而倾县邑，张氏以卖酱而隃侈，质氏以洒削而鼎食，浊氏以胃脯而连骑，张里以马医而击钟，皆越法矣。然常循守事业，积累赢利，渐有所起。至于蜀卓，宛孔，齐之刀间……皆陷不轨奢僭之恶。又况掘冢搏掩，犯奸成富，曲叔、稽发、雍乐成之徒，犹复齿列，伤化败俗，大乱之道也。（《货殖传》）①

① 翁伯、质氏、曲叔、稽发四人，《史记·货殖列传》分别作雍伯、郅氏、田叔、桓发。

由表 2—1 不难察觉，《史记》对郦寄（字况）、晁错、郭解等游侠以及众
多工商业者的评价带有大众化色彩，包含着较多风俗性思想情感的成分，
而《汉书》的论调和措辞则要正统典雅一些。若再将东汉前期班固的
《两都赋》与东汉中期张衡的《二京赋》作一比较，又会发现后者的风俗
文化色彩要浓于前者。与《两都赋》相比，虽然描写对象相同，但《二
京赋》里面的风俗文化成分大大增多了，其中所浓墨重彩描绘的角抵之
戏、卒岁大傩的京都民俗景观，以及所提到的关于巨灵、陈宝、能鳖、宓
妃、龙图、龟书、秦穆公觐见天帝、卫子夫和赵飞燕得宠等的一系列传说
故事都是《两都赋》里面没有的。上述《史记》到《汉书》，《两都赋》
到《二京赋》的变化，正典型地反映了汉代文学风俗文化色彩由浓而淡
又由淡而浓的变化趋势。

　　总之，秦汉文学对富、利、神、怪的关注，汉代文学雄浑闳丽的风格
以及由疏直激切到平正典重，再到放言无忌的风格变化，汉代文学风俗文
化色彩的浓淡深浅之变化，都与秦汉风俗有着一定的关系。考察先秦两汉
文学的发展流变过程，应该充分注意此时期风俗文化对其发生的影响
作用。

第三节　风俗文化与先秦两汉文学的地域特色

　　先秦两汉时期，由于自然环境、地理位置、经济结构、交通水平、政
治制度、上层举措、人口状况、历史传承等因素的影响，各地风俗存在着
明显的差别。《礼记·王制》中所说的"广谷大川异制，民生其间者异
俗，刚柔轻重迟速异齐，五味异和，器械异制，衣服异宜"①，正道出了
这一现实。《汉书·王吉传》所载西汉王吉奏疏中的"百里不同风，千里
不同俗"② 之语，以及东汉王充《论衡》之《率性》篇中的"齐舒缓，
秦慢易，楚促急，燕戆投"③ 之言，也是对当时各地风俗差别的呈现。区
域风俗可以说是区域文化中最明显、最稳定的因素，它对人的性情才艺和
文化活动具有不可低估的影响。先秦两汉时期风俗文化地域差别的显著存

---

　　① 《十三经注疏》，第 1321—1348 页。

　　② 《汉书》，第 3063 页。

　　③ 《论衡校释》，第 79 页。

在，对本时期文学的影响作用更是不容轻视的。

一 先秦两汉时期风俗文化的地域差别及地方风俗对个人的浸染

关于先秦两汉时期各地风俗的具体状况，在《史记·货殖列传》和《汉书·地理志》中有较为集中系统的记录。《史记·货殖列传》将全国划分为关中、三河（河东、河内、河南）、赵、燕、齐、邹与鲁、梁与宋、越与楚、颍川与南阳 9 个大的风俗区，下面又分出若干风俗亚区。此划分反映了西汉前期区域风俗的地理格局，其中的各个风俗区域在位置上与春秋战国时期的诸国分布有着直接的联系，各区域的风俗在很大程度上也是春秋战国时期民风民俗的延续。《汉书·地理志下》所辑录的刘向《域分》和朱赣《风俗》，记载了西汉后期的区域风俗状况。《汉书·地理志下》以春秋战国列国旧域为空间范围，将全国划分为秦地、魏地、周地、韩地、赵地、燕地、齐地、鲁地、宋地、卫地、楚地、吴地、粤地 13 个大的风俗区，下面又分出若干风俗亚区。与《史记·货殖列传》相比，《汉书·地理志》的风俗区域划分与各地风俗描述更为系统而完备。下面根据《汉书·地理志》的记载和现代学者的研究整理①，将《汉书·地理志》所划分出的风俗区域归并为五大风俗圈，即西方风俗圈、中原风俗圈、东方风俗圈、北方风俗圈和南方风俗圈，并以表格的形式列出各风俗圈内的风俗区与其下的风俗亚区以及各风俗亚区的主要风俗特点（见表 2—2）：

表 2—2

风俗圈	风俗区	风俗亚区	主要风俗特点
西方风俗圈	秦地	关中（京兆、扶风、冯翊）	周代之时"有先王遗风，好稼穑，务本业"；汉兴后"五方杂厝，风俗不纯"，"郡国辐凑，浮食者多"，民众"去本就末"，侈靡无度。
		西北（天水、陇西、安定、北地、上郡、西河）	自周代"高上气力，以射猎为先"，"民俗质木，不耻寇盗"。

① 潘明娟：《〈汉书·地理志〉的风俗区划层次和风俗区域观》，《民俗研究》2009 年第 3 期，第 99—111 页。

续表

风俗圈	风俗区	风俗亚区	主要风俗特点
西方风俗圈	秦地	河西（武威、张掖、酒泉、敦煌）	"习俗颇殊，地广民稀，水草宜畜牧，故凉州之畜为天下饶"；"其俗风雨时节，谷籴常贱，少盗贼，有和气之应，贤于内郡"。
		巴蜀（巴、蜀、广汉）	"民食稻鱼，亡凶年忧，俗不愁苦，而轻易淫泆，柔弱褊陋"；自文翁为蜀守之后喜"以好文刺讥，贵慕权势"；及司马相如以文辞显于世，"乡党慕循其迹"。
		西南（武都、犍为、牂柯、越巂）	"民俗略与巴、蜀同，而武都近天水，俗颇似焉"。
中原风俗圈	魏地	河内	"康叔之风既歇，而纣之化犹存，故俗刚强，多豪桀侵夺，薄恩礼，好生分"。
		河东	"其民有先王遗教，君子深思，小人俭陋"。
	周地	周地（河南雒阳、谷成、平阴、偃师、巩、缑氏）	"周人之失，巧伪趋利，贵财贱义，高富下贫，憙为商贾，不好仕宦"。
	韩地	郑地（河南之新郑，及成皋、荥阳，颍川之崇高、阳城）	"土狭而险，山居谷汲，男女亟聚会，故其俗淫"。
		陈地（淮阳之地）	自周代"好祭祀，用史巫，故其俗巫鬼"。
		夏地（颍川、南阳）	夏代之时民风"鄙朴"；秦灭韩之后南阳风俗转为"夸奢，上气力，好商贾渔猎，藏匿难制御"；颍川"士有申子、韩非刻害余烈，高仕宦，好文法，民以贪遴（吝）争讼生分为失"。
	宋地	睢阳	"其民犹有先王遗风，重厚多君子，好稼穑，恶衣食，以致畜藏"。
		沛楚	"急疾颛（专）己，地薄民贫，而山阳好为奸盗"。
	卫地	卫地（东郡及魏郡黎阳，河内之野王、朝歌）	"有桑间濮上之阻，男女亦亟聚会，声色生焉"；"周末有子路、夏育，民人慕之，故其俗刚武，上气力"；"其失颇奢靡，嫁取送死过度，而野王好气任侠，有濮上风"。

续表

风俗圈	风俗区	风俗亚区	主要风俗特点
东方风俗圈	齐地	齐地	自周代其俗奢侈，"织作冰纨绮绣纯丽之物，号为冠带衣履天下"；自太公以来"多好经术，矜功名，舒缓阔达而足智"；其失夸奢朋党，言与行缪，虚诈不情，急之则离散，缓之则放纵"。
	鲁地	鲁地	周代"其民有圣人之教化"；至汉代"俗俭啬爱财，趋商贾，好訾毁，多巧伪，丧祭之礼文备实寡，然其好学犹愈于它俗"。
北方风俗圈	赵地	赵、中山	"地薄人众，犹有沙丘纣淫乱余民。丈夫相聚游戏，悲歌忼慨，起则椎剽掘冢，作奸巧，多弄物，为倡优。女子弹弦跕躧，游媚富贵，遍诸侯之后宫"。
		太原、上党	"多晋公族子孙，以诈力相倾，矜夸功名，报仇过直，嫁取送死奢靡"。
		锺、代、石、北	"迫近胡寇，民俗懻忮，好气为奸，不事农商，自全晋时，已患其剽悍，而武灵王又益厉之"。
		定襄、云中、五原	"其民鄙朴，少礼文，好射猎"。
	燕地	蓟	"其俗愚悍少虑，轻薄无威，亦有所长，敢于急人，燕丹遗风也"。
		上谷至辽东	"俗与赵、代相类，有鱼盐枣栗之饶"。
		玄菟、乐浪	"天性柔顺，异于三方之外"。
南方风俗圈	楚地	楚地	"民食鱼稻，以渔猎山伐为业，果蓏蠃蛤，食物常足"，故而"呰窳偷生，而亡积聚，饮食还给，不忧冻饿，亦亡千金之家"；"信巫鬼，重淫祀"；"汉中淫失（泆）枝柱，与巴蜀同俗"；汝南"急疾有气势"。
	吴地	吴地	其君"好勇"，故其民至汉代"好用剑，轻死易发"；"其失巧而少信"。
	粤地	粤地	与吴"民俗略同"。

由表2—2及《汉书·地理志下》的有关记载来看，西汉后期各地风俗在经济生产、日常生活、婚姻恋爱、丧葬祭祀、精神信仰、人民性情、社会风气等方面都存在着差异，各地风俗与先代相比虽有或多或少的变化，但在很大程度上也是先代风俗的延续。先秦两汉时期风俗文化的空间差异，

在《史记·货殖列传》和《汉书·地理志》中可见一斑。

　　人总是在一定的地域风俗环境中成长和生存，也总是不可避免地要受到地域风俗的浸染和影响。在各地风俗存在较大差别的先秦两汉时期，地域风俗在个人性情和文化心理上留下的烙印尤为明显。《荀子》之《荣辱》篇中说："（譬之）越人安越，楚人安楚，君子安雅，是非知能材性然也，是注错习俗之节异也。"同书《儒效》篇也说："习俗移志，安久移质……居楚而楚，居越而越，居夏而夏，是非天性也，积靡使然也。"①这些言论正道出了当时的地方风俗对个人性情作风潜移默化的影响。在浓重的乡土意识和乡土情怀的支配下，周汉时期的人们对本土风俗抱有特别深厚的眷恋之情。史籍中"南冠而絷"、"乐操土风"的锺仪（《左传·成公九年》），仕楚贵为执珪，病中"犹尚越声"的庄舄（《史记·张仪列传》），就是这方面的典型。被腰斩之前对其子说出"吾欲与若复牵黄犬俱出上蔡东门逐狡兔，岂可得乎"（《史记·李斯列传》）之语的李斯，还有"乐楚声"（《汉书·礼乐志》），在荣归故乡沛县之时唱出"大风起兮云飞扬，威加海内兮归故乡，安得猛士兮守四方"的楚歌，并泣言"游子悲故乡"，"吾虽都关中，万岁后吾魂魄犹乐思沛"（《史记·高祖本纪》）的刘邦，也可以说是锺仪、庄舄的同类。从屈原那些抒发思乡恋国之情的诗句中，也可以体察到他对故土风俗的深情。屈原在他的楚辞作品中这样写道："羌灵魂之欲归兮，何须臾而忘反！背夏浦而西思兮，哀故都之日远。"（《九章·哀郢》）"陟升皇之赫戏兮，忽临睨夫旧乡。仆夫悲余马怀兮，蜷局顾而不行。"（《离骚》）他不但在流放途中念念不忘郢都，甚至在幻想中都不愿离开宗国。这是对故都旧乡的恋念，也是对乡土风俗的热爱。《庄子·则阳》中"旧国旧都，望之畅然；虽使丘陵草木之缗，入之者十九，犹之畅然"的感叹，也隐含着作者所处时代的人们对于故国故乡风土习俗的眷恋之情。写下"虽信美而非吾土兮，曾何足以少留"，"凭轩槛以遥望兮，向北风而开襟"（《登楼赋》）等辞句的王粲，其对家乡风土的怀恋更是溢于言表。《焦氏易林·小畜之履》中"异国殊俗，使心迷惑，所求不得"的占卜辞，汉乐府诗歌中"高田种小麦，终久不成穗"，"男儿在他乡，焉得不憔悴"（《齐民要术》卷二注引《泛胜之书》）的吟唱，也都在折射着人们对异地风俗的不适之感和对本土风

――――――――

　　① 《荀子集解》，第62、144页。

俗的眷恋之意。正如王粲《登楼赋》所言："人情同于怀土兮，岂穷达而异心。"对故土乡俗的依恋，普遍存在于周汉之人的心中，成为一种挥之不去的情结。

先秦两汉之时各地风俗文化的千差万别，地方风俗对个人的强有力的浸染，以及个人对本土风俗的深厚情感，从多个层面影响到了此时期的文学作品。

二　地域风俗与先秦两汉文学作品的题材内容、场景人物描写及语言运用

先秦两汉时期各地的文学作品在题材内容方面因地域风俗的不同而呈现出某些差别。这种差别在《诗经》中表现得最为明显。《诗经》中产生于不同方国和地区的十五国风和大小雅作品，在题材内容上有着与地域风俗差异相关的不同特色。《汉书·地理志下》指出，秦地人民有好农务本之风，因而"《豳诗》言农桑衣食之本甚备"①。"豳诗"即《诗经·豳风》中的《七月》一诗。此诗以农事为题材，正是豳地重农风俗的产物（豳属秦地）。《汉书·地理志下》又说：

> 天水、陇西，山多林木，民以板为室屋。及安定、北地、上郡、西河，皆迫近戎狄，修习战备，高上气力，以射猎为先。故《秦诗》曰"在其板屋"；又曰"王于兴师，修我甲兵，与子偕行"。及《车辚》、《四载》、《小戎》之篇，皆言车马田狩之事。②

"在其板屋"是《诗经·秦风·小戎》中的诗句。"王于兴师，修我甲兵，与子偕行"是《诗经·秦风·无衣》中的诗句。《车辚》（《毛诗》作《车邻》）、《四载》（《毛诗》作《驷驖》）也都是《诗经·秦风》中的诗篇。西北地区的天水、陇西、安定、北地、上郡、西河等均属秦地，有尚武之风，所以上述诗篇所写亦不离车马武力之事，"在其板屋"之句也是对西戎建筑风俗的反映。《汉书·地理志下》又言及，唐晋之地（属于魏地河东）民风有"深思"、"俭陋"的特点，故而"唐诗"（即《诗经·

---

① 《汉书》，第1642页。
② 同上书，第1644页。

唐风》）中的《蟋蟀》、《山枢》（《山有枢》）、《葛生》之篇"皆思奢俭之中，念死生之虑"①；陈地有信奉巫鬼之俗，故而"陈诗"（即《诗经·陈风》）喜言歌舞娱神之事（此类诗句见于《宛丘》、《东门之枌》）；郑地风俗淫放，故而"郑诗"（即《诗经·郑风》）里面男女相悦之词甚多（见于《出其东门》、《溱洧》等篇）。在其他文献中也有一些类似的言论。如阮籍《乐论》中说："楚越之风好勇，故其俗轻死；郑卫之风好淫，故其俗轻荡。轻死，故有火熘赴水之歌；轻荡，故有桑间濮上之曲。"② 屠隆《鸿苞》有云："周风美盛，则《关雎》《大雅》；郑、卫风淫，则《桑中》《溱洧》；秦风雄劲，则《车邻》《驷驖》；陈、曹风奢，则《宛邱》《蜉蝣》；燕、赵尚气，则荆高悲歌；楚人多怨，则屈《骚》凄愤，斯声以俗移者也。"③ 这些言论不仅指出了《诗经》作品在题材内容上的地域风俗特色，也指出了楚辞等其他先秦两汉文学作品在题材、内容、情感、风格等方面与其产生地域之风俗特点相关的某些特色。从大的视阈来说，先秦两汉时期北方和南方的文学作品也有着与其产生地域之风俗特点相关的不同特色。刘师培论南北文学之不同曰：

> 大抵北方之地，土厚水深，民生其间，多尚实际；南方之地，水势浩洋，民生其间，多尚虚无。民尚实际，故所著之文不外记事、析理二端；民尚虚无，故所作之文或为言志、抒情之体。④

就先秦文学而言，《诗经》二《南》与《诗经》二《雅》，楚辞与《诗经》，《老子》、《庄子》等与北方历史、哲学散文，在内容和性质上都存在"尚虚无"与"尚实际"的差别，这种差别正与南北方不同的风俗特点相应。汉代文学在内容和性质上也有其与南北方不同风俗特点相应的南北之分，把枚乘、司马相如、扬雄、王逸、王充、应劭等南方文人的作品与北方文人的同类作品做个比较就不难发现这一点。

---

① 《汉书》，第 1649 页。

② （三国魏）阮籍：《乐论》，《全三国文》卷 46，《全上古三代秦汉三国六朝文》，第 1313—1315 页。

③ （明）屠隆：《鸿苞》卷 18，明万历刊本。

④ 刘师培：《南北文学不同论》，载王元化主编《刘师培学术论著》，浙江人民出版社 1998 年版，第 161—167 页。

　　先秦两汉文学作品中的地域风俗场景描写为读者提供了一幅幅引人入胜的画面。《诗经·国风》中郑国的男男女女在三月上巳日会聚于涣涣浏浏的溱水、洧水之畔，人山人海，秉蕑游乐，"伊其相谑，赠之以勺药"（《郑风·溱洧》）的情景，以及陈国以青年女子跳舞降神，"坎其击鼓，宛丘之下"，"无冬无夏，值其鹭羽"（《陈风·宛丘》）的情形，《楚辞·九歌》中楚国人祭祀和娱乐神灵，"瑶席兮玉瑱，盍将把兮琼芳"，"蕙肴蒸兮兰藉，奠桂酒兮椒浆"，"扬枹兮拊鼓，疏缓节兮安歌，陈竽瑟兮浩倡"（《东皇太一》），"成礼兮会鼓，传芭兮代舞，姱女倡兮容与"（《礼魂》）的场景，就是极具地方风俗色彩的画面。汉代诗歌中的《郑白渠歌》所写的关中郑国渠和白渠流经地区"举臿如云，决渠为雨，水流灶下，鱼跃入釜"的景象，《江南》所写的"江南可采莲，莲叶何田田，鱼戏莲叶间"的南国风情，《远夷怀德歌》所写的西南夷人民"食肉衣皮，不见盐谷"的生活状态，也都是饶有地方风俗特色的画面。班固《两都赋》所描绘的驳杂不纯，浮华奢侈，"都人士女，殊异乎五方"，"游士拟于公侯，列肆侈于姬姜"的长安风俗，张衡《南都赋》所描绘的富而好礼，乐而不荒，"揖让而升，宴于兰堂"，"珍羞琅玕，充溢圆方"，"方轨齐轸，被于阳濑"，"男女姣服，骆驿缤纷"的南阳风俗，扬雄《蜀都赋》所描绘的喜文采，尚滋味，好娱乐，"自造奇锦"，"发文扬采"，"雕镂釦器，百伎千工"，"调夫五味，甘甜之和，勺药之羹"，"迎春送冬"，"观鱼于江"的成都风俗，更为先秦两汉文学增添了不少富于地方情调的动人景象。

　　先秦两汉文学作品中的人物形象有很多也带有鲜明的地域风俗色彩。《史记》和《汉书》里面的魏人张仪、梁人韩安国、齐人公孙弘、齐人东方朔、鲁人韦贤和韦玄成父子等就是这样的形象。《史记·张仪列传》"太史公"论赞语曰："三晋多权变之士，夫言从衡强秦者大抵皆三晋之人也。"《史记·韩长孺列传》"太史公"论赞语曰："世之言梁多长者，不虚哉！"正像司马迁所评论的，《张仪列传》中的张仪就是一个多策谋、善权变之士的形象，《韩长孺列传》中的韩安国就是一个忠厚有义行之人的形象，这两个人物形象背后都有着本土风俗人情的底色。《史记·平津侯列传》中"为人恢奇多闻"，"辩论有余"，"意忌，外宽内深"的公孙弘形象，又体现出"宽缓阔达，而足智，好议论"① 的齐地风俗人情的特

---

① 《史记》卷129《货殖列传》，第3265页。

色。《汉书·东方朔传》中被称作"滑稽之雄"的齐人东方朔，"诙达多端，不名一行，应谐似优，不穷似智，正谏似直，秽德似隐"，也带有齐地风土民性的色彩。《汉书·韦贤传》中鲁国邹人韦贤和韦玄成父子的形象性格，则体现出好学重礼的鲁地民风的影响。韦贤"为人质朴少欲，笃志于学"，"号称邹鲁大儒"。其子玄成"少好学，修父业，尤谦逊下士"，"出遇知识步行，辄下从者，与载送之，以为常"，"其接人，贫贱者益加敬，繇是名誉日广"。在这对父子身上，可以看到鲁地风俗文化的印痕。《汉书·邹阳传》中邹阳有言曰："邹鲁守经学，齐楚多辩知（智），韩魏时有奇节。"[1] 此语正可以作为《史记》、《汉书》中韦贤、韦玄成、公孙弘、东方朔、韩安国等人物形象的注脚。《史记·淮南衡山列传》中的淮南厉王刘长与其子淮南王刘安、衡山王刘赐的形象性格，也体现出他们所在之封国风俗民情的特点。本篇"太史公"论赞语曰：

> 诗之所谓"戎狄是膺，荆舒是惩"，信哉是言也。淮南、衡山亲为骨肉，疆土千里，列为诸侯，不务遵蕃臣职以承辅天子，而专挟邪僻之计，谋为畔逆，仍父子再亡国，各不终其身，为天下笑。此非独王过也，亦其俗薄，臣下渐靡使然也。夫荆楚僄勇轻悍，好作乱，乃自古记之矣。

淮南国、衡山国所在的荆楚之地，自古以来有剽悍轻率、逞勇作乱的风气，刘安等人的叛逆不轨，与当地风气的熏染不无关系。《史记·吴王濞列传》中的吴王刘濞，是一个与刘安等人类似的形象。司马贞在为本篇所作的《索隐述赞》中说："吴楚轻悍，王濞倍德。"[2] 正如此语所论，刘濞的犯上作乱，也与其封国所在之地的风俗民情有一定关系。《汉书·武五子传》中的燕王刘旦和广陵王刘胥亦属此类形象。文中述及，齐怀王刘闳、燕剌王刘旦和广陵厉王刘胥初立之时，朝廷对此三人皆赐策书，"各以国土风俗申戒焉"。齐地人多变诈，不习礼义，燕地民众勇悍少思虑，广陵地属吴越，人民精巧轻放，策书针对各地的风俗特点，分别对三人做出相应的告诫，提醒他们应防备和抵制本国不良风俗的浸染。依文中

---

① 《汉书》，第 2353 页。
② 《史记》，第 2837 页。

之意，后来刘旦和刘胥的谋反作乱，与他们所封之地"兽心"、"轻心"之风俗的影响有关。至于《史记》和《汉书》中的白起、王翦、李广、苏武、赵充国、辛庆忌等勇武之将的形象性格，可以说均携带着尚武好勇的西北民俗的基因。由《史记》和《汉书》里面的若干评论之语来看，作者在展现某些人物形象时甚至是在有意识地凸显他们身上的地域风俗色彩。其他如《左传·宣公十四年》中性急如火、剑及屦及的楚庄王形象，《吴越春秋·勾践伐吴外传》中唯恐不能得兵士之死力，见"怒"蛙而"为之轼"的越王勾践形象，《论语》中守礼不移的孔子形象，《孟子》中守正不阿的孟子形象，在他们身上均体现出本土（吴楚或邹鲁之地）风俗人情的某些特色。

　　作为地域风俗文化事象之一的方言土语的使用为先秦两汉文学作品增添了某些独具特色的形式因素。使用方言土语的情况在先秦两汉诗歌、辞赋和散文作品中都不乏其例。楚辞里面就采用了大量的楚方言词，如羌、些、蹇、修、凭、爽、扈、搴、遭、抟、潭、梦、篝、宿莽、侘傺等。关于楚辞中的楚方言词汇，古今不少学者都做过梳理和研究，如王逸在《楚辞章句》中确定了 21 个楚方言词，李翘在《屈宋方言考》中列举的楚方言词达到 68 个。楚辞中固然存在使用作为共同语的"雅言"的情况，但不可否认屈宋作品在写作时吸收了许多民间口语，具有突出的楚地语言特色。《诗经》作品在语言使用上虽是以"雅言"为主，语言内部具有鲜明的同质性，但其中也间杂着一些方言成分①，如印、姝、谅、刘、斯、晞、投、丰、嫨、戎、硕、濯、鞠、艾、瘼、哲、燬等便属于《诗经》时代的方言词语。《诗经》作品产生于一个广袤的地域，其产生之地存在方言歧异的情况。虽然《诗经》的编定者在对作品进行整理加工的过程中，依照雅言的标准规范了各篇的语言要素，凸显了"雅言"之外衣，致使其中的方言成分受到了削弱，但《诗经》中仍不免会若隐若现地带上某地方言的痕迹。汉赋中也掺杂着一些方言土语。有的汉赋研究者认为，"早期那些使用玮字的双声叠韵复音词汇，既不是搜辑群书翻摘故纸所得的古话，也不是卖弄艰深故作晦涩的隐语，却是当时活生生的语

---

　　①　参见封家骞《〈诗经〉方言词刍论》，载朱方棡主编《广西语言研究》，广西师范大学出版社 1999 年版，第 53—63 页。

汇，是平易浅俗的口语"①。这就是说，汉赋里面那些被称作玮字的古文奇字词汇是对当时口语的记录。既然如此，其中必然会包含着不少方言词语。据学者研究②，司马相如赋就使用了一些方言词，如嵆嵆、溢、屯、隐、隆崇、砰磷、潎洌、鱼亘鱼曹等，它们在今天的四川尤其是川东北地区还被广泛地使用，其中有些可能还是来自楚方言。先秦两汉文学作品中方言土语的运用，无形中增添了作品的形式之美，提高了作品的艺术表现力。如《淮南子·说山》中写了这样一件事："东家母死，其子哭之不哀。西家子见之，归谓其母曰：'社何爱速死，吾必悲哭社。'"此处之"社"字，高诱有注曰："江淮谓母为社。社读雔（雏）家谓公为'阿社'之'社'也。"③ "社"为楚方言词，作者让西家之子口吐一"社"字，人物面目顿时活现纸上。《史记·陈涉世家》中陈胜故人所说的"伙颐，涉之为王沈沈者"一句话，其中的"伙"也属于楚方言词。司马贞《索隐》引服虔语曰："楚人谓多为伙。"④ 文中在人物语言中着一"伙"字，同样收到了使人物面目活灵活现的效果。由此可见，先秦两汉文学作品里面的方言土语，不仅有其语言学上的价值，也有其文学意义。

三 地域风俗与先秦两汉文学作品的艺术风格和成就

与其他时期的文学作品一样，先秦两汉文学作品在艺术风格和成就上存在着一些地域性差别，这种差别的形成与地域风俗的影响有着一定的关系。

首先，地域风俗对先秦两汉时期各地文学作品风格差别或者不同籍贯文学作者创作风格之差异的形成起着重要作用。如齐地有舒徐、宽缓、阔达之风气，这赋予《诗经·齐风》中诗歌以与此风气相应的风格特色。《汉书·地理志下》引《齐风·营》（诗题《毛诗》作"还"，《齐诗》作"营"）之诗句曰："子之营兮，遭我乎嶩之间兮。"又引《齐风·著》之诗句曰："俟我于著虖而。"作者认为这些诗句"亦其舒缓之体也"，即

---

① 简宗梧：《汉赋源流与价值之商榷》，台湾文史哲出版社 1980 年版，第 58 页。
② 参见王启涛《司马相如赋与四川方言》，《四川师范大学学报》（社会科学版）2005 年第 2 期，第 133—136 页。
③ （汉）刘安等撰，何宁集释：《淮南子集释》，中华书局 1998 年版，第 1132 页。
④ 《史记》，第 1961 页。

体现出了《齐风》诗体舒缓的特点。①从作品本身来看，《诗经·齐风》作品喜用散而长的句式，而且用虚词较多，使得诗歌节奏变慢，语气从容，的确营造出一种"舒缓"的风格特色。再如鲁地有尊礼谨慎之风气，产生于此地的《春秋》也写得简明扼要，严谨有方，《论语》亦言简意赅，含蓄隽永，这种文章风格与鲁地的风俗特点是一致的。又如西北地区有刚健尚武之风，其地民间歌谣也充满慷慨雄放的气概。《汉书·赵充国辛庆忌传》赞语云："山西天水、陇西、安定、北地处势迫近羌胡，民俗修习战备，高上勇力鞍马骑射。……其风声气俗自古而然，今之歌谣慷慨，风流犹存耳。"②今存汉乐府诗歌《陇西行》当为陇西民歌，此诗高唱"健妇持门户，亦胜一丈夫"，确实有"慷慨"之风。这种气概在汉代西北文人的诗文作品中也可以感受到。就其中典型者而言，东汉皇甫规（安定朝那人）的《建康元年举贤良方正对策》、王符（安定临泾人）的《潜夫论》、赵壹（汉阳人）的《刺世疾邪赋》等，均体现出一种直露尖利的特点，其中有某些披坚执锐驰骋疆场的气概。又如楚地民风急疾，其地诗风亦复如此。《史记·司马相如列传》司马贞《索隐》引文颖之语解释司马相如《天子游猎赋》中"激楚结风"之句说："激，冲激，急风也。结风，回风，回亦急风也。楚地风气既自漂疾，然歌乐者犹复依激结之急风以为节，其乐促迅哀切也。"③此言正道出了楚地诗歌在风格上与该地风俗特点相应的急促激切的特色。从大的视阈来说，先秦两汉时期南北方不同的风俗对南北方文学风格以及南北籍文学创作者风格差异的形成是有影响的。丘琼荪论曰："北人性刚，南人性柔；北人的意识偏于现实，南人的思想近于浪漫。北方山川雄浑，南方山水清幽；北人生活较难而朴质，南人生活较易而奢靡。因南北地域之不同，文学上亦显然发生了差异。"④所谓"刚"与"柔"，"现实"与"浪漫"，"朴质"与"奢靡"也是北方和南方风俗特点的差别，这种差别在先秦时期就明显地存在着。先秦两汉时期，北方和南方风俗除了有刚强与柔婉、理性与浪漫、重礼与崇神等不同外，还有朴质与奢靡之别。此点从在春秋战国时期的楚墓中出

① 《汉书》，第 1659 页。
② 同上书，第 2998—2999 页。
③ 《史记》，第 3039 页。
④ 丘琼荪：《诗赋词曲概论》，中国书店 1985 年影印本，第 29—30 页。

土的大批精美的漆器就可看出。这些出土的楚国漆器反映了春秋战国时期楚国漆器工艺和装饰艺术的发展水平，其水平在当时的各诸侯国中是首屈一指的。"把美观与实用紧密地结合，将各种器物的装饰与造型高度的统一，绚丽多彩的装饰纹样，技艺高超的装饰手法，是这个时期楚国漆器装饰纹样的主要艺术特征"①。出土漆器的精美绝伦，反映了楚国人较高的物质生活和艺术生活水平，印证了春秋战国前后南方风俗的奢靡。上述北方和南方不同的风俗特点，在一定程度上促成了北方与南方、北人与南人文学风格之差别。《诗经》作品的温柔敦厚、现实质正之风，《楚辞》作品的奔放热烈、浪漫瑰丽之风，分别与北方和南方的风俗人情有着内在关联。汉代江南文人的作品，如王充（会稽上虞人）的《论衡》、应劭（汝南南顿人）的《风俗通义》，也有种或离经叛道，或愤世嫉俗，重个性，尚自由的意味在其中，对此也可以从地域风俗文化方面追根溯源。

　　其次，地域风俗对先秦两汉时期各地文学作品或者不同籍贯文学作者之作品在艺术成就方面也有一定的影响。屈原作品和《庄子》所取得的高度艺术成就，不能说不是得力于南国楚地富于浪漫精神，饶有奢华情调的风俗习尚。在西汉景帝、武帝之世，齐地出了不少文章高手。如邹阳（齐人）、东方朔（平原厌次人）、终军（济南人）、公孙弘（菑川薛人）、主父偃（齐国临菑人）、严安（临菑人）等，都因为上书或对策受到赏识和提拔。他们的被关注被重视，固然与其思想主张有关系，但也与其奏章书对较高的写作技巧和较强的文学性有关系，而且赏识邹阳的梁孝王刘武和赏识东方朔等人的汉武帝刘彻都是喜好文词之人。邹阳、东方朔等齐地文人的文章或善于以理服人，或以诙谐幽默见长，这与以多智善辩见称的齐地风俗文化的滋养是分不开的。汉代蜀郡亦多能文之士，如司马相如（蜀郡成都人）、王褒（蜀郡资中人）和扬雄（蜀郡成都人），都是著名的辞赋文章大家。他们不但善作堂皇正大之文，还善写调侃戏谑性文章，如司马相如的《美人赋》、王褒的《僮约》和《责须髯奴辞》、扬雄的《逐贫赋》和《酒赋》，都不同程度地带有诙谐笑谑的色彩。这种诙谐笑谑的色彩，增添了司马相如等人的作品的文学价值。司马相如等人辞赋文章的美轮美奂，谐谑成趣，也有其地域风俗文化方面的成因。据《汉书·地理志下》，巴蜀地区土美物丰，人民衣食无忧，逸乐成性，而且喜

①　陈振裕：《略论楚国漆器的装饰艺术》，《中原文物》1989 年第 4 期，第 30—37 页。

为文章、文辩、嘲谑之事。由扬雄《蜀都赋》的描写来看，蜀郡民风还有生活铺张奢侈，追求华文丽采的特点。司马相如等人的辞赋文章所达到的艺术水平，显然与蜀地风俗文化的影响有着不可分割的联系。

　　总之，先秦两汉文学作者都是在特定的地域风俗文化圈中生长和生活的，地域风俗对先秦两汉文学作品的题材内容、场景人物描写、语言运用，以及整体的艺术风格和成就都具有客观的规定性，并产生一定的影响。先秦两汉时期千差万别的地域风俗，赋予此时期文学作品种种独特而动人的因素，使其更加异彩纷呈，摇曳多姿。

第 三 章

风俗文化与先秦两汉诗歌辞赋

先秦两汉时期，风俗文化是诗歌辞赋产生和生长的温厚土壤，诗歌辞赋与风俗事象、风俗意识有着不解之缘。对于先秦两汉时期风俗或民俗与诗歌辞赋之间的关系，目前学术界已有较多探讨，比如在运用民俗学视角对《诗经》、楚辞、汉代乐府民歌、汉赋等进行的研究上，均有不少成果问世。不过，迄今为止学术界对先秦两汉时期风俗或民俗与诗歌辞赋之间关系的研究还缺乏一个统观全局的眼光，没有把先秦两汉诗歌辞赋作为一个整体来考察两者之间的关系，而且在对《诗经》、楚辞等所做的民俗学视角研究上，也还有许多尚未触及的问题。基于以上研究现状，本着少做重复研究，力求点面结合、以点带面的原则，本章先对先秦两汉时期诗歌辞赋与风俗文化之间的关系作一综合论述，然后转向本时期诗歌辞赋园地的两大经典《诗经》、《楚辞》，对这两部重要作品分别从风俗文化的视角做出新的观照，以期弥补先秦两汉诗歌辞赋研究领域的某些缺憾。

第一节　综论

先秦两汉时期，诗歌辞赋与风俗文化之间的关系是多方面、多层次的。这一时期的诗歌辞赋在创作和传播、题材内容和思想情感、艺术表现和审美特质等层面都受到当时风俗的或大或小的影响，与风俗之间存在着千丝万缕的关系。对于此时期诗歌辞赋与风俗文化之间的方方面面的关系，本节自然不能囊括无遗，只能就一些全局性、实质性的问题进行剖析。本节将从诗歌辞赋作品的生成、诗歌辞赋所表达的思想情感、文人诗歌辞赋对民间诗赋的学习借鉴三个方面来论述先秦两汉时期诗歌辞赋与风俗文化之间的关系。

一　乐舞游艺风俗对先秦两汉诗歌辞赋作品之生成的推动作用

先秦两汉时期，上至帝王贵族下至凡夫庶民普遍喜好音乐歌舞，音乐歌舞在人们生活中所占的地位是后世乐舞难以比拟的。先秦两汉时的诗歌基本上是一种与乐舞相结合的艺术样式，其时音乐歌舞活动的频繁对此时期的诗歌创作具有极大的推动作用。

先秦两汉时期，人们惯于通过歌唱来抒发喜怒哀乐之情，兼或用以调节劳作状态，议论时事，品评人物，总结生产、生活经验等，在此过程中产生了大量诗歌。《诗经》中的民歌就是先秦之时"男女有所怨恨，相从而歌，饥者歌其食，劳者歌其事"①的产物，汉乐府民歌也是广大民众"感于哀乐，缘事而发"②的结晶。先秦两汉之人尤其善于借助作诗歌唱来发泄不良情绪，改善消极心境。《史记·宋微子世家》记载，商朝遗臣箕子在朝周之时路过旧日殷都之废墟，眼见宫室毁坏，禾黍遍地，不觉悲从中来，"欲哭则不可，欲泣为其近妇人，乃作《麦秀之诗》以歌咏之"③，可见箕子就已经很自然地把作诗歌咏作为解忧之方。《诗经·魏风·园有桃》中"心之忧矣，我歌且谣"的诗句，以及汉乐府《悲歌》中"悲歌可以当泣，远望可以当归"的说法，都是这一时期人们"长歌当哭"经验的总结。

除了作诗歌唱抒发一己之情思外，先秦两汉时期的巫术祝祷活动和其他各种典礼仪式很多都与音乐歌舞密不可分，它们连同社会上流行的一般乐舞表演一起催生了大量诗歌。这一时期，不但在上层社会产生了数量可观的仪式乐歌，普通民众中也不乏仪式乐歌的创作活动。王逸《楚辞章句》之《九歌序》叙先秦楚地风俗云："昔楚国南郢之邑，沅、湘之间，其俗信鬼而好祠。其祠，必作歌乐鼓舞以乐诸神。"④《淮南子·精神训》叙西汉风俗云："今夫穷鄙之社也，叩盆拊瓴，相和而歌，自以为乐矣。"⑤这些巫术祭祀方面的行为仪式都伴随着诗歌创作。汉代乐舞表演极为流行，当时不但豪富人家"妖童美妾，填乎绮室；倡讴伎乐，列乎

---

① 《春秋公羊传注疏》卷 16《宣公十五年》何休注，《十三经注疏》，第 2287 页。

② 《汉书》卷 30《艺文志》，第 1756 页。

③ 《史记》，第 1620—1621 页。

④ （宋）洪兴祖撰，白化文等点校：《楚辞补注》，中华书局 1983 年版，第 55 页。

⑤ 《淮南子集释》，第 541 页。

深堂"（《昌言·理乱》），普通人家也常以"倡优奇变之乐"（《盐铁论·崇礼》）待客，这种以乐舞娱乐观众的需要也使得众多歌诗源源不断地被生产加工出来。今存的《诗经》和汉乐府诗中的许多作品，正是来自上述巫术祭祀等典礼仪式中的音乐行为以及一般的乐舞表演行为。

先秦两汉乐舞风俗中还有一种比较特殊的行为方式，即以歌代言，此行为方式的普遍存在进一步壮大了此时期诗歌创作的力量。

从有关文献资料来看，先秦两汉之人在政治或日常生活中时或以歌诗唱和的方式实现彼此的语言交流。相传帝舜曾数次与臣子们歌诗唱和，抒发对政事的感受，交流思想感情①。《左传·宣公二年》记载，宋国筑城者通过集体讴歌当面嘲笑华元战败逃归的行径，华元令其骖乘与筑城者对唱，以为自己辩解，筑城者复以讴歌还击，华元最终败下阵来。又据史书记载，项羽在被围垓下时，燕王刘旦在自杀前，后汉少帝刘辩在被迫服毒而死前曾分别与虞姬、华容夫人和唐姬歌诗唱和，他们所歌之诗实为告别之语②。此外，《穆天子传》卷三还叙及穆天子与西王母于宴饮间诗谣唱酬之事，此事虽属神话传说，但从中仍可窥见先秦时人们之间的歌诗唱和之风。

先秦两汉之人有时还通过当面歌唱自编之词向他人进言，对某人进行劝告，或者表达对某人的不满之情。《晏子春秋》之《内篇谏下》叙及，晏子在君臣宴饮间作《穗》歌告诫齐景公不宜大兴土木营建长庲③。同书《内篇杂上》叙及，齐庄公命令乐人向晏子歌唱"已哉，已哉！寡人不能说也，尔何来为"的词句以表达自己对晏子的不悦之意。《国语·晋语二》记载，优施曾以《暇豫》之歌讽劝里克不要阻挠骊姬杀太子立奚齐之阴谋的实施。《史记·滑稽列传》记载，优孟也曾以歌唱形式劝说楚庄王对处于贫困中的孙叔敖之子给予救助和优待。《列女传·辩通传》叙及，赵简子想杀掉醉酒误事的赵国某河津吏，该河津吏之女向简子唱《河激》之歌以为其父辩解求情。《论语·微子》叙及，楚国狂者接舆曾经以歌讽刺孔子的从政之心。《史记·孔子世家》记载，孔子在离开鲁国

---

① 见《尚书·益稷》及《尚书大传》卷1。

② 见《史记·项羽本纪》、《汉书·燕刺王刘旦传》和《后汉书·皇后纪下》。

③ 同篇又载，晏子因大台之役于酒宴间为齐景公唱《冻水歌》以进谏，但此歌据晏子声称为"庶民之言"。

时与为他送行的师己交谈，交谈间孔子以歌代言，表达了自己对季桓子的不满和批评。《列子·力命》叙及，季梁在病重之时请杨朱以歌开导为其病况忧心的儿子们。《史记·留侯世家》记载，刘邦在改易太子的意图破灭之时为戚夫人歌《鸿鹄》之诗以劝慰其心。虽然上述不少记载可能包含着传说成分，但它们仍能折射出一种以歌代言的风习。

先秦两汉之人在有意向他人提出某种要求，表达某种愿望、心迹或决心，传达某些提示性信息时也喜欢作歌以代言。《战国策·齐策四》记载，冯谖初入孟尝君门下做食客时，三次弹铗而歌，借此委婉地向孟尝君传达提高待遇的要求。《说苑·善说》言及，楚王子鄂君子皙泛舟中流，有一撑船越人以歌向他表达好感。《汉书·外戚传》记载，李延年通过起舞而歌《北方有佳人》之诗向汉武帝荐举其妹。《列女传·贞顺传》叙及，鲁国寡妇陶婴作《黄鹄》之歌以向其追求者表明自己不更二夫的决心。据《乐府诗集》卷二十八引崔豹《古今注》[1]，汉乐府诗《陌上桑》是一个名叫秦罗敷的有夫之妇所作，她将此诗歌唱给某位欲抢夺她的王侯，使他打消了淫邪之念。《太平御览》卷五百七十二引《风俗通》言及，百里奚之故妻在找到离别多年的丈夫后，以援琴作歌的方式提醒百里奚与自己相认。《吴越春秋·王僚使公子光传》及《越绝书·荆平王内传》均叙及，伍子胥逃亡之时，有位江中渔父数次以歌唱方式向他传递信息。上述各条资料当然也难免有传说成分，但它们仍在很大程度上真实地反映了先秦两汉时期以歌代言的风习。

先秦两汉的乐舞游艺风俗对此时期辞赋的产生和创作也有相当大的推动作用。

首先，乐舞游艺风俗活动是辞赋体文学作品萌生的肥沃土壤。楚辞文体就是从楚地民歌中生长起来的。陈振孙《直斋书录解题》卷十五《楚辞类》引宋代黄伯思《翼骚序》云："屈宋诸骚，皆书楚语，作楚声，纪楚地，名楚物，故可谓之'楚辞'。……悲壮顿挫、或韵或否者，楚声也……"[2] 这段言论正指出了屈原所创立的楚辞与楚地民歌乐调的渊源关

---

① （宋）郭茂倩编：《乐府诗集》，中华书局1979年版，第410页。

② （宋）陈振孙撰，徐小蛮、顾美华点校：《直斋书录解题》，上海古籍出版社1987年版，第436页。

系。再就赋体①的来源而言，据研究，赋的起源与先秦两汉时期的俳优说话表演有着密切关系。历代关于赋的起源的说法主要有三种，即诗源说、辞源说和综合说（此说认为赋是在先秦韵文和散文的共同影响下形成的）。现当代学者又在赋体起源问题上提出一种新见解，即"赋出俳词"之说。学者曹明纲在冯沅君、任半塘、程毅中、周绍良等人相关研究的基础上，进一步肯定了"赋出俳词"之说。他指出，赋在战国末期由俳词演变而成，并在俳词问对和韵散配合的基础上，进一步广泛地从韵文诗辞和散文两方面汲取养料来丰富和充实自己。曹明纲力推"赋出俳词"之说的主要原因有两点：一是"赋家与优倡，赋与俳词，在汉代经常被连在一起"；二是"从历史上留存的俳词来看，不仅在讽喻、嫚戏、隐语、体物等方面与赋非常类似，而且更重要的是这种形式以问答构篇、韵散配合，与赋体的基本要素完全一致"②。现当代学者关于"赋出俳词"的说法是很有说服力的。俳优表演和俳词是属于风俗文化领域的事物，肯定"赋出俳词"，也就是肯定了赋体作品与乐舞游艺风俗的渊源关系。

乐舞游艺风俗活动不但孕育了赋这一文体，还在赋体形成之后继续为赋的后续创作提供了动力。由文献记载和出土文物可知，汉代盛行民间俳优艺人说唱表演类游艺活动，当时的民间俳优艺人们所说唱的内容应当包含着由他们本人创作或整理的赋体作品，正如学者胡士莹所指出的："（这种）讲说和唱诵结合的艺术形式，在秦汉时代可能就叫作赋，是民间的文艺，也就是今天称为民间赋的作品。"③ 在现在所能见到的汉代文献中有一些故事赋和类似于故事赋的片断，如尹湾汉墓出土的《神乌赋》、敦煌汉简中的田章简和韩朋故事简残文、《史记·龟策列传》中对宋元王得龟之事的叙述等。这些故事赋和类似于故事赋的片断应当就是汉代用于说唱的民间文艺作品，或者是对当时某些民间说唱文艺作品的采纳或加工，因为注重故事性乃民间文学的突出特点之一。《汉书·艺文志·诗赋略》列有"杂赋"一类，包括客主赋、杂鼓琴剑戏赋、杂山陵水泡云气雨旱赋、杂禽兽六畜昆虫赋、杂器械草木赋、成相杂辞、隐书等。由

---

① 楚辞在汉代又被称作"赋"。但今人一般认为，"辞"与"赋"是不同的文体，二者之间虽有渊源关系，但还不能把它们完全等同起来，故本书将楚辞与赋的起源问题分开来讨论。

② 曹明纲：《赋学概论》，上海古籍出版社1998年版，第38—39页。

③ 《话本小说概论》，第9页。

"杂赋"类名之下所列的各个小类的名称来看，所谓"杂赋"中也应有来自民间说唱艺术的作品。除了民间说唱对赋体文学创作的推动作用外，在汉代上层社会中还有一种以文人辞赋娱悦耳目的风尚，此风尚也是辞赋创作的重要动因。据《汉书·枚乘传》附《枚皋传》，枚皋曾说过"为赋乃俳，见视如倡"之类的话。《汉书·王褒传》记载，汉宣帝曾将辞赋比作可以悦目娱耳的绮縠女工和郑卫之乐。《汉书·扬雄传下》记载，扬雄曾批评当世之赋"颇似俳优淳于髡、优孟之徒，非法度所存，贤人君子诗赋之正"。据《后汉书·蔡邕列传下》所载蔡邕奏疏，蔡邕曾将汉灵帝所招纳的文赋之士所创作的某些篇章辞赋与博弈、俳优之语和"上方工技之作"相提并论。由上述枚皋等人的言论可见，在两汉时期，不仅民间赋，大量文人辞赋也具有一种游艺娱乐工具的性质，这进一步表明了乐舞游艺风俗对汉赋创作的不可低估的推动作用。

通过以上论述还可以看出，乐舞游艺风俗不但推动了先秦两汉诗歌辞赋作品的生成，同时也推动了先秦两汉诗歌辞赋作品的传播。因为这一时期很多诗歌辞赋作品都是产生于某种乐舞游艺风俗行为，并随之在或大或小的范围内自然而然地流布开来，这在客观上促进了它们的传播。

二　风习性思想意识对先秦两汉诗歌辞赋的浸染

在思想情感方面，先秦两汉诗歌辞赋除了表达天道人伦、体国经野等方面的雅正情思之外，还浸染着较多的风习性思想意识，这从另一个侧面体现了风俗文化对先秦两汉诗歌辞赋的影响。先秦两汉诗歌辞赋所表达的风习性思想意识主要有以下三点：

一是追求富贵福乐、长寿康宁、美德芳名、子孙昌盛的思想意识。《诗经》中有不少作品表达了这方面的思想意识。先就《国风》而言，如《周南·樛木》一诗以葛藟攀缘、掩盖、缠绕樛木为喻，颂祝君子福禄在身，得天佑助；《周南·螽斯》一诗以螽斯之多子为喻，颂祝他人之子孙繁盛而奋讯，绵延不绝，且能彼此和睦相处；《周南·麟之趾》三章分别以"麟之趾"、"麟之定"、"麟之角"起兴，颂祝诸侯之子孙后代兴旺多贤，振奋有为；《唐风·椒聊》一诗以椒实之繁多硕大为喻，颂祝某人子孙众多，宗族美盛。《小雅》中也有一些此类的作品或表达同类思想情感的内容。如臣子颂美君主的《天保》一诗虽主要着眼于祝颂国家人民的强盛安定，但也包含着对君主个人的得天保佑、安乐幸福、万事如意、长寿健康、子孙永继等祝愿，这些都属于世俗性的思想意识，诗中说："天保定尔，俾尔戬穀。罄无不宜，受天百禄。降尔遐福，维日不足。……如月之恒，如日之升。如南山之寿，不骞不崩。如松柏之茂，无不尔或承。"《鱼丽》一诗通过描写贵族宴飨宾客所用酒菜之既美且多，既盛赞了主人的好客，又透露出一种追求富有的思想意识，诗中说："物其多矣，维其嘉矣。物其旨矣，维其偕矣。物其有矣，维其时矣。"《南山有台》中，诗人祝祷贵族人物"万寿无期"，"德音不已"，且祝其"保艾尔后"，即后代绵延昌盛。《鸳鸯》一诗以成双成对、安居鱼梁的鸳鸯为喻，祝贺新婚的贵族长寿万年，永远安享其鸿远之福禄。《鱼藻》一诗赞美周王"岂乐饮酒"、"有那其居"的安逸快乐的生活，也透露出一种追求富贵福禄的思想意识。《大雅》和《颂》中也有类似的思想内容。如《大雅·既醉》中，诗人祝愿神灵赐给君子无尽之大福、昭明之德行、室家之团结以及使唤不尽的仆从和代代永传的子孙。《大雅·卷阿》中，诗人祝愿有德之君王长享福禄安康："尔受命长矣，茀禄尔康矣。岂弟君子，俾尔弥尔性，纯嘏尔常矣。"《鲁颂·泮水》中有"既饮旨酒，永锡难老"的祝愿之辞，《鲁颂·閟宫》中更是接连不断地出现祝君主昌盛、长寿之类的话语，有"俾尔炽而昌，俾尔寿而臧"，"俾尔昌而炽，俾尔寿而富"，"俾尔昌而大，俾尔耆而艾"，"三寿作朋，如冈如陵"，"万有千岁，眉寿无有害"，"黄发台背，寿胥与试"，"既多受祉，黄发儿齿"等诗句。《楚辞》中的《招魂》和《大招》两篇作品以宫室游观、饮食美味、声色歌舞等方面的享乐生活召唤亡魂的回归，也表达了一种极力追求富贵安乐的思想意识，其中有些词句将这种思想意识表现得特别突出。如《招魂》有云："娱酒不废，沈日夜些。兰膏明烛，华镫错些。……酎饮尽欢，乐先故些。"《大招》有云："自恣荆楚，安以定只。逞志究欲，心意安只。穷身永乐，年寿延只。魂乎归徕，乐不可言只。"在汉代诗歌中，追求富贵荣名、安乐寿考等的思想意识表现得更为突出，如乐府诗《相逢行》、《长安有狭邪行》、《古歌》（上金殿），《古诗十九首》之《今日良宴会》、《回车驾言迈》等，或言"黄金为君门，白玉为君堂"，或称"大子二千石，中子孝廉郎"，或祝"今日乐相乐，延年寿千霜"，或呼"何不策高足，先据要路津"，或叹"奄忽随物化，荣名以为宝"，都在宣唱着同时代人的心声。就汉赋而言，其中的一些作品，如枚乘《柳赋》、邹阳《酒赋》、羊胜《屏风赋》、刘胜《文木赋》、扬雄《甘泉赋》、傅毅《舞赋》、班固《竹扇赋》、张衡《温泉赋》及《冢赋》等，通过对日用物品、建筑物、景物、乐舞等的描写，也或多或少地表达了对相关人物的嘉美颂祝，包括燕乐欢愉、优游从容、神安体定、康宁太平、忘忧遗老、长寿永年、子孙无极、福禄丰隆、前景远大、蒸蒸日上，等等。

　　二是提倡及时行乐的思想意识。《诗经》中就有一些作品表达了这方面的思想意识。如《唐风·蟋蟀》写诗人因蟋蟀进房而想到一年将尽，不由发出"今我不乐，日月其除"，"今我不乐，日月其迈"，"今我不乐，日月其慆"的感叹，同时又警醒自己应"好乐无荒"。再如《唐风·山有枢》：

　　　　山有枢，隰有榆。子有衣裳，弗曳弗娄。子有车马，弗驰弗驱。宛其死矣，他人是愉。
　　　　山有栲，隰有杻。子有廷内，弗洒弗埽。子有钟鼓，弗鼓弗考。宛其死矣，他人是保。
　　　　山有漆，隰有栗。子有酒食，何不日鼓瑟？且以喜乐，且以永日。宛其死矣，他人入室。

此诗讽刺了某些守财奴式的人物：他们吃、穿、住、用之物样样不缺，却舍不得享用，不知有朝一日自己将会形枯身死，这一切财富只能任由别人来消受了。全诗在一片揶揄挖苦之辞中蕴含着一种行乐须及时的思想意识。其他如《秦风·车邻》中说："既见君子，并坐鼓瑟。今者不乐，逝者其耋。""既见君子，并坐鼓簧。今者不乐，逝者其亡。"《小雅·頍弁》中说："如彼雨雪，先集维霰。死丧无日，无几相见。乐酒今夕，君子维宴。"这些诗句都表达了一种人生易老，年命无几，应当抓紧时机享乐欢聚的想法。《楚辞》中也有对及时行乐意识的反映。如《九歌》之《湘君》、《湘夫人》篇末分别有这样的话："眇不可兮再得，聊逍遥兮容与。""时不可兮骤得，聊逍遥兮容与。"两处辞句均感叹良时难再，主张趁着当前的好时光逍遥娱乐。《九歌·山鬼》篇中有这样的辞句："留灵脩兮憺忘归，岁既晏兮孰华予！"在主人公无奈的叹息中，蕴藏着一种青春易逝，应与所恋之人及时相聚行乐的思想观念。在汉代诗歌中，及时行乐的思想意识表达得更多，也更为突出。例如，汉乐府《西门行》通篇都在唱着为乐当及时的悲歌：

> 出西门，步念之，今日不作乐，当待何时！逮为乐，逮为乐，当及时。何能愁怫郁，当复待来兹。酿美酒，炙肥牛，请呼心所欢，可用解忧愁。人生不满百，常怀千岁忧。昼短苦夜长，何不秉烛游？游行去去如云除，弊车羸马为自储。

在作者看来，人生是很短暂的，而且充满了忧愁烦恼，故而应当及时作乐——恣意地吃喝玩乐，充分利用有限的条件使自己获得尽可能多的快乐。其他如汉乐府《怨诗行》、《满歌行》和《古诗十九首》之《青青陵上柏》、《东城高且长》、《驱车上东门》均叹惜时光易逝，人命短促，并由人生短促易逝的感觉自然转向对适时享乐、及时行乐的追求。其中《怨诗行》有句云："百年未几时，奄若风吹烛。……人间乐未央，忽然归东岳。当须荡中情，游心恣所欲。"《满歌行》有句云："凿石见火，居代几时？为当懂乐，心得所喜。安神养性，得保遐期。"《青青陵上柏》云："人生天地间，忽如远行客。斗酒相娱乐，聊厚不为薄。驱车策驽马，游戏宛与洛。"《东城高且长》云："四时更变化，岁暮一何速！……荡涤放情志，何为自结束。"《驱车上东门》云："浩浩阴阳移，年命如朝露。人生忽如寄，寿无金石固。……服食求神仙，多为药所误。不如饮美酒，被服纨与素。"及时行乐意识在汉赋中偶尔也有所流露，如班婕妤《自悼赋》中有这样的语句："惟人生兮一世，忽一过兮若浮。……勉虞精兮极乐，与福禄兮无期。"其所表达的思想观念与前述汉代诗歌如出一辙。

三是向往神灵世界的思想意识。《诗经》中虽没有对人们进入神灵世界的愿望的明确表白，但其中有些诗篇表达了作者的一种希望采取某种途径从令人无奈的现实世界中获得解脱的心理，这种心理与向往神灵世界的心理是相通的。如《魏风·园有桃》中说："心之忧矣，其谁知之？其谁知之，盖亦勿思！"面对现实中的诸多不如意，作者企图通过对其不思不虑的途径获得解脱。《小雅·无将大车》中，作者也主张"无思百忧"，并说如果去想它们只会加重心头的阴影，乃至伤身生病。《王风·兔爰》中，作者发出了"尚寐无吪"、"尚寐无觉"、"尚寐无聪"的呼喊，只愿自己能长睡不醒，对一切忧烦不闻亦不问。《桧风·隰有苌楚》中，作者羡慕"夭之沃沃"的羊桃，希望自己能像它那样"无知"、"无家"、"无室"。《小雅·苕之华》有句云："知我如此，不如无生！"作者在忧伤中产生了如果自己没有来到这个世界上该有多好的想法。《魏风·硕鼠》中，作者发誓要离开贪婪的统治者，去往被称作"乐土"、"乐国"、"乐郊"的让人能够安居乐业的、不会受到不公正待遇的理想国度。《邶风·柏舟》有句云："静言思之，不能奋飞！"作者在"忧心悄悄"中萌生了像鸟儿那样飞离人间的愿望，这愿望自然是无法实现的。到了楚辞和汉代诗赋中，人们对获得解脱之境界的探寻就转向了神灵、神仙世界。如《离骚》中所描写的神游天界的景象，《九辩》中所表达的"放游志乎云中"的个人愿望，《远游》中所描述的遍及"四荒"、"六漠"的精神遨游，以及桓谭《仙赋》中对王子乔、赤松子等神仙的颂扬，都在某种意义上反映了人们对神灵世界的向往之心。又如汉乐府《郊祀歌·日出入》中，主人公企盼传说中黄帝乘之而升仙的"訾黄"从天而降。《郊祀歌·天马》中，主人公企盼"天马"能使自己"逝昆仑"、"游阊阖"、"观玉台"。相传为淮南王刘安所作的《八公操》一诗中，主人公幻想自己能够得道羽化，"超腾青云蹈梁甫"，"观见瑶光过北斗"，"驰乘风云使玉女"。汉代无名氏所作的《张公神碑歌》中，作者祝愿死者张公能在辞世之后去往仙界，"乘轺辂兮驾蛮龙，骖白鹿兮从仙童，游北岳兮与天通"。以上作品都将人们对神灵世界的向往表达得更为直接和明显。汉乐府《艳歌》（今日乐上乐）更将神仙世界描绘成了一个极乐世界：

> 今日乐上乐，相从步云衢。天公出美酒，河伯出鲤鱼。青龙前铺席，白虎持榼壶。南斗工鼓瑟，北斗吹笙竽。姮娥垂明珰，织女奉瑛琚。苍霞扬东讴，清风流西歈。垂露成帏幄，奔星扶轮舆。

诗中人物在某日来到天庭，受到了众多神灵的热情接待，获得了在人间享受不到的快乐。与《离骚》中的主人公"令帝阍开关"却被排拒于天门之外不同，神灵世界的大门对这些人是完全敞开的。班彪《览海赋》中也描述了凡间之人受到天上神灵友好接待的情景："麾天阍以启路，辟阊阖而望余。通王谒于紫宫，拜太一而受符。"赋中主人公离世高游，来至太清之境，天上的神灵乖乖地为他打开了天门，并引领他来到紫宫拜见天神太一，主人公还接受了上天赐予的符命。在司马相如的《天子游猎赋》

中，神灵们则住进了汉宫，使人间的宫室变成了人神通气的奇幻乐园："青龙蚴蟉于东厢，象舆蜿僤于西清，灵圄燕于闲馆，偓佺之伦暴于南荣。"以上作品都反映了一种世间之人企图与神界、仙境拉近距离的心理，由此更可见出人们对神界、仙境的向往之情。

三　民间诗赋对先秦两汉文人诗歌辞赋的影响

民间诗赋既属于文学作品，又属于风俗文化。民间诗赋不但作为文学作品的一部分接受着文学之外的其他风俗文化的影响，同时又作为风俗文化的一部分对文人诗歌辞赋发生着影响。在先秦两汉文学领域，文人诗歌辞赋所受民间文学的影响是比较大的。因此，在谈论先秦两汉诗歌辞赋与风俗文化之关系的时候，民间诗赋对文人诗歌辞赋的影响也是一个不容忽视的问题。

在先秦文学史上，楚辞的创立者屈原和写出了最早的以"赋"名篇的文学作品的荀子都是注重向民间诗歌、民间文艺学习的人。王逸《楚辞章句》之《九歌序》言及，屈原在被放逐于南郢沅湘之间时，"出见俗人祭祀之礼，歌舞之乐，其词鄙陋，因为作《九歌》之曲"①。据朱熹《楚辞集注》卷二《九歌序》，屈原作《九歌》乃是在民间祭歌的基础上"颇为更定其词，去其泰甚，而又因彼事神之心以寄吾忠君爱国眷恋不忘之意"②。由此可见，屈原的《九歌》是对流传于江南楚地的一组民间祭歌进行修改加工的结果，其中包含着对民间诗歌的学习借鉴。据研究，屈原的《天问》一诗可能是在传古述史的民间"踏歌"、对歌等的基础上重新创作而成，其产生情况与《九歌》相似③。不只《九歌》等的写作受到民间诗歌的影响，如前文所述，整个楚辞文体都是从民间歌谣乐调中生长起来的。荀子创作了中国文学史上最早的以"赋"名篇的作品，即收录于《荀子》中的《赋》篇，包括《礼》、《知》、《云》、《蚕》、《箴》五首小赋，篇末附有《佹诗》、《小歌》各一首。根据"赋出俳词"的说法，荀子所作之赋应是作者学习俳词之类民间文艺样式进行创作的结果，其所体现出的咏物、使用隐语、以问答构篇等特征可以进一步说明这一

---

①　《楚辞补注》，第 55 页。

②　（宋）朱熹：《楚辞集注》，人民文学出版社 1953 年影印宋端平刻本，第 30 页。

③　廖群：《先秦两汉文学考古研究》，学习出版社 2007 年版，第 273 页。

点。荀子还作有一篇《成相辞》，该作品也与民间文艺有着密切关系。"成相辞"之"相"原指古代一种用来击打以为歌声之节的乐器。《礼记·乐记》云："治乱以相，讯疾以雅。"郑玄注此句说："相，即拊也，亦以节乐。拊者，以韦为表，装之以糠。糠，一名'相'，因以名焉，今齐人或谓'糠'为'相'。"① 到后来，徒歌无乐，击物以为节拍也叫"相"。《礼记·曲礼上》云："邻有丧，舂不相。"② 这里所谓"相"即结合送杵之声唱歌。"成相辞"是一种有简单节拍的民间说唱文艺形式，类似于后世的鼓儿词，"成"有演奏的意思。《汉书·艺文志》著录有《成相杂辞》十一篇，列之于"杂赋"一类。在 1975 年出土于湖北云梦睡虎地秦墓的简书中，有一种被整理小组命名为《为吏之道》的简书③，其中有八首韵文（最后一首有脱句），其句式与荀子《成相辞》完全一致。由上可知，"成相辞"在荀子的时代是十分流行的，荀子的《成相辞》正是他向诗歌辞赋类民间文艺样式学习的成果。

在两汉文学史上，民间诗赋对文人诗歌辞赋的影响表现得更为广泛和突出，这主要可以从四言诗、五言诗和辞赋三个领域进行分析。

先看民间四言诗歌对文人四言诗的影响。汉代的文人四言诗大多是模仿《诗经》雅颂体诗歌写成的政治教化型作品，显得理有余而情不足，典雅板滞，没有多少生气。在这类四言诗歌之外，汉代特别是东汉中后期的文人也创作了一些背离政教传统而向民歌靠拢的四言诗篇，如朱穆的讽刺趋炎附势之人的《与刘伯宗绝交诗》，秦嘉的抒写夫妻离别相思之苦的四言《赠妇诗》，仲长统的抒发个人弃世拔俗之情的《见志诗》二首等。这些四言诗歌注重自由抒情，风格较为清新活泼，从中可以看到《诗经》民歌和包括四言乐府民歌在内的汉代四言民间歌谣的影响。

再看民间五言诗歌对文人五言诗的影响。先秦时期已有五言歌谣的萌芽，如《国语·晋语二》所载《暇豫歌》、《左传·定公十四年》所载《野人歌》等已经略具五言诗歌的雏形。秦代出现了被看作现在所见最早的完整五言歌谣的民间歌谣《长城歌》。五言歌谣在汉代民间已很流行，

---

①　《礼记注疏》，《十三经注疏》，第 1538 页。

②　同上书，第 1249 页。

③　睡虎地秦墓竹简整理小组：《睡虎地秦墓竹简》，文物出版社 1990 年版，第 165—176 页。

并被国家音乐机关采入，成为乐府诗歌。包括五言乐府民歌在内的五言民间歌谣引发了汉代文人的浓厚兴趣和模拟创作行为，从而产生了文人五言诗。东汉前期的班固是较早的文人五言诗创作者，他作有一首吟咏西汉时缇萦救父史事的五言《咏史》诗，被视为今存最早的文人五言诗。东汉中后期，文人五言诗作者和作品大大增加，文人五言诗逐渐发展至成熟。这一时期的张衡、郦炎、秦嘉、蔡邕、辛延年和宋子侯①等文人均有五言诗传世，他们的五言诗与班固之作相比，带有较多的世俗意味和民歌韵味。汉代还有一些无主名的文人五言诗传世，主要包括《古诗十九首》和托名西汉苏武、李陵的一组五言古诗，一般认为它们大多产生于东汉中后期。《古诗十九首》与所谓"苏、李诗"多写离别相思之意、羁旅怀乡之苦、人生短促之悲、娱情享乐之心、立身扬名之思等世俗情怀，语言较为平易自然，喜用民歌中常用的比兴手法和叠音词。无论在内容上还是在形式上，《古诗十九首》与"苏、李诗"都表现出高度世俗化的特点。东汉中后期文人五言诗的上述特点表明，民间五言诗歌在这一时期对文人的影响并不只是句式上的模仿，而是深入语言风格、表现手法、情感思想等方面。

　　最后说一说民间赋对文人赋的影响。前面已经论及，赋是由民间的俳词演变而成的，并且在汉代存在着大量的用于说唱表演的民间赋。学者胡士莹在提出秦汉时期讲说和唱诵相结合的艺术形式就是当时的民间赋的观点后，又指出，"在汉代盛极一时的文人赋，主要就是采取了民间赋的形式和技巧，也吸收了前代各种文体的特点，溶合而成的一种新的文学样式，所以它最接近于民间带说带唱的艺术形式"②，此说很有道理。在赋的产生和发展史上，首先出现的应该是民间赋，在民间赋的基础上才有了文人赋的创作。文人赋在汉代的形成和兴盛，离不开民间赋这个源头。就是在体制成形之后，文人赋也仍然不断地从民间赋中汲取营养。在不少汉代文人赋中可以发现民间赋或民间文学的影子，此类作品有司马相如的《美人赋》，扬雄的《逐贫赋》和《酒赋》（《酒赋》今仅存残文），王延寿的《梦赋》和《王孙赋》，赵壹的《穷鸟赋》、刘琬的《马赋》（今仅存残文）、蔡邕的《青衣赋》、《短人赋》、《协和婚赋》、《检逸赋》（后二

_____

① 辛、宋二人生平不详，今日论者一般认为他们是东汉中后期的下层文人。
② 《话本小说概论》，第9页。

赋今仅存残文）等。这些文人赋在内容和情调上较为世俗化，有的具有一定的故事情节，有的喜作诙谐滑稽、调侃戏谑之谈，与"体国经野，义尚光大"（《文心雕龙·诠赋》）的正统文人赋有着显著区别。通俗性、故事性和谐戏性是民间文学作品的突出特点，这些特点出现在汉代某些文人赋上面，正从若干侧面体现出民间赋对汉代文人赋的影响。

总体而言，西汉前期和东汉中后期的文人诗赋与西汉中期到东汉前期的文人诗赋相比，具有较强的世俗性，这当然与社会大环境的变化有关，但从中也可以看到民间诗赋对文人诗赋的影响以及民间诗赋对文人诗赋影响力的强弱变化。

上面主要谈论了风俗文化对先秦两汉诗歌辞赋的几点影响。当然，在先秦两汉时期，诗歌辞赋对风俗文化也有较大的影响，二者之间的关系是双向互动的，如乐舞游艺风俗推动了诗歌辞赋的创作和传播，诗歌辞赋的创作和传播又使乐舞游艺风俗更加丰富多彩；某些风习性思想意识渗入了诗歌辞赋中，诗歌辞赋对这些思想意识的表达又使它们得到进一步的张扬；民间诗赋影响文人诗歌辞赋的创作，文人诗歌辞赋又对民间诗赋具有一定的导向和示范作用，等等。所以，在关注风俗文化对先秦两汉诗歌辞赋的影响的同时，也要看到先秦两汉诗歌辞赋对此时期风俗文化所产生的作用。

第二节 《诗经》怀人思归作品的风俗化抒情模式

《诗经》中有许多以怀人或思归为主题的作品①。这类作品常常借助某些特定的风俗事象来抒发感情，表达主题，形成了若干风俗化的抒情模式。汪曾祺曾说："（我以为）风俗是一个民族集体创作的生活的抒情诗。"② 从某种意义上说，风俗本身也是一种美，它以一定的外部形式把人们生活中的诗情固定下来，从而能给人以抒情诗般的感受。对以审美为本的文学作品来说，具有美感的风俗因素的融入可以为其赢得一种美上加美的艺术效果。《诗经》怀人思归作品中风俗化抒情模式的存在同样具备

① 《诗经》中有很多作品的主题自古至今众说纷纭，本书在参考和比较各家说法的基础上，将其中一部分作品定为怀人诗或思归诗。
② 汪曾祺：《谈谈风俗画》，载《汪曾祺全集》（三），北京师范大学出版社1998年版，第348—355页。

这种艺术效果，它不但有助于表达作者的情思，也有助于激发读者的审美感受，从而在无形中提升了这类作品的美学价值。关于《诗经》中的怀人思归作品，学术界自然已有很多论述，但是对此类作品的风俗化抒情模式做出研究的则未见其人。为弥补这一缺憾，本节将从风俗文化的角度探究《诗经》怀人思归作品在主题表达方面的特点，以帮助读者更好地理解其思想本义，认识其艺术原貌。归结起来，《诗经》中借以表达怀人思归主题的风俗事象主要有四类，即服饰类风俗事象、婚娶类风俗事象、采集类风俗事象和舟车类风俗事象。

一　服饰类风俗事象与《诗经》怀人思归主题

服饰是人的衣着和装饰的总称，包括首服、体衣、足衣、首饰、佩饰、发式、妆容等。《诗经》怀人思归作品经常写到人的服饰，服饰描写成了表现诗歌主题的重要手段之一。在《诗经》的许多怀人思归诗中，服饰就是诗里面抒情主人公所思所怀之人美好仪表容态的一部分或其代称，浸染着浓重的悦慕之意和怀思之情。如《鄘风·柏舟》每章都写到了一位少年人的发式："髧彼两髦，实维我仪；之死矢靡它。""髧彼两髦，实维我特；之死矢靡慝。"对方那双髦垂肩的样子，令诗中的女主人公心醉神迷，以至于发出了以身相许，至死不渝的誓言。《齐风·甫田》中，女主人公念念不忘远方恋人少小时候所梳的两个可爱的羊角髻，并且想象与对方久别重逢后自己所见到的意中人已届成人之年，美冠粲然在首："婉兮娈兮，总角丱兮。未几见兮，突而弁兮！"记忆中的总角之恋人已经足以使她怀恋忧伤，想象中的着弁之情人更加令其忉忉怛怛，难抑思慕之情。《郑风·子衿》前两章分别写到了一位男子的衣领和佩玉：

青青子衿，悠悠我心。纵我不往，子宁不嗣音？
青青子佩，悠悠我思。纵我不往，子宁不来？

诗中，女主人公所恋之人那并不显眼的青黑色的衣领、青黑色的佩玉丝带在她看来都美得不得了。虽然与恋人难以谋面，但深深刻印在脑海中的对方的青衿、青佩却无时不在撩拨着她的思心，致使其发出了"一日不见，如三月兮"的炽热告白。《桧风·羔裘》每章都写到了一位男子的毛皮衣裳：

羔裘逍遥，狐裘以朝。岂不尔思？劳心忉忉。

羔裘翱翔，狐裘在堂。岂不尔思？我心忧伤！

羔裘如膏，日出有曜。岂不尔思？中心是悼！

据《毛传》，"羔裘"、"狐裘"皆为大夫之服，"羔裘以游燕，狐裘以适朝"①，可见诗人所思的是一个贵族男士。此人时而身着油泽光亮的羔皮裘，时而又换上鲜丽华贵的狐皮裘，来来去去，逍遥自在，令女主人公心仪不已。诗中的"羔裘"、"狐裘"是那位贵族男士英伟俊逸的仪表的代称，也是诗人相思忧虑情怀的寄托物。此外，《诗经》中有些怀人思归诗还写到了所怀之人的车马兵器等物，其中有些可以说是上述这类服饰描写的延伸，它们同样寄寓着诗人对心上人的悦慕之意和怀思之情。如《秦风·小戎》即对诗中女子之征夫所乘驾的车马与其所用弓韔矛盾等武器作了大力铺叙，字里行间透露着相悦相思之情；《卫风·伯兮》中的"伯也执殳，为王前驱"也属于此类描写。

　　除了借服饰描写表现所怀之人仪容之美好和诗人的悦慕思念之情外，《诗经》中还有些怀人思归诗，其中的服饰描写代表着被怀思者的不尽如人意之处，或令人忧念之处。如《邶风·旄丘》中，诗人以其所怀之男子"狐裘蒙戎"的服饰比喻他为人所惑，心绪纷乱，以至于疏远了自己；其中另一处描写对方服饰的诗句"褎如充耳"又语含双关，暗示诗中男子对女主人公望其前来的呼吁充耳不闻。再如《卫风·有狐》一诗：

有狐绥绥，在彼淇梁。心之忧矣，之子无裳。

有狐绥绥，在彼淇厉。心之忧矣，之子无带。

有狐绥绥，在彼淇侧。心之忧矣，之子无服。

这是一篇女子忧念其所爱慕的男子的作品。孔颖达《正义》释此诗首章云："裳之配衣，犹女之配男，故假言之子无裳，已欲与为作裳，以喻己欲与之为室家。"②据此可知，诗中表面上说那位男子"无裳"、"无带"、

　　①　（汉）毛亨传，（汉）郑玄笺，（唐）孔颖达疏：《毛诗注疏》，（清）阮元校刻《十三经注疏》，中华书局1980年影印本，第381页。

　　②　《毛诗注疏》，《十三经注疏》，第327页。

"无服"，实际上是隐喻对方没有家室，暗含女主人公思恋对方，希望与其缔结姻缘之意。《诗经》怀人诗中也有睹衣物而思人的情况。如《邶风·绿衣》中，诗人由亡妻（或前妻）旧日所制之衣裳而忆及其人，不觉思心凄然。《唐风·葛生》通过对诗人曾与亡夫共用之衾枕的描写抒发悼亡怀人之情，写法与《绿衣》相似，对此处的衾枕也可以视作服饰描写的延伸。以上服饰描写虽与《鄘风·柏舟》、《郑风·子衿》等诗有所不同，但归根结底仍然是诗人思慕怀恋之情的寄托物。

服饰描写在《诗经》中是大量存在的，作者笔下那多姿多彩的衣服饰物具有十分丰富的文化内涵。在重宗法、讲等级、倡礼制的周代，服饰也是人的等级地位和礼仪道德的体现，这就是古人所谓"君子小人，物有服章"（《左传·宣公十二年》所载随武子语），"服以旌礼"（《左传·昭公九年》所载屠蒯语），"衣，身之章也；佩，衷之旗也"（《左传·闵公二年》所载狐突语），"君子衣服中而容貌得，接其服而象其德"（《说苑·修文》），等等。与此相应，《诗经》服饰描写也具有体现人的身份、地位、礼仪、品德等的文化内涵，这类文化内涵自然也包孕于《诗经》怀人思归作品的服饰描写之中。但是，与《诗经》其他诗篇中的服饰描写相比，《诗经》怀人思归作品的服饰描写又有其特殊的文化意义，这就是它更多地强调服饰的审美功能和装饰意义，在它上面投射着人与人之间的悦慕思恋之情。从服饰本身来看，它自出现以来，在漫长的历史发展过程中被人们赋予了多种功能，其中有一种功能就是美化人体，取悦于人。学者吕思勉曾在吸收西人观点的基础上指出："案衣服之始，非以裸露为亵，而欲以蔽体，亦非欲以御寒。盖古人本不以裸露为耻，冬则穴居或炀火，亦不借衣以取暖也。衣之始，盖用以为饰，故必先蔽其前，此非耻其裸露而蔽之，实加饰焉以相挑诱。"[1] 此观点的正确性虽然有待商榷，其中对衣服的装饰和美化人体之功能的强调仍值得注意。关于服饰的这种功能和意义，先秦两汉时期的人们也已经有较深的认识。如《韩诗外传》卷一引《传》曰："衣服容貌者，所以说（悦）目也。"[2]《淮南子·脩务训》云："今夫毛嫱、西施，天下之美人，若使之衔腐鼠，蒙蝟皮，衣豹裘，带死蛇，则布衣韦带之人过者，莫不左右睥睨而掩鼻。尝试使之施芳

---

① 吕思勉：《先秦史》，上海古籍出版社 2005 年版，第 308 页。

② （汉）韩婴撰，许维遹校释：《韩诗外传集释》，中华书局 1980 年版，第 25 页。

泽，正蛾眉，设笄珥，衣阿锡，曳齐纨……则虽王公大人，有严志颉颃之行者，无不惮悇痒心而悦其色矣。"① 喜爱鲜丽得体的服饰，厌恶邋遢不整的衣着，这是人之常情，更是《诗经》时代的人之常情。就其主要方面而言，《诗经》怀人思归诗中所描写的服饰正是一种"悦目"之物，服饰之美好衬托着其人之美好，其人之美好牵惹着诗人之思慕，诗人更由思慕其人而及于其服饰，服饰因而更被美的光环所笼罩。正因为这种对服饰的审美功能和装饰意义的强调和诗人的悦慕思恋之情向服饰的投射，与《诗经》其他诗篇的服饰描写相比，《诗经》怀人思归作品中的服饰意象更呈现出一种别样之美。

二 婚娶类风俗事象与《诗经》怀人思归主题

《诗经》中有为数不少的怀人思归诗都写到了婚娶场景，这类风俗事象大多是想象中的或者回忆中的，它们从另一个侧面表现着诗歌的主题。如《周南·汉广》就是其中的一篇典型作品。在诗歌的后两章中，诗人因为感叹汉上"游女"难以追求而发挥想象，描写了一幅虚幻的迎娶此女的场景："翘翘错薪，言刈其楚。之子于归，言秣其马。""翘翘错薪，言刈其蒌。之子于归，言秣其驹。"那想象中的伐薪砍柴，喂马驾车以行亲迎之礼的忙碌景象，折射出诗人无限的殷勤之意、渴慕之情。《周南·关雎》后两章中的"窈窕淑女，琴瑟友之"和"窈窕淑女，钟鼓乐之"也应当是诗人想象中的婚娶情景。那位"窈窕淑女"令诗人寤寐以求，但她对他而言却是"求之不得"的，于是诗人只得在幻想中一厢情愿地与"淑女"亲近、成婚，这想象中的婚娶比现实中的婚娶更为美好动人，因为它是诗人一腔纯真炽热的爱慕相思之情的产物。《豳风·东山》最后一章则写到了诗人回忆中的婚娶情形："仓庚于飞，熠耀其羽。之子于归，皇驳其马。亲结其缡，九十其仪。其新孔嘉，其旧如之何？"诗歌的抒情主人公是一个长期在外服兵役的人，他在阔别家园多年后终于踏上了归途，虽然人还走在路上，但他的心早已飞回了家中的妻子身边，飞回了与妻子举行新婚大礼的美好时刻。那回忆中的新人的仪态万方，迎亲马匹的色彩斑斓，长辈的亲结佩巾叮咛嘱咐，还有令人应接不暇的众多仪式，分明在诉说着诗人的思家念妻之苦和他对与爱妻久别重逢后的欢乐的向往。

---

① 《淮南子集释》，第 1363—1364 页。

《郑风·丰》一诗中既有回忆中的嫁娶情景，又有想象中的嫁娶情状：

> 子之丰兮，俟我乎巷兮，悔予不送兮！
> 子之昌兮，俟我乎堂兮，悔予不将兮！
> 衣锦褧衣，裳锦褧裳。叔兮伯兮，驾予与行！
> 裳锦褧裳，衣锦褧衣。叔兮伯兮，驾予与归。

此诗的抒情主人公是位女子，曾经有位男子来迎娶她，不知什么原因她却没有嫁给对方，事后她懊悔不及。女主人公在诗歌的前两章回忆了当初男方来自己的住处行亲迎之礼的情景，并且表达了强烈的悔恨之情；在诗歌的后两章中，女主人公由悔恨进而想象未婚夫能重申旧好，再带着人来迎娶自己，通篇充满着对那位英俊魁伟的男子的思慕恋念。此外，《邶风·泉水》也值得一提。这首诗叙写了一位嫁到别国，思归不得的卫国女子想象中的有朝一日归卫之时出宿、饮饯、膏车、设辖等情形，所写虽非婚娶事象，在表现手法上却与《汉广》等诗歌异曲同工。

　　《诗经》中有些怀人思归诗虽未言及婚娶场景，但写到了某些在时人的意识中与婚配有关联的风俗事象，这类风俗事象也大多是想象中的或者回忆中的，其艺术效果与婚娶场景相类似。如《王风·扬之水》中被反复咏唱的"束薪"意象：

> 扬之水，不流束薪。彼其之子，不与我戍申。怀哉怀哉！曷月予还归哉？
> 扬之水，不流束楚。彼其之子，不与我戍甫。怀哉怀哉！曷月予还归哉？
> 扬之水，不流束蒲。彼其之子，不与我戍许。怀哉怀哉！曷月予还归哉？

据朱熹《诗集传》，诗中的"彼其之子"乃"庶人指其室家而言"[1]，可见此诗抒写的是一位征人对妻室和家乡的思念之情。诗里面提及的"薪"

---

[1]　（宋）朱熹：《诗集传》，《朱子全书》第一册，上海古籍出版社、安徽教育出版社 2002年版，第 463 页。

（"楚"、"蒲"与"薪"是一类东西）是先秦婚俗中的一件重要什物。魏源在《诗古微·周南答问》中曾指出，"盖古者嫁娶必以燎炬为烛"①，这嫁娶之时用来照明的火炬就是砍伐薪柴制成的。大概"薪"字在当时不仅指薪柴，还兼指草料②，故而时人在嫁娶之时喂马也要用到"薪"。在《诗经》时代人们的心目中，"薪"与婚姻之间应该还有一种带有比喻意味的关联。《毛传》释《诗经·唐风·绸缪》之"绸缪束薪"句云："男女待礼而成，若薪刍（刍）待人事而后束也。"③毛公以"礼"释"束薪"的说法当然有些牵强，但他毕竟探察到了"束薪"一词所隐含的另一种意义：男女的结合如同薪柴被捆束在一起，《诗经》中的"薪"类意象应当也含有这一喻义。正由于"薪"与婚姻之间的上述种种联系，"束薪"一类词语常常被《诗经》作者们用来取譬起兴，以引出婚恋内容，或者进一步表达怀人思归之情，《王风·扬之水》即是其中一例。《周南·汉广》所描写的想象中的婚娶景象，也涉及"薪"（"楚"、"蒌"与"薪"是一类东西）一类与婚姻有关的风俗什物。又如《豳风·东山》中有这样的诗句："有敦瓜苦，烝在栗薪。自我不见，于今三年。"此处提到的"瓜苦"、"栗薪"也应当是嫁娶用物。根据闻一多的解释，"瓜苦"即"瓜瓠"，也就是男女新人行合卺之礼时所用的剖成两半的葫芦；"栗薪"即"析薪"或"束薪"，总之"瓜苦"与"栗薪"皆为"与婚姻有关之什物，故诗人追怀新婚之乐而联想及之也"④。《小雅·采绿》末两章言及的帐弓、纶绳、钓鱼等行为也属于与婚配有关联的风俗事象。诗中的女主人公思念逾期不至的丈夫，并且想象如果能跟丈夫在一起，自己将忙前跑后地为他服务，与他形影不离：

> 之子于狩，言韔其弓。之子于钓，言纶之绳。
> 其钓维何？维鲂及鱮。维鲂及鱮，薄言观者。

---

① （清）魏源：《诗古微》中编卷1，清道光刻本。

② 《诗经·唐风·绸缪》每章开头重叠出现的"绸缪束薪"、"绸缪束刍"和"绸缪束楚"就暗示了"薪"和"刍"的同义性，"刍"即草料。《诗经·周南·汉广》将刈薪与秣马两种行为连言，其中也暗示出"薪"作为喂马之草料的功能。

③ 《毛诗注疏》，《十三经注疏》，第364页。

④ 闻一多：《诗经通义》（乙），载《闻一多全集》第四卷，湖北人民出版社1993年版，第360—361页。

闻一多曾在《说鱼》一文中指出，鱼在古代常常象征配偶，"打鱼、钓鱼等行为是求偶的隐语"①。结合相关文化背景来看，本诗中的装弓入袋、搓拧钓绳以及钓得鲂鱮等想象之词其实都是两性关系的隐语，其间寓含着一位思妇的难言悲苦、万般无奈。

在《诗经》时代，人的婚配和人的生产与物质的生产和社会的发展关系重大，婚姻在人们的观念中是人生的头等大事。据《周礼·地官司徒·媒氏》记载，周代有媒氏专门掌管民众的婚姻，"令男三十而娶，女二十而嫁"，如果民人无故该嫁娶而不嫁娶，还要受到处罚。周代的婚事也办得相当隆重，当时在中下层贵族和上层庶人中流行所谓"六礼"（纳采、问名、纳吉、纳征、请期、亲迎）的程式，具体的仪节非常烦琐（参见《仪礼·士昏礼》）。高层贵族的婚礼更为排场，如《诗经·大雅·韩奕》描述西周时韩侯娶妻场景云："百两（辆）彭彭，八鸾锵锵，不（丕）显其光。诸娣从之，祁祁如云。韩侯顾之，烂其盈门。"诚如《诗经·小雅·车辖》所言："四牡骒骒，六辔如琴。觏尔新昏，以慰我心。"那隆重排场的婚礼是许多人所向往的盛事，也会令亲历过此场面的人终生难忘。正因为人们对婚姻之事的看重和嫁娶场面的隆重，令人难忘，再加上诗人所怀思者多为其恋人或配偶，《诗经》怀人思归诗就与嫁娶婚配类风俗事象结下了不解之缘。

三　采集类风俗事象与《诗经》怀人思归主题

采集是人类最早进行的经济生产活动。《诗经》时代，采集在物质生活中仍然占有重要地位，并与人们的精神生活有着密切联系，成为一种内蕴丰富的风俗事象。《诗经》怀人思归诗有不少都是以采集类行为或现象起兴发端，那多种多样的采集事象寓含着诗人复杂而难言的情思意绪，也暗示着诗歌的主旨。先看结构较为简单的《王风·采葛》：

> 彼采葛兮，一日不见，如三月兮！
> 彼采萧兮，一日不见，如三秋兮！
> 彼采艾兮，一日不见，如三岁兮！

---

① 闻一多：《说鱼》，载《闻一多全集》第三卷，湖北人民出版社1993年版，第231—252页。

一位从事采集劳动的女子迷人的倩影占据了诗人的心房，他每时每刻都想跟她在一起，见不到她便会度日如年。诗中从"采葛"到"采萧"再到"采艾"的叠唱越来越鲜明地描画着女子的美好，也越来越深重地渲染着诗人的思恋。采集活动常常是男女爱情发生的契机，也为男女交往等行为提供了借口和掩护。《召南·草虫》中的女主人公想必就是以采挖野菜为借口而去与心上人会面或等候心上人归来的："陟彼南山，言采其蕨。未见君子，忧心惙惙。""陟彼南山，言采其薇。未见君子，我心伤悲。"这位女子兴冲冲地上山去"采蕨"、"采薇"，期盼着一抬头"君子"就会出现在眼前或自己的视野中，但那位"君子"却踪影全无，她只得在那里无精打采地采着不解人意的蕨、薇们，心里满是不安和忧伤。《周南·汝坟》前两章的表现手法和所言情事与《召南·草虫》相似：

> 遵彼汝坟，伐其条枚。未见君子，惄如调饥。
> 遵彼汝坟，伐其条肆。既见君子，不我遐弃。

此处的伐"条枚"、伐"条肆"虽不属于采集活动，其表达作用与采集事象一般无二。"既见君子，不我遐弃"两句应是设想之辞。诗中的女子心不在焉地砍伐着河边树上的枝条，胸中如饥似渴地思念着"君子"。采集是一项强度不大、单调重复的劳动，加之其与婚恋的特殊关系，因此很容易触发从事采集者的怀人或思乡之情。《周南·关雎》中的男主人公想来就是因为外出采集而动了怀人之念，试看其中第二、四、五章：

> 参差荇菜，左右流之。窈窕淑女，寤寐求之。
> ……
> 参差荇菜，左右采之。窈窕淑女，琴瑟友之。
> 参差荇菜，左右芼之。窈窕淑女，钟鼓乐之。

闻一多认为此诗所写乃"女子采荇于河滨，君子见而悦之"[①]。依据采集

---

① 闻一多：《风诗类钞》（乙），载《闻一多全集》第四卷，湖北人民出版社 1993 年版，第 503 页。

多为女子之事的历史实情来看，此说不无道理。但是，结合"参差荇菜，左右流（采、芼）之"的诗句结构和其所处语境来看，还是把诗中的采荇之人理解成一位男子比较恰当。诗中的男主人公在采摘和择取荇菜的过程中不由得想起了那位堪为"君子好逑"的意中人，或许他还在感叹着"参差荇菜"可求而"窈窕淑女"难求，这样采着想着他不觉进入了与"淑女"欢乐相处的遐想甚至幻觉中。《小雅·采薇》一诗中的采集行为引发的则是思乡之情。诗中的抒情主人公是一位久戍不归的兵士，他在"采薇采薇"和"曰归曰归"之间苦熬，薇菜已经从"作止"到"柔止"到"刚止"了，时日已经从年初到深秋到岁暮了，他的盼归之心已经焦灼如火痛楚不堪了，但还是因为那不得已的抗击北狄的战争而难返家园。《小雅·杕杜》中诗人"陟彼北山，言采其杞"的行为所引发的也是征人对家乡的思念，其中包含着对家中父母的牵挂。至于《周南·卷耳》和《小雅·采绿》中的抒情女主人公，一个外出采撷卷耳，因为心系远人，采来采去却"不盈顷筐"，最后干脆将此浅筐"寘彼周行"；一个数着日子一心等丈夫归来，为此而"终朝采绿，不盈一匊"，"终朝采蓝，不盈一襜"，还要因"予发曲局"而"薄言归沐"：与其说她们因采集之事而动起怀人之心，不如说采集之事是她们这些愁永昼、怨长夜的思妇借以消磨时光的一种手段。

采集事象在《诗经》中是经常出现的，并经常与婚恋内容结合在一起。《诗经》怀人思归作品中的采集之事或在男女交往和夫妻感情生活中发挥着特殊作用，或是怀人思乡之情的触发物，又或者未必是真实的行为，而只是一种表达怀人忧思意念的套语。根据学者叶舒宪从文化人类学角度进行的研究，《诗经》中的采集行为或许还兼具一种"与情爱、相思密切相关的爱情咒术"的作用①。总之，《诗经》怀人思归作品中的采集事象凝聚着诗人的丰富生活体验和切身感受，在那看似无情无意的草木之上倾注着无限动人心魄的情愫。清人方玉润曾评《周南·卷耳》首章云："因采卷耳而动怀人念，故未盈筐而'寘彼周行'，已有一往深情之概。"② 此语正指出了《诗经》怀人思归诗中采集事象的浓烈抒情意味。

----

① 叶舒宪：《诗经的文化阐释——中国诗歌的发生研究》，陕西人民出版社 2005 年版，第 81 页。

② （清）方玉润：《诗经原始》卷1，中华书局 1986 年版，第 78 页。

四　舟车类风俗事象与《诗经》怀人思归主题

舟船（包括筏）车马是在《诗经》时代已经使用得很普遍的交通运输工具，也是《诗经》中的常见之物。《诗经》怀人思归诗有些也写到了舟船和车马。在这些诗歌中，舟船车马不只是载人渡水行路的工具，而往往更是离愁别恨和怀人思乡之情的载体。

先看包含有舟船意象的怀人思归诗。如《邶风·二子乘舟》：

> 二子乘舟，泛泛其景。愿言思子，中心养养。
> 二子乘舟，泛泛其逝。愿言思子，不瑕有害。

两个远行者乘船而去，留给送行者无尽的忧思牵念。那漂荡沉浮于水波之中的一叶小舟，似在象征着远行者的前路莫测和送行者的忧虑不安。再如《卫风·竹竿》，诗歌的主人公是一位嫁至他国的卫国女子，她盼望乘舟归宁却难以如愿，只得驾车出游舒泻忧思："淇水滺滺，桧楫松舟。驾言出游，以写我忧。"淇水边空置的舟楫勾惹着卫女的归心，她的思归之愁简直就像洪水般奔流不息。《卫风·河广》的抒情主人公也是一位嫁到别国的女子，她思归宋国母家心切，甚至产生了这样的想象：

> 谁谓河广？一苇杭之。谁谓宋远？跂予望之。
> 谁谓河广？曾不容刀。谁谓宋远？曾不崇朝。

"苇"即苇筏；"刀"与"舠"通，指小船。黄河可以"苇"航"刀"渡之易，反衬着宋女归家返国之难。在《诗经》作者的心念中，舟船不但可以载人去往远方，回归家国，还是联结男女双方的媒介物，可以把人送到恋人所在的"彼岸"。《周南·汉广》中的抒情主人公就盼望游水或者划筏到汉上"游女"身边，但在滔滔江汉之前无论游水还是划筏都无能为力，于是诗人只得反复咏叹："汉之广矣，不可泳思。江之永矣，不可方思。""方"即乘筏渡水，江水"不可方"隐喻"游女"之不可追求。又如《鄘风·柏舟》以这样的诗句起兴："泛彼柏舟，在彼中河。""泛彼柏舟，在彼河侧。"此处的"柏舟"应该也包含着男女恋人的联结物的意思，其在河中、河侧的漂浮似乎是对诗中恋爱双方茫茫难定的感情前程的一种暗示。不过，根据"髧彼两髦，实维我仪"，"髧彼两髦，实维我特"的后文去看，此处舟行于水的事象主要是象征着人与人的结合：舟水相依，恰似男女相伴，亲密不分。

再看包含有车马意象的怀人思归诗。车马与舟船一样，可以把处在一起的人们分开，也可以使彼此分离的人们聚在一起，所以它们也常常会在怀人思乡者的心头盘桓不去，或者不知在什么时候就会触发人的怀人思归之心。《小雅·杕杜》中的征夫家人就日日盼望着归人的车马："檀车幝幝，四牡痯痯，征夫不远。"盼望的结果却令人更加心焦："匪载匪来，忧心孔疚。期逝不至，而多为恤。"《桧风·匪风》中的抒情主人公则是眼见大路上迎风疾驰的车马而顿起思乡念家之心：

> 匪风发兮，匪车偈兮。顾瞻周道，中心怛兮！
> 匪风飘兮，匪车嘌兮。顾瞻周道，中心吊兮！
> 谁能亨鱼？溉之釜鬵。谁将西归？怀之好音。

"匪"通"彼"，乃指他人车马而言。或许那车马还是向着这位在外漂泊者家乡的方向驰去的，这真要使他如写下《逢入京使》一诗的岑参那样，遥望故园，但见长路漫漫，不由得"双袖龙钟泪不干"了。但他的状况更为糟糕一些：岑参还可以"凭君传语报平安"，他却想给家人报个平安都找不到可托之人。《王风·大车》中的抒情主人公面对行驶的车辆也心绪难宁：

> 大车槛槛，毳衣如菼。岂不尔思？畏子不敢。
> 大车啍啍，毳衣如璊。岂不尔思？畏子不奔。

据《毛传》，"大车"即"大夫之车"。上述诗句说的大概是一位女子眼见"大车"与车上之人而产生了思念情人乃至与情人乘车私奔的念头，但又疑虑重重。关于车马给人的感受，还需要提及下面的情况：征人在外面常常过着车马劳顿的生活，这会使他们心目中的车马带上更深的思情乡愁色彩。《小雅·四牡》所描写的"四牡騑騑，周道倭迟"，"四牡騑騑，啴啴骆马"，"驾彼四骆，载骤骎骎"的情景就寓含着诗中征臣由于为"王事"奔波不止而产生的怀归伤悲之心。征人的车马劳顿也是其家人的

一种牵挂和担心,《周南·卷耳》后三章可以说就反映了这种情况:

> 陟彼崔嵬,我马虺隤。我姑酌彼金罍,维以不永怀!
> 陟彼高冈,我马玄黄。我姑酌彼兕觥,维以不永伤!
> 陟彼砠矣,我马瘏矣,我仆痡矣,云何吁矣!

以上所写应当是诗中女主人公想象中的情景。她想象离家在外的丈夫此刻正在翻山越岭(其中原因读者可以做多种推想),他的马已经累得走不动了,他的随从也要倒下了,这使他那颗原本就思念家乡和亲人的心更加如饥似渴,他只得借酒浇愁,最终却无法排解那一腔愁绪。

就整部《诗经》而言,其中的舟船车马描写具有多种多样的表达作用,在不同内容和主题的诗歌里面舟船车马描写的表达作用也有所不同。已经有学者研究过舟和车在《诗经》婚恋诗中的表达作用,指出:"舟是把未婚男女联系在一起的媒介,车是男女通往婚姻彼岸的桥梁;驾舟是表达思恋之情的一种特殊方式,乘车常常是结婚场面的描绘或结婚愿望的表达。"[1]《诗经》怀人思归诗所描写的舟船车马也有其特殊的表达功能,它们或令怀人思乡者见之生愁,或在怀人思乡者脑海心田间挥之不去,或是诗人想象中联结男女双方的媒介物,或是热恋之人双双奔赴爱情自由之王国的凭借(当然现实中的重重阻隔每每使其难以到达"彼岸"或"彼国"),总之,都是诗中人物特定的情感和心理的外化,在其"泛泛"之形、"槛槛"之声中回荡着诗歌的主旋律。

结语

综上所论,《诗经》怀人思归作品描写了多种风俗事象,在它们上面既折射着时代社会特定的文化状况和审美情趣,又寄寓着诗人复杂而深刻的生活感受和情思体验。它们从不同的侧面表现着诗歌的主题,在《诗经》中有其特殊的表达功能。清人陈祚明曾评《古诗十九首》云:"《十九首》所以为千古至文者,以能言人同有之情也。……故《十九

---

① 李颖:《驾舟与乘车——〈诗经〉婚恋诗蠡测》,《中国文化研究》2012 年春之卷,第135—141 页。

首》……人人读之皆若伤我心者，此诗所以为性情之物。"① 《诗经》怀人思归诗不但能像《古诗十九首》那样"言人同有之情"，还善于借助众所周知、人皆亲历的风俗事象来抒发感情，表达主题，这使得它们不仅能使"人人读之皆若伤我心者"，还能够引发读者其他诸多方面的强烈共鸣。德国学者阿多尔诺曾说过："仅仅只有个人的激情和经验的流露，还不能算是诗，只有当它们赢得普遍的同情时，才能真正称得上是艺术。"② 从这个意义上讲，《诗经》怀人思归作品的风俗化抒情模式也是有其值得关注的艺术功效的。

　　《诗经》怀人思归诗的风俗化抒情模式在后世同类作品中有着绵延不绝的历史回响。从《古诗十九首》"涉江采芙蓉，兰泽多芳草"（其六），"千里远结婚，悠悠隔山陂"，"思君令人老，轩车来何迟"（其八），"良人惟古欢，枉驾惠前绥"（其十六）的诉说到《西洲曲》"单衫杏子红，双鬓鸦雏色"，"开门郎不至，出门采红莲"的吟唱，从李贺《江楼曲》"晓钗催鬓语南风，抽帆归来一日功"的怨语到晏几道《临江仙》（梦后楼台高锁）"记得小蘋初见，两重心字罗衣"的回忆，从李白《送孟浩然之广陵》"孤帆远影碧空尽，唯见长江天际流"的别情到杜甫《秋兴》（八首其一）"丛菊两开他日泪，孤舟一系故园心"的乡思，无不回荡着此类抒情模式的悠悠余韵。由此可见，对《诗经》怀人思归诗的风俗化抒情模式进行探究，不但有助于对这部分诗歌的情感强度、思想内涵和艺术风貌的把握，也有助于对后世同类作品的抒情方式和意象原型的理解与寻绎。

第三节　楚辞中的服饰描述

　　服饰作为风俗文化领域内的事物，在楚辞③中出现的频率是很高的。楚辞中的服饰通常被笼统地解释为对人的品德特别是美好品德的象征，但若细绎整部《楚辞》作品，我们会发现楚辞中服饰及有关描述的象征意义是非常丰富而复杂的。楚辞中的服饰及有关描述虽以象征品德特别是美

---

① （清）陈祚明编：《采菽堂古诗选》卷3，清乾隆十三年（1748）刻本。
② ［德］阿多尔诺：《谈谈抒情诗与社会的关系》，载伍蠡甫、胡经之主编《西方文艺理论名著选编》下卷，北京大学出版社1987年版，第703—709页。
③ 本节所用的"楚辞"一词系指王逸《楚辞章句》所收录的全部作品。

德为主，但其象征意义又不仅限于人的品德或美德；即便仅就象征人的美德而言，也存在着多种情况。楚辞的创立者屈原曾经这样宣称："余幼好此奇服兮，年既老而不衰。"（见《楚辞·九章·涉江》）与屈子的这种贯穿其一生的对具有鲜明个性特色的服饰的强烈爱好相一致，在屈子和他的追随者们所创作的楚辞作品中，服饰描述也常常与其中主要人物的生命历程或情思行止相伴随，因而在表达中起着极为重要作用。本节将对楚辞中服饰描述的象征意义和表达中所起的作用以及楚辞服饰描述的相关社会文化背景加以论析。

一　服饰与人格之美

楚辞所写到的服饰常常是对人格之美的象征。结合作品里面有关的具体描述来看，楚辞中服饰所象征的美好人格有着多方面的内涵，现择其要者论列如下：

（一）楚辞中服饰所象征的人格之美是一种博采众善、遵道秉义的人格之美。

在楚辞中，抒情主人公或作者所赞美的人物对于美服丽饰有着一种特殊的偏好，尤其喜欢采摘、编结各种各样的芳花香草披挂、佩戴或穿在身上。如《离骚》中的抒情主人公就是"制芰荷以为衣兮，集芙蓉以为裳"，"扈江离与辟芷兮，纫秋兰以为佩"，为装扮自己还要"朝搴阰之木兰兮，夕揽洲之宿莽"，甚至在失意困穷之时仍不忘"擥木根以结茝兮，贯薜荔之落蕊"，"矫菌桂以纫蕙兮，索胡绳之纚纚"以修饰仪表。《九歌·山鬼》中的山中女神也是"被薜荔兮带女罗"，"被石兰兮带杜衡"。又如《九叹·惜贤》悼惜屈氏云："怀芬香而挟蕙兮，佩江蓠之斐斐。握申椒与杜若兮，冠浮云之峨峨。"《九怀·通路》描写抒情主人公登天遨游时的服饰云："红采兮骍衣，翠缥兮为裳。舒佩兮綝纚，竦余剑兮干将。"《九怀·昭世》写抒情主人公乘龙高翔时的穿着云："袭英衣兮缇缊，披华裳兮芳芬。"在上述辞句中，那盛美的衣着、繁多的花草饰物以及缤纷的衣饰色彩都被一个共同的寓意所统摄。王逸在《楚辞章句》中将《离骚》主人公披挂、佩带芳花香草的行为解释为"博采众善，以自约束"①，其实，通观整部《楚辞》可知，不只芳花香草服饰象征着"博

① 《楚辞补注》，第5页。

采众善"，楚辞中那一身身美服丽饰大都蕴含着这一象征意义。各种美服丽饰荟萃于一身，实即《楚辞·九章·怀沙》所谓"重仁袭义兮，谨厚以为丰"。汤炳正等《楚辞今注》认为此句中"重"字同"緟"，"本指衣物丝絮层叠，此借指重积仁德"；"袭"字本指"衣物重叠"，"此借指广修礼义"①。此解说虽不尽恰当，但"重仁袭义兮，谨厚以为丰"的确包含着借衣着比德义的意思，这句话可以说点出了楚辞中服饰的"博采众善"的象征意义。在楚辞中，以芳花香草为主的盛服繁饰散发着馥郁无比的道义才德之馨香，正如《离骚》所言："佩缤纷其繁饰兮，芳菲菲其弥章。"

（二）楚辞中服饰所象征的人格之美是一种远超世俗、德参天地的人格之美。

楚辞抒情主人公对特异不凡之服饰有一种自觉的追求。在《九章·涉江》中已经表达了对"奇服"的执着爱好，《七谏·怨世》和《九叹·远游》中也分别有这样的表白："服清白以逍遥兮，偏与乎玄英异色。""服觉皓以殊俗兮，貌揭揭以巍巍。"与抒情主人公在服饰上的这种追求相对应，在楚辞中也有较多的对奇特服饰的描写。前述盛服繁饰从某种程度上说即已"非世俗之所服"（《离骚》），楚辞中还屡次出现世俗之间罕见的高冠、长剑以及其他奇伟之服饰。如《离骚》云："高余冠之岌岌兮，长余佩之陆离。"《九章·涉江》云："带长铗之陆离兮，冠切云之崔嵬。被明月兮珮宝璐。"《哀时命》云："冠崔嵬而切云兮，剑淋离而从横。"在楚辞中，抒情主人公还以极其夸张的口气描述自己的衣着是如何宽博长大，以至于"左袪挂于榑桑"，"右衽拂于不周"，偌大的天地之间竟不足以让他伸腰展臂肆意行走（《哀时命》）。当以上样式的奇异之服尚且不能使抒情主人公感到满足时，他在服饰追求上做出了更为大胆的举动。如《九叹·逢纷》中的主人公以鱼鳞为衣，以白蜺为裳，《九叹·远逝》中主人公的服饰更为奇特：他以白云为衣，以苍龙七宿为佩，以彩虹为带，身上垂挂着明月之玄珠，身后拖着光芒四射的彗星，还要手抚朱雀七宿和神鸟鸀鸡，并以玉英、朱旗为杖，用作者的话说，这就叫"服阴阳之正道"，"御后土之中和"。上述种种奇伟不凡乃至取自天国神界的服饰也有一个共同的象征意义，即抒情主人公道德的盛大，如《九章》之

---

① 汤炳正、李大明、李诚等：《楚辞今注》，上海古籍出版社1996年版，第152页。

《涉江》、《橘颂》所言，抒情主人公在精神上达到了"与天地兮同寿，与日月兮同光"，"秉德无私，参天地兮"的境界。

（三）楚辞中服饰所象征的人格之美是一种表里如一、守正不渝的人格之美。

由作者的某些表白来看，楚辞所描写的服饰之美一般不只是一种单纯的仪表之美，亦非徒有其表，而是与人的内心之美结合在一起的，是内心之美的一种表现。如《离骚》有云："纷吾既有此内美兮，又重之以脩能。"对于文中"脩能"二字，王逸《章句》解释为"绝远之能"①，其说广为后人接受。也有人认为"脩能"是指后天的学习、修养、历练。但联系下文和屈原作品对文与质、外美与内美和谐统一的一贯强调来看，"脩能"所指更应侧重于个人的自我修饰和外部表现方面。黄灵庚《楚辞章句疏证》认为②，此处"脩"字含义为"美"，"能"即古"態（态）"字，并进一步指出，"内美"谓"质之美"，"脩能"即"外美"，谓"文之美"，此说颇为可取。"纷吾既有此内美兮，又重之以脩能"正强调了一种包括容态服饰之美在内的外在之美与内在之美的结合。再如《九章·思美人》云："芳与泽其杂糅兮，羌芳华自中出。纷郁郁其远承兮，满内而外扬。"王逸《章句》释"羌芳华自中出"句云："生含天姿，不外受也。"③据此，我们可以对上述语句的表面意思这样理解：抒情主人公的包含芳草佩饰在内的美好仪表并非是一味刻意修饰出来的，而是由其内在的美质自然地喷薄而出的，正所谓"美在其中，而畅于四肢，发于事业，美之至也"（《周易·坤卦·文言传》）。楚辞中还有一些语句也表达了与上述话语大致相同的意思。如《远游》云："吸飞泉之微液兮，怀琬琰之华英。玉色頫以脕颜兮，精醇粹而始壮。"《七谏·自悲》云："厌白玉以为面兮，怀琬琰以为心。邪气入而感内兮，施玉色而外淫。"这两处辞句字面上都是写抒情主人公将容颜滋养修饰得洁白润泽，宛如美玉，并用比喻的手法点出此容饰之美来自同样如玉一般的美好坚贞的心怀，同时也强调了人的服饰之美与内心之美的关系。对服饰美与内在美两相结合的重视，使楚辞所描写的服饰之美在一定程度上成了"怀素洁于纽帛"、

---

①　《楚辞补注》，第4页。

②　黄灵庚：《楚辞章句疏证》，中华书局2009年版，第48页。

③　《楚辞补注》，第148页。

"文采耀于玉石"(《九叹·怨思》)的表里如一的人格之美的象征。楚辞不但通过外在美与内在美相结合的服饰描写颂扬了表里如一的人格，还通过抒情主人公对美好服饰的不离不舍颂扬了终始如一、守正不渝的人格。《离骚》的主人公就是美服丽饰不离身，在因为佩带"蕙纕"而身遭废弃的情况下，仍然要"申之以揽茝"，在获罪退隐之后更要重新修治其"初服"，在于故国已无容身之地的时候还想着自己"委厥美而历兹"的佩饰的可贵可喜，赞叹其"芳菲菲而难亏兮，芬至今犹未沫"，并以其节制自己的步履以自娱自乐。《山鬼》主人公在久等"公子"而"公子"却踪影全无之时转而在"石磊磊兮葛蔓蔓"的深山之间采摘"三秀"（即芝草）。对于山鬼采摘"三秀"的行为，王逸《楚辞章句》将其解释为"言己欲服芝草以延年命"①，汪瑗《楚辞集解》则释为"亦折芳馨以遗所思之意也"②。不过，联系上下文分析，山鬼采芝草更主要地是为了修饰自己的外表，所以此处仍体现了抒情主人公对美好服饰的一贯保持和不懈追求。在《九章·思美人》中，抒情主人公在为君所弃流浪于江夏之间时，仍不忘重整衣饰：

> 擥大薄之芳茝兮，搴长洲之宿莽。惜吾不及古人兮，吾谁与玩此芳草？解萹薄与杂菜兮，备以为交佩。佩缤纷以缭转兮，遂萎绝而离异。吾且儃佪以娱忧兮，观南人之变态。窃快在中心兮，扬厥凭而不俟。

主人公采取丛林水洲间的香草，并去除其中的野菜杂草，做成芬芳盛美的饰物佩带在身上。他虽遭放斥，但将盛饰在身的自己与溷浊纷乱的世态相较，不由暗自欣慰起来。以上与服饰有关的描述都象征着一种终始如一、守正不渝的人格。无论是表里如一，还是始终如一，都体现了楚辞的抒情主人公个性中纯洁、坚贞的一面。

二　服饰与用世之志

在楚辞中，人物的服饰之美及有关描述不但象征和表现着人物的品性

---

①　《楚辞补注》，第 81 页。

②　（明）汪瑗撰，董洪利点校：《楚辞集解》，北京古籍出版社 1994 年版，第 140 页。

之美、才德之美，还象征和表现着一种强烈、执着的用世之志及此用世之志所遭受的重重打击。

　　楚辞中主人公并不满足于自赏自爱其美服丽饰，还努力向世人或心仪之人展示其服饰仪容之美，以期获得他人特别是自己心目中的"美人"的欣赏或爱慕。《离骚》之主人公屡次修整服饰的行为，其背后就存在着一个取悦"灵脩"或寻求知己的意图，这从诗中的一些语句可以明白地看出来："惟兹佩之可贵兮……和调度以自娱兮，聊浮游而求女。及余饰之方壮兮，周流观乎上下。"《九歌·山鬼》之主人公以多种芳花香草打扮自己，更是"为悦己者容"。《哀时命》中有这样一句总括性很强的话："怀瑶象而佩琼兮，愿陈列而无正。"它点明了楚辞中人物通过服饰仪貌以展示自我的想法。《九叹·惜贤》中，作者在描写屈原的衣冠佩饰之美后这样感叹道："芳若兹而不御兮，捐林薄而菀死。"此语更进一步指出了楚辞中人物的美好服饰与其受人赏爱、获人进用的愿望之间的联系。楚辞中主人公有时不只是被动地等人观赏自己的服饰之美，还主动地将自己芳洁盛美的衣饰投赠他人。在《离骚》中，主人公游于春宫并攀折宫中琼枝加长其佩，想趁此佩正当鲜丽芳美之时将其赠予"下女"，并在追求宓妃时派使者送去自己的"佩纕"以与宓妃"结言"。《九歌》之《湘君》和《湘夫人》结尾分别有这样的语句："捐余玦兮江中，遗余佩兮醴浦。采芳洲兮杜若，将以遗兮下女。""捐余袂兮江中，遗余褋兮醴浦。搴汀洲兮杜若，将以遗兮远者。"对于诗中人物的这些动作，历来有多种解说。洪兴祖在《楚辞补注》中指出，捐玦遗佩"与《骚经》'解佩纕以结言'同意"，捐袂遗褋"与捐玦遗佩同意"①，此说可谓精当。楚辞中提到的上述行为，无论是解佩纕送人，还是捐玦遗佩，捐袂遗褋，采香草赠人（在楚辞中香草常被用作衣饰），都是向人示好，希望与他人缔结同心的表现，或者说是一种无声的语言。《九章》中有些语句更点明了这层意思："固烦言不可结诒兮，愿陈志而无路。"（《惜诵》）"结微情以陈词兮，矫以遗夫美人。"（《抽思》）"媒绝路阻兮，言不可结而诒。"（《思美人》）编结佩饰，投以赠人，与集结言词，举以告人之间存在着很大的相似性，从某种程度上说前者正是后者的象征性描述。总之，楚辞中人物的服饰之美及有关描述，内在地包含着一种两美相合的理想，正如《离

骚》所言："两美其必合兮，孰信脩而慕之?"这种两美相合的理想，其间显然寄寓着人物希望为君王赏识、为国政效力的志向。

在楚辞中，喜爱芳服盛饰、拥有美好人格的主人公并没有实现其两美相合的愿望。世俗之人在穿着打扮方面与主人公大异其趣。《离骚》云："薋菉葹以盈室兮，判独离而不服。""户服艾以盈要（腰）兮，谓幽兰其不可佩。""苏粪壤以充帏兮，谓申椒其不芳。"在诗人笔下，家家户户之人在服饰上已经到了美丑颠倒的地步，他们腰间佩满气味不好的白蒿，香囊中装满污秽难闻的粪土，房间里堆满既丑且恶的王刍、卷耳等杂草（这类东西也是被他们用作佩带之物的），却说幽兰申椒这些香草香木不芳不美，不可佩带。世俗之人习惯于用恶草秽物作为佩饰，还对身着芳美服饰的主人公感到难以忍受，甚至群起而攻之。《离骚》写道："众女嫉余之蛾眉兮，谣诼谓余以善淫。"在这里，诗人自比为女子，将身边众人比作一群妒妇，说她们嫉妒自己的"蛾眉"（即仪态服饰之美），因而对自己进行了恶毒的诽谤和攻击。《离骚》又云："何琼佩之偃蹇兮，众薆然而蔽之。惟此党人之不谅兮，恐嫉妒而折之。"诗人控诉道，自己佩带着高贵罕见的玉佩，那些结党营私的世俗之人见了，都一拥而上将它遮蔽起来，这些居心叵测之人恐怕还要出于嫉妒之心把它损坏。在《七谏·沈江》、《九叹·逢纷》和《九叹·远游》中还分别有这样的语句："联蕙芷以为佩兮，过鲍肆而失香。""怀兰蕙与衡芷兮，行中野而散之。""怀兰茝之芬芳兮，妒被离而折之。"这些语句都是说，主人公横遭谗毁和迫害，他心爱的芳服美饰也厄运难逃。此外，《九章·惜往日》写道："自前世之嫉贤兮，谓蕙若其不可佩。妒佳冶之芬芳兮，嫫母姣而自好。虽有西施之美容兮，谗妒入以自代。"谗邪之人如愿以偿地把拒不与之同服的主人公排挤出局，并且将自己修饰打扮一番，取而代之。《九章·抽思》写道："昔君与我诚言兮，曰黄昏以为期。羌中道而回畔（叛）兮，反既有此他志。憍吾以其美好兮，览余以其脩姱。"原本对主人公很有好感并且有言相约的君主（或称"美人"）因听信谗言而变心易志，还自以为美地向主人公炫耀自己的着装仪表。这里写君主炫耀仪表，也就是批评他看似衣饰堂皇，实则缺乏主人公所推崇的内在美质，令人失望，与《九辩》所谓"被荷裯之晏晏兮，然潢洋而不可带"含意略同。面对偏好秽恶服饰的"党人"的谗害和并不具备真正之美的"美人"的疏远，主人公有愿难偿，只有抚衣握佩自惜自悼而已，如《九叹·愍命》所言：

"诚惜芳之菲菲兮，反以兹为腐也。怀椒聊之蔎蔎兮，乃逢纷以罹诟也。"
总之，楚辞通过服饰方面的描述，不但表现了主人公两美相合的理想，还
诉说了此理想的难以实现。与两美相合的理想是对人物用世之志的象征一
样，此理想的难以实现显然又象征着人物用世之志所遭受的重重打击。

三　服饰与忧结之情

在很多场景中，楚辞的服饰描述主要是与对美好人格的肯定和远大追
求的抒写联系在一起的，情调比较地高亢、热烈。在另一些场景中，楚辞
服饰描述更多地浸染着一种低沉伤感的情绪。从某种程度上说，楚辞中有
关服饰的某些描述就是人物在人格之美不获赏识、用世之志屡遭打击的情
况下产生的忧结之情的表现或象征。

首先，楚辞中写到的采折芳花香草编结衣饰的行为与人物忧结之情的
表现之间有一种耐人寻味的关系。试看《九章·悲回风》中的一段文字：

> 惟佳人之独怀兮，折若椒以自处。曾歔欷之嗟嗟兮，独隐伏而思
> 虑。涕泣交而凄凄兮，思不眠以至曙。终长夜之曼曼兮，掩此哀而不
> 去。寤从容以周流兮，聊逍遥以自恃。伤太息之愍怜兮，气於邑而不
> 可止。糺思心以为纕兮，编愁苦以为膺。折若木以蔽光兮，随飘风之
> 所仍。存髣髴而不见兮，心踊跃其若汤。抚珮衽以案志兮，超惘惘而
> 遂行。岁曶曶其若颓兮，时亦冉冉而将至。蘋蘅槁而节离兮，芳以歇
> 而不比。怜思心之不可惩兮，证此言之不可聊。宁逝死而流亡兮，不
> 忍为此之常愁。

诗中主人公在隐伏独处的时候，依然习惯性地攀折、编结芳草香木以自我
修饰。不过这次他编结进芳草香木中的，已主要不再是对自己才德的高度
欣赏和对自己理想的不懈追求，而是绵绵不绝的忧思之心、愁苦之情。而
且他分明感觉自己在用芳草香木编成一道忧愁的绳索佩带在腰间，编成一
张苦闷的罗网套裹在胸腹上，这些衣饰将自己紧紧缚住，想摆脱也摆脱不
掉。他姑且抚弄起衣裳佩饰想自我宽解，然而抚珮按衽、思前虑后仍旧难
以抑制满腹愁情。总之，这段文字中与衣饰有关的描写可以说是主人公的
忧悲愁痛之情在心头郁结萦绕、挥之不去的象征性表现。再如《九叹·
惜贤》写道："心懭恨以冤结兮，情舛错以曼忧。搴薜荔于山野兮，采撚

支于中洲。望高丘而叹涕兮，悲吸吸而长怀。"诗中主人公采摘薜荔、撷支等香草，自然也是为了结成衣饰装扮自己，或许还有借此消闲解闷的意图。他手中的芳花香草在聚结、在缠绕，但他胸中的愁闷却并没有得到排解，反而也如同手中的花草一般在聚结、在缠绕，直至纷乱如麻。此处写到的主人公采摘香草自我修饰的行为，主要也是对人物愁怨之情的表现和象征。楚辞中常提及编"结"香草的行为，楚辞中形容忧愁之情也喜欢用"结"字，如："背膺牉以交痛兮，心郁结而纡轸。"（《九章·惜诵》）"心絓结而不解兮，思蹇产而不释。"（《九章·哀郢》等）"悲回风之摇蕙兮，心冤结而内伤。"（《九章·悲回风》）"志隐隐而郁怫兮，愁独哀而冤结。"（《九叹·远逝》）楚辞作者对这两种"结"以及它们之间的相似性是深有体会的，他们在写作诗文时用香草之"结"来表现愁情之"结"也是很自然的。在楚辞中，香草的编结和忧愁的郁结有时几乎互为表里，可以将前者视作后者的象征。

其次，楚辞常常将人物的盛美衣饰置于一种阴郁凄凉的情感或环境中来反衬和表现人物的忧结之情。在《离骚》中，抒情主人公一边以盛服美饰装扮自己，一边又要再三欷歔悲叹，甚至泪满衣襟："曾歔欷余郁邑兮，哀朕时之不当。揽茹蕙以掩涕兮，沾余襟之浪浪。"《九叹·思古》以浸蘸着更为浓重的伤感情绪的笔墨勾画了一个泪湿襟袖的人物形象：

> 悲余生之无欢兮，愁倥偬于山陆。旦徘徊于长阪兮，夕仿偟而独宿。发披披以囊囊兮，躬劬劳而瘏悴。魂佂佂而南行兮，泣沾襟而濡袂。心婵媛而无告兮，口噤闭而不言。

此中抒情主人公自然还是"奇服"在身，但他飘零憔悴，孤苦无告，任由发丝散乱如野草横飞，任由涟涟清泪打湿芳美的衣衫。在以上二例中，沾满其主人伤心之泪的盛美衣饰该藏蕴着多少忧悲抑郁之情！再如《九章·抽思》写道："有鸟自南兮，来集汉北。好娇佳丽兮，牉独处此异域。……望北山而流涕兮，临流水而太息。"诗中抒情主人公以北飞之鸟自比，悲叹自己虽拥有美好出众的仪表容态（其中自然也包含服饰之美），却流落于荒僻之地不为人欣赏。在这里，人物的服饰仪态之美与人物的处境和心境之恶劣形成鲜明的对比，人物的感伤之情因此被衬托和表现得更加强烈。又如《哀时命》中描写了抒情主人公退身穷处披衣徜徉

的情景："凿山楹而为室兮，下被衣于水渚。雾露濛濛其晨降兮，云依斐
而承宇。虹霓纷其朝霞兮，夕淫淫而淋雨。怊茫茫而无归兮，怅远望此旷
野。"人物的芳衣美服在愁云惨雾中尚可飘扬，而当淋淋冷雨无情浇洒之
时，想必这芳衣美服也会沉重地垂下。在这里，一片荒凉凄清背景下的潇
洒不群的人物衣着也在衬托和表现着人物的忧愁之情。《九叹·逢纷》
中，主人公"裳襜襜而含风"，"衣纳纳而掩露"的描写也有类似的表达
效果。又如《九思·怨上》写道：

> 哀吾兮介特，独处兮罔依。蝼蛄兮鸣东，蟊螠兮号西。载缘兮我
> 裳，蠋入兮我怀。虫豸兮夹余，惆怅兮自悲。伫立兮忉怛，心结縎兮
> 折摧。

抒情主人公孤身独处于山野之中，只能与虫豸为伍，连衣裳上怀袖中都爬
着毛虫野蠋。此处的爬满虫豸的衣衫与前述饱受风吹露打乃至雨淋的衣衫
一样，都在衬托和表现着人物的愁情。此外，楚辞中还有多处语句，如
"抚余佩兮缤纷，高太息兮自怜"（《九怀·昭世》），"卷佩将逝兮，涕流
滂沲"（《九怀·株昭》），"世既卓兮远眇眇，握佩玖兮中路躇"（《九
思·逢尤》），"怀兰英兮把琼若，待天明兮立踯躅"（《九思·悯上》）
等，其中写到的盛美衣饰也都是人物忧思郁结之情的载体。

四　楚辞服饰描述的相关社会文化背景

楚辞服饰描述的丰富象征意义和重要表达作用已如上述，在此处还有
必要探究一下楚辞服饰描述的相关社会文化背景，这将有助于我们更加深
入地理解和认识楚辞中服饰描述的意蕴和作用。

楚辞中服饰有两个比较突出的特点：一是服饰的纷盛华美；二是香草
服饰的频繁出现。这两个特点都有其深厚的社会文化基础。考古学楚文化
研究证明，楚辞的产生有一个高度发展的物质文化背景，这从出土的众多
造型精美轻巧，纹饰富丽繁缛的楚地器物和质地精良，花样繁多，色彩图
案绚丽夺目的楚国丝织品就可看出。高度发展的物质文化促进了楚人对美
的追求，其中自然也包括对服饰美的追求。沈从文曾根据出土于长沙战国
楚墓的大量彩绘木俑指出："（楚俑）衣多特别华美，红绿缤纷。衣上有
作满地云纹、散点云纹或小簇花的，边缘多较宽，作规矩图案，一望而

知，衣着材料必出于印、绘、绣等不同加工，边缘则使用较厚重织锦，可和古文献记载中'衣作绣、锦为缘'相印证。"① 楚俑的华丽衣着正反映了楚人对服饰美的追求。楚辞中人物服饰的纷盛华美的特点，正是因为有这样的社会物质文化和审美风尚为基础。沈氏又说："屈原常自称'余幼好此奇服'，应即近似这一类形象。"② 此言未必准确，因为楚辞抒情主人公在服饰上是追求卓尔不群的，其服饰当与木俑上所绘的世俗服饰相距甚远。不过，楚辞中人物对服饰华美的追求，与彩绘木俑所反映的楚人对服饰美的追求是一致的。至于楚辞中的香草服饰，虽然它们未必是（或者不全是）真实的描述，但也有着深广的现实社会生活的根据。据研究③，远古人类曾有过一段直接以植物为服饰的时期，可称作"草裙"时期，这种服饰与楚辞中的香草服饰颇为相似。即便是在当今世界的某些地域，如南太平洋岛屿的巴布亚新几内亚，也还存在着所谓"草裙"服饰审美文化现象形态。楚地气候温润，草木茂盛，加之开发较晚，在楚辞时代仍应或多或少地保留着远古"草裙"时期的服饰遗风。因此，香草服饰应"是一种现实存在形态，即屈原之时南国荆楚之地现实社会生活中实际存在的服饰审美文化现象"。而屈原作品香草服饰审美文化的诗美形态，"应该是他在放逐荆楚蛮荒之地，对于当地的服饰审美文化习俗的耳闻目睹的意象化或诗美化的结果"。此外，文献记载表明，先秦时期的确存在着以香草或其他植物为佩饰的习俗。如《礼记·内则》说："男女未冠笄者，鸡初鸣，咸盥漱，栉，縰，拂髦，总角，衿缨，皆佩容臭。"又说："妇或赐之饮食、衣服、布帛、佩帨、茝兰，则受而献诸舅姑。"④ 文中提到的"容臭"指的应是盛有芳木香草的香囊。"茝"、"兰"都是用作佩饰的芳木香草类的东西，其佩带方法应当是经过加工后装入囊中，然后用缨带系在身上。从《山海经》所记载的一些有关佩饰的传说来看，楚地先民比生活在其他地域的人们更为崇尚植物佩饰⑤。楚辞中的香草服饰与

---

①　沈从文：《中国古代服饰研究》，《沈从文全集》第 32 卷，北岳文艺出版社 2002 年版，第 53 页。

②　《中国古代服饰研究》，《沈从文全集》第 32 卷，第 53 页。

③　蔡子谔：《中国服饰美学史》，河北美术出版社 2001 年版，第 306—320 页。

④　《礼记注疏》，《十三经注疏》，第 1462—1463 页。

⑤　李炳海：《〈离骚〉抒情主人公的佩饰意象》，《华中师范大学学报》（人文社会科学版）2008 年第 5 期，第 94—99 页。

这种以香草或其他植物为佩饰的习俗，特别是楚地先民对植物佩饰的崇尚也有一定的渊源关系。

楚辞服饰描述对人格和情志的象征和表达也有其多方面的社会文化根源。捷克学者彼得·波格达列夫曾说："在所有情况下，服装既是物质的客体，又是记号。"① 在《楚辞》成书的先秦两汉时期，服饰包含着重要的符号意义，人们不只是把服饰作为御寒蔽体之物，还常常有意借助服饰来体现或象征人的等级、地位、品德、性情、愿望、心志等。按照礼制的规定，人的等级地位不同，其衣着的形制、颜色、纹饰、佩饰、质料等也不同，否则便是越礼逾制。正如贾谊在《新书·服疑》中所言："奇服文章，以等上下而差贵贱。"② 《后汉书·舆服志上》亦云："夫礼服之兴也，所以报功章德，尊仁尚贤。故礼尊尊贵贵，不得相逾，所以为礼也。非其人不得服其服，所以顺礼也。"③ 服饰在先秦两汉时期还具有突出的"比德"、"象德"的意蕴。如深衣之形制即被赋予了多种伦理道德意蕴："袂圜以应规，曲袷如矩以应方，负绳及踝以应直，下齐如权衡以应平。……故规矩取其无私，绳取其直，权衡取其平，故先王贵之。"（《礼记·深衣》)④ 玉佩等佩饰也是人的德行的象征物。《礼记·玉藻》云："君子无故，玉不去身。君子于玉比德焉。"⑤ 王逸在《离骚章句》中说："佩，饰也，所以象德。故行清洁者佩芳，德仁明者佩玉，能解结者佩觿，能决疑者佩玦，故孔子无所不佩也。"⑥ 先秦直至汉代，有意通过服饰来体现或显示自己的性情、愿望、心志的也不乏其人。如《史记·仲尼弟子列传》记载，孔子弟子子路在入师门之前，"冠雄鸡，佩豭豚"，以显示自己的刚直男猛。《韩非子·观行》提及，西门豹性情急躁，故"佩韦以自缓"；董安于心性缓慢，故"佩弦以自急"。《汉书·高帝纪》记载⑦，刘邦为亭长时，"以竹皮为冠，令求盗之薛治，时时冠之"。此处

---

① ［捷克］彼得·波格达列夫：《作为记号的服饰——在人种学中服饰的功能和结构概念》，胡妙胜译，《戏剧艺术》1992 年第 2 期，第 42—45 页。

② （汉）贾谊撰，阎振益、钟夏校注：《新书校注》，中华书局 2000 年版，第 53 页。

③ 《后汉书》，第 3640 页。

④ 《礼记注疏》，《十三经注疏》，第 1664 页。

⑤ 同上书，第 1482 页。

⑥ 《楚辞补注》，第 5 页。

⑦ 《史记·高祖本纪》亦载此事。

颜师古注引文颖语云:"高祖居贫志大,取其约省,与众有异。"① 可见,刘邦是通过头上所戴的特意派下属到外地制作的竹皮冠显示自己的远大志向和异于常人的个性。先秦两汉时期,服饰不但具有复杂多样的符号象征意义,在取悦异性、博取他人好感、联络感情等方面也发挥着重要作用。《诗经·卫风·伯兮》中"岂无膏沐?谁适为容"的诗句正道出了一般女子利用容貌服饰取悦异性的心理。《荀子·非相》中描述了战国之世奇服美饰的轻薄男子对异性之人的巨大吸引力:"今世俗之乱君,乡曲之儇子,莫不美丽姚冶,奇衣妇饰,血气态度拟于女子;妇人莫不愿得以为夫,处女莫不愿得以为士,弃其亲家而欲奔之者,比肩并起。"② 《汉书·江充传》记载,江充在初次被汉武帝召见之时,特意在征得武帝允许后身着平日衣冠面见至尊,武帝从远处看到一身奇丽衣装、形貌魁岸壮伟的江充,对他颇生好感。传中所叙虽为西汉之事,但这种有意借助服饰来博取他人好感的做法在此前此后又何尝没有?在《诗经》之《王风·丘中有麻》、《郑风·女曰鸡鸣》、《秦风·渭阳》等作品中,还写到了人们之间(包括异性之间和同性之间)赠送玉佩的行为,这种赠送佩饰的行为是对恩爱友好之情的表达。总之,在先秦两汉时期,服饰是一种内蕴丰富的文化符号,是人与人之间表情达意的一种特殊工具,楚辞服饰描述对人格和情志的象征和表达与此有着密切联系。

总而言之,楚辞中的服饰事象是作者以其生活时代的社会文化现实为基础,同时又融入了自己的想象、联想、人格、情思等所作的描述。它在一个独特的层面上丰富了中国服饰的文化内涵,并表现出一种文人化的审美特征,从而为中国服饰的文人审美传统奠定了基础。楚辞服饰描述继承和发展了《诗经》作品通过服饰表达美刺、寄托情思的写作手法,并且对后世文学作品也饶有沾溉之功。我们从宋玉《神女赋》、曹植《洛神赋》、汉乐府诗《陌上桑》和《孔雀东南飞》等作品中,可以明显感受到楚辞服饰描述的流风余韵。无论是就中国服饰文化领域而言,还是就中国文学创作领域而言,楚辞所描述的服饰事象都有不可忽视的承前启后之功。

---

① 《汉书》,第6页。
② 《荀子集解》,第76页。

第 四 章

风俗文化与先秦两汉叙事散文

先秦两汉叙事散文以记叙军国大事为主，似乎与风俗文化关联不大。不过，通过细读深究原著即可发现，先秦两汉叙事散文中还是包含着不少风俗文化成分，呈现出一系列风俗文化印记，即便是对军国大事的记叙也常常是与风俗事物或风俗观念纠缠在一起的。基于先秦两汉叙事散文中方方面面的风俗文化因子，本章对先秦两汉时期叙事散文与风俗文化之间的关系进行探析。在本章中，依然本着少做重复研究，力求点面结合、以点带面的原则，先对先秦两汉时期叙事散文与风俗文化之间的关系作一综合论述，然后选取此时期叙事散文领域的四部重要作品——《左传》、《国语》、《史记》、《汉书》进行个案分析，以期揭示此时期叙事散文的某些新面貌。

第一节　综论

先秦两汉时期，叙事散文与风俗文化之间的关系自然也是双向互动的。一方面，此时期叙事散文中叙写和反映了不少风俗事象和风俗意识，有利于风俗文化的传承和延续，并且此时期叙事散文中的道德训诫意味对社会风俗也具有一定的导向作用；另一方面，风俗文化对此时期叙事散文的内容组织、观念表达、事件叙述、人物描写、语言运用、审美效果等都有着不同程度的影响。立足于文学本位，本节主要讨论风俗文化对先秦两汉叙事散文的几点影响。

一　先秦两汉叙事散文中的风习性思想意识

在思想观念方面，先秦两汉叙事散文固然充满了高雅精致、堂皇正大之思，但也不乏风习性、世俗性的因子。也就是说，先秦两汉叙事散文所表达或流露出的某些意识，在作者所生活的时代是广泛流行于社会上下层的，应当归之于风俗文化的领域。

先秦两汉之人普遍信奉鬼神怪异。不必说"尊神，率民以事神，先鬼而后礼"的殷人，即便是"尊礼尚施"，与鬼神保持着一定距离的周人仍要"事鬼敬神"，还倡言"祀，国之大事也"（参见《礼记·表记》和《左传·文公二年》），至于汉代人也是"宽于行而求于鬼，怠于礼而笃于祭"（《盐铁论·散不足》），几被"淫厉乱神之礼"、"俆张变怪之言"、"丹书厌胜之物"（仲长统《昌言》）湮没。先秦两汉也是预知信仰盛行的时代。预知信仰是一种基本的民俗信仰方式，即根据自然现象或人的行为表现，推测人或事物将要发生的变化，以便探知神的态度，预卜吉凶、命运好坏等，它又可以分为预言、占卜和对预兆的信仰三类①。先秦两汉之人喜欢占卜，好作预言，并且对自然和社会中的各种所谓的预兆格外关注。《汉书·艺文志·数术略》著录有天文、历谱、五行、蓍龟、杂占、形法六种（共计一百九十家）数术之书，由所列书名来看，其中所涉及的占卜预测术大至天象国事占卜，小至相人、相六畜、相蚕、相宝剑刀、相衣器、占梦、占喷嚏、占耳鸣等，几乎到了无事不占的地步。《汉书·艺文志·数术略》的有关著录反映了先秦至汉代预知信仰的大致情况，由此可见先秦两汉预知信仰的流行程度以及人们对占卜预测术的信奉之深。总之，先秦风俗具有相当强的神秘色彩②，汉代亦"仍为一迷信之世界"、"鬼神术数之世界"③。在这样的风俗背景之下，先秦两汉时期的叙事散文中表现得最为突出的风习性意识就是对鬼神怪异、神秘预兆及预言、占卜相人术等的信仰。

下面来看这一时期的叙事散文作品。《左传》就好叙写神怪占卜等事，由此可以看出作者有某种程度的民俗信仰。如《庄公八年》写齐襄公出猎时碰到据说是公子彭生鬼魂的野猪，《僖公十年》写狐突遇见太子申生的鬼魂，《僖公十九年》写卫人在国内大旱时讨伐无道之邢国，结果"师兴而雨"，《宣公三年》写郑穆公子兰之母在孕育子兰前曾梦见天之使

---

① 钟敬文主编：《民俗学概论》，上海文艺出版社1998年版，第198—200页。
② 参见《汉族风俗史》（第一卷），第100页。
③ 吕思勉：《秦汉史》，上海古籍出版社2005年版，第729页。

者送给自己兰草，后来郑穆公又在"刈兰"后去世，从中可见作者对民间的鬼魂、天意等观念的认同。《成公十年》写晋景公的两个梦兆、景公小臣的一个梦兆和桑田巫预言的应验，《襄公三十年》写宋国发生火灾前人们听到太庙和亳社分别有奇怪的人叫声和鸟鸣声，《闵公元年》写晋献公赐毕万魏地之后卜偃预言"毕万之后必大"（理由是"万"为"盈数"，"魏"为"大名"）以及辛廖为毕万占筮得"公侯之卦"，从中可见作者对神秘预兆、预言或占卜术的信仰。《襄公十九年》写荀偃死时眼不闭而口闭，在栾怀子抚尸告慰其亡灵后才瞑目受唅，还有《文公元年》写楚王熊恽被太子逼死后，臣子们谥其为"灵"不瞑目，谥之为"成"方才瞑目，也属于奇怪之谈。《左传》之外，《逸周书》、《竹书纪年》、《史记》、《汉书》、《东观汉记》、《越绝书》、《吴越春秋》等叙事性散文著作也都包含着或多或少的民俗信仰思想。拿《史记》和《汉书》来说，两书在叙事上都秉承了儒家"不语怪、力、乱、神"的传统，分别具有"其文直，其事核，不虚美，不隐恶"（《汉书·司马迁传》）和"不激诡，不抑抗，赡而不秽，详而有体"（《后汉书·班彪列传》附《班固传》）的特点，堪称"实录"之作，但鬼神怪异、吉凶兆验之谈，诸如帝王怪奇之征、后妃贵幸之验、公侯大臣发迹之象、死丧祸败事件来临之预兆等仍时时出现在作者的笔下。作者之所以这么写，主要是因为他们深受时代信仰风俗的影响，并把这种影响带到了史书的撰作中。

　　先秦两汉叙事散文中既包含着一定程度的信奉神秘事物的思想，同时又表现出对世俗性鬼神方术信仰的一定程度的怀疑和超越。《左传》中有很多表达或体现此类思想的言论和记录。如在对鬼神的看法方面，《左传》中有"夫民，神之主也"（《桓公六年》），"鬼神非人实亲，惟德是依"（《僖公五年》），"神福仁而祸淫"（《成公五年》）等言论，主张对鬼神的祭祀崇仰应当建立在据守仁义道德，使民众生活有保障的基础上，否则便不能受到鬼神的福佑。对于世俗的神灵作祟的说法，《左传》也发表了不同的见解，《僖公二十八年》中楚人荣黄"非神败令尹，令尹其不勤民，实自败也"的言论，《昭公元年》中郑人子产关于晋平公的疾病并非来源于卜人所说的"实沈、台骀为祟"的言论都是这方面的例证。对于社会上流行的视某些罕见自然现象为妖异或者吉凶征兆的看法，《左传》中有"妖由人兴"（《庄公十四年》）、"吉凶由人"（《僖公十六年》）等言论对其加以匡正或批驳。《左传》中有时也会指出占卜、禳灾、焚人求雨等巫术方技的局限性或无益性，如《桓公十一年》中有斗廉"卜以决疑，不疑，何卜"的言论，《僖公十五年》中有韩简关于国君道德败坏即使听从史官之占卦也无用的言论，《僖公二十一年》中有臧文仲关于焚巫、尪无益于求雨的言论，《昭公十八年》中有子产揭穿郑人裨灶火灾预言之欺骗性的言论，以及郑人未听从裨灶之言郑国"亦不复火"的记事，《昭公二十六年》中有晏子关于禳祭彗星无益于消灾的言论。《左传》之外，《国语》、《史记》、《汉书》、《晏子春秋》等叙事散文著作中也有对世俗性鬼神方术信仰的较为理性的审视。如《国语》中周内史过"道而得神，是谓逢福；淫而得神，是谓贪祸"的言论（《周语上》），曹刿"民和而后神降之福"的言论（《鲁语上》），展禽关于飞至鲁都东门外的海鸟爰居并非神灵的言论（《鲁语上》），《史记·封禅书》中对汉武帝寻神求仙行为之效验性的怀疑口气，《汉书·郊祀志下》"赞曰"部分对斥责"盛称奇怪鬼神"者为"奸人惑众"的谷永之言的赞同，以及《晏子春秋》中的"景公病久不愈，欲诛祝、史以谢，晏子谏"（《内篇谏上》），"景公欲祠灵山、河伯以祷雨，晏子谏"（《内篇谏上》），"景公异荧惑守虚而不去，晏子谏"（《内篇谏上》），"景公猎逢蛇、虎，以为不祥，晏子谏"（《内篇谏下》），"景公问欲令祝史求福，晏子对以当辞罪而无求"（《内篇问上》），"柏常骞禳枭死，将为景公请寿，晏子识其妄"。（《内篇杂下》）诸章均表达或体现了同样的立场。先秦两汉叙事散文中的上述观念虽未能完全摆脱当时信仰风俗的影响，但此类观念强调人不可一味信奉鬼神灵怪之类的事物，而应在人事上作积极的努力，有一种神道设教或者怀疑鬼神灵怪之客观存在的意味，与世俗的鬼神方术信仰相比具有明显的进步性。

先秦两汉叙事散文中还表现了其他一些风习性思想意识。如《战国策》中有种比较突出的崇尚财利，向往富贵的心理取向，这就是一种在作者所处的时代势头渐猛的风习性、世俗性思想意识。其中《东周策》写东周欲种水稻，但居于上流的西周不放水，于是苏子①分别为东周和西周献计献策，因而"得两国之金"，言语间流露出对苏子利用反覆手段获取财富的行为的称许，尽管苏子的行为并不值得称道。《楚策三》写张仪利用假意要为楚王购求美女的计策获得了楚王资助的珠玉和南后、美人郑

---

① 据鲍彪注，此处的苏子指苏代或苏厉。

袖的赂金各千斤、五百斤，也流露出类似的思想倾向。《秦策一》写苏秦游说秦王失败后落魄归家，受到"妻不下纴，嫂不为炊，父母不与言"的冷遇，而苏秦游说赵王成功并变得"位尊而多金"后再还乡，家里人则个个对他毕恭毕敬，奴颜婢膝，这使苏秦不由得发出"人生世上，势位富贵，盍可忽乎哉"的感叹，苏秦的感叹又何尝不是作者本人的感叹。《秦策五》写吕不韦从商人的眼光出发，借"立主定国"大赢其利，字里行间流露着拜金气息。从上述章节中读者均能感受到某种世俗的崇尚财利富贵的意识。再如《史记》中也包含着较多的风习性、世俗性观念。东汉史学家班彪曾批评司马迁著《史记》"务欲以多闻广载为功，论议浅而不笃，其论术学，则崇黄老而薄《五经》；序货殖，则轻仁义而羞贫穷；道游侠，则贱守节而贵俗功"，并视其为"大敝伤道"之处①。《史记》在思想上的所谓"轻仁义而羞贫穷"、"贱守节而贵俗功"等特点其实正体现出作者对某些世俗观念的认同。《史记》还喜欢引用俚谚俗语说明事理，有"尺有所短，寸有所长"（《白起王翦列传》），"桃李不言，下自成蹊"（《李将军列传》），"何知仁义，已飨其利者为有德"（《游侠列传》），"力田不如逢年，善仕不如遇合"（《佞幸列传》），"千金之子，不死于市"（《货殖列传》）等，从中可以看出作者对某些民间生活经验的认同。在《左传》、《国语》、《汉书》等作品中也可以见到一些含义精警的俚谚俗语，如"辅车相依，唇亡齿寒"（《左传·僖公五年》），"虽鞭之长，不及马腹"（《左传·宣公十五年》），"高下在心"（《左传·宣公十五年》），"非宅是卜，唯邻是卜"（《左传·昭公三年》）"无过乱门"（《左传·昭公十九年》），"唯食忘忧"（《左传·昭公二十八年》），"众心成城，众口铄金"（《国语·周语下》），"从善如登，从恶如崩"（《国语·周语下》），"狐埋之而狐搰之，是以无成功"（《国语·吴语》），"腐木不可以为柱，卑人不可以为主"（《汉书·刘辅传》），"千人所指，无病而死"（《汉书·王嘉传》），"有病不治，常得中医"（《汉书·艺文志》）等。虽然这些俚谚俗语大多是书中所写人物在其言论中引用的而非作者本人引用的，但从行文来看，作者对它们所表达的思想观念是认同的，所以它们的存在亦能在一定程度上反映出作者对某些民间生活经验的认同。又如《越绝书·外传·纪策考》对伍子胥复楚国之仇，报渔者之

① 《后汉书》卷40上《班彪列传上》，第1325页。

德的举动的叙写和评论，《吴越春秋·越王无余外传》对禹为尧、舜服丧极尽哀痛的称述，都体现了作者对重恩仇、崇孝义等民间伦理观念的认同。

二 风俗文化对先秦两汉叙事散文之叙事模式的影响

在事件叙述方面，先秦两汉叙事散文中存在着一些具有普遍性的叙事模式，其中有若干叙事模式与当时的信仰风俗等风俗文化的影响有着密切关系。择要而言，这样的叙事模式有以下几种：

一是以预兆或预言来暗示、照应事件的发展趋向和结局的叙事模式。这种叙事模式在《左传》、《国语》、《史记》、《汉书》、《东观汉记》、《越绝书》、《吴越春秋》等叙事散文著作中均可见到，兹不赘述。从这些作品中所记录的为数众多的带有神秘意味的预兆（包括卜筮兆，星象兆，光气兆，动植物兆，人的形体、行为、经历、梦境方面的预兆等）和预言及其带有灵异色彩的最终应验来看，它们的写作受到了社会上盛行的预知信仰①的深刻影响。在崇奉预兆和预言的风俗背景之下，先秦两汉叙事散文的作者常会以一种观往知来、见微知著的眼光来审视他们所要叙写的事件，并用手中之笔记下了大量的预兆、预言以及预兆、预言最后应验的情形，所以，以预兆或预言来暗示、照应事件的发展趋向和结局就成为先秦两汉叙事散文中一种惯见的叙事模式②。当然，先秦两汉叙事散文中最终应验的预言，有很多不具有或基本没有神秘色彩，而属于合乎事理的或较为客观的推测，如《左传·隐公元年》中郑庄公为其弟共叔段所作的"多行不义，必自毙"的预言，《国语·吴语》中申胥（伍子胥）根据吴王夫差的不道行为所作的吴国将为越国所灭，吴王将为越人所擒的预言，《汉书》之《元帝纪》中汉宣帝根据太子刘奭（即后来的汉元帝）"柔仁好儒"的性格与其"陛下持刑太深，宜用儒生"的言论所作的"乱我家者，太子也"的预言以及《霍光传》中茂陵徐生根据霍光家族骄奢过甚所作的"霍氏必亡"的预言即属此类。不过，在先秦两汉叙事散文中，即便是不具有或基本没有神秘色彩的预言，也是在预知信仰盛行所造成的

---

① 详见本节第一部分所论。

② 这种叙事模式的形成当然也与早期巫史不分之传统的影响、作者的道德训诫意图、文章情节结构组织安排的需要等等有关，此处仅仅从风俗文化的角度进行分析。

关注预兆、看重预言的时代风俗状况下出现的，所以也不能说它们与当时的预兆、预言信仰之间没有任何关系。

二是行善得福，作恶招祸的善恶报应型叙事模式。今日中国有"恶有恶报，善有善报"的俗语，对这种世俗性说法可以追溯到先秦，至迟在周汉时期善恶报应之说就已经广泛流行于世间，成为一种风习性的思想观念①。在社会上流行的行善者天报以福，福及子孙；作恶者天报以祸，祸及后世的思想观念的影响下，先秦两汉时期的叙事散文作者也喜欢将人物的命运或事件的结局与人物的或善或恶的行为联系起来，并把它们置于冥冥中的天道神灵的监管之下，于是在此时期叙事散文中就出现了一类行善得福，作恶招祸的善恶报应型叙事模式。如《左传·桓公二年》叙及，鲁桓公将本为宋国贿赂品的郜国大鼎安放于太庙，臧孙达（即臧哀伯）因为此举不合礼制而向鲁君进谏，周内史闻听此事后说："臧孙达其有后于鲁乎！君违，不忘谏之以德。"此处杜预注云："僖伯谏隐观鱼，其子哀伯谏桓纳鼎，积善之家必有余庆，故曰'其有后于鲁'。"② 臧孙达父子都有秉持德义劝谏国君的善行，所以周内史从善恶报应的观念（这其实也代表了作者的观念）出发预言臧氏将会后代兴旺，长享世禄。周内史的预言在《左传》后来的记事中被证明是准确的：就鲁国大夫而言，臧氏享受世禄是最为长久的，至《哀公二十四年》犹有晋侯伐齐，"乞灵于臧氏"的记事③。在作者笔下，有善行的臧氏家族的确获得了善报。《左传》之《襄公二十年》写陈国的庆虎、庆寅二卿为争夺权势而对公子黄进行陷害，公子黄预言此二人"五年不灭，是无天也"，至《襄公二十三年》传中，二庆果然为陈人所杀。在作者笔下，有恶行之人的确又招来了恶的报应。又如《史记·孔子世家》中有鲁人孟僖子为身为"圣人之后"的孔子所作的几句预言："吾闻圣人之后，虽不当世，必有达者。今孔丘年少好礼，其达者欤？"《史记·陈丞相世家》中有陈平为自己家族所作的几句预言："我多阴谋，是道家之所禁。吾世即废，亦已矣，终不能复起，以吾多阴祸也。"《汉书·酷吏传·严延年传》中有严延年之母

---

① 关于善恶报应之说在周汉时期的流行情况，可参阅本章第五节的相关论述。

② （晋）杜预注，（唐）孔颖达疏：《春秋左传注疏》，（清）阮元校刻《十三经注疏》，中华书局 1980 年影印本，第 1743 页。

③ 《春秋左传注》，第 90 页。

在亲眼见到延年如何冷酷无情地判决囚犯后为其子所作的几句预言:"天道神明,人不可独杀。我不意当老见壮子被刑戮也!行矣!去女(汝)东归,埽除墓地耳。"这些基于善恶报应理念而发的言论或被用来预示人物的发展前景,或者起着紧扣前面的叙述来解释人物之所以会有某种遭际的作用,从而也使得文章显示出一种善恶报应型的叙事结构。

三是无德不报,无仇不复的恩怨报偿型叙事模式。对他人施加于自身的损益恩怨予以报偿,是人的一种本性,在中国上古社会即已有之。至周汉时期,由于宗法社会对孝义人伦之道的看重和儒家的一些相关思想的影响,报恩和复仇现象更是屡见不鲜,恩怨报偿之风盛行于世①。《诗经·大雅·抑》有云:"无言不雠,无德不报。""投我以桃,报之以李。"《诗经·卫风·木瓜》中也有"投我以木瓜,报之以琼琚","投我以木桃,报之以琼瑶","投我以木李,报之以琼玖"以及"匪报也,永以为好也"这样的诗句。又如《礼记·曲礼上》云:"父之仇,弗与共戴天;兄弟之仇,不反兵;交游之仇,不同国。"② 《大戴礼记·曾子制言上》云:"父母之仇,不与同生;兄弟之仇,不与聚国;朋友之仇,不与聚乡;族人之仇,不与聚邻。"③ 仅从这些言辞即可察觉当时人们的恩仇意识之强烈。先秦两汉时期生活在这样一种风俗状况之中的叙事散文作者,自然会有一些如曾子所说的"出乎尔者,反乎尔者也"(《孟子·梁惠王下》)的观念,并且自觉或不自觉地将一桩桩报恩或复仇之事纳入笔端,于是在此时期叙事散文中又出现了一类无德不报、无仇不复的恩怨报偿型叙事模式。在作者笔下,人的善恶行为常会得到他人相应的回报,这种人的回报比前述上天或神灵的回报要来得直接且快速。《左传》中就叙述了不少恩怨报偿的事件,如《僖公二十八年》写重耳报受曹君侮慢之怨及曹大夫僖负羁对己示好之德(重耳与曹君及僖负羁的旧恩怨见《僖公二十三年》),《宣公二年》写华元御者报华元不分与自己羊羹之怨及灵辄报赵盾出食救饿之恩,《宣公十五年》写结草拦敌的老者(在书中实为鬼魂)报魏颗不以其女为父殉葬之恩等。《战国策》之《齐策三》写孟尝君舍人报孟尝君不杀之恩,《中山策》写中山君"以一杯羊羹亡国,以一壶

① 参见《儒学与汉代社会》,第395—403、413—416页。

② 《礼记注疏》,《十三经注疏》,第1250页。

③ 《大戴礼记解诂》,第91页。

淹得士二人"，其所叙事件的真实性虽令人怀疑，而所采用的叙事模式与《左传》如出一辙。《史记》里面恩怨报偿的事例更是不胜枚举，如《萧相国世家》叙刘邦报萧何多送二百钱之德，《淮阴侯列传》叙韩信报漂母接济饭食之恩，《张丞相列传》叙张苍报王陵活命之恩，《伍子胥列传》叙伍子胥报楚平王杀害父兄之仇，《魏其武安侯列传》叙窦婴、灌夫之鬼魂报被田蚡加害之仇，《李将军列传》叙李广报遭霸陵尉呵斥之怨，《平津侯主父列传》叙主父偃报受昆弟宾客冷遇之怨，还有《苏秦列传》写苏秦对当初借给自己百钱的人以百金相偿，而对在困穷时几次要离开自己的一位随从者则一钱不予，等等。透过先秦两汉叙事散文中那多种多样的报恩和复仇行为，读者可以深切地体会到文中人物对恩怨的看重。他们计较恩仇，念念不忘报恩复仇，千倍万倍地报恩复仇，甚至变作鬼魂也不忘报恩复仇，真所谓"一饭之德必偿，睚眦之怨必报"（《史记·范雎蔡泽列传》）。在他们身上，"受人滴水之恩，常思涌泉相报"的中国传统的文化心理已多有体现。

三　风俗文化对先秦两汉叙事散文之人物形象的影响

在人物描写方面，先秦两汉叙事散文中有几类人物形象为数甚多，而且带有此时期风俗文化的深刻烙印。

一是预言家形象。如前所述，先秦两汉叙事散文产生的时期盛行预兆、预言信仰，先秦两汉叙事散文亦惯于以预兆或预言来暗示、照应事件的发展趋向和结局。与此相应，先秦两汉叙事散文中出现了为数众多的预言家形象。由《左传》、《国语》、《史记》、《汉书》、《列女传》等作品来看，先秦两汉叙事散文中预言家分布的范围是十分广泛的，自巫觋、史官、卜者、相工等预言"专家"到其他各色人等，从白发老人至黄口小儿，自帝王士大夫至匹夫匹妇皆有预言问世，而且他们的预言常常是随口即来，几乎言无不中。试看《左传·僖公二十二年》中所展现的一位预言家形象：

> 初，平王之东迁也，辛有适伊川，见被发而祭于野者，曰："不及百年，此其戎乎！其礼先亡矣。"秋，秦、晋迁陆浑之戎于伊川。

周平王之时，周大夫辛有偶然在伊川见到一个披散着头发在野外祭祀神灵的人。披发是当时周边民族（即所谓蛮夷戎狄之人）的习俗，不合乎中原地区的礼俗，辛有据此预言这个地方将沦为戎人的居住地。至僖公二十二年，果然发生了秦国、晋国迁戎人于伊川的事情。辛有的预言虽然有主观臆断之嫌，但其观察力之敏锐是颇具称道的。《左传·桓公十三年》中由屈瑕"举趾高"而预言此人征伐罗国"必败"的斗伯比，《左传·文公九年》中由子越椒（斗椒）"执币傲"而预言"是必灭若敖氏之宗"的叔仲惠伯，《国语·周语上》中由晋惠公行礼时"执玉卑，拜不稽首"，吕甥、郤芮"相晋侯不敬"的动作姿态而预言此三人不会有好下场的内史过，亦堪称目光敏锐，见微知著。以上几位预言家已足以令人佩服称奇，还有更神秘的预言家。试看《史记·周亚夫传》（见《绛侯周勃世家》）中站在条侯周亚夫背后的一位相人者兼预言家许负的形象：

> 条侯亚夫自未侯为河内守时，许负相之，曰："君后三岁而侯。侯八岁为将相，持国秉，贵重矣，于人臣无两。其后九岁而君饿死。"亚夫笑曰："臣之兄已代父侯矣，有如卒，子当代，亚夫何说侯乎？然既已贵如负言，又何说饿死？指示我。"许负指其口曰："有从理入口，此饿死法也。"居三岁，其兄绛侯胜之有罪，孝文帝择绛侯子贤者，皆推亚夫，乃封亚夫为条侯，续绛侯后。……遂入廷尉。因不食五日，呕血而死。……条侯果饿死。

许负仅凭形象而为周亚夫作出的预言精确度实在是太高了，而就周亚夫本人的情况来说也太不靠谱儿了，不仅令周亚夫生疑，也会使读者难以置信，但从文中的记叙来看，周亚夫此后的命途和结局大致符合许负所言，其中关于周亚夫何时封侯和因何致死的预言与实际情况还是高度吻合的。在这篇传记中，名高位重的传主周亚夫固然引人关注，神性十足的预言家许负应当也能吸引不少读者的眼球。他如《左传·成公十年》中预言晋景公"不食新矣"的桑田巫，《汉书·黄霸传》（见《循吏传》）中预言黄霸所遇女子"当富贵"，并声称"不然，相书不可用也"的不具名姓的相者也给人以神乎其神之感。

二是体貌特异者之形象。先秦两汉叙事散文中有一些对人物形体外貌的描写，包括作者的直接描写和文中人物的描述。先秦两汉叙事散文中的人物形象，在体貌方面（包括声音、衣着、特殊印记等在内）常会给读者以特异之感。如"熊虎之状而豺狼之声"的子越椒（《左传·宣公四年》），"虎目而豕喙，鸢肩而牛腹"的叔鱼（《国语·晋语八》），"蜂准，长目，挚（鸷）鸟膺，豺声"的秦王政（秦始皇）（《史记·秦始皇本纪》），"隆准而龙颜，美须髯，左股有七十二黑子"的汉高祖刘邦（《史记·高祖本纪》），"须眉皓白，衣冠甚伟"的商山四皓（《史记·留侯世家》），"长八尺余，长头大鼻，容貌甚伟"的陈遵（《汉书·游侠传·陈遵传》），"侈口蹙顄，露眼赤睛，大声而嘶"（即所谓"鸱目虎吻豺狼之声"）的王莽（《汉书·王莽传》），"隆准，日角，大口，美须眉"的光武帝刘秀（《东观汉记》卷一），"燕颔虎头"的班超（《东观汉记》卷十六），"鼎角匿犀，足履龟文"的李固（《东观汉记》卷二十），"身长一丈，腰十围，眉间一尺"的伍子胥（《吴越春秋·王僚使公子光传》），"长颈鸟喙，鹰视狼步"的越王勾践（《吴越春秋·勾践伐吴外传》），都可以说是体貌特异的人物形象。先秦两汉叙事散文中这类人物形象的出现，与当时的信仰风俗也有密切关联。在先秦两汉叙事散文产生之时代所盛行的预知信仰中，有一种相人术信仰。至迟在春秋战国时期，相人术已经产生并逐渐流行开来①。古代相人术遵循着一条"贤圣多有异貌"（见《后汉书·周燮列传》），或曰异人异相的原则。先秦两汉叙事散文写人特别注意描写和突出人物的奇异不凡的体貌特征，明显是受了社会上流行的相人术的影响。先秦两汉叙事散文还常常将人写得不大像人，而在形貌或声音上与某种动物、天体或其他外物有相似之处，这也与社会上相人术的流行有关。除了异人异相的原则之外，古代相人术还遵循着一条外相类比的原则：一个人如果在体貌上与某物有相似之处，那么这个人的性格或能力也会与此物的本性或力量相似。因此，古代相人者在其相术判语中喜欢运用以物作比的方法来描述人的体貌特征。受相人术流行的影响，先秦两汉叙事散文中记录了不少相术判语，有时也会对人物的体貌作一些相术判语式的描摹，通过这些相术判语或相术判语式描摹所展现的人物形象自然也会显得有些体貌特异。

三是拘于"小节"者之形象。先秦两汉叙事散文中的人物有不少都表现出拘于"小节"的特点。如《左传·僖公三十三年》中于锄田送饭

---

① 参见本章第二节对相人术的特点与其产生和流行情况的介绍。

之时"相待如宾"的郤缺与其妻①，《左传·襄公三十年》中因执意按礼制"待姆"而死于火灾的宋伯姬，《国语·周语下》中"立无跛，视无还，听无耸，言无远"的孙周（即后来的晋悼公），《国语·鲁语下》依照礼节"朝哭穆伯②，而暮哭文伯"的公父文伯之母，都属于这样的人物。《史记·万石张叔列传》中的万石君石奋更是一个被渲染得非常突出的拘于"小节"者的形象，文中写道：

> 孝景帝季年，万石君以上大夫禄归老于家，以岁时为朝臣。过宫门阙，万石君必下车趋，见路马必式焉。子孙为小吏，来归谒，万石君必朝服见之，不名。……子孙胜冠者在侧，虽燕居必冠，申申如也。僮仆䜣䜣如也，唯谨。上时赐食于家，必稽首俯伏而食之，如在上前。其执丧，哀戚甚悼。子孙遵教，亦如之。

石奋对"小节"的注重，令人叹为观止。还有《汉书·霍光传》中"每出入下殿门，止进有常处"的霍光，《汉书·冯参传》（见《冯奉世传》）中"为人矜严，好修容仪，进退恂恂，甚可观"乃至"以严见惮"于汉皇的冯参，《汉书·孔光传》中与"兄弟妻子燕语，终不及朝省政事"，甚至连家人"温室省中树皆何木"的问话都不回答的孔光，《东观汉记》中对丈夫梁鸿"举案常齐眉"的孟光（卷十八），还有《列女传·周室三母传》（见《母仪传》）中怀胎时"目不视恶色，耳不听淫声，口不出放言"的周文王之母太任，也都是一些拘于"小节"的人物形象。对于先秦两汉叙事散文中人物的拘于"小节"的特点，也需要到此时期风俗中寻找一下成因。先秦时期的风俗，尤其是周代风俗，在宗法制度的影响下，形成了重礼的特点③。至秦汉时期，儒生和统治者出于规范人们的社会生活、巩固"大一统"政治局面等需要而重建礼制，在这种背景下，原先主要施行于贵族阶层的礼制开始向民间和大众渗透、普及，导致风俗逐渐与礼制合一④。因此，先秦两汉风俗大致而言有注重礼节的特点，人

---

① 郤缺与其妻相敬如宾之事亦见于《晋语五》。
② 穆伯为公父文伯之父。
③ 参见《汉族风俗史》（第一卷），第98—100页。
④ 参见《汉族风俗史》（第二卷），第17—20页。

们的生活要服从一系列细微繁缛的程式仪节的规定。例如，这一时期的礼制对一个人应保持的良好仪态有非常具体的规定，《礼记·玉藻》云："君子之容舒迟，见所尊者齐邀。足容重，手容恭，目容端，口容止，声容静，头容直，气容肃，立容德，色容庄，坐如尸。燕居告温温。"① 甚至对人在不同场所、不同情况下走路的姿态都有明文规定，《礼记·曲礼上》说："帷薄之外不趋，堂上不趋，执玉不趋。堂上接武，堂下布武。室中不翔。"② 由此可以窥见周汉时期礼制对人的要求之琐细和严格，真所谓"非礼勿视，非礼勿听，非礼勿言，非礼勿动"（《论语·颜渊》）。在重视礼节，推崇繁文缛节的社会风俗的影响之下，先秦两汉叙事散文中就出现了众多拘于"小节"的人物。这些拘于"小节"者之形象，令人叹服也好，令人不屑也罢，都是先秦两汉这个重礼时代和此时期叙事散文作者的重礼心理的产物。

结语

上面从大处着眼论析了风俗文化对先秦两汉叙事散文的几点影响，先秦两汉叙事散文中的风俗文化印痕当然并不止于以上所论。总体而言，先秦两汉叙事散文中的风俗文化成分，为它添加了许多新鲜、活泼、生动、有趣和意蕴深厚、耐人寻味的因子，增强了它的文学性和艺术效果。如《左传·庄公四年》叙及，楚武王在讨伐随国之前感觉"心荡"（即心跳），其夫人邓曼认为这是楚武王享尽王禄的征兆（物盈必荡），而且是先君神灵向他发出的死亡预告。所谓"心荡"在今人看来不过是一种生理或病理现象，但邓曼从当时的民俗信仰的角度对其所做的解释则为它涂上了一层神秘色彩，使文章横生颇多趣味。又如《国语·晋语三》叙及，晋惠公改葬共世子（即太子申生）时"臭达于外"。此处的"臭"也不是一般的尸臭，而是带有民俗信仰意味。按照韦昭的注释，"臭达于外"的现象乃是死者因"不欲为无礼者所葬"③ 而显灵。将"臭达于外"一语置于特定风俗背景中加以还原解读，区区四字尽显神秘幽微之趣。由以上二例不难看出风俗文化对先秦两汉叙事散文的增光添色之功。清代朱轼

---

① 《礼记注疏》，《十三经注疏》，第 1484—1485 页。
② 同上书，第 1239 页。
③ 《国语集解》，第 304 页。

在其《左绣序》中说："《春秋》主常而左氏好怪，《春秋》崇德而左氏尚力，《春秋》明治而左氏喜乱，《春秋》言人而左氏称神。举圣人之所必不语者而津津道之，有余甘焉。"① 所谓"好怪"、"称神"可以说是《左传》包含风俗文化成分较多的一种表现，所以朱氏之语正在客观上点出，言鬼神怪异，陈风俗事物大大增加了《左传》等叙事散文的趣味性、醇厚性和文学性，这在《左传》与言简意正的《春秋》的比较中可以更明显地看出来。倘若剔除了先秦两汉叙事散文中的风俗文化成分，其文学价值必将大打折扣。

第二节　《左传》中的饮食叙述

《左传》中有大量与作为风俗文化事象之一的饮食有关的叙述。这类叙述并非孤立的、无关紧要的现象，而是与当时的礼制、政治、军事、交际、哲学、信仰等存在着密切关联，从中可以看出饮食在春秋时期的多方面功用及其在《左传》中的特殊意义。对于这类叙述，以往的研究者已经部分地注意到其所体现的当时中国饮食文化的复杂性、多元性特征，但对于其中所反映的春秋时期饮食之功用以及《左传》饮食叙述的文学意义则关注不够，因而在《左传》饮食叙述之特点和价值的揭示上还不够全面、深刻和合理。

一　《左传》饮食叙述所反映的春秋时期饮食之功用

《左传》饮食叙述全面而集中地反映了饮食在春秋时期的各种功用。由《左传》看，饮食（特别是社会上层人物的饮食）在春秋时期往往不是孤立的、单纯的行为，也不仅仅是为了满足人们的生理和生存需要，而常常或与另外一些行为、活动结合在一起，或被当作实现某种目的、意图的手段，因而具有多方面的功用。具体地说，《左传》饮食叙述所反映的春秋时期饮食之功用主要表现在以下五个方面：

一是通过宴飨昭示功德，显明礼义，表达惠爱友好之情，或于宴会间有所请托。如《僖公三十年》叙及，周襄王使周公阅来鲁国聘问，"飨有昌歜、白黑、形盐"，周公阅推辞说："国君，文足昭也，武可畏也，则

---

① （清）冯李骅、（清）陆浩：《春秋左绣》，上海广益书局1912年版，《左绣序》。

有备物之飨，以象其德；荐五味，羞嘉谷，盐虎形，以献其功。吾何以堪之？"《成公十二年》叙及，楚共王享晋郤至，郤至以为楚人享己所用之乐违礼，并说："享以训共俭，宴以示慈惠。共俭以行礼，而慈惠以布政。"《定公十年》叙及，齐景公将享鲁定公，孔丘进言道："夫享，所以昭德也。不昭，不如其已也。"由上述周公阅、郤至、孔子的言论可知，宴飨在当时具有昭示功德、显明礼义、表达惠爱友好之情等功用，实际上是周礼一个方面的体现。在周代，饮食是社会礼俗的重要组成部分，"饮食与礼仪相互交融，密不可分。许多重要的礼仪场合，如分封诸侯、庆功赏赐、报捷献俘、祭祀神灵、检阅军队等，都往往有宴飨在其间"，"几乎所有的社会阶层的饮食都或多或少地融合进了礼俗"①。在这样的时代背景下，《左传》中的宴飨自然也发挥着所谓"食之饮之，君之宗之"（《诗经·大雅·公刘》），"既醉以酒，既饱以德"（《诗经·大雅·既醉》）的功用。在《左传》中，时人还惯于借助宴会提出或达到某种请求。如《僖公二十五年》叙及，晋文公在周襄王享醴命宥之时"请隧，（王）弗许"。《襄公四年》叙及，晋悼公享鲁襄公，鲁襄公请晋悼公同意以鄫国为鲁国之附庸，晋悼公始而不许，终而应允。《襄公二十三年》叙及，晋栾盈暗中回归封邑曲沃企图举事（栾盈此前因受人诬害而出奔在外），守曲沃大夫胥午"伏之而觞曲沃人"，并于歌乐奏作、杯酒交举之间两度以"今也得栾孺子②何如"之言探问曲沃众士，曲沃众士不由叹息泣涕，也两度表示要为栾盈效死，于是"盈出，遍拜之"。从《左传》的有关记载看，周代宴饮中所带有的浓重的礼乐文化气氛，使得宴席间的请托之事较易进行，也使得宴会间对对方请托的拒绝一般不至于引起太大的不快。

二是在宴饮之时辞令交锋，或炫示文辞，展现才学。春秋时期，礼乐制度仍然是维护政治和社会秩序的重要力量，外交礼会中的揖让周旋、辞令交锋往往能够化干戈为玉帛。"自成至襄，止戎弭兵的气氛已逐渐酝酿成熟，以朝聘享宴之际的外交辞令取代武力干戈的方式，愈来愈受到重视。"③ 在这样的政治和文化氛围中，《左传》所记宴飨也时时闪耀着唇枪

---

① 《中国民俗史·先秦卷》，第113—114页。

② 栾孺子即栾盈。

③ 张素卿：《〈左传〉称诗研究》，"国立台湾大学"出版委员会1991年版，第86页。

舌剑的光芒。如《昭公十二年》有这样一段叙述：

> 晋侯以齐侯晏，中行穆子相。投壶，晋侯先，穆子曰："有酒如淮，有肉如坻。寡君中此，为诸侯师。"中之。齐侯举矢，曰："有酒如渑，有肉如陵。寡人中此，与君代兴。"亦中之。……公孙傁趋进，曰："日旰君勤，可以出矣！"以齐侯出。

当时晋国国势衰弱，齐君已经颇不把晋君放在眼里，齐晋双方借投壶之辞展开了较量，宴会间的气氛渐趋紧张，致使齐大夫公孙傁担心发生变故，于是赶紧扶齐侯离席了事。再如《定公十年》叙及，侯犯以郈邑叛鲁，并打算拿郈邑跟齐国另换地盘，侯犯奔齐后，齐人复将郈邑归还鲁国，后来鲁人武叔（叔孙州仇）到齐国聘问，齐侯于享武叔之时将"若使郈在君之他竟（境），寡人何知焉？属与敝邑际，故敢助君忧之"之语抛向武叔，武叔回答道，齐君所作所为只不过是以义讨恶，鲁国并不以此为德。在这里，齐侯欲使鲁人对自己感恩戴德，幸亏武叔机智作答，才为鲁国免除了一大笔人情之债。《左传》所记宴饮之时的言语往来，于辞令交锋之外，还具有炫示文辞、展现才学等功用。如《昭公十五年》有这样一段叙述：

> 十二月，晋荀跞如周，葬穆后，籍谈为介。既葬，除丧，以文伯宴，樽以鲁壶。王曰："伯氏，诸侯皆有以镇抚王室，晋独无有，何也？"文伯揖籍谈。对曰："诸侯之封也，皆受明器于王室，以镇抚其社稷，故能荐彝器于王。晋居深山，戎狄之与邻，而远于王室，王灵不及，拜戎不暇，其何以献器？"王曰："叔氏，而忘诸乎！叔父唐叔，成王之母弟也，其反无分乎？……女，司典之后也，何故忘之？"籍谈不能对。宾出，王曰："籍父其无后乎！数典而忘其祖。"①

周王在宴会间因见鲁国所献壶樽而责备晋国不向周室进献宝器，文伯无言以对，籍谈找了个还算说得过去的理由来回答周王，周王复将籍谈驳回，并奚落籍谈"数典忘祖"，致使籍谈也败下阵来。后文又叙及，籍谈回国

---

① 文中"王"指周景王，"文伯"和"伯氏"皆指荀跞，"叔氏"指籍谈。

后将此事告诉叔向，叔向以为周王"以丧宴宾，又求彝器，乐忧甚矣，且非礼也"，并预言周王将不得善终。周王看似道理十足，博学多闻，大获全胜，而叔向在幕后的一番言辞（可看作是宴间言语的延续）又将周王居高临下审视了一番，使晋方复占上风。《襄公二十七年》叙及，"壬午，宋公兼享晋、楚之大夫，赵孟为客，子木与之言，弗能对；使叔向侍言焉，子木亦不能对也"。《昭公十七年》叙及，郯子朝鲁，鲁昭公与之宴饮，席间昭子问起少暤氏以鸟名官之事，郯子的一番答话令人大为折服，致使"仲尼闻之，见于郯子而学之"。上述宴饮之间的言语都带有较多的表现口才、彰显文采、展示见闻、炫卖学识的成分。

　　三是借助饮食宴飨谋害、诬陷人或擒拿、攻杀人。春秋时期战争不断，乱象丛生，在饮食宴飨之间除了唇枪舌剑的交锋之外，有时还搞阴谋诡计，动用真枪真剑。《左传》里面此类叙述甚多，如《庄公十二年》中宋人南宫万弑君后逃亡到陈国，"陈人使妇人饮之酒，而以犀革裹之"，送归宋国；《庄公十四年》中楚文王借"以食入享"灭掉息国；《庄公十七年》中遂国人飨齐国戍卒，"醉而杀之"；《文公十七年》中周人甘歜乘戎人饮酒将其击败；《宣公二年》中晋灵公企图在酒宴间攻杀赵盾，赵盾幸而脱险；《昭公十一年》中楚灵王"伏甲而飨蔡侯于申，醉而执之"（后又杀之）；《昭公二十七年》中吴公子光"伏甲于堀室而享王"，鲔设诸（专诸）"置剑于鱼中以进"，刺杀吴王僚，等等。上述借饮食宴飨谋害或制服他人的手段尚且比较简单，更有人就此大动心思，手段更为"高明"。如《僖公四年》叙及，晋献公宠妃骊姬设计陷害太子申生，先是以"君梦齐姜"为由命令申生祭祀已故之生母，然后将申生送来的祭祀之酒肉暗中下了毒献与晋君，当晋献公"祭之地，地坟"，又将酒肉"与犬，犬毙"，"与小臣，小臣亦毙"时，骊姬谎称"贼由大（太）子"，致使申生含冤而死。《襄公二十八年》有这样一段叙述："公膳日双鸡。饔人窃更之以鹜。御者知之，则去其肉，而以其洎馈。子雅、子尾怒。"文中的饔人（主割烹之事者）和御者（进食之人）受人指使，削减了在公朝办事者的伙食，先是以家鸭易鸡，进而连鸭肉也扣下，只送去一些肉汁。这样做的目的是使诸大夫怨恨当国的庆氏，而子雅、子尾（二人皆是齐惠公之孙）很容易就上了钩。《昭公四年》叙述了这样一件事：叔孙豹欲飨诸大夫以落成为嫡长子孟丙所铸之钟，并借此确定孟丙为己之继承人，因而命孟丙备飨客之礼。孟丙准备就绪后使其父私生子竖牛请父亲订飨客日期，竖牛故意不告知叔孙，而诈以叔孙之命订下飨日。飨客之日至，叔孙闻钟声而不解何故，竖牛则声称孟丙"有北妇人之客"①，导致叔孙一怒之下杀掉孟丙。《昭公二十七年》叙及，楚费无极设计陷害郤宛，先是对令尹子常声言郤宛"欲饮子酒"，又对郤宛说"令尹欲饮酒于子氏"，郤宛觉得无物酬谢令尹亲临饮酒之恩惠，费无极乃诡称令尹好甲兵，令郤宛预置甲兵于门口以于飨日择取进献令尹，然后在令尹跟前诬陷郤宛"将为子不利"云云，令尹信以为真，"尽灭郤氏之族、党"。上述骊姬、饔人和御者及其幕后指使者、竖牛、费无极诸人都在区区饮食间埋下了复杂多端、令人叹惋的诡计，在他们那里，那些本不值一提的饮食宴飨之事变得险象横生，甚至惊心动魄。

四是通过宴飨之时宾主的言语、态度、表现以及乐舞、仪节等情况判断局势，预测吉凶。如《庄公二十年》叙及，王子颓"享五大夫，乐及遍舞"，郑厉公据此认为子颓干犯王位（时王子颓作乱，周惠王出居于外），"临祸忘忧，忧必及之"，因而当前是迎回周王的大好时机。《庄公二十一年》又叙及，这年夏天，郑厉公与虢公同伐子颓，纳周王于王城，杀王子颓及五大夫，之后郑厉公享王，"乐备"，王室大臣原伯据此而言"郑伯效尤②，其亦将有咎"，郑厉公果然在当年五月就死了。《成公十四年》叙及，卫定公飨晋苦成叔（郤犫），苦成叔"傲"，宁惠子预言其家将亡，预言的根据是"傲"为"取祸之道"。《襄公十六年》有这样一段叙述：

> 晋侯与诸侯宴于温，使诸大夫舞，曰："歌诗必类。"齐高厚之诗不类。荀偃怒，且曰："诸侯有异志矣。"使诸大夫盟高厚，高厚逃归。

此处孔颖达《正义》曰：

---

① "北妇人"即叔孙豹在齐国所娶之妻国姜，孟丙之母。"客"谓公孙明，齐大夫子明。《左传·昭公四年》此段记载前文云："公孙明知叔孙于齐，（叔孙）归，未逆国姜，子明取之，故怒，其子长而后使逆之。"

② 郑厉公既以王子颓"乐及遍舞"为非，而自己又于享王时备六代之乐，是为"效尤"。

歌古诗，各从其恩好之义类。高厚所歌之诗，独不取恩好之义类，故云"齐有二心"。刘炫云："歌诗不类，知有二心者，不服晋，故违其令；违其令，是有二心也。"①

荀偃之所以因高厚宴饮之时歌诗"不类"这种看似无足轻重的事情而动怒，原因在于他能够从中觉察出某些诸侯国已与晋国离心离德。《襄公二十六年》叙及，郑简公于宴飨臣子时赐子产车服及六邑，子产辞邑，"公固予之，乃受三邑"，公孙挥据子产"让不失礼"预言子产将要知政。通观全书，《左传》所载时人就宴飨情况而发的预测之言非常准确，尽皆应验。这与《左传》作者好借他人之口作预言有关，也与当时人们对预兆的信仰有关。正如英国民俗学家博尔尼女士所言，"好奇心、求知欲、渴望揭穿事象的神秘和渴望知晓未来光景，这些都是人类的天然情感；加上崇拜精灵的心理状态，对不可思议事物的模糊畏惧情绪和推理的习性，因而兴起了预兆的信仰"，"任何意外的或不平常的事件，再微小也可以是预兆"②。对预兆的信奉使得人们格外关注身边意外、反常、不一般的现象，乃至某人的一言一行、一举一动，而宴飨则为人提供了一个颇有利于"察言观色"，"见微知著"的场合，故而时人特别喜欢就宴飨情况作预言。与一般的预言相比，《左传》中就宴飨情况而发的预言较少神秘色彩，时人往往根据人物行为是否合乎礼仪标准来推测局势进展或个人吉凶祸福，其预言中理性的、科学的成分更多一些。

五是借饮食宴飨之事委婉进言或曲折达意。如《隐公元年》叙述了这样一件事：郑庄公因母亲姜氏偏袒其弟共叔段并欲与叔段里应外合袭击自己而怀恨在心，便在赶跑叔段后"置姜氏于城颍"，并向她发誓说"不及黄泉，无相见也"，但不久就对自己的过激行为感到后悔了。颍考叔听说此事后以献物为由面见庄公，庄公让他与自己共同进食，颍考叔故意"食舍肉"，引起郑庄公的发问，然后他声称自己欲将此肉带给母亲品尝，逐步将话题引到庄公见母一事上，并为庄公献上了"阙（掘）地及泉，隧而相见"的妙策。《昭公二十八年》也记叙了类似的一件事情：晋魏献

① 《春秋左传注疏》，《十三经注疏》，第1963页。
② ［英］查·索·博尔尼：《民俗学手册》，程德祺等译，上海文艺出版社1995年版，第94页。

子将接受诉讼者的贿赂，阎没、女宽二人欲谏止此事，"退朝，待于庭。馈入，召之。比置，三叹"。饭后魏献子问及"置食之间三叹"之故，二人"同辞而对曰"：

> 或赐二小人酒，不夕食。馈之始至，恐其不足，是以叹。中置，自咎曰："岂将军①食之而有不足？"是以再叹。及馈之毕，愿以小人之腹为君子之心，属厌而已。

魏献子听出二人话中有话，乃拒不受贿。《襄公二十三年》叙述了下面一件事：季武子无嫡子，"公弥长，而爱悼子，欲立之"。臧纥（又称臧孙）为季武子定计，让季武子召众大夫饮酒，而以臧纥为上宾，"既献，臧孙命北面重席，新尊洁之。召悼子，降，逆之。大夫皆起"。如此对待悼子，则悼子作为季武子继承人的身份已得到众大夫的公认。而对于理应立为季武子继承人的公鉏（又称公弥），臧纥仅以士礼相待，这分明是说公鉏不得嗣爵。公鉏本怨恨此事，后经闵子马劝说，态度大为好转，于是"季孙喜，使饮己酒，而以具往，尽舍旃"，公鉏氏因此富起来。季武子将贵重的飨宴器具留在公鉏家，实际上是间接表达自己对公鉏的赞赏、歉疚、疼爱等情感。通过两次宴饮，两度委婉达意，使本来让人棘手的弃长立幼之事得到妥当处置。除了上述宴飨间的进言或达意，还有借馈赠或接受饮食婉曲表意的。如《僖公二十三年》叙及，曹大夫僖负羁向重耳"馈盘飨，置璧焉"，重耳"受飧反璧"；《昭公十三年》叙及，"卫人使屠伯馈叔向羹与一箧锦"，"叔向受羹反锦"②。重耳、叔向接受饮食而退回他物，意在表示自己不受对方贿赂，同时又已领对方之情，不拂其心。《成公十六年》所叙晋栾鍼在两国交兵之时派使者向楚令尹子重进酒的举动，传递的则是晋军的从容安闲。在以礼乐文化为主流的西周春秋时期，人们之间的交往讲究从容含蓄、温文尔雅，在言语交流方面也力避直截了当，力求微言相感，婉曲动听。借饮食宴飨之事委婉进言或曲折达意，便是此种交往和交流方式的表现之一。

此外，由《左传》看，饮食在春秋时期还有一些其他的功用，如通

---

① "将军"指魏献子。

② 此处杜预注云："受羹示不逆其意，且非货。"

过馈赠或进献饮食向人示好、邀宠或收买人心，借饮食之事缓解危机或脱离危险，根据某人的一饮一食之间的表现选拔人才，等等，此不详论。春秋时期饮食的多方面功用，既体现了当时礼乐文化的衰而不败，也折射出当时列国相攻、下陵上替、权力纷争的政治社会现状，其中还不乏民俗信仰的因子。对春秋时期饮食之功用的全面集中的反映，使《左传》饮食叙述具有了不容忽视的风俗学价值。

二 《左传》饮食叙述的文学意义

《左传》中的饮食叙述不但蕴含值得深入发掘的风俗文化宝藏，还具有重要的文学意义。结合饮食特别是周代饮食的特殊之处以及《左传》本身的特点来看，《左传》饮食叙述的文学意义可以归结为以下四个方面：

（一）寄寓作者尊礼尚德观念的主要事象之一

尊礼尚德是《左传》的主要思想倾向之一。如前所述，饮食是周代社会礼俗的重要组成部分，饮食与礼仪相互交融，密不可分。《礼记·礼运》云："夫礼之初，始诸饮食。其燔黍捭豚，污尊而抔饮，蒉①桴而土鼓，犹若可以致其敬于鬼神。"② 可见饮食在"礼"中的重要地位。《左传·昭公九年》中晋平公膳宰屠蒯有"味以行气，气以实志，志以定言，言以出令"的说法，意思是饮食口味关系到血气流通、志意充盈、言语恰当、号令正确与否，也从一个侧面表明了周代饮食与礼制、道德的密切联系。正因如此，饮食叙述就成了《左传》作者用来显扬礼仪和寄寓尊礼尚德观念的主要事象之一。

《左传》饮食叙述中寄寓着作者对守礼行为的褒扬。如《庄公二十二年》叙及，陈完请齐桓公饮酒，桓公饮至天晚兴犹未尽，乃命"以火继之"，陈完则以"臣卜其昼，未卜其夜，不敢"之语劝阻桓公。文中以"君子曰"的形式肯定了陈完的做法合乎"仁"、"义"之标准："酒以成礼，不继以淫，义也；以君成礼，弗纳于淫，仁也。"《僖公十二年》叙及，周襄王以上卿之礼飨管仲，管仲坚辞不受，最终受下卿之礼而还，文中以"君子曰"形式称赞管仲"让不忘其上"。《襄公八年》叙及，鲁襄

---

① "蒉"是"凷"字之误。凷，谓抟土为桴（鼓槌）。
② 《礼记注疏》，《十三经注疏》，第 1415 页。

公享晋范宣子，范宣子就用师于郑和晋国霸业之事与季武子赋诗达意，言辞谦恭得体，文中称"君子以（范宣子）为知礼"。《昭公二十年》记叙了齐景公因公孙青聘问卫国有礼有节且获得卫侯嘉奖而喜，故而赐众大夫酒一事：

> 齐侯将饮酒，遍赐大夫曰："二三子之教也。"苑何忌辞，曰："与于青之赏，必及于其罚。在《康诰》曰，父子兄弟，罪不相及，况在群臣？臣敢贪君赐以干先王？"

苑何忌据礼不受无功之赐，其见识远远超出一般人士，作者通过一"辞"一"曰"表达了对苑何忌的赞许之情，苑何忌堪称作者的代言人。

《左传》饮食叙述中也寄寓着作者对违礼行为的贬斥（对守礼行为的褒扬和对违礼行为的贬斥有时同时进行，本书乃就主要倾向而言）。如《襄公二十七年》叙及，齐庆封来鲁聘问，"叔孙与庆封食，不敬。为赋《相鼠》，亦不知也"。庆封在与叔孙豹小宴时有失恭敬，叔孙豹借赋《诗经·鄘风》之《相鼠》一诗讽刺他不懂礼仪、不知羞耻，庆封不但未按礼节答赋，而且竟不知所赋之诗所言何物。《襄公二十八年》又记叙了庆封到鲁国避难，叔孙豹（又称叔孙穆子）复与庆封饮食之事："叔孙穆子食庆封，庆封泛祭。穆子不说，使工为之诵《茅鸱》，亦不知。"周代人饮食之前一般要象征性地荐祭先人，称为"泛祭"。本是叔孙豹请庆封饮宴，"泛祭"自非庆封所宜为，可见庆封之不知礼，所以叔孙豹又借"诵《茅鸱》"讽刺庆封之失礼①。春秋时期有"歌诗"、"赋诗"、"诵诗"等用诗方式。据学者研究，"赋"是一种"有曲调但不严格较随意且无伴奏"的介于"歌"、"诵"之间的用诗方式，"诵"则是"完全脱离音乐性，仅有抑扬顿挫而已"的朗诵，"其好处是较之'歌'、'赋'对方易解其意"②。因去年"赋"《相鼠》庆封"不知"，故叔孙豹这次不"赋"而改让乐师"诵"《茅鸱》，好使庆封听得清楚一些，而庆封照旧"不知"，可见其无礼而且无知之甚。又如《昭公十六年》有下面一段叙述：

---

① 据杜预注，《茅鸱》为逸诗，主旨是"刺不敬"。
② 刘生良：《春秋赋诗的文化透视》，《陕西师范大学学报》（哲学社会科学版）2004 年第6 期，第87—93 页。

> 三月，晋韩起聘于郑，郑伯享之。子产戒曰："苟有位于朝，无有不共恪！"孔张后至，立于客间，执政御之；适客后，又御之；适县（悬）间。客从而笑之。

孔张在郑定公为大国贵宾举行享礼，本国其他与享者恭敬唯恐不及之时不但姗姗来迟，而且不知自己的席位在何处，东奔西撞，窘态百出，从中不难读出作者的贬责之意。

（二）以小见大、以今日知来者的绝佳窗口

《左传·成公十四年》中载有卫人宁惠子的一句话："古之为享食也，以观威仪、省祸福也。"以此语来描述春秋时期的宴飨也是合适的。当时的宴飨为人提供了一个颇有利于以小见大、以今日知来者的窗口，而《左传》作者在叙述宴饮的时候也常常自觉或不自觉地通过小小筵席反映整个时局，或预示某人未来，既增加了文章深度，又优化了文章结构。

《左传》善于以饮食叙述展现政治和外交形势。如《襄公二十九年》写鲁襄公享晋范献子，在宴飨间行射礼之时襄公竟不能备足六人，文中云："射者三耦。公臣不足，取于家臣。"当时鲁国公室已经卑弱，才能之士多在私门，寥寥数字写尽了公室之凋敝，私家之膨胀。再如《昭公二十七年》所叙齐景公请鲁昭公饮酒之事：

> 冬，公如齐，齐侯请飨之。子家子曰："朝夕立于其朝，又何飨焉？其饮酒也。"乃饮酒，使宰献，而请安。子仲之子曰重，为齐侯大人，曰："请使重见。"子家子乃以君出。

此处"飨"字同"享"，指行享礼。古代有享礼，有宴礼（"享"与"宴"有时义同），享礼虽设酒食但并不吃喝，宴礼则宾主俱饮食。杨伯峻注云："古代享礼最隆重，诸侯间相聘问行之。"[1]鲁昭公因权臣逼迫而寄居齐国，齐侯此次"请飨"昭公，实为以"飨"之名唤昭公饮酒，故昭公之臣子家子先辞"飨"，以使名实相符。齐侯于宴饮间本应向昭公敬酒，却使手下人代劳，自己则离席而去。昭公正尴尬之时，齐侯夫人（鲁公子子仲之女）又将来见，面临男女无别之境地的昭公只得逃开。由

---

[1] 《春秋左传注》，第 1489 页。

这场宴饮看，齐侯对鲁昭公越来越不尊重，已经视之如臣子。又如《昭公三年》所叙叔向与晏婴于宴饮之间的一番谈论，更是直接展现了齐、晋两国的"季世"景象。

《左传》善借他人之口作预言，并注意预言和结局的前后照应。其中，以饮食叙述预示个人吉凶，在《左传》中占了很大的比重。如《桓公九年》之末尾写曹太子于冬日朝鲁受享，当酒始献之时闻乐奏而叹息，鲁大夫施父见此情景说："曹大（太）子其有忧乎！非叹所也。"当时有"唯食忘忧"（《左传·昭公二十八年》）的谚语，曹太子临食而叹，在时人看来是叹非其所，为不祥之兆。作者在点出这一预兆和施父就此而发的预言后，接下来在《桓公十年》传文开头就提到了"春，曹桓公①卒"一事，证实了施父预言的准确。《僖公二十二年》叙及，楚成王入飨于郑，郑文公夫人芈氏为其送行，楚子还从郑国带走两个姬姓女子，郑人叔詹见楚子"为礼卒于无别"（男女无别），预言其将不得善终，文中又言"诸侯是以知其不遂霸也"。至《文公元年》，楚成王果然为其子商臣所杀。《昭公元年》叙及，楚令尹公子围（即后来的楚灵王）享晋赵孟，赋《诗经·大雅·大明》之首章以自光大，赵孟赋《诗经·小雅·小宛》之二章以劝诫公子围，事毕赵孟与叔向谈论此事，叔向预言公子围虽可为王，终无善果。至《昭公十三年》，楚灵王果然被弑。《昭公二十五年》叙宋元公宴叔孙昭子之事云：

> 宋公享昭子……明日宴，饮酒，乐，宋公使昭子右坐，语相泣也。乐祁佐，退而告人曰："今兹君与叔孙其皆死乎！吾闻之：'哀乐而乐哀，皆丧心也。'心之精爽，是谓魂魄。魂魄去之，何以能久？

文中乐祁预言宋君与叔孙都活不过当年，而本年传文即言宋公、叔孙昭子均死于此年冬天。凡此数例，预兆、结局二者紧相关合，可见作者叙事的匠心。

（三）揭示重大事件起因的轻松插曲

《左传》叙事注重交代事情的前因后果，在作者笔下，饮食之事常常

---

① 曹桓公即曹太子之父。

是重大事件的起因所在。《诗经·小雅·伐木》有云："民之失德，干糇以愆。"孔颖达疏解此句云："下民之失德见谤讪者，以何故乎？正由干糇之食不分于人，以获愆过。"①可见饮食之事在周代非同小可。《左传》中的此类叙述不仅成为"民以食为天"的绝好注脚，而且为作品添加了不少轻松悠闲的音符，读来趣味盎然。

　　《左传》叙述了不少以饮食取祸的事件。如《宣公二年》先言宋军为郑人战败，接下来叙述战败的原因为："将战，华元杀羊食士，其御羊斟不与。及战，曰：'畴昔之羊，子为政；今日之事，我为政。'与入郑师，故败。"文中，华元的御者因为一点羊羹未分到手而怀恨报复，"败国殄民"。《宣公四年》有以下一段记叙：

　　　　楚人献鼋于郑灵公。公子宋与子家将见。子公②之食指动，以示子家，曰："他日我如此，必尝异味。"及入，宰夫将解鼋，相视而笑。公问之，子家以告。及食大夫鼋，召子公而弗与也。子公怒，染指于鼎，尝之而出。公怒，欲杀子公。子公与子家谋先。……夏，弑灵公。

一起重大的弑君事件竟然源于一次在今天看来有些儿戏味道的食鼋之争。在《定公二年》、《定公三年》中，邾庄公之死也与吃食有关：邾庄公与大夫夷射姑饮酒，守门人趁夷射姑出来小解的当儿向他讨肉吃，夷射姑"夺之杖以敲之"，守门人过后便诬告夷射姑在外廷小便，邾庄公闻之大怒，"命执之。弗得，滋怒，自投于床，废于炉炭，烂，遂卒"。《哀公十六年》中也有一桩因求饮食不得而陷害人的事情："卫侯占梦，嬖人求酒于大（太）叔僖子，不得，与卜人比，而告公曰：'君有大臣在西南隅，弗去，惧害。'乃逐大（太）叔遗③。遗奔晋。"《襄公十四年》所记卫献公出奔之事则与卫献公与人饮食时的态度有关：卫献公曾约孙文子、宁惠子共食，二人"皆服而朝，（卫侯）日旰不召，而射鸿于囿。二子从之，不释皮冠而与之言。二子怒"。后孙文子回归采邑戚，其子孙蒯入朝请

---

① 《毛诗注疏》，《十三经注疏》，第411页。

② "子公"即公子宋。

③ "大叔遗"即太叔僖子。

命，卫献公又于与孙蒯饮酒间借歌诵诗章讽刺孙文子居河上而为乱。孙文子对卫侯本已心怀不满，闻听此事后乃先行动手，卫侯被迫出奔。

在《左传》中也有一些以饮食受益的事件。如赵盾因为曾送食物给三日不食的灵辄而在晋灵公伏甲攻击自己时获其救护，幸免于难（《宣公二年》）。僖负羁在重耳流亡并遭曹君轻侮之时曾向重耳馈送吃食等物，后重耳率军入曹，"令无入僖负羁之宫，而免其族，报施也"（《僖公二十三年》、《僖公二十八年》）。晋文公于降服原邑后任命赵衰为其地大夫，原因是"昔赵衰以壶飧从，径，馁而弗食"（《僖公二十五年》），即赵衰曾经"为晋文携带饭食，随之而行，有时晋文行大道，赵衰行小道，赵衰虽饿，亦弗食"①。冀缺（郤缺）之父冀芮是晋文公的仇人，晋文公却因臼季（胥臣）举荐而拔冀缺于畎亩之中，原因在于臼季曾于出使之时"见冀缺耨，其妻馌之，敬，相待如宾"，臼季认为"能敬必有德"，"德以治民"，所以向晋文公力荐此人（《僖公三十三年》）。

在《左传》所叙以饮食取祸或以饮食受益的事件中，一点酒食或者对待饮食的态度竟导致那么重大的后果，这看似有点夸张，实际上正是以小见大，也就是有关饮食的所作所为，代表着"礼"、"德"二字的践行与否和践行程度，而在作者笔下，礼义道德又往往决定着事情的吉凶成败。若虑及此点，一"食"定成败，不亦宜乎？

（四）展现人物形象的传神之笔

饮食是最易见出人之真性情的场合或事象之一，所谓"酒后吐真言"，"一食见百态"。得益于饮食的这一特点，饮食叙述在《左传》中不自觉地充当了展现人物形象的手段之一，而且颇多传神之笔。

《左传》有时通过人物在饮食宴飨间的言行展现出鲜明的人物形象。如《成公三年》有以下一段叙述：

> 齐侯朝于晋……晋侯享齐侯。齐侯视韩厥。韩厥曰："君知厥也乎？"齐侯曰："服改矣。"韩厥登，举爵曰："臣之不敢爱死，为两君之在此堂也。"

齐侯（齐顷公）此前在齐晋鞌之战中险些被韩厥活捉，二人在这次宴飨

---

① 《春秋左传注》，第436页。

中又见面了。文中通过齐侯和韩厥在此场合中各自特有的、恰如其分的表情、举动和言辞，使人物形象跃然纸上。再如《哀公二十五年》中的一段文字：

> 六月，公至自越，季康子、孟武伯逆于五梧。郭重仆，见二子，曰："恶言多矣，君请尽之。"公宴于五梧，武伯为祝，恶郭重，曰："何肥也？"季孙曰："请饮彘①也！以鲁国之密迩仇雠，臣是以不获从君，克免于大行，又谓重也肥？"公曰："是食言多矣，能无肥乎？"

鲁哀公一方与季孙、孟孙一方不和，酒宴间孟武伯借"何肥也"一句闲话挖苦郭重以泄私愤，季康子则在一边老练地打着圆场，鲁哀公借机指桑骂槐起来——表面上是说郭重"食言多"，实际上是责骂季孙、孟孙屡次言而无信。品读三人言语，人物形象栩栩如生。其他如《襄公二十二年》中鲁人御叔将饮酒之时暗地奚落臧武仲"焉用圣人？我将饮酒，而已雨行，何以圣为"的言语，《昭公七年》中楚灵王享鲁昭公时"好以大屈，既而悔之"的举动以及由此引出的薳启彊讨还宝弓之事，《昭公八年》中楚灵王饮酒时"城麇之役，女知寡人之及此，女其辟寡人乎"的问话与穿封戍的坦率答言、《昭公二十年》中齐景公在饮酒间与晏子关于"古而无死，其乐若何"的对话，也都凸显了独特的人物个性。

《左传》记叙了一些有关饮食之事的过激、反常或特殊的举动，此类举动对人物性格也起到了强烈的烘托作用。如《襄公二十四年》所叙诸侯救郑之战中，晋人张骼、辅跞向楚师挑战，以郑国公孙宛射犬驾车，挑战前"二子在幄，坐射犬于外；既食，而后食之"，而宛射犬则在挑战接近楚营之时"不告而驰之"，后又"弗待而出"，作者通过宛射犬近乎可笑的举动突出地表现了此人自尊不能受屈的性格。再如《哀公二十五年》中的卫出公宴间发怒一事：

> 卫侯为灵台于藉圃，与诸大夫饮酒焉。褚师声子袜而登席，公怒。辞曰："臣有疾，异于人。若见之，君将嗀之。是以不敢。"公

---

① 孟武伯名彘。

愈怒。大夫辞之，不可。褚师出。公戟其手，曰："必断而足！"闻之。褚师与司寇亥乘，曰："今日幸而后亡。"

卫侯因褚师声子宴席间未按礼节解袜且巧言辩解怒而愈怒，乃至于身为一国之君，又腰横指发狠大骂，一副失态之状。观此，使人足以领悟其何以会一再出奔以致客死他国。又如《哀公十一年》中陈司徒辕颇因"赋封田以嫁公女；有余，以为己大器"而被国人逐出后的情景：

> 道渴，其族辕咺进稻醴、粱糗、腶脯焉。喜曰："何其给也？"对曰："器成而具。"曰："何不吾谏？"对曰："惧先行。"

假公济私的"大器"在明目张胆地铸造，备逃亡之用的酒、饭、肉也在暗中置办，辕咺的先见之明实在令人感慨。其他如《宣公二年》中晋灵公因"宰夫胹熊蹯不熟"而"杀之，寘诸畚，使妇人载以过朝"的行为，《成公十年》中晋景公因桑田巫一句"不食新"的预言而将其杀害的举动，《哀公十五年》中卫人栾宁"将饮酒，炙未熟"，闻太子蒯聩等人作乱而"行爵食炙，奉卫侯辄来奔"的姿态，都将人物性格烘托得十分鲜明。

结语

通观全书并结合相关的文化和社会背景来看，《左传》饮食叙述全面而集中地反映了饮食在春秋时期的各种功用及时人对饮食功用的充分发挥，在中国的饮食风俗史上留下了不可多得的一笔。《左传》饮食叙述不但具有重要的认识功能和风俗学价值，而且对全书的观念表达、深度构建、结构安排、人物描写等都具有重要意义，呈现出活泼多样的艺术色彩。后世文学作品中有很多运用饮食题材而形成的叙事模式和写作手段，诸如一饭恩仇、借宴饮谋害人、因酒宴生是非、饮食见为人、宴飨表盛衰等，若追溯其源，《左传》的肇始之功不可磨灭。清人梁玉绳在其《演连珠》一文中说："中山君之亡国，祸起羊羹；庾仲豫之亡身，忿由鹅炙。故怨毒之事，在小不在大；饮食之人，可贱亦可畏。"[1] 此语虽是从历史

---

① （清）梁玉绳：《蜕稿》卷 4（《梁氏丛书》第 33—34 册），1821—1850 年刻本。

和人生经验的角度立论，从中亦可见《左传》饮食叙述影响后世文学之一斑。

第三节　《国语》中的观人记述

观人，即根据个人的形貌特征和外部表现推测其命运或性格、才能。作为民间方术文化的相人之术也可以划归观人之列，但观人与相人还是有所区别的（参见本节第二部分）。《国语》中有相当多的观人记述，这一现象的产生与春秋战国时期相人术的流行（参见本节第二部分）有关。相人术在社会上的流行导致时人对人的外部特征格外注意，并喜欢根据人的外部特征预测人的未来，这在《国语》中留下了鲜明印记。虽然已经有学者注意到了《国语》中的观人记述，但由于对《国语》所产生之时代的文化背景关注不够、对普遍意义上的观人方法与相人术区分不清、未突出《国语》观人记述相对于同时期其他著作和《国语》中其他部分而言的独特性等原因，当前对《国语》观人记述意义价值的认识还有待深化和提高。下面就将《国语》观人记述置于几种不同层次的关系场之中，探讨其独有的价值和意义。

一　《国语》观人记述所反映的观人途径和手段及其文化内蕴

《国语》观人记述较为全面而深入地反映了西周春秋时期的观人途径和手段，并具有深刻的文化内蕴。通观《国语》全书，其中所反映的观人看相之方可以归结为两大途径：一是通过相貌、气色、声音、形体、服饰等形貌特征来观人；二是通过言语、举止、动作、行为、作风等外部表现来观人。

《国语》中通过形貌特征来观人的现象较为少见。《晋语八》所记叔向之母的两次观人最值得一提：

> 叔鱼生，其母视之，曰："是虎目而豕喙，鸢肩而牛腹，豀壑可盈，是不可餍也，必以贿死。"遂不视。杨食我生，叔向之母闻之，往及堂，闻其号也，乃还，曰："其声，豺狼之声也，终灭羊舌氏之宗者，必是子也。"

在这里，叔向之母系根据古代相术惯用的外相类比原则来推测其子叔鱼（叔向同母弟）和其孙杨食我（叔向之子）的性格和命运。按照这一原则，一个人如果在形体音貌上具有某种动物的外相特征，那么这个人的性格一定与这种动物的本能相似或雷同。叔鱼初生之时，眼睛虎视眈眈，嘴巴尖长如猪，肩膀上竦如鸮，双胁外张如牛。在叔向的母亲看来，虎是凶猛的走兽，鸮是暴戾的飞禽，豕、牛是贪婪能食的牲畜，而叔鱼集以上四种动物的外表特征于一身，这预示着他将是一个残暴贪婪之人，而且会因贪财而死。杨食我初生之时，哭声如同豺狼嗥叫，叔向之母又据此认为他将是一个凶残暴虐、野心勃勃之人，将招来灭族之祸。从史料记载看，叔向母亲的这两次预言都应验了。《吴语》中有一则根据气色观人的记录：吴晋两国在黄池之会中争为盟主，晋大夫董褐为此往见吴王夫差，归来后向正卿赵简子报告情况说："臣观吴王之色，类有大忧，小则嬖妾、嫡子死，不则国有大难，大则越入吴。"据《左传·哀公十三年》记载，当时吴王面色"有墨"，即面带黑气，而时人以为"肉食者无墨"，所以董褐据吴王脸色异常推测他"有大忧"。由《吴语》此段文字之前的叙述可知，其时越王勾践的确已率军袭吴，"入其郛，焚其姑苏，徙其大舟"。《晋语一》叙及，晋献公使太子申生伐东山，"衣之偏裻之衣，佩之金玦"，仆人赞闻听此事后有一番言论："太子殆哉！君赐之奇，奇生怪，怪生无常，无常不立。使之出征，以先观之，故告之以离心，而示之以坚忍之权，则必恶其心而害其身矣。"仆人赞可说是以服饰观人，他由太子衣服和佩饰之奇怪预测其地位将不稳固，并明白地揭示出"偏裻之衣"和"金玦"的意味所在。从后面的叙述看，他的预测也十分准确。

《国语》中更多的是通过外部表现来观人。这又大致可以分为通过言语观人、通过举止动作观人、通过行为作风观人三种情况。

在《国语》中，时人能够准确地通过个人的言谈话语预测其吉凶祸福。如《周语中》叙述了这样一件事：晋胜楚于鄢陵，使郤至告庆于周，郤至见邵桓公而与之交谈，后邵桓公向单襄公转述郤至之言，单襄公乃称郤至已经"兵在其颈"。单襄公这样说的根据是郤至在言语中夸耀自己在晋楚鄢陵之战中的功劳，他不唯一心想乘人之上，而且偷天之功以为己力，虽自称有"三伐"实则"三奸"在身，故不能长久。结果正如单襄公所料，"郤至归，明年死难"。《晋语六》叙及，赵文子始行冠礼，见栾书、荀庚、范燮、郤锜、郤犨、郤至等人，他们每人送给赵文子几句教戒祝愿的话语，赵文子将此事告诉张老（张孟），张老对其中几个人的话语做了评论，认为三郤之语是不足称述的"亡人之言"（后三郤果然被杀），这也可以说是通过言语观人。《晋语八》叙及，赵文子与秦后子交谈，文子言语间有朝不及夕、敷衍时日之意，后子由此看出赵文子身居要职而无长远之思，"急偷甚矣，非死逮之，必有大咎"，结果赵文子当年冬天就死了。《楚语下》叙及，楚令尹子常与大夫斗且谈话，子常"问蓄货聚马"，斗且由此认为子常不会有好结局，因为他不恤国事而一味贪财，"积货滋多，蓄怨滋厚，不亡何待"，结果"期年，乃有柏举之战"，子常、楚王皆出奔。

在《国语》作者笔下，时人也善于通过举止动作来推断某个人或某些人的品性、才能和命运。如《周语上》叙述了这样一件事：周襄王使邵公过及内史过赐晋惠公瑞命，"吕甥、郤芮相晋侯不敬，晋侯执玉卑，拜不稽首"，内史过回朝后告诉周王说："晋不亡，其君必无后。且吕、郤将不免。"周王问其缘故，内史过经过一番引经据典的议论后指出：

> 夫执玉卑，替其贽也；拜不稽首，轻其王也。替贽无镇，轻王无民。夫天事恒象，任重享大者必速及。故晋侯轻王，人亦将轻之；欲替其镇，人亦将替之。大臣享其禄，弗谏而阿之，亦必及焉。

内史过由晋惠公"执玉卑"、"拜不稽首"等动作和吕甥、郤芮相礼之时惰慢不敬的姿态看出此三人品性不端、行事失宜，将不免于祸患。据后义，十几年后晋惠公之子怀公为晋人所杀，怀公无后，吕甥、郤芮也命丧秦人之手。《周语中》叙及，秦军于前往袭击郑国途中经过王城北门时"左右免胄而下，超乘者三百乘"，王孙满观此"轻而骄"的军容便预言"秦师必有谪"。据后文，秦人这次出师果然被晋人击败，秦军三大将帅都做了俘虏。《晋语五》叙及，臼季（胥臣）于出使之时"见冀缺耨，其妻馌之，敬，相待如宾"，回朝后便向晋文公荐举此人，言称冀缺"不忘敬"："夫敬，德之恪也。恪于德以临事，其何不济！"文公乃不计与其父郤芮之仇而任命冀缺为下军大夫①。臼季从冀缺的举止动作看出他是一个有德之人，足以治民成事。据《左传·僖公三十三年》记载，冀缺于晋

---

①　冀缺，即郤缺，郤芮之子。此前郤芮曾与吕甥谋弑晋文公，为秦人所杀。

襄公时因军功登上卿位，晋襄公还将其父郤芮之故邑冀归还给了他，可见臼季确有识人之明。

《国语》中的人物尤其擅长通过行为或作风来观人。如周大夫芮良夫见周厉王宠幸"好专利而不知大难"的荣夷公而预言周王将不能长久，之后荣夷公被厉王用为卿士，"诸侯不享，王流于彘"（《周语上》），这是根据某人的交游范围来预测其命运。周内史兴见晋文公接受周襄王赐命时"逆王命敬，奉礼义（仪）成"而预言晋君"必霸"（《周语上》），晋叔向有感于聘问周室时单靖公与众不同的对待自己的方式而预言单氏将兴旺（《周语下》），均是根据某人待人接物的态度来预测其运势。识时务或处事明智与否也是观人的一个依据。如《周语下》叙述了这样一件事：周卿士刘文公与大夫苌弘伙同晋正卿魏献子欲修成周之城（时周敬王因王子朝之乱出居成周），卫人彪傒闻听此事后预言苌、刘二人将不得善终，其理由是周室坏败已久，而苌、刘却不惜耗费民力欲支撑"天之所坏"，自然难以成事。彪傒还根据二人各自的表现进一步预言苌弘将速及于祸，刘文公将殃及子孙，又预言魏献子亦将有咎。据下文，魏献子当年就在田猎时遭火焚而死，十八年后苌弘被杀，再后来刘氏也灭亡了。《晋语二》叙及，晋献公将赴葵丘之会，周卿士宰孔遇之于道，劝其勿往，并对人预言晋献公将死，其理由是晋侯"不量齐德之丰否，不度诸侯之势，释其闭修，而轻于行道，失其心矣"，而"君子失心，鲜不夭昏"。据下文，晋献公当年就死了。在彪傒、宰孔看来，刘文公、苌弘、魏献子、晋献公或为不识时务之人，或处事不明智，失其心守，因此免不了要有厄运降临。通过生活、修身等方面的作风也可以观人识才。如周卿士刘康公根据聘问鲁国之时所见"季文子、孟献子皆俭，叔孙宣子、东门子家皆侈"的作风而预言季、孟将长处鲁国，叔孙、东门"若家不亡，身必不免"，并进一步从叔孙、东门各自的政治地位出发预言东门"不可以事二君"，叔孙"不可以事三君"，言皆应验（《周语中》）。赵衰因见郤縠"行年五十矣，守学弥惇"而推断他是一个抱持德义、"不忘百姓"之人，建议晋文公任其为元帅，也是根据作风观人（《晋语四》）。除了根据某一方面的行为、作风观人之外，《国语》中还有综合人物各个方面或各个时期的行为、作风来观人的情况，如《周语上》中樊穆仲观鲁孝公、《晋语七》中祁奚观祁午即是，通过这样的观人方式对人物做出的判断或预测就更具有说服力了。

　　《国语》中也有一些将言与行、形貌特征与外部表现结合起来观人的记录。如《晋语六》中，栾书、中行偃胁迫韩厥杀君，韩厥不肯，中行偃欲伐韩厥，栾书以为不可，理由是韩厥"身果而辞顺"，而"顺无不行，果无不彻"，所以奈何不了他，这里栾书就是将言行结合起来观人。《周语下》中，单襄公预言孙周"将得晋国"，他之所以这样说，主要是因为孙周"立无跛，视无还，听无耸，言无远"，其言谈有十一种可嘉之处，而且"晋国有忧，未尝不戚；有庆，未尝不怡"，总之孙周的举止言谈表明一点：此人"被文相德，非国何取"？《晋语五》叙及，晋人阳处父在一家旅店住宿，店主宁嬴以其为君子，乃从之而行，"阳子道与之语，（宁嬴）及山而还"，原因是"见其貌而欲之，闻其言而恶之"。宁嬴将外貌、言谈结合起来观人，认为阳处父言不副貌，貌不副情，看似道貌岸然，实际上言而不实，内心狡诈，若跟随此人恐怕会"未获其利而及其难"。据后文，一年后阳处父就死于祸难。《周语中》叙及，鲁成公欲朝见周简王，使叔孙侨如（即叔孙宣子）先行至周，周大夫王孙说由叔孙侨如"享觐之币薄而言诌"发觉他此次聘周是因觊觎周王赏赐强请于鲁侯而来，并说叔孙侨如"方上而锐下，宜触冒人"。王孙说将言、行、外貌结合起来，准确地推断出了叔孙侨如的意图和为人。

　　在《国语》中，除了上述观人途径和手段之外，时人还往往把人物的出身、经历、处境、地位，政治、生活、斗争经验，以及典籍、谚语、古训、故实等方面面的东西作为辅助性材料纳入观人的依据之中，将其中一个或几个方面的材料与人物的外部表现或形貌特征结合起来以对人物的命运、性格、才能做出推测。如芮良夫预言周厉王不能长久，其理由是：厉王深受"好专利"的宠臣荣夷公的熏染，而"利"乃"百物之所生也，天地之所载也"，"天地百物，皆将取焉"，是不可专擅的，还有"陈锡载周"等诗句都说明了王者应布利惧难的道理（《周语上》）。上述的政治、生活经验和诗语古训都是芮良夫观人的辅助性依据。内史过预言晋惠公和吕甥、郤芮将不免于祸患，除了以三人的举止为依据，还动用了晋惠公素日所为，《夏书》、《汤誓》、《盘庚》中的语句以及先王政治举措情况以为佐助（《周语上》）。单襄公称郤至"兵在其颈"，其论据也是多方面的，除郤至的言语之外，还有"夫人性，陵上者也，不可盖也"，"求盖人，其抑下滋甚"的经验之谈，"兽恶其网，民恶其上"的谚语，"民可近也，而不可上也"的《书》说，"恺悌君子，求福不回"的

《诗》句，"敌必三让"的礼节等（《周语中》）。单襄公预言孙周将得国，不止以孙周的举止言谈为据，还提到了有关的占卦和梦兆，并从血缘关系和晋国现状等方面做了分析（《周语下》）。郑大夫叔詹根据重耳本为同姓通婚而生却有"三祚"①的异常情况而预言"天将启之"（《晋语四》），是将对方的出身作为观人的一个重要依据。斗且预言"问蓄货聚马"的子常将亡，提到了古者蓄货聚马适可而止的做法和昔日斗子文"逃富"之事（《楚语下》），这些故实旧例也是斗且观人论人的凭借。

通过以上论述也能够看出，《国语》中的观人，在大多数情况下，是将人物的外部表现或形貌特征是否合乎或体现礼、义、德、仁之类东西作为给人物定性的标准或预测人物命运的出发点，我们从中可以觉察到西周春秋时期社会文化的脉动。《礼记·表记》述孔子之语曰："周人尊礼尚施，事鬼敬神而远之，近人而忠焉。"② 在西周春秋时期，重人道、讲礼让、守德义是人们普遍推崇的品性和修养。在时人看来，礼义道德关系到人的生死存亡，决定着人的吉凶祸福："夫礼，先王以承天之道，以治人之情，故失之者死，得之者生。"（《礼记·礼运》）"夫德义，生民之本也。"（《国语·晋语四》）"皇天无亲，惟德是辅。"（《左传·僖公五年》）人的外貌举止又是与礼、义、德、仁密不可分的，所谓"服物昭庸，采饰显明，文章比象，周旋序顺，容貌有崇，威仪有则……则顺而德建"（《国语·周语中》），所谓"致礼以治躬，则庄敬，庄敬则严威"，"外貌斯须不庄不敬，而易慢之心入之矣"（《礼记·乐记》）。正因为在时人心目中，礼、义、德、仁是可贵之物，与人的命运息息相关，人的外貌举止又在很大程度上是一个人是否怀有礼、义、德、仁的体现，所以人物的外部表现或形貌特征是否合乎或体现礼、义、德、仁之类东西就成了观人者给被观者定性的一个重要标准和预测被观者命运的一个基本出发点。

二　《国语》观人方法的进步意义和不足之处

相对于作为一种方术的相人术而言，《国语》中的观人方法包含着较多的理性成分，具有明显的进步意义。

---

① 当时有"同姓不婚，恶不殖也"的观念（见《国语·晋语四》中叔詹之语）。
② 《礼记注疏》，《十三经注疏》，第 1642 页。

相人术主要是通过形貌特征观人，它把人的生理特征作为人的性格、命运的主要决定因素，用人的先天因素预测人的后天作为，用天性解说社会属性，其中有很多神秘主义的、牵强附会的东西。文献记载表明，至迟在春秋时期，相人术已经产生。《左传》之《文公元年》记载，楚成王将以商臣为太子，令尹子上称商臣"蜂目而豺声，忍人也，不可立也"；《文公元年》又载，周内史叔服曾为鲁国公孙敖之子相面；《宣公四年》记载，楚国子文称司马子良之子斗椒"熊虎之状而豺狼之声，弗杀，必灭若敖氏矣"。《史记·越王勾践世家》记载，范蠡在给文种的书信中说越王勾践"长颈鸟喙，可与共患难，不可与共乐"。《逸周书·太子晋解》载有春秋时晋国乐师师旷相太子晋说过的一句话："汝声清汗，汝色赤白。火色不寿。"① 《史记·赵世家》和《韩诗外传》卷九记载，春秋时著名相士姑布子卿分别为赵简子诸子和孔子相过面。以上所举相人事例均是以人的相貌、外形或气色、声音推测人的禀性、命运，属于相术的范围。另外，《国语·郑语》记载，周幽王时太史史伯曾批评幽王"恶角犀丰盈，而近顽童穷固"。此处韦昭注云："角犀，谓颜角有伏犀。丰盈，谓颊辅丰满。皆贤明之相。"② 由"角犀丰盈"在当时已成为贤明者的代名词来看，至少在西周末年，由形貌观人的相术已经比较常见。虽然《荀子》之《非相》篇再三宣称当时被世俗称道的"相人之形状颜色而知其吉凶妖祥"的相术为"古之人无有"、"学者不道"，由此看来似乎相术到荀子生活的战国时期才流行于世，但上述众多文献记载已经否认了这一点。清代学者王先谦曾对荀子此言有所解释："荀子以为无有者，世俗所称，学者不道，故虽有，直以为无有耳。因当时崇尚，儒者惑焉，故极论之。"③ 王氏之语可谓有见地。或者荀子所谓"古"乃指较远的古代，不包括春秋近世。总之，相人术至春秋战国时期已经产生并逐渐流行开来，这是没有疑义的。

《国语》中的观人方法虽包含着相术，但又远远超出了"术"的层面。如本节第一部分所论，书中人物主要是通过言语、举止、动作、行

---

① 黄怀信、张懋镕、田旭东撰，黄怀信修订，李学勤审定：《逸周书汇校集注》（修订本），上海古籍出版社 2007 年版，第 1031 页。

② 《国语集解》，第 470 页。

③ 《荀子集解》，第 72 页。

为、作风等外部表现来观人，甚至把被观者的出身、经历、处境、地位等
情况以及一些相关的知识经验都纳入了观人的依据之中，根据相貌、外
形、气色、声音等生理特征和先天因素观人的现象则较为少见，仅有叔向
之母相叔鱼和杨食我、董褐观吴王面色、王孙说观叔孙侨如头面形状等寥
寥数例。《国语》中人物即便是通过形貌特征观人，也较有现实依据，而
且往往是将形貌特征与言语、行为等结合起来做出推测和判断。书中个别
记叙还反映了以形貌观人的谬误之处。如《晋语九》有这样一段叙述：

> 智宣子将以瑶为后，智果曰："不如宵也。"宣子曰："宵也很。"
> 对曰："宵之很在面，瑶之很在心。心很败国，面很不害。……若果
> 立瑶也，智宗必灭。"

智宣子以貌取人，认为智宵有乖戾凶暴之相，因此不看好这个儿子，但其
族人智果却认为面相说明不了什么问题，关键是看人的内心如何。《晋语
五》中，宁嬴对阳处父"见其貌而欲之，闻其言而恶之"，说明他也在一
定程度上认识到不能以貌取人。春秋战国时期，相术已经比较常见和深入
人心，《国语》作为成书于这一时期且主要记叙春秋史事的一部著作，其
中所见的观人途径和手段能够超出"术"的层面，体现出较强的理性和
科学性，这反映了先秦时期某些哲人对相人术的"形式上的反拨和质的
超越"[1]，是《国语》观人记述的进步意义所在。

　　当然，由于时代和认识水平的局限以及某些观人者思想的偏激、考虑
的不周等原因，《国语》中的观人方法也难免有不足之处。姑且不论其中
以形貌、占卜或其他神秘预兆观人的个别事情流于荒诞臆测，就是书中津
津乐道的将人物的外部表现或形貌特征是否合乎或体现礼、义、德、仁之
类东西作为给人物定性的标准或预测人物命运的出发点的做法也失之简单
片面。书中更有一些观人者的预测之言明显地依据不足，或迂腐附会，给
人以机械武断甚至强词夺理之感。如《晋语八》所记医和以疾病观人
之事：

---

① 王凤霞：《儒道两家对相人术的超越及其文学表现》，《齐鲁学刊》2003 年第 3 期，第
105—107 页。

　　平公有疾，秦景公使医和视之，出曰："不可为也。是谓远男而近女，惑以生蛊；非鬼非食，惑以丧志。良臣不生，天命不佑，若君不死，必失诸侯。"赵文子闻之曰："武从二三子以佐君为诸侯盟主，于今八年矣，内无苛慝，诸侯不二，子胡曰'良臣不生，天命不佑'？"对曰："自今之谓。和闻之曰：'直不辅曲，明不规闇，榣木不生危，松柏不生埤。'吾子不能谏惑，使至于生疾，又不自退而宠其政，八年之谓多矣，何以能久？"……文子曰："君其几何？"对曰："若诸侯服，不过三年，不服，不过十年。过是，晋之殃也。"是岁也，赵文子卒，诸侯叛晋，十年，平公薨。

晋平公因惑于女色而生"蛊"疾，此病是无法治愈的，医和由此预言晋侯命不能长，或者将因荒淫无道而导致诸侯背叛，并认为诸侯越是服从晋国，晋国越是没有外患，晋侯寿命就会越短——因为无外患困扰晋侯则荒淫益甚，病情也会愈加深重，这些看法都是有道理的，但他所谓的"三年"、"十年"之寿数则未免言之太实，令人生疑。医和还预言"良臣不生"，其根据无非"良臣"赵文子身为当政者而未能尽到规谏国君之职，以及几句所指不明的格言、谚语一类的话，这更使人难以信服。虽然医和观人的本领相当高超，但他的言论却不无罅漏。又如《周语中》叙及，单襄公预言郤至死到临头，还说周大夫王叔陈生"未能违难"，因为王叔陈生对郤至赞誉有加，而《太誓》有言曰"民之所欲，天必从之"——"王叔欲郤至，能勿从乎"？《周语下》叙及，彪傒称苌弘、刘文公将不得善终，因为二人"欲支天之所坏"，而周《诗》有言："天之所支，不可坏也。其所坏，亦不可支也。"单襄公和彪傒用如此方法断言王叔陈生和苌弘、刘文公将有祸难，实在令人难以置信（尽管在作者笔下他们的预言都应验了）。值得注意的是，《国语·郑语》中史伯预言周将衰败，失去民心的幽王将亡，《左传·襄公三十一年》中叔孙豹预言"作楚宫"的鲁襄公"若不复适楚，必死是宫"，《左传·昭公元年》中郑人子羽预言"兆忧"的齐国子、陈子招、卫齐子三人"忧必及之"，都不约而同地引用了《太誓》中的"民之所欲，天必从之"这句话为据，我们从中可以进一步认识到《国语》中观人方法的某种机械、主观、不足之处。在《国语》中，当观人者的方式方法和推理过程明显经不住推敲，而被观者后来的结局和先前的预言又高度一致时，不妨将观人者预言的应验理解为一种巧合，或者某些人的增饰和附会，或者作者宣扬道德伦理观念的需要。

三　《国语》观人记述的文学功能

《国语》观人记述不但具有不可忽视的思想意义和认识价值，就整部作品的文学性而言也有着不可替代的重要功能，这主要表现为以下三个方面：

（一）借一人之口刻画两方人物

《国语》中有大量的观人者言论。作者通过对观人者言论的记叙，不但能够刻画出观人者的形象，还把被观者的形象也展现在读者面前，笔墨经济而效果良好。如《周语中》中王孙说观叔孙侨如的言论、《鲁语上》中展禽观夏父弗忌的言论、《晋语五》中宁嬴观阳处父的言论、《晋语八》中秦后子观赵文子的言论、《楚语下》中斗且观子常的言论，都较为鲜明地表现了两方人物的形象，不同的观人者和不同的被观者的面目各具特色。就观人者而言，王孙说的目光锐利、展禽的料事如神、宁嬴的反应迅速、秦后子的感觉敏锐、斗且的高瞻远瞩均令人难忘；就被观者而言，叔孙侨如的心怀鬼胎、夏父弗忌的违礼犯道、阳处父的表里不一、赵文子的暮气沉沉、子常的贪财好利也都给人留下比较深刻的印象。《国语》中还有一个观人者多次观人和一次观多人、观人中套观人的情况，其表达效果就更好了。如《周语中》和《周语下》中连续记录了单襄公的三次观人：一是观郤至，二是观晋厉公和三郤（郤锜、郤犨、郤至），三是观孙周。文中通过单襄公三次观人（其中一次连观四人）的不同言论，突出地表现了单襄公的智者形象，单襄公第二次观人的言论还用较少的笔墨勾画出一连串人物形象。《鲁语上》中子叔声伯与鲍国就子叔声伯不受郤犨（苦成叔）之邑一事而展开的对话，可称观人中套观人：

> 归，鲍国谓之曰："子何辞苦成叔之邑？欲信让耶，抑知其不可乎？"对曰："吾闻之，不厚其栋，不能任重。重莫如国，栋莫如德。夫苦成叔家欲任两国而无大德，其不存也，亡无日矣！譬之如疾，余恐易焉。苦成氏有三亡：少德而多宠，位下而欲上政，无大功而欲大禄，皆怨府也。其君骄而多私，胜敌而归，必立新家。立新家，不因民不能去旧。因民，非多怨民无所始。为怨三府，可谓多矣。其身之

不能定，焉能予人之邑？"鲍国曰："我信不若子，若鲍氏有衅，吾不图矣。今子图远以让邑，必常立矣。"

子叔声伯预测郤犫命运的言论已经表现出一个富于政治经验、极具先见之明的观人者形象，而听子叔声伯观人之语而预言其"必常立"的鲍国作为一位后起的观人者，似乎青出于蓝而胜于蓝，相形之下，郤犫的形象则更为风雨飘摇。《国语》中还有多个观人者同观一人的情况，读来也饶有意趣。如《鲁语下》中的叔孙穆子（叔孙豹）、罕虎（子皮）、公孙归生（子家）观公子围（即后来的楚灵王）之事：

> 虢之会，楚公子围二人执戈先焉。蔡公孙归生与郑罕虎见叔孙穆子，穆子曰："楚公子甚美，不大夫矣，抑君也。"郑子皮曰："有执戈之前，吾惑之。"蔡子家曰："楚，大国也。公子围，其令尹也。有执戈之前，不亦可乎？"穆子曰："不然。……今大夫而设诸侯之服，有其心矣。若无其心，而敢设服以见诸侯之大夫乎？将不入矣。夫服，心之文也。如龟焉，灼其中，必文于外。若楚公子不为君，必死，不何诸侯矣。"公子围反，杀郏敖而代之。

叔孙穆子、罕虎和公孙归生因见公子围的服饰仪仗而凑在一起评判其人，叔孙穆子敢言能言，切中要害，而罕虎称"惑"，公孙归生称"可"，一"惑"一"可"之间，颇有耐人寻味之处。三人声口各异，相映成趣，而随着三个人的你一言我一语，公子围的形象也逐渐清晰起来。

（二）直指人物内心的白描手法的运用

《国语》写人多处运用了白描手法，而且受观人记述的影响，往往是站在观人者的角度或借观人者之口对人物形象进行勾勒，这比一般的人物白描更为简约，更能揭示人物的性格和内心世界。如《周语下》叙及，柯陵之会中，"单襄公见晋厉公，（晋厉公）视远步高；晋郤锜见单子，其语犯；郤犫见，其语迂；郤至见，其语伐；齐国佐见，其语尽"。从下文看，对上述五个被观者的描写实是来自观人者单襄公的眼睛，五个被观者的这些表现是善于识人的单襄公特别注意的地方。文中通过一连串白描，一笔画一人，笔墨极其简洁而含义极其丰厚，我们从后面单襄公的言论中可以很好地体会到这一点：

夫君子目以定体，足以从之，是以观其容而知其心矣。目以处义，足以步目，今晋侯视远而足高，目不在体，而足不步目，其心必异矣。目体不相从，何以能久？夫合诸侯，民之大事也，于是乎观存亡。故国将无咎，其君在会，步言视听，必皆无谪，则可以知德矣。视远日绝其义，足高日弃其德，言爽日反其信，听淫日离其名。目以处义，足以践德，口以庇信，耳以听名者也，故不可不慎也。偏丧有咎，既丧则国从之。晋侯爽二，吾是以云。夫郤氏，晋之宠人也，三卿而五大夫，可以戒惧矣。高位实疾颠，厚味实腊毒。今郤伯之语犯，叔迁，季伐①。犯则陵人，迁则诬人，伐则掩人。有是宠也，而益之以三怨，其谁能忍之！虽齐国子亦将与焉。立于淫乱之国，而好尽言，以招人过，怨之本也。唯善人能受尽言，齐其有乎？

单襄公就"视远"、"足高"、"语犯"、"语迁"、"语伐"、"尽言"特别是"视远"、"足高"四字生发出这样的长篇大论，使读者在佩服其从政经验和推理能力的同时，也深刻地领会到前面叙述文字中的人物白描所指向的人物性情和命运，更能进一步体会到这类人物白描手法的优长。再如《晋语二》叙及，晋献公卒，国内大乱，秦穆公欲为晋国建立新君，故使公子絷吊公子重耳于狄，重耳出见使者，"再拜不稽首，起而哭，退而不私"；公子絷复吊公子夷吾于梁，夷吾出见使者，"再拜稽首，起而不哭"，退而私访于公子絷。重耳和夷吾的举止行为实是出自观人者公子絷的眼睛，不同的举止行为昭示着不同的为人。文中通过白描中的对比，使人物形象愈发鲜明。其他如"吕甥、郤芮相晋侯不敬，晋侯执玉卑，拜不稽首"（《周语上》），秦军"免胄而下，超乘者三百乘"（《周语中》），赵文子因闻秦后子"国无道而年谷和熟，鲜不五稔"之言而"视日曰'朝夕不相及，谁能俟五'"（《晋语八》）等描写，以及赵衰眼中"行年五十矣，守学弥惇"的郤縠（《晋语四》），斗且口中"问蓄聚积实，如饿豺狼焉"的子常（《楚语下》），都体现出观人记述对《国语》写人艺术的深刻影响，是直指人物内心乃至人物发展趋向的白描手法的较好运用。

_____

① 郤伯即郤锜，"叔"指郤犨，"季"指郤至。

（三）赋予人物形象以深厚精警的意蕴

《国语》中的观人言论，往往能将关乎生死、耸动人心的天人之道融于人物描写之中，从而赋予人物形象以深厚精警的意蕴，使之得到深化和升华。此类观人言论还能进一步将《国语》中分散于各处的关于某人事迹的记叙粘附于一个天道人伦的核心之上，增强人物形象的完整性和鲜明性。如《周语上》所叙王子颓之事：王子颓宴请边伯、石速、蒍国三大夫（之前此三人逐出周惠王而立子颓），"乐及遍儛"，郑厉公认为王子颓"临祸忘忧，是谓乐祸，祸必及之"，乃与虢叔纳惠王于王城，王子颓及三大夫皆被杀。文中郑厉公的观人言论，使王子颓成为不可"乐祸"的人生经验的象征。再如《晋语九》所叙智襄子（智伯）为室之事：

> 智襄子为室美，士茁夕焉，智伯曰："室美夫！"对曰："美则美矣，抑臣亦有惧也。"智伯曰："何惧？"对曰："臣以秉笔事君。《志》有之曰：'高山峻原，不生草木。松柏之地，其土不肥。'今土木胜，臣惧其不安人也。"室成三年而智氏亡。

士茁的言论也可以说是他对智襄子命运的预测。文中的智襄子形象俨然就是士茁所谓"高山峻原，不生草木"，"松柏之地，其土不肥"和"土木胜"，"不安人"的天人之道的象征，具有很强的概括力。又如《晋语三》中，郭偃评论"不谋而谏"的冀芮（郤芮）和"不图而杀"的晋惠公并预言二人的命运说："不谋而谏，不忠。不图而杀，不祥。不忠，受君之罚。不祥，罹天之祸。受君之罚，死戮。罹天之祸，无后。"冀芮和晋惠公的事迹散见于《国语》的多则小故事中，郭偃的上述言论可以在客观上将二人的事迹分别用一条天道人伦的主线贯穿起来，使读者获得对这两个人物的更为完整、更为深刻的认识。

如上所述，《国语》观人记述的文学功能主要表现为对《国语》写人艺术的影响。当然，《国语》观人记述的文学功能还可以举出很多，但由于这些功能往往也是《国语》中其他部分所具有的，为了突出《国语》观人记述的独特性，这里就不一一论列了。

结语

与同样以记录春秋史事为主的同时期的另外一部重要历史著作《左

传》相比,《国语》观人记述在数量上虽然比不上《左传》,但在对当时观人者言论的忠实记录、对当时观人方法的细致深入的反映以及观人言论的周密严谨性等方面却大大超过了《左传》,具有较高的思想、文化和文献价值。《国语》观人记述还为全书增光添色不少。清代学者朱彝尊曾在其《经义考》中引述宋人戴仔的评语说:"吾读《国语》之书,盖知此编之中,一话一言皆文、武之道也。而其辞宏深雅奥,读之味犹隽永。然则不独其书不可訾,其文辞亦未易贬也。"① 确如朱氏所言,《国语》虽曾遭到不少人的批评,被指为思想错误、文辞烦冗等,但书中也多有思精辞妙处,而这些颇值称道之处又不能不说是得益于观人记述良多。《国语》观人记述也为后世提供了可资借鉴的艺术经验。秦汉以后历史散文和小说作品中人物形貌描写的相术寓意、人物形貌描绘用词相人术语化的倾向、借用命相判词作为结构纲目的叙事方式等,实际上在《国语》等先秦历史散文中已肇其端。由上可见,充分认识《国语》观人记述的开拓性、独特性及其多方面的价值,具有重要的文化和学术意义。

第四节　时代风俗与《史记》中的父母形象

《史记》作为一部史传文学名著,成功地刻画了上至帝王将相下至升斗小民的广泛而众多的人物形象,前贤时哲已经论之甚多,兹不赘述。如果从家庭关系的角度着眼,《史记》所描写和刻画的各种人物,很多都在家庭内部担当着父亲或母亲的角色,他们在书中常常是以父亲或母亲的形象出现的,这类形象虽然不是作者所着力刻画的,但却有着很高的审美价值。《史记》中的父母,与后世文学作品中的父母之间有共通之处,但又存在很大差异,甚至在前者身上还有许多在今天看来是奇怪的、不可思议的地方。《史记》中的父母形象虽然面目各异,众多不一,但又表现出与时代风俗密切相关的鲜明共性,而且他们的性格特点和言行举止对文章的情节开展和结构布局等都具有重要意义。鉴于《史记》中的父母形象一直未受学界关注,笔者不揣浅陋,拟对《史记》中的这类人物形象作一初步探析。

在现实世界中,父母这种角色的活动主要是在家庭日常生活,特别是

---

① （清）朱彝尊:《经义考》卷209,中华书局《四部备要》本。

一些相关的风俗习尚中进行的；在文学创作中，父母形象也主要是在对家庭日常生活，特别是一些相关的风俗习尚的叙述和描写中塑造的。因此可以说，如果没有家庭日常生活，特别是如果没有相关的风俗习尚，就形成不了现实世界中的父母角色，也就产生不了文学作品中的父母形象。所以，《史记》中父母形象的刻画及其鲜明共性的出现，与先秦至汉代的风俗之间存在着密不可分的关系。以下就从三个方面来论述《史记》中父母形象的共同特点与其文学表现效果，以及这些共同特点的形成与时代风俗之间的关系。

一　预言家

《史记》中的父母喜欢为子女①作预言，预测子女将要做出的举动、行事成败、前途命运等，而且言无不中，言必应验。与一般方术之士的预言相比，《史记》中人父人母对子女的预言较少神秘色彩，他们的预言往往是建立在对子女的全面深透的了解，加之丰富的生活经验以及政治、军事、斗争经验的基础上。

《史记》中的父母，对自己子女的性情、才干、为人、优缺点等有着很深的了解，并能在此基础上为子女作出准确度极高的预言。如《楚世家》中伍奢对其子的预言：楚平王听信太子少傅费无忌的谗言而囚禁太子太傅伍奢，打算害死他，并想设法将伍奢的两个儿了（伍尚和伍子胥）也召来杀死，以斩草除根，于是派使者对伍奢说："能致二子则生，不能将死。"伍奢回答说："尚至，胥不至。"楚王问其缘故，伍奢说："尚之为人，廉，死节，慈孝而仁，闻召而免父，必至，不顾其死。胥之为人，智而好谋，勇而矜功，知来必死，必不来。然为楚国忧者必此子。"② 这里，伍奢的预言就是建立在对二子日久天长的观察和了解的基础上。他预言二子接到楚王召命之后的不同反应，说得非常明白肯定，一句"尚至，胥不至"，短短五个字，字字斩钉截铁，不容人产生丝毫的怀疑。事实也正是如此。伍尚闻命即至，伍子胥却不肯乖乖钻进楚王设好的圈套，并对楚王派来的使者弓矢伺候，将使者赶走，然后出奔吴国，而伍奢听到这件

---

① 因为《史记》的传主绝大部分为男性，所以在全书中几乎见不到父母对女儿的预言。为方便叙述，本节在涉及父母预言的对象时，仍使用"子女"一词。

② 《史记·伍子胥列传》亦载此事，但对伍奢预言的记叙比较简略。

事后，又预言说："胥亡，楚国危哉！"伍奢有关伍子胥对楚国不利的预言也变成了现实。此后十余年，不忘家仇的伍子胥佐助吴王阖闾大败楚国，楚平王之子昭王出奔，吴兵入郢，掘楚平王之墓而鞭辱其尸，再一次证明了伍奢预言的准确性。又如《越王句践世家》中陶朱公范蠡对其子的预言：陶朱公的中子杀了人，被囚禁于楚国，陶朱公打算派其少子载黄金千镒前去探视并设法营救，但他的长子觉得自己理应担此重任，否则将无颜存活于世，于是他便以死相胁，迫使父亲同意自己前往。长子到楚国后，却因为吝惜钱财做出了蠢事，得罪了本可以救弟弟性命的庄生，"竟持其弟丧归"。文中说：

> 至，其母及邑人尽哀之，唯朱公独笑，曰："吾固知必杀其弟也！彼非不爱其弟，顾有所不能忍者也。是少与我俱，见苦，为生难，故重弃财。至如少弟者，生而见我富，乘坚驱良逐狡兔，岂知财所从来，故轻弃之，非所惜吝。前日吾所为欲遣少子，固为其能弃财故也。而长者不能，故卒以杀其弟，事之理也，无足悲者。吾日夜固以望其丧之来也。"

陶朱公的这番话可以说是事后才道出的预言。他深知，长子和少子各自成长的环境和条件有着劣优之别，所以二人的性格也有着吝奢之别，因此他们适合去做不同的事情。在营救中子这件事上，需要有一掷千金的气量，而这样的事情只能让少子去做，他虽然不得已让长子去做了，但这位长子只会败事而不能成事，这点陶朱公早已预料到了。他在家中静静地等待着自己那垂头丧气的长子和身首异处的中子的归来，宛如一个在冥冥中洞见生民命运的神灵。在家人及周围人们的哀哭和悲叹中，陶朱公的独异之笑越发引人深思，陶朱公的超准预言越发掷地有声，陶朱公的先见之明越发光彩夺目。

《史记》中的父母之所以能够成功地预言子女的将来，除了得益于他们对子女的高度了解之外，还与他们深广的人生阅历和丰富的知识经验有关。如《周本纪》中密康公母的预言：密康公在随从周王出游的途中忽有"三女犇之"的艳遇，他的母亲却觉得这不是福反是祸。她从物满则损的日常生活经验出发，认为儿子身为一个小国的国君，德浅才微，不堪消受连周天子都受之太过的三个美女，所以不如索性把她们献给周天子，否则将会给自己招来亡国之祸。但是，一心贪色的康公执意不肯将美女献上，一年后密国果然被周共王灭掉，证明了密康公母亲预言的灵验。又如《廉颇蔺相如列传》中赵括父母的预言：赵括自少时学兵法，谈起兵事来连他的父亲名将赵奢都难不住他，赵括自以为天下无敌，但赵奢却大不以其子为然，赵括的母亲询问其中缘故，赵奢说："兵，死地也，而括易言之。使赵不将括即已，若必将之，破赵军者必括也。"赵奢死后，赵王误中秦国的反间之计，任命赵括代廉颇为将，赵括之母向赵王上书说："括不可使将。"赵王问其原由，赵括之母回答说：当年赵括父亲为将之时，实在是大公无私，甚至到了假私济公的地步，对军吏士大夫极尽礼遇厚待之能事；然而赵括一旦为将，却高高在上得让下属不敢仰视，而且开始热心于求田问舍之事，丝毫不想着施惠于人。赵括与赵奢虽为父子，然而其心大异，对赵括不如不用的好。但赵王不听，只管派赵括带兵对抗秦军，结果赵括真的给赵国带来了极其惨重的损失和莫大的凶险，而他的母亲幸亏有请求若赵括兵败自己不随坐之言在先，才没有受到连累。在这里，赵括的父亲和母亲不但明晓其子为纸上谈兵，有名无实，而且有着丰富深刻的有关军国之事的经验和认识，所以他们敢为自己的儿子作预言，他们的预言也都应验了。其他如《秦本纪》中百里傒、蹇叔对他们的儿子出兵必败的预言，《鲁周公世家》中周公对其子孙后代及鲁国之命运的预言，也都是建立在各自高人一筹的治军、从政等经验的基础上。

　　《史记》中的父母常常在某些场合以预言家的面目出现，跟先秦至汉代盛行的一种信仰风俗——预知信仰（包括对预兆、预言和占卜术的信仰）有密切关系①。据学者研究，在古人的信仰中，凡属可见可闻的一切现象，几乎都能成为未来某种事件的预言或预兆，他们以万分认真的态度对待预言和预兆，很多人都对预言和预兆的灵验性深信不疑，不少重大的历史事件都或多或少地与当时君臣庶民的预言预兆信仰有关；当然，绝大部分预言、预兆的"应验"，都是由这种或那种人为因素造成的："人们之所以声称某一预言或预兆'应验'了，往往不是为了一己私利而故意欺骗世人，就是不明真正的原因而误以为应验。"② 由于预知信仰的流行，古人格外关注自然界和人类社会中出现的在他们看来属于预兆、预言的东

---

① 关于预知信仰在先秦至汉代的流行情况，在本章第一节有简要介绍。
② 芮传明：《古代预言、预兆"应验"原因探讨》，《史林》1994年第1期，第1—7页。

西，也喜欢发表和传播预言。他们的预言，有些是荒诞不经的，或带有浓厚的神秘色彩，有些则有较充分的根据和一定的合理性。从预知信仰的发展过程来看，先秦直至汉代，预知信仰呈现出一个总的趋势，就是理性的人文主义因素逐渐增强，人们越来越注重从人本身来预占人的吉凶，特别是从人的言行举止、人的社会性的一面来探求吉凶，推断祸福①。以上是关于先秦以来预知信仰的一些不得不说的情况，下面可以回到《史记》上来了。就先秦直至汉代的人父人母而言，他们由于对子女了解比较多，又受到当时盛行的预言预兆信仰的影响，所以很喜欢通过种种方式预测子女的未来，包括亲自为子女作预言，而且他们的预言较之一般的预言更为合情合理，这是导致《史记》中的父母常以预言家面目出现的一个方面的原因。另一方面，先秦直至汉代预言信仰的盛行使人们特别留意耳边的预言，也使得《史记》的作者在此种心理的影响下记录了相当多的预言以及预言的最终应验，于是，从预言的发布到预言的应验成为《史记》，也是当时所有历史散文中的一种惯常的叙事模式，这其中自然也包括人父人母预言的发布和应验；这样，作者的心思和笔法使《史记》中父母的预言家面目更加清晰。

翻读《史记》，读者也许会产生这样一个疑问：《史记》中的父母虽然能为子女做出那么准确的预言，但他们却常常一边高唱着自己的预言，一边眼睁睁地看着子女陷入困境，遭受厄运而无动于衷，不加干涉，天下难道有这样的父母吗？推测起来，其中的一个原因是某些子女固执己见，冥顽不化，难以调教，或者遭遇了不可抗拒的外力。还有更重要的一个原因，就是前面所说的《史记》在预知信仰的影响下而形成的那种叙事模式：因为《史记》的作者要遵循从预言到应验的叙事模式，所以他写预言就一定要再写到此预言日后的应验，以使文章前后照应，布局严谨。因此，作者在行文过程中只注意交代人父人母预言的出口及其如何应验，至于他们怎样管教劝导子女，则不是作者记叙的重点。这样一来，《史记》中的父母就进一步被塑造成了一群只管发布其高明预言而不想方设法为子女防患于未然的冷眼旁观者。

---

① 易玄：《谶纬神学与古代社会预言》，巴蜀书社1999年版，第22—25页。

二　权威者

《史记》中的父母，特别是父亲，他们的心愿和意志在其子女的心目中占有极其重大的分量。在很多子女看来，不管父母本人是德高望重，还是口碑不好，不管父母对自己是慈爱有加，还是冷酷无情，他们的意志都是难以违逆，也是不可违逆的。为了父母的意志，子女们可以吃苦受累，可以勉为其难，可以忍辱含冤，可以窜身荒野，可以牺牲自我，甚至不惜放弃自己的生命。对这些子女来说，父母的意志是那样地神圣不可侵犯，不但在父母生前不可伤害，即便在父母死后也要遵从无违。在《史记》中，父母的权威对于子女的前途和命运有着相当大的影响，这可以从正、负两个方面加以分析。

从正面影响来说，父母的权威督促子女奋发有为，立业成名。如《夏本纪》对大禹治水之事的叙写，从其中的有关记述来看，夏的始祖禹之所以能够劳身焦思，自奉微薄，孳孳于治水之事，以至于"居外十三年，过家门不敢入"，最终能为民法则，得践天子之位，一个很重要的原因是他"伤先人父鲧功之不成受诛"，这其中就包含着继承其父遗留之志向，完成其父未竟之事业，遵从其父之权威，致孝于其父之鬼神的意思。如果联系《山海经·海内经》中"鲧复（腹）生禹"的神话传说，更可以看出这层意思。再如《吴太伯世家》对夫差报越之事的叙写：吴越相攻，越军败吴师于姑苏，吴王阖庐身负重伤而死，死前派人立太子夫差为王，并以"尔而忘句践杀汝父乎"问夫差，夫差则以"不敢"作答①。

这里阖闾的问话很简短，但是极有分量，充满着一个父亲，也是一位君王的沉甸甸的威权，而夫差以"不敢"二字作答，更映衬出其父意志的不可违背。阖闾死后，他的权威性并未减弱，夫差奉守其遗命，"常以报越为志"，并曾一度大败越国，甚至迫使越王勾践不得不"请委国为臣妾"，不但为亡父报了姑苏之仇，还使得本国声威大震。又如《万石张叔列传》对石奋教子之事的叙写：万石君石奋为人恭谨无比，并以身作则，努力将子孙后代教育培养成谨慎恭顺之人。当子孙有过失时，石奋对他们一不是苦口婆心的劝导，二不是责骂笞打严加惩罚，而仅仅是"为便坐，对案不食"。他虽然不言不动，但比起言而且动来更有权威，不由儿孙不

---

①　《史记·伍子胥列传》亦载此事。

恐慌。于是一人有错，不但他本人要肉袒请罪，而且整个宗族中的晚辈都要晾出他们那受之父母不敢轻易暴露在外的肌体，就连家族中特别有地位的长子也要肉袒，还需要请出年老资深的长辈进行说和，以求得这位权威者的宽恕。在石奋的权威和教导下，儿孙们也像他一样地恭谨，恭谨到闲居见他之时也不敢脱下冠帽，恭谨到"入里门，趋至家"，如在君父之前，甚至到了谨小慎微，如同契诃夫笔下死于一个喷嚏的小公务员那样令人发笑的地步。也正是因为这"驯行孝谨"，石奋的儿孙们很多都获得了高官厚禄显爵，他与自己的四个儿子曾经创造过一门"万石"的辉煌，连汉景帝都对他们一家发出过"人臣尊宠乃集其门"的感叹。

　　就负面影响而论，父母的权威也严重地束缚了子女的手脚和心灵，甚至使他们无谓地献出了生命。如《卫康叔世家》对卫太子伋之死的叙写：卫宣公曾经强夺太子伋的未入室之妻，本来就对太子心存忌恶，后来又听到妻儿对太子的一些谗言谤语，于是宣公一怒之下打算铲除太子，"乃使太子伋于齐而令盗遮界上杀之，与太子白旄，而告界盗见持白旄者杀之"。太子伋的异母弟寿知晓内情，劝太子伋不要动身，但太子伋说："逆父命求生，不可。"弟寿见无法劝止太子，就偷了他的白旄，假冒太子而抢先一步来到边界上，被在此等候的大盗杀死。弟寿被杀之后，太子伋也赶到了，他竟对界盗说："所当杀乃我也。"结果界盗连太子伋也一并杀死了，然后向卫宣公复命。《晋世家》中对晋太子申生之死的叙写与此相似：太子申生遭到其父晋献公宠妃骊姬的陷害，背上了弑君杀父的罪名，被迫出逃。有人劝他向献公辩明此事，但申生说："吾君老矣，非骊姬，寝不安，食不甘。即辞之，君且怒之。不可。"他觉得自己恶名在身，终究是走投无路，最后自杀了之。卫太子伋和晋太子申生"俱恶伤父之志"①，自甘丧命于父亲的权威，尽管他们的父亲都是那样的昏庸荒淫。他们的仁孝之心令人嘉赏，他们的结局又使人悲惜。或许有人要说，置伋和申生于死地的，应该是他们的"君父"的威权，特别是君权。但从二人的有关言辞来看，在他们的内心深处所尊重和服从的，更多的是父权。

　　《史记》中的父母往往被塑造成一个权威者，也跟当时的一种风俗习尚密切相关，这就是先秦特别是周汉时期提倡孝道的风尚。当时的儒家经

---

　　① 见《史记·卫康叔世家》"太史公曰"。

典以及整个社会舆论都提倡和鼓励人们尊敬、孝顺父母，在家庭教育上特别注重儿女孝心的培养①。如《孝经·圣治》说："天地之性，人为贵。人之行，莫大于孝。"②这里几乎将"孝"看作人类最美好的和天地之间最宝贵的东西。《诗经·小雅·蓼莪》也倡言，父母对儿女来说，是"欲报之德，昊天罔极"，言外之意，儿女对父母的孝敬理应是没有止境的。在当时的也是中国古代相当长时期的人们看来，理想的子女应当一切以父母的意志为依归，在父子关系上尤应如此，"儿子须向父亲提供各种服务：绝对服从和尊敬，竭尽全力地伺奉生前和死后的父亲……理想的儿子应当对父亲提出的不管多么荒唐的要求都必须答应，父亲的每一个愿望都是他的命令"，为了履行这些应尽的义务，儿子"常常自愿经受折磨和死亡"③。至于母亲，由于"中国人在孝的实践中，已经将父母等同对待了，更何况中国传统社会中的家庭是母亲的天地"④，所以她们对子女也拥有相当强的权威。中国古代的家庭和宗族内部本来就强调等级和家长权威，孝道的普及更加重了父母之意志和权威的分量，这是《史记》中的父母往往给人以权威者印象的一个方面的原因。另一方面，权威型父母形象的塑造，也与《史记》作者司马迁在孝道大行的环境和时俗影响下形成的心理和思想有关。司马迁本人就是一个孝悌之道的提倡和践行者，虽然他不大赞同愚孝。但从有关资料来看，司马迁撰写《史记》，一个很重要的动机就是尽孝。据《史记·太史公自序》，《史记》一书乃司马迁奉其父司马谈临终遗命而著。司马谈希望司马迁能继承自己的修史遗志，完成《史记》的撰述，"扬名于后世，以显父母，此孝之大者"。司马迁"俯首流涕"接受了父亲交给的任务，决心"悉论先人所次旧闻，弗敢阙"。尽管他后来遭遇大祸，但并未因此终止《史记》的写作。促使司马迁著书不懈的，固然有"述往事，思来者"之类动因，而实现父亲之意愿、告慰父亲之亡灵的孝心也是一个极大的动因。因为司马迁赞同孝道，提倡孝

①　陈高华、徐吉军主编，陈绍棣著：《中国风俗通史·两周卷》，上海文艺出版社2003年版，第306—308页。

②　（唐）李隆基注，（宋）邢昺疏：《孝经注疏》，（清）阮元校刻《十三经注疏》，中华书局1980年影印本，第2553页。

③　许烺光：《宗族·种姓·俱乐部》，薛刚译，华夏出版社1990年版，第58—59页。

④　翟学伟：《中国社会中的日常权威：关系与权力的历史社会学研究》，社会科学文献出版社2004年版，第101页。

道，所以他在写作《史记》时，自然就采择和记叙了很多"孝"的事迹，而"孝"的一个主要表现就是尽可能地尊奉和服从父母的意志，这就进一步加强了《史记》中父母形象的权威性。

翻阅《史记》，也许你禁不住要佩服甚或惊叹《史记》中的父母——他们竟有那么高的使子女尊重和顺从自己的"才能"，而子女献给他们的孝心又是那样地纯真乃至天真，绝不同于后世文学作品中常常表现的那种虚假的、沽名钓誉的孝心。与仁孝的子女相比，《史记》中的父母虽然权威十足，却往往给读者以不仁不慈的印象，很多父母品行不端，对子女或者看不上眼，或者缺乏关爱，或者冷酷自私。究其原因，有以下三个：一是"严以律子女，宽以待父母"的礼俗。当时的礼制对父母与子女的约束并不是平均用力，虽然《礼记》中曾明确地提出父子关系的准则是"父慈子孝"，但除此以外就不见再有关于"父慈"的讲述，而对于"子孝"的要求却是连篇累牍，不厌其详。二是孝子多出自严厉之家的现实。先秦至汉代的人们已经有"孝子不生慈父之家"（《慎子·知忠》）、"慈母有败子"（《韩非子·显学》）、"骄子不孝"（《史记·梁孝王世家》褚先生引鄙语）等认识，对子女过于慈爱娇惯之人往往难有仁孝之子。三是《史记》作者的写作意图。司马迁有意要记录和彰显孝迹，甚至不免抑父母扬子女，与光彩四射的仁孝子女相映照，父母的形象——不论慈仁与否——自然会暗淡一些。另外，有道是"事难事之父母，方见人子之纯孝"（元许名奎《劝忍百箴·孝之忍》），"亲爱我，孝何难；亲恶我，孝方贤"（清李毓秀《弟子规》），父母愈是不仁不慈，子女的孝名愈著，也就愈易被有意表彰孝迹的司马迁写入史册——连同那些与他们形成巨大反差的父母。以上也使《史记》中父母的权威者形象缺少了一些慈仁的气息。

三　偏心之人

在多子女的家庭模式下，《史记》中的父母对待不同的子女常常会出现厚此薄彼的现象。虽然父母偏心之事自古有之，但《史记》中父母的偏心现象尤其严重。对于自己喜爱的子女，他们抱持之，呵护之，尽心尽力为其谋求好处，甚至到了不顾一切的地步；而对于自己不喜爱的子女，他们不管不问，不愿分予其土地财产，甚至不以其为人数，乃至于致之死地而后快。

《史记》中父母偏心现象的存在，是对当时有关的家庭生活风俗的反映。这大致可以归结为以下几点：

一是父亲对子女的态度以其母受宠与否为转移的风俗。就拥有众多妻妾的人父而言，他对待不同妻妾以及她们各自所生子女的态度往往有着很明显的差别，这正是所谓"其母好者其子抱"（《韩非子·备内》引俗语），"母爱者子抱"（《史记·留侯世家》四皓引语）：对于自己宠爱的妻妾——至于某位妻或妾是否受宠，又常常取决于她的姿色美恶——所生的子女，他们是爱屋及乌，宠爱有加；而对于自己不宠爱的妻妾所生的儿女，他们则是冷落有加，抱也不愿意抱。如《周本纪》写周幽王"嬖爱褒姒，褒姒生子伯服"，幽王"竟废申后及太子，以褒姒为后，伯服为太子"。作者分别将申后之子宜臼和褒姒之子伯服与他们母亲的命运连在一起叙述，可见周幽王对这两个儿子的态度完全以他们的母亲是否讨自己欢心为转移。再如《吕太后本纪》写汉高祖刘邦爱幸戚姬，戚姬"生赵隐王如意"，而"孝惠为人仁弱，高祖以为不类我，常欲废太子，立戚姬子如意，如意类我"。刘邦之所以喜爱如意远远胜过太子刘盈，如《留侯世家》中四皓所言，"赵王如意常抱居前，上曰'终不使不肖子居爱子之上'"，有二子各自"肖"与"不肖"的原因，而他们的母亲各自受宠幸与否也是一个很重要的原因。又如《五宗世家》对长沙定王刘发之事的叙述：

> 长沙定王发，发之母唐姬，故程姬侍者。景帝召程姬，程姬有所辟，不愿进，而饰侍者唐儿使夜进。上醉不知，以为程姬而幸之，遂有身。已乃觉非程姬也。及生子，因命曰发。以孝景前二年用皇子为长沙王。以其母微，无宠，故王卑湿贫国。

因为母亲出身卑微，不受父亲汉景帝宠幸，所以刘发也难以得到父亲的宠爱。尽管景帝仍然按照制度封他为王，但封得很不情愿，仅仅用一块卑湿贫瘠、又狭又小的地方打发了他，甚至连他的名字都被父皇打上了不光彩的、不受欢迎的印记。

二是父母对不同子女的态度受预兆和禁忌信仰影响的风俗。先秦两汉时期，人们格外信奉预兆和禁忌，这也影响到了他们对子女的态度：如果哪位子女有祥瑞之征，那么他（她）就会备受父母喜爱；如果哪位子女有不祥之征或者触犯了当时的生子禁忌，那么他（她）往往会招致父母的厌恶。如《国语·晋语八》记载，叔鱼的母亲因为感觉叔鱼初生时的长相不祥，所以非常厌恶他，以至于对其"不视"，即不肯亲自照看和抚养这个儿子。应劭《风俗通义》中有"不举并生三子"，"不举寤生子"，"不举父同月子"，"五月五日生子，男害父，女害母"，"不举生髭须子"等有关生子禁忌的记载（《风俗通义》佚文）①。对于犯此禁忌的子女，很多父母连将他们养大成人都不肯，更何谈"喜爱"二字。以上风俗在《史记》中也多有记叙。如《周本纪》写古公亶父因为少子季历所生之子昌（即后来的周文王）"有圣瑞"，在他看来是一个能兴国成大事之人，所以他就"欲立季历以传昌"，于是长子太伯和次子虞仲"亡如荆蛮，文身断发，以让季历"。太伯和虞仲的行为虽然是出于自愿，但他们的父亲古公对少子季历的偏爱也是很明显的，他偏心的原因就是季历之子——或者干脆从父子一体的角度说就是季历本人——的"圣瑞"。《外戚世家》写汉景帝的儿子刘彻在孕育之时，他的母亲曾经"梦日入其怀"，当时尚为太子的景帝以为"此贵征也"，由于这一吉祥征兆，再加上刘彻自身的贤能和长公主刘嫖等人的进言，景帝最终废掉原太子刘荣而立刘彻为太子。也就是说，汉景帝偏爱有祥瑞之征的刘彻。《孟尝君列传》则叙述了孟尝君田文因为生日犯忌而为其父所厌弃的事情：

> 初，田婴有子四十余人，其贱妾有子名文，文以五月五日生。婴告其母曰："勿举也。"其母窃举生之。及长，其母因兄弟而见其子文于田婴。田婴怒其母曰："吾令若去此子，而敢生之，何也？"文顿首，因曰："君所以不举五月子者，何故？"婴曰："五月子者，长与户齐，将不利其父母。"

在这里，拥有一大群子女的田婴偏偏对那于不吉之日出生的儿子田文厌恶备至，认为他将妨害自身，竟想要他的命，虽然他被母亲偷偷养大，但田婴知晓此事后非但不惊喜，反而当着他的面说出了那样伤人心的话。田婴在儿子面前毫不掩饰自己的偏心，还认为自己的心偏得有理。在作者笔下，他称得上是一个很"出色"的偏心父亲的形象。

---

① 《风俗通义校注》，第560—562页。

　　三是爱怜少子的风俗。《战国策·赵策四》中记载了左师触龙与赵威后的一段对话："太后曰：'丈夫亦爱怜其少子乎？'对曰：'甚于妇人。'太后笑曰：'妇人异甚。'"① 二人的言谈实际上道出了自先秦以来就普遍存在的一种家庭生活风俗——爱怜少子，这种现象在《史记》中也屡见不鲜。如《赵世家》写赵太后在国难当头之际的护雏行为：赵太后不肯让少子长安君到齐国做人质以换取齐国出兵解救赵国被秦人急攻的危难，并准备好了口中的唾液做武器，将随时把它啐向那些胆敢向她进谏之人。赵太后一心保护少子，全然不顾她的另一个儿子——新即位的赵孝成王是怎样的忧心如焚。她能忍受与女儿——远嫁他国的燕后的长别之思，却不想承受与少子长安君的暂离之痛。虽然她后来被触龙说服，但在她那感情的天平上，长安君依然重于其他子女。又如《梁孝王世家》写窦太后爱怜少子之事：窦太后偏爱为人"慈孝"的少子梁孝王刘武，不但对他"赏赐不可胜道"，而且"心欲以孝王为（景帝）后嗣"。结果此事未成，腹中不能撑船的景帝与骄纵的梁王反结怨怒，窦太后于是很担心梁王的安危。有一次梁王在自封国入朝时藏匿不见了，窦太后就哭着说："帝杀吾子！"后来梁王患热病而死，窦太后哭得极为哀痛，而且不思饮食，还说："帝果杀吾子！"面对母后的哭闹，"景帝哀惧，不知所为"，后来想出一个好办法，对梁孝王的子女厚加封赏，"太后乃说，为帝加一餐"。窦太后的言行活画出一个偏心母亲的形象，在她的心中，少子梁王才算得"吾子"，而长子汉景帝则成了置"吾子"于死地而后大快其心的异己力量。

　　从文学表现看，《史记》写父母的偏心对文章的情节开展具有重要意义。首先，父母的偏心往往成为一系列历史事件的起因，可以引发勾心斗角的家庭矛盾、你死我活的宫廷斗争和血腥恐怖的战乱灾祸，乃至于使国家命运发生重大转折。如《赵世家》对主父（赵武灵王）待子偏心引来祸乱的叙述：主父原先立长子章为太子，后得美人吴娃，"爱之，为不出者数岁"，吴娃生子何，主父乃废太子章而立何为王。吴娃死后，主父偏向赵王何的心逐渐向故太子章移动，怜惜他傫然失意，称臣于弟，于是打算二分赵国，为长子章也谋求一个王位。就在主父犹豫未决的时候，公子章与其相田不礼作乱，为专政于赵国的公子成与李兑所杀，主父本人也因

---

　　① 《战国策集注汇考》，第 1121 页。

窝藏公子章而被围宫中，最后饿死，"父子俱死，为天下笑"。《五宗世家》叙写了另一桩因父母偏心引起的祸事：常山宪王刘舜"有所不爱姬生长男棁，棁以母无宠故，亦不得幸于王"，"宪王雅不以长子棁为人数，及薨，又不分与财物"。宪王死后，王后、太子也不肯收恤刘棁，刘棁心怀怨恨，于是向汉使者告发王后、太子的违礼不轨行为，致使太子勃为王数月就被迁谪外地，国脉断绝。其他如《吕太后本纪》中刘邦对赵王如意的偏爱、《梁孝王世家》中窦太后对梁王刘武的偏爱，也都引发了一系列的矛盾和斗争。其次，对父母偏心之事的叙写可以增强情节的曲折性和戏剧性：父母心爱之子反而令人失望，父母不爱之子反而出人意料地贤能。如《五帝本纪》写舜父瞽叟"爱后妻子，常欲杀舜"，舜的后母和弟象也都"欲杀舜"，而舜却"顺适不失子道，兄弟孝慈"，并且"年二十以孝闻，年三十尧举之，年五十摄行天子事，年五十八尧崩，年六十一代尧践帝位"，践帝位之后还"载天子旗，往朝父瞽叟，夔夔唯谨，如子道，封弟象为诸侯"。瞽叟和后妻恨之欲其死的儿子舜反而成了大器，反而报之以大孝，读来颇有起伏跌宕之感。再如《吴太伯世家》写古公不甚看重的长子太伯为让位于弟而逃亡到荆蛮之地，"荆蛮义之，从而归之千余家，立为吴太伯"，竟成了大气候，也给人以始料不及之感。又如《赵世家》写赵简子原先看不起翟婢所生之子毋恤，甚至不把他列在诸子之数，但相人者姑布子卿却对毋恤表现得很是敬重，他预言毋恤要成为将军，是"天所授，虽贱必贵"，于是赵简子就有意对诸子进行测试，发现毋恤最为贤能，"乃废太子伯鲁，而以毋恤为太子"。《孟尝君列传》写田婴起初厌弃儿子田文，甚至怒其不死，后来却发现田文才智超群，竟将他立为太子，使他成为自己封地的继承人。作者写赵简子和田婴的偏心，也都使文章波澜迭起，趣味横生。

总之，《史记》中的父母形象虽然着墨不多，但却有着鲜明的性格特征、很深的文化意义和很高的审美价值。从其共性来看，一方面，他们有先见之明，有不怒之威，甚或带有几分神性；另一方面，他们有偏私之心，有好恶之情，甚或带有几分童真。从性格成因看，其形象特点的形成与先秦至汉代的风俗文化背景以及作者的风俗文化意识有着密切关联。从文学表现看，其言论、意志、态度、行动等产生了很强的艺术审美效果和文本结构效应。基于《史记》中父母形象的独特性与其风俗印记，本节从风俗文化的视角对《史记》父母形象做出了某些审视，庶几可以为今日的亲子关系提供某些借鉴，亦可以使《史记》中的人物画廊绽放出更多的光芒。

第五节　汉代风俗与《汉书》人物兴身起家模式

《汉书》作为一部史传散文著作，记录了西汉时期众多人物的人生际遇、宦海浮沉，其中与人物兴身起家过程有关的叙述颇有耐人寻味之处。《汉书》中的人物兴身立业、发迹起家路径虽因人而异，但也有一些共同的模式，如以智谋计策崛起、以才能术学腾达、以伐阅功劳尊显、以人情姻亲富贵等。其中有几类人物兴身起家模式具有鲜明的风俗文化色彩，而且对后世的文学作品影响很大，因而尤其值得注意。美国历史理论家海登·怀特曾说，历史讲述的"不仅是事件，而且有事件所展示的可能的关系系列"，"然而，这些关系系列不是事件本身固有的；它们只存在于对其进行思考的历史学家的大脑中"，"它们存在于被神话、寓言和民间传说及历史学家自己文化的科学知识、宗教和文学艺术概念化了的关系模式之中"[1]。《汉书》中的人物兴身起家模式就可以说是这样的存在于史家大脑中的关系系列，它们又与作者所处的时代乃至于当时的风俗习尚有着密不可分的联系。正如英国史学家 E. H. 卡尔所言："像其他单个的人一样，历史学家也是一种社会现象，他不仅是其所属社会的产物，而且也是那个社会的自觉的或不自觉的代言人；他就是以这种身份来接触过去历史的事实。"[2]《汉书》作者班固自然也是他所属社会的代言人，甚至是所属社会风俗习尚的代言人。下面就对《汉书》中特别值得注意的几类人物兴身起家模式及其与汉代风俗的关系进行初步探析。

一　由占卜看相到富贵腾达

在《汉书》中，人物于富贵或升迁之前往往有预测前程、命运的经历，此类活动或系本人有意为之，或出于无心，或由他人代行，而都在日后应验，从而与人物的发展趋向、命途运势相关联。其中有由卜筮得吉祥

---

① ［美］海登·怀特：《后现代历史叙事学》，陈永国、张万娟译，中国社会科学出版社2003年版，第185页。

② ［英］E. H. 卡尔：《历史是什么》，陈恒译，商务印书馆2007年版，第123页。

之兆的，如汉文帝刘恒赴长安即天子位前"卜之，兆得大横"，其繇词曰"大横庚庚，余为天王，夏启以光"（《文帝纪》）；陈胜、吴广举事前也曾行卜，卜者云"足下事皆成，有功"（《陈胜传》）；窦太后之弟章武侯窦广国贫贱之时大难不死，"自卜，数日当为侯"（《外戚传上》）。有由望气得不凡之相的，如汉宣帝刘询在襁褓中时因巫蛊事受牵连而被收系郡邸狱，"望气者言长安狱中有天子气"（《宣帝纪》）；钩弋赵婕妤居河间时，"望气者言此有奇女"（《外戚传上》）。有因占梦得富贵之征的，如高祖薄姬孕育文帝前梦龙据胸，刘邦以为是"贵征"（《外戚传上》）；景帝王夫人孕育武帝时也曾"梦日入其怀"，景帝（时为太子）亦以为是"贵征"（《外戚传上》）。更多的是先前曾得到某相人者进身发家之预言的，如淮南王英布"少时客相之，当刑而王"（《英布传》）；汉丞相条侯周亚夫为河内太守时，善相人者许负言其三年后当封侯，"侯八岁，为将相，持国秉，贵重矣，于人臣无二"（《周亚夫传》）；大将军长平侯卫青微贱时，有一钳徒相之曰"贵人也，官至封侯"（《卫青霍去病传》）；汉丞相天子师张禹少时，有位卜相者"奇其面貌"，以为"是儿多知，可令学经"（《张禹传》）；汉丞相翟方进少时为谋出路，曾请汝南蔡父为己看相，蔡父"大奇其形貌"，称其"有封侯骨，当以经术进"（《翟方进传》）。此外，也有一些人物的命途运程涉及多种方式的卜相活动，如文帝母薄太后既有龙据胸之梦，而且"许负相之，云当生天子"（《外戚传上》）；武帝母王皇后既有日入怀之梦，而且王皇后之母早由卜筮得知此女"当贵"（《外戚传上》）；元后王政君"历汉四世为天下母"的贵重，与元城建公"后八十年，当有贵女兴天下"的预言、政君母的"月入其怀"之梦、政君父所获此女"当大贵，不可言"的相人者之语都有关联（《元后传》）。

　　《汉书》人物由占卜看相到富贵腾达的兴身起家模式明显是受到了汉代信仰风俗的影响。两汉之人多信鬼神方术。西汉桓宽《盐铁论》之《散不足》篇云："今世俗宽于行而求于鬼，怠于礼而笃于祭，嫚亲而贵势，至妄而信日，听訑言而幸得，出实物而享虚福。"[1] 东汉王符《潜夫论》之《浮侈》篇云："《诗》刺'不绩其麻，女也婆娑。'今多不修中

---

　　① （汉）桓宽撰，王利器校注：《盐铁论校注》，中华书局1992年版，第352页。

馈，休其蚕织，而起学巫祝，鼓舞事神，以欺诬细民，荧惑百姓。"① 当时不仅神灵崇拜、鬼怪信仰盛行于世，更有名目繁多的数术方技活动，包括卜筮、相术、占梦、望气、风角、日月星占、杂占、谶纬以及种种的巫方巫术到处泛滥。两汉时期，鬼神术数不但遍布一般人生活的各个角落，而且"儒者信之者殊多"②。由文献记载看，汉代的许多儒生士大夫都不同程度地懂些鬼神术数之学，如贾谊曾因"异物来集"，"发书占之"（贾谊《鵩鸟赋》）；董仲舒"以《春秋》灾异之变推阴阳所以错行"，于江都国行"求雨"、"止雨"之事，"未尝不得所欲"（《史记·儒林列传》）；翟酺"尤善图纬、天文、历算"，还有一段在长安为"卜相工"的经历（《后汉书·翟酺列传》）。汉代统治者对鬼神方术之事的提倡更对上述社会风气起了推波助澜的作用。《后汉书·方术列传上》云："汉自武帝颇好方术，天下怀协道艺之士，莫不负策抵掌，顺风而届焉。后王莽矫用符命，及光武尤信谶言，士之赴趣时宜者，皆骋驰穿凿，争谈之也。故王梁、孙咸名应图箓，越登槐鼎之任，郑兴、贾逵以附同称显，桓谭、尹敏以乖忤沦败，自是习为内学，尚奇文，贵异数，不乏于时矣。"③ 总之，两汉之世，从宫廷市朝到穷乡僻壤无不笼罩在神秘主义的烟雾中，从鸿儒上士到白丁俗客无不或多或少地呼吸着奇文异数的空气。

对于当时流行的数术、方技之学，班固虽然有一些反对意见，对其流弊也有所认识，但大休是持肯定态度的。他曾在《汉书·艺文志》中说："蓍龟者，圣人之所用也。""杂占者，纪百事之象，候善恶之征。《易》曰：'占事知来。'""形法者，大举九州之势以立城郭室舍形，人及六畜骨法之度数、器物之形容以求其声气贵贱吉凶。犹律有长短，而各征其声，非有鬼神，数自然也。"④ 由以上言论可见，对于卜筮、望气、占梦、相人等方术，只要它们不流于牵强附会，或谬于事理，班固大致是认同的，甚至是深信不疑的。因此，《汉书》人物由占卜看相到富贵腾达的兴身起家模式，是与汉代崇信巫鬼方术的风俗以及在此影响下所形成的作者本人对数术方技活动的一定程度的认同分不开的。

---

① 《潜夫论笺校正》，第 125 页。
② 《秦汉史》，第 733 页。
③ 《后汉书》，第 2705 页。
④ 《汉书》，第 1771—1775 页。

二　由奇貌异事到发迹尊显

在《汉书》中，能够获取功名、尊宠或显要地位的人物往往在形貌上有奇异出众之处，或者早年间有某些奇闻异事，这是《汉书》中又一类颇具特色的人物兴身起家模式。

《汉书》中的人物外貌描写不多，但作者很注意交代人物形貌上的奇异出众之处。如写汉宣帝"身足下有毛，卧居数有光燿"（《宣帝纪》）；韩王信"长八尺五寸"（《韩王信传》）；陈平少时家贫而体肥，且"长大美色"（《陈平传》）；张苍"身长大，肥白如瓠"（《张苍传》）；江充服饰奇特，且"为人魁岸，容貌甚壮"，息夫躬亦"容貌壮丽"（《江充传》）；朱云"长八尺余，容貌甚壮"，说经"音动左右"（《朱云传》）；隽不疑"容貌尊严，衣冠甚伟"（《隽不疑传》）；王商"为人多质有威重，长八尺余，身体鸿大，容貌甚过绝人"（《王商传》）；陈遵"长八尺余，长头大鼻，容貌甚伟"（《游侠传》），等等。这些人物因为其特异出众的形貌，会令人另眼相看，或叹赏有加，或曳履相迎，或惊惧却退，乃至于由形貌美异而获免死罪。显然，在作者笔下，人物形体容貌的奇伟不凡在很大程度上昭示或预示着人物才能地位的出类拔萃。

《汉书》人物于发迹尊显之前又颇多奇闻异事。其中有一些事迹带有较强的神秘色彩。如汉宣帝"每买饼，所从买家辄大雠，亦以是自怪"（《宣帝纪》）；留侯张良少时受兵书于下邳圯上老父，老父言"读是则为王者师"云云，言讫不见（《张良传》）；田千秋取宰相封侯前有"高庙神灵"因替卫太子讼冤之事托梦于己（《田千秋传》）；汉丞相黄霸所娶终身之妻是一位被一善相人者称为"当富贵"的女子（《循吏传·黄霸传》）；宣帝王皇后"每当适人，所当适辄死"（《外戚传上》）；成帝皇后赵飞燕"初生时，父母不举，三日不死，乃收养之"（《外戚传下》）。在作者笔下，这些奇闻异事体现着神灵的旨意，是传主将要受大任或行大运的预兆。另一些奇闻异事较少或基本没有神秘色彩，但大都或浓或淡地带些传奇意味。如陈胜少年时代即有异于常人的"鸿鹄之志"（《陈胜传》）；韩信"母死无以葬，乃行营高燥地，令傍可置万家者"（《韩信传》）；张汤儿时审讯盗肉之鼠，具为文书，"文辞如老狱吏"（《张汤传》）；朱买臣卖柴度日，常"担束薪，行且诵书"，其妻深以为羞，买臣却笑称自己"年五十当富贵"（《朱买臣传》）；终军自济南诣长安，入关而弃繻（符信），言称"大丈夫西游，终不复传还"（《终军传》）；尹翁归于河东太守田延年行县悉召故吏，"令有文者东，有武者西"之时"独伏不肯起"，自称"文武兼备，唯所施设"（《尹翁归传》）；匡衡"父世农夫，至衡好学，家贫，庸作以供资用，尤精力过绝人"（《匡衡传》）。在作者笔下，人物的这些奇举异行，或使本人大获赏识，得以升迁；或使本人远近闻名，进身有阶；或仍为本人前程远大、功名在望的征象，总之都与人物的发迹尊显两相呼应。

《汉书》人物由奇貌异事到发迹尊显的兴身起家模式也与汉代社会习俗风气的影响有密切关系。在两汉这个相人信仰盛行的时代，人们格外看重人的形体特征和仪表容貌，当时以貌取人的现象很常见，甚至有"贤圣多有异貌"（《后汉书·周燮列传》）的说法。《太平御览》卷三百六十三引《东观汉记》云："诏书令功臣家各自记功状，不得自增加，以变时事。或自道先祖形貌表相，无益事实。复曰齿长一寸，龙颜虎口，奇毛异骨，形容极变，亦非诏书之所知也。"[①] 虽然"诏书"对炫鬻形貌长相的做法表示否定，但由这段叙说仍然可以看出，汉代人是多么地看重人的外貌，在他们那里，特异的长相几乎也成了一种功劳或者才能、资本。在汉代人心目中，所谓贤圣、贵人不但在状貌外表上常有特异不凡之处，在言行居处等方面也往往与众不同。《史记·高祖本纪》记载，秦二世元年，刘邦率众起事，沛县诸父老共同推举刘邦为沛令，他们所提出的主要理由就是"平生所闻刘季诸珍怪，当贵"。据上义，这里所谓"诸珍怪"包括：刘邦乃其母感于蛟龙而生，据称为赤帝之子；其状貌"贵不可言"；刘邦醉卧之时人见其上常有龙，而且"每酤留饮，酒雠数倍"；其所居之上"常有云气"，"有天子气"，等等。沛县父老的说法正反映了汉代人那种贤者贵人多有奇怪之征的信仰。在到处充斥着鬼神方术之说的汉代社会，人们普遍地有一种"好奇"的心理。早在西汉初年，陆贾就在《新语·怀虑》中批评过时人崇奇信怪的风气："夫世人不学《诗》、《书》，存仁义，尊圣人之道，极经艺之深，乃论不验之语，学不然之事，图天地之形，说灾变之异，乖先王之法，异圣人之意，惑学者之心，移众人之志，指天画地，是非世事，动人以邪变，惊人以奇怪，听之者若神，视之

---

① （宋）李昉等撰：《太平御览》，中华书局 1960 年影印本，第 1671—1672 页。

者如异；然犹不可以济于厄而度其身，或触罪□□①法，不免于辜戮。"②
陆贾的批评其实正说明了当时"好奇"之风的盛行。直至东汉，仍然是
"俗人好奇，不奇，言不用也"（《论衡·艺增》)③，甚至于"学问之士"
也是"好语虚无之事，争著雕丽之文"（《潜夫论·务本》)④。两汉之世
"好奇"成风，即使帝王将相、儒者文人亦不能免俗，尽管其中个别人也
曾对这种社会风气有所批判。汉代人格外关注人在形貌言行等方面的奇异
之处，乃至于以奇形异貌和奇闻异事论人，是与当世"好奇"的社会心
理和风气一致的。《汉书》人物由奇貌异事到发迹尊显的兴身起家模式，
与上述风俗习尚密切相关。

三　由谦恭谨厚到名高位重

在《汉书》中，名高位重之人往往有谦退、恭肃、谨慎、忠厚等品
性或诸如此类的表现，这类品性或表现与人物的兴身起家也有着直接或间
接的联系。如韩安国"为人多大略，知足以当世取舍，而出于忠厚"，
"所推举皆廉士贤于己者"，因此被汉武帝视为"国器"（《韩安国传》)；
卜式本以耕田畜牧为事，早年数次慷慨让财、分财于其弟，曾上书"愿
输家财半助边"而不获报许，后又向官府出钱二十万救助贫民，且不贪
朝廷赏赐，于是武帝"以式终长者"，对他又是拜官又是赐爵又是赏物，
从此卜式节节升迁，官至御史大夫（《卜式传》)；张安世之所以"尊为公
侯，食邑万户"，与他的"笃行"、"肃敬不怠"、"忠信谨厚"等品格有
很大关系（《张安世传》)；韦玄成之所以由一介郎官迁至丞相，与他"尤
谦逊下士"而"名誉日广"，甚至不惜佯为癫狂以让父爵于兄，致使"宣
帝高其节"不无关系（《韦玄成传》)；王商由太子中庶子而屡受拔擢，徙
为丞相，也不能不说是得益于他的少时即"以肃敬敦厚称"，父死后"推
财以分异母诸弟，身无所受，居丧哀戚"等为人和表现（《王商传》)。正
是上述谦恭谨厚的品性或表现，使得人物名声远扬，受士人称慕，蒙天子
器重，获朝廷敬惮，被认为足以励群臣、劝百姓、厚风俗，从而为人物尊

---

①　此处缺两字。

②　(汉) 陆贾撰，王利器校注：《新语校注》，中华书局1986年版，第137页。

③　《论衡校释》，第381页。

④　《潜夫论笺校正》，第19页。

位显职的获得奠定了良好基础。

《汉书》中还有一篇专门为几位谦恭谨厚之人所作的合传，即《万石卫直周张传》。在该传中，被汉景帝称为"人臣尊宠乃举集其门"的"万石君"石奋和他的四个儿子的显达，乃是以石奋少时"高祖与语，爱其恭敬"为契机，以"恭谨，举无与比"或"驯行孝谨"为重大资本。"醇谨无它"，文帝、景帝皆以为"长者"的卫绾，"阴重不泄"①的周仁，"其人长者"的张欧，也都因其诚谨重慎的人品深得赏识和宠幸。至于直不疑，虽然传中并未明言，但从字里行间仍可看出，他的兴起也与其"不好立名，称为长者"的为人有关。《霍光金日磾传》中的霍光和金日磾也都具有谨慎笃正之性，尽管作者将此二人的事迹合为一传的主要原因应在于他们同是托孤大臣——霍为主，金为副。在该传中，霍光"小心谨慎，未尝有过，甚见亲信"，"每出入下殿门，止进有常处，郎仆射窃识视之，不失尺寸"；金日磾由于在武帝阅马时"独不敢"窃视武帝宫人等原因受到擢拔，"既亲近，未尝有过失，上甚信爱之"，"自在左右，目不忤视者数十年"，"赐出宫女，不敢近"，"上欲内其女后宫，不肯"，甚至因长子（为武帝弄儿）"不谨"而将其杀死。霍、金二人的尊宠显然与他们的品性有直接关系。《汉书》在叙述传主事迹的过程中有时还特别提及其他人因讲究谦敬退让而得到赏识或被委以重任的事情，如《高五王传》叙及，魏勃因暗中为曹参舍人打扫门外之地而获得引荐和重用；《卫青霍去病传》叙及，宁乘因劝卫青拿出受赐之金为王夫人之母祝寿而被拜为东海都尉；《循吏传》叙及，王生因教龚遂以"皆圣主之德，非小臣之力也"这样的话答对天子而被任以亲近之职。从这些合传和插曲中，我们更能觉察出作者对谦退、恭肃、谨慎、忠厚等品格的看重，以及作者对由谦恭谨厚到名高位重的叙事模式的刻意经营。

谦恭谨厚也是汉代人所普遍推许的为人处世原则。如《汉书·孔霸传》记载，孔霸"为人谦退，不好权势"，汉元帝"以是敬之，赏赐甚厚"；《史记·项羽本纪》记载，陈婴之母曾说过"暴得大名，不祥"的话；《汉书·疏广疏受传》记载，疏广与其侄疏受宦成名立而身退，在他们辞官归乡之时连"道路观者"都发出"贤哉二大夫"的赞叹之语，甚至有人"叹息为之下泣"，可见当时上至帝王公侯下至平民百姓均推重谦

---

① 据《汉书·万石卫直周张传》颜师古注，"阴重不泄"意思是"为性密重不泄人言"。

退礼让之道。汉代还有不少民间歌谣谚语也表现出对拙诚、谨慎、谦让等作风的推崇。如《史记·李将军列传》"太史公曰"中所引谚语"桃李不言，下自成蹊"就表达了时人对敦朴诚信之人的崇敬。《说苑·敬慎》引谚语云："诚无诟，思无辱。"汉乐府民歌《君子行》云："君子防未然，不处嫌疑间。瓜田不纳履，李下不正冠。"曹操《礼让令》引谚语云："让礼一寸，得礼一尺。"这些民歌俚谚也都在教人要有戒惧之心、慎重之性、礼让之德。以上歌谣谚语所反映的虽然是民间的风尚，但在古代，从个人修养到处世哲学以及对人际关系的把握，民间与官方几乎遵循着同样的原则，因此这类民间歌谣谚语"与正统意识密切地交织在了一起"①，其中所表达的观念意识通行于社会上下。这种崇尚谦恭谨厚的风习，实际上是汉代风俗"儒化"的表现之一。在独尊儒术，以经治国的政治文化导向之下，汉代风俗具有明显的"儒化"特征②。儒家文化左右着人们的言行举止，形成了一种以谦恭谨厚为贵的社会风尚。此风尚甚至影响到当时的人才选拔任用标准，如《史记·魏其武安侯列传》记载，汉景帝曾说魏其侯窦婴"沾沾自喜"，"多易"，"难以为相，持重"；《汉书·张敞传》记载，张敞"无威仪"，作风也欠庄重，以故"终不得大位"。在主政者看来，不具备谨慎持重之品行的人是难以担当大任的。《汉书》人物由谦恭谨厚到名高位重的兴身起家模式，固然与班固本人的儒家正统思想有关，但上述时代风俗大气候对作者及作品的影响因素也是不可忽视的。

四　由旧恩阴德到持宠流庆

在《汉书》中，人物的荣贵持宠，还往往与其旧日有善行义举、恩施于人有关。如《卢绾传》开篇便提及，卢、刘两家为世交，"高祖为布衣时，有吏事避宅，绾常随上下"。《萧何传》开篇也提到萧何昔日对刘邦几次三番的特殊关心和照顾："高祖为布衣时，数以吏事护高祖。高祖为亭长，常佑之。高祖以吏繇咸阳，吏皆送奉钱三，何独以五。"《夏侯婴传》叙及，夏侯婴早年为刘邦误伤，反而为其洗刷罪责，因此被"系岁余，掠笞数百，终脱高祖"，后来还在刘邦仓皇逃命不惜将一子一女（即后来的孝惠帝和鲁元公主）推下车时数次将他们救起。《张安世传》

---

① 马新：《两汉乡村社会史》，齐鲁书社 1997 年版，第 392—393 页。
② 《汉族风俗史》（第二卷），第 29—32 页。

叙及，汉宣帝即位前蒙难流落之时，张安世之兄张贺多年如一日给予他救助教养，"恩甚密焉"。《史丹传》叙及，史丹在汉成帝身为太子几被废弃之时在元帝面前据理力争，终于使元帝回心转意，史丹对成帝可谓"旧德茂焉"。在上述事例中，人物之所以备受亲幸，或位冠群臣，或屡受褒赏，或父子俱尊，或死获哀荣，无论作者明言与否，他们昔日有恩德于他人的行为和经历都是一个重要原因。

　　《汉书》中人物的兴身起家又常常与其本人或祖上有所谓"阴德"①有关。如《于定国传》末尾提及，于定国之父于公曾自称"我治狱多阴德，未尝有所冤，子孙必有兴者"；《丙吉传》中叙及，太子太傅夏侯胜在丙吉病重时断言其所患并非死疾，理由是丙吉"有阴德"（指丙吉对宣帝有旧恩但绝口不提此事），"必飨其乐以及子孙"；《元后传》开篇部分叙及，元后王政君祖父王翁孺曾自言"吾闻活千人有封子孙，吾所活者万余人，后世其兴乎"。在作者笔下，于定国、丙吉、王政君等人的尊贵地位的获得，与他们本人或其父祖的"阴德"存在着某种程度的因果关系。这种因果关系有时在正文中没有提及或表现得不太明显，但作者又往往在赞语中对此加以揭示。如《陈胜项籍传》赞语中，作者推测项羽应为帝舜之"苗裔"，并企图以此解释项羽的兴起之暴猛；《魏豹田儋韩王信传》赞语指出，"上古遗烈"扫地以尽，而韩氏自弓高侯韩颓当以后贵显，"盖周烈近与"；《贾邹枚路传》赞语指出，"路温舒辞顺而意笃，遂为世家，宜哉"；《张汤传》赞语指出，张安世与其子孙的"保国持宠"，与张氏先人可能"与留侯同祖"，以及安世之父张汤的"推贤扬善"、安世本人的"履道，满而不溢"、安世之兄张贺的积德行义都有关系。以上的人物兴身起家之缘由均可归入"阴德"之列。此外，《杜周传》赞语中提到杜周"自谓唐杜苗裔"，《霍光金日磾传》赞语中推测霍光大概是文王之子霍叔的"苗裔"，言外之意，杜周和霍光的尊显也都与其远祖的"阴德"盛大，庆流后世有关②。

---

　　①　"阴德"即暗中做的有德于人的事，或在人间做的而可以受到所谓上天报答的好事。明代袁黄《了凡四训》第三篇："凡为善而人知之，则为阳善；为善而人不知，则为阴德。阴德，天报之；阳善，享世名。"

　　②　霍叔在周武王时被封于霍地，至周成王时因受管叔、蔡叔和武庚叛乱之事的牵连而被降为庶人。《汉书》赞语中霍光为霍叔"苗裔"的言论应当也包含着将霍光宗族的败灭归因于霍叔余殃的意思。

　　在儒家"无德不报"（《诗经·大雅·抑》）和"以德报德"（《论语·宪问》）等观念意识的影响之下，汉代社会盛行着一种报恩的风气，当时子报亲恩、臣报君恩、弟子报师恩、下属报上司之恩等事例十分常见，夫妻、兄弟、朋友等人之间的恩报意识也非常强烈①。关于这点学者已有较多论述，兹不赘言。在时人看来，人的善行义举不但会受到他人的回报，还会赢得所谓上天或神灵的报答。当时很多人都怀有一种行善者天报以福，福及子孙；作恶者天报以祸，祸及后世的观念。如汉景帝曾在诏书中说："盖闻为善者，天报之以福；为非者，天报之以殃。"（见《史记·吴王濞列传》）《越绝书·外传·记范伯》中有这样的话："伤贤丧邦，蔽能有殃；负德忘恩，其反形伤。坏人之善毋后世，败人之成天诛行。"《淮南子·人间训》云："夫有阴德者，必有阳报；有阴行者，必有昭名。"在这里，由"阴德"、"阴行"而获得的"阳报"、"昭名"也在上天或神灵的报答之列。关于行善者天报以福，作恶者天报以祸的说法可以追溯到先秦时期。如《文子·符言》引老子语云："其施厚者其报美，其怨大者其祸深。"《说苑·敬慎》引老子语云："人为善者，天报以福；人为不善者，天报以祸也。"《晏子春秋·内篇谏上》述齐景公语云："吾闻之，人行善者天赏之，行不善者天殃之。"《荀子·宥坐》述仲由（子路）语云："由闻之，为善者天报之以福，为不善者天报之以祸。"《列女传·孙叔敖母传》（见《仁智传》）述孙叔敖之母语云："夫有阴德者，阳报之。"《墨子·法仪》有语云："爱人利人者，天必福之；恶人贼人者，天必祸之。"《周易·坤卦·文言》有语云："积善之家，必有余庆；积不善之家，必有余殃。"这些言论的存在可以说明，善恶报应之说在先秦时期就已经相当流行。从善恶报应之说在周汉时期流传的广泛性来看，此类说法在当时并不只是儒、道等诸家学者的言论，而且也是一种风习性的思想意识。东汉王充《论衡》之《福虚篇》云："世论行善者福至，为恶者祸来。祸福之应，皆天也，人为之，天应之。阳恩，人君赏其行；阴惠，天地报其德。""有阴德天报之福者，俗议也。"同书《祸虚篇》云："世谓受福佑者，既以为行善所致；又谓被祸害者，为恶所得。以为有沉恶伏过，天地罚之，鬼神报之。天地所罚，小大犹发；鬼神所报，远近犹

---

①　《儒学与汉代社会》，第413—416页。

至。"① 王充虽然是在批判善恶报应之说，但他的上述话语却足以证明此
说的确是一种流传已久的世俗性思想观念。又如《史记·王翦列传》记
载，曾有一个不知姓名的人预言秦将王离攻赵必败，其理由是"为将三
世者必败"，因为"其所杀伐多矣，其后受其不祥"；《史记·李将军列
传》记载，西汉时期的一位望气者王朔将李广最终未能凭军功获取封侯
的原因归结为李广曾诱降羌人八百余，然后将他们尽数杀死，而"祸莫
大于杀已降"；《汉书·隽不疑传》记载，隽不疑之母常问隽不疑"有所
平反，活几何人"，显然此语也是基于善恶报应的理念而发。在以上事例
中，持恶有恶报，善有善报观念的从方术之士、无名之人到妇人女子都
有，由此也可以看出善恶报应之说在秦汉乃至更早时期的民间流行之广
泛。《汉书》中由旧恩阴德到持宠流庆的人物兴身起家模式，固然与作者
班固所受的儒、道等诸家思想的熏陶有关，同时也与汉代的社会风尚和风
习性文化意识的影响有着一定的联系。

余论

上面论列了《汉书》中与时代风俗密切相关的四类人物兴身起家模
式。在《汉书》中，上述兴身起家之模式有时也可以数种共同体现在某
一个人身上。如金日磾的尊宠，不但得益于他的谦恭谨厚，还与他"长
八尺二寸，容貌甚严"的异样外表有一定关系（《金日磾传》）。王政君的
尊贵，与跟她本人有关的占卜看相活动和奇闻异事，以及祖上阴德都有联
系（《元后传》）。与汉高祖刘邦兴起有关的事情更是众多非一，包括相
面、望气、卜筮、奇貌、异闻以及传说中刘邦为帝尧后代等（《高帝
纪》）。《汉书·叙传上》收录有班固之父班彪的《王命论》，其中有云：
"盖在高祖，其兴也有五：一曰帝尧之苗裔，二曰体貌多奇异，三曰神武
有征应，四曰宽明而仁恕，五曰知人善任使。"② 班彪所列出的预示刘邦
兴起的元素就包含着占卜看相、奇貌异事和旧恩阴德。班固承袭父业，他
对班彪的上述言论应无异议。从上述言论也可以进一步看出，由占卜看
相、奇貌异事、旧恩阴德等兴身起家的模式确实存在于《汉书》作者的
脑海中，作者在很大程度上是自觉地按照这些模式为人物作传记的。

---

① 《论衡校释》，第 261、267、272 页。

② 《汉书》，第 4211 页。

　　《汉书》人物的兴身起家模式一方面继承或因袭了《史记》等历史散文著作的写法，另一方面又有较大的发展和创新。曾有学者指出："《史记》、《汉书》对人物个性与命运逻辑的表述迥然有别。《史记》记述人物以天性为主，《汉书》则以德行为主；《史记》认为性格决定命运，《汉书》则认为德行决定命运。这主要是由于司马迁和班固在历史观、写作宗旨上的差异，以及两书反映的史实不同造成的。"① 此语虽然说的是《史记》和《汉书》中人物命运的决定因素之差别以及造成这种差别的原因，但实际上也间接指出了《史记》和《汉书》人物兴身起家模式之差别以及出现这种差别的原因，即《汉书》更为重视和强调道德因素在人物兴身起家过程中的作用，这与司马迁和班固二人历史观、写作宗旨的差异以及《史记》、《汉书》两书反映的史实不同都有关系（如本文所论，这里的所谓"史实"也包括风俗习尚在内）。《汉书》中的某些人物兴身起家模式在后世的史传散文、小说、戏曲等类型的作品中历代以来绵延不绝。如《后汉书·李固列传》开篇称李固"貌状有奇表，鼎角匿犀，足履龟文"，用的显然正是由形貌奇异到兴身起家的写作路数。同书《郭丹列传》写郭丹早年到长安求学，在买符信入函谷关之时慨叹说"丹不乘使者车，终不出关"，这一情节与《汉书》中的终军弃繻如出一辙，二者同属由奇闻异事到兴身起家的写人模式。又如明代白话短篇小说集"三言"、"二拍"，其中人物发迹变泰的主要预示元素有梦兆、卦辞、引人瞩目的异相和种善因终将得福果的阴德等，这些元素在《汉书》中均已出现。由上可见，在中国文学作品那些颇具民俗色彩的人物兴身起家模式的形成和定型过程中，《汉书》具有重要的承前启后的功绩。

---

① 刘德杰：《〈史记〉〈汉书〉人物个性比较》，《河南社会科学》2007 年第 2 期，第 114—116 页。

第 五 章

风俗文化与先秦两汉说理散文

先秦两汉说理散文以阐述政治哲学观点为主，似乎与风俗文化关联不大。不过，在先秦两汉说理散文中常常要提及风俗文化方面的事物，或者渗透着一些风习性思想意识，而且有的说理散文作品直接把风俗作为谈论对象或者谈论对象之一，因此先秦两汉说理散文与风俗文化之间的关系也是值得关注的。本章依然遵循少做重复研究，点面结合，以点带面的原则，先对先秦两汉时期说理散文与风俗文化之间的关系作一综合论述，然后选取本时期说理散文领域的三部重要作品——《孟子》、《庄子》、《淮南子》进行个案分析，庶几可以填补先秦两汉说理散文研究领域的某些空白。

第一节　综论

就先秦两汉时期说理散文与风俗文化之间的总体关系而言，风俗文化在此时期说理散义的思想观念、论题论据、写作艺术、文章风格等方面都打下了耐人寻味的印记，而此时期说理散文又以其对风俗文化的认同、吸纳或者批判、超越，显示了文学作品对于社会风俗的或扬或抑的反作用。立足于文学本位，本节主要对先秦两汉说理散文中的几种风俗印记进行论说。

一　先秦两汉说理散文中的神秘信仰意识

先秦两汉说理散文虽重在发表精英之言、雅正之论，但也或多或少包含着一些风习性意识，从中可见作者对风俗文化的某些认同。在带有浓重神秘色彩的社会风俗的濡染之下，这种认同主要表现为对鬼神怪异以及吉凶兆验、卜相占算等神秘事物的一定程度的信仰意识。

　　先说对鬼神怪异之事物的信仰意识。对鬼神怪异的信仰意识是一种风俗性的思想倾向，这种思想倾向在先秦两汉说理散文中每每可见。如《墨子》一书就突出地表达了一种信奉天意鬼神的思想倾向。书中认为，天是有意志有情感的，人若违背天意，上天就会给人降下灾病以示惩罚："寒热不节，雪霜雨露不时，五谷不孰（熟），六畜不遂，疾灾戾疫，飘风苦雨，荐臻而至者，此天之降罚也"（《尚同中》）。书中又肯定世间是有鬼神存在的，而且鬼神几乎无处不在地监视着人类："虽有深谿、博林、幽涧毋人之所，施行不可以不董，见有鬼神视之。"（《明鬼下》）再如《荀子》一书，其主要作者荀况虽被今人称为唯物主义思想家，但书里面也有"勉力不时，则牛马相生，六畜作祆"（《天论》）等言论，读者可从中觉察出作者对某些神秘感应之说、妖异变怪之谈是持认同态度的。《吕氏春秋》中亦提及，在昏乱之国，万怪丛生，日月星辰云气、禽兽虫蛇等都会现出种种妖异之象："其云状有若犬、若马、若白鹄、若众车……其日有斗蚀，有倍僪，有晕珥，有不光……其月有薄蚀，有晖珥，有偏盲，有四月并出……其星有荧惑，有彗星，有天棓，有天欃……其气有上不属天，下不属地……其妖孽有生如带，有鬼投其陴，有菟生雉……有社迁处，有豕生狗。"（《明理》）《淮南子》里面也有"画随灰而月运（晕）阙，鲸鱼死而彗星出"（《览冥训》），"孕妇见兔而子缺唇，见麋而子四目"（《说山训》）等言论，其中充满了民间流行的神秘感应思想。又如应劭的《风俗通义》，书中虽对社会上的迷信虚妄风气多所批判，但有些地方又流露出一种肯定世间某些鬼怪妖异之说的思想倾向，这从其《怪神》篇中的"世间多有亡人魄持其家语声气，所说良是"，"世间亡者，多有见神，语言饮食，其家信以为是，益用悲伤"，"世间多有狗作变怪，扑杀之，以血涂门户然众（终）得疚殃"，"世间多有精物妖怪百端"，"世间多有蛇作怪者"等条目即可看出。由以上例证可见，在先秦两汉说理散文中的确存在着一定的信仰鬼神怪异的思想倾向。当然，对鬼神怪异的信仰意识在先秦两汉说理散文中并没有占据显要位置，这除了与作者的较高的认识水平有关外，也与作者撰文立论的意图、需要等有关。《荀子·天论》中引《传》曰："万物之怪，书不说。"唐代杨倞注此句云："书，谓六经也。可以劝戒则明之，不务广说万物之怪也。"① 《论

────────────

① 《荀子集解》，第 316 页。

语·述而》曰："子不语怪、力、乱、神。"朱熹《集注》释此句云："怪异、勇力、悖乱之事，非理之正，固圣人所不语。鬼神，造化之迹，虽非不正，然非穷理之至，有未易明者，故亦不轻以语人也。"又引谢良佐之说云："圣人语常而不语怪，语德而不语力，语治而不语乱，语人而不语神。"[1]　何晏《集解》引王肃之说将圣人"不语怪、力、乱、神"的原因解释为"或无益于教化，或所不忍言"。邢昺《正义》引李充之说释此句云："怪力乱神，有与于邪，无益于教，故不言也。"[2]　上述各家注释虽是从不同的角度探察经书、圣人"不语怪、力、乱、神"之因，但实际上也道出了古代正统文人在撰文立论时对鬼神怪异之事避而不谈或尽量少谈的两大原因——或者是为了教化引导世人，使之归于常道正途，或者是因为鬼神怪异之事极其幽微玄深，难以论说清楚，这些都是与作者的写作意图和需要有关的原因。由此可知，古代正统文人不大言及"怪、力、乱、神"的原因是多方面的，不谈鬼神怪异者未必是不信鬼神怪异。先秦两汉说理散文之作者虽然没有侈谈鬼神怪异，但由于时代风俗的影响，在他们中间还是弥漫着较为浓郁的信仰鬼神怪异的思想倾向，这种倾向虽然没能从他们的笔端滔滔流淌，但也在其作品中形成了涓涓细流。

再说对吉凶兆验、卜相占算之类事物的信仰意识。对吉凶兆验、卜相占算的信仰意识也是一种风俗性的思想倾向，这种思想倾向在先秦两汉说理散文中亦每每可见。如《论语·子罕》记孔子语曰："凤鸟不至，河不出图，吾已矣夫！"凤凰到来、河图出现都是古人所谓的天下太平之征兆，孔子看不到这些祥瑞征兆，所以他感觉自己企图推行大道实现天下太平的事业没有什么指望了。此语虽重在慨叹大道之不行，但同时也反映了孔子对世间吉凶兆验信仰的某种认同。《吕氏春秋》之《应同》篇中关于"凡帝王者之将兴也，天必先见祥乎下民"的一段言论，反映出更为明显的对吉凶兆验的信仰意识。同书《观表》篇中列举了古代擅长相马的十几个人，指出他们虽然相马之法各不相同，但都能"见马之一征也，而知节之高卑，足之滑易，材之坚脆，能之长短"，并进一步论述道："非独相马然也，人亦有征，事与国皆有征。圣人上知千岁，下知千岁，非意之也，盖有自云也。绿图幡薄，从此生矣。"文中由马之征推及人之征、

---

① 《四书章句集注》，第 98 页。

② 《论语注疏》，《十三经注疏》，第 2483 页。

事之征、国之征，以至"绿图幡薄"之类瑞应之征，认为种种未来之事自有其预兆，也表现出一种信奉兆验的心理。又如董仲舒《春秋繁露》之《同类相动》篇有言："美事召美类，恶事召恶类。……帝王之将兴也，其美祥亦先见；其将亡也，妖孽亦先见。"刘向《条灾异封事》云："和气致祥，乖气致异。祥多者其国安，异众者其国危。"其《极谏用外戚封事》中提出了这样一个观点："物盛必有非常之变先见，为其人微象。"王充《论衡》之《吉验》篇通过大量事例论证了这样一种观点："凡人禀贵命于天，必有吉验见于地，见于地，故有天命也。验见非一，或以人物，或以祯祥，或以光气。"以上数篇文章或论国之兴亡安危，或论人之盛衰贵贱，均明确肯定了吉凶兆验的存在。《论衡》里面又有《骨相》篇，字里行间流露出作者对世上流行的相人术的一种几乎深信不疑的态度。王符《潜夫论》之《相列》篇也表达了某些信奉相人术的思想，作者认为人的"身体形貌"、"骨法角肉"能够显示人的"性命"和"贵贱"。同书《梦列》篇又谈论了社会上流行的占梦术，作者认为如果方法得当，是有可能通过占梦测知吉凶的："夫占梦必谨其变故，审其征候，内考情意，外考王相，即吉凶之符，善恶之效，庶可见也。"由以上例证可以窥见先秦两汉说理散文中存在的对吉凶兆验、卜相占算之类事物的信仰意识。此种信仰意识在汉代的说理散文中表现得尤其多且突出，这与当时谶纬神学思想泛滥的时代背景是一致的。

需要注意的是，先秦两汉说理散文等文学作品中对鬼神怪异以及吉凶兆验、卜相占算等神秘事物的信仰意识与战国秦汉时的阴阳五行学说、谶纬之学、某些儒家经学之说有点纠缠难分，因为后者包含着许多神秘信仰的成分。尽管如此，我们也不能轻易否认先秦两汉说理散文等文学作品中的神秘信仰意识与风俗文化之间的关联。葛兆光指出，在战国秦汉时期，"阴阳五行是当时普遍的知识与思想的共识，谶纬与数术之学相通，而数术一类，绝非某人某派之发明，而是当时通行的知识与技术"①，而汉代的儒学也是"采纳了相当多的数术、方技知识为自己建设一种沟通宇宙理论与实际政治运作和实际社会生活之间的策略与手段"，形成一种"以阴阳五行为骨架、天人感应为中心、灾异祥瑞与现实政治相贯通的理论"②。

---

① 《中国思想史》（第一卷），第 278 页。
② 同上书，第 284 页。

由此说来，阴阳五行学说基本上是对某些流行于人民大众中的一般性知识与思想进行加工的产物，谶纬之学和儒家经学中的神秘信仰成分最初也是来源于广大民众，只是经过了儒者的提炼和升华。因此，先秦两汉说理散文等文学作品中的神秘信仰意识虽与当时的精英思想有交叠之处，但终究还是带着一层民间信仰的底色，体现着作者对风俗文化的一定程度的认同。

二 先秦两汉说理散文对风俗文化的批判和理论匡正

就对待风俗文化的态度而言，先秦两汉说理散文中包含着对风俗文化的某些认同，但在其中更多的是对风俗文化的批判和理论匡正。先秦两汉文人学者在对各种政治、社会和人生问题发表意见时，非常关注民情风俗方面的问题。在他们看来，风俗乃"国之脉诊"①，"风行俗成，万世之基定"②，因此，"为政之要，辩风正俗，最其上也"③，而有识之士也应当通过著书立说或者其他行为积极引导风俗的健康发展："圣人之举事也，可以移风易俗，而教导可施于百姓，非独适其身之行也。"（《说苑·政理》所述孔子之语）④ "圣人作经，艺（贤）者传记，匡济薄俗，驱民使之归实诚也。"（《论衡·对作》）⑤ 出于这种关注和重视民情风俗的心理，先秦两汉文人学者时时会以理性和道义为标尺对风俗文化进行审视，他们在其说理散文中一方面表现出对风俗文化的适度因循和顺应，另一方面又写下了大量旨在"辩风正俗"、"匡济薄俗"的文字，对风俗文化加以批判或理论匡正。先秦两汉说理散文中所"辩"、"正"、"匡"、"济"的风俗主要有以下四种：

一是神秘信仰风俗。先秦两汉文人学者对社会上的神秘信仰风俗既有所认同，又有所反对，所以其说理散文中既表达了对鬼神怪异以及吉凶兆验、卜相占算等神秘事物的一定程度的信仰，又包含着对此类事物的批判和匡正意识。先秦两汉说理散文常常言及泛滥于世间的迷信鬼神、烦于祭

① （汉）崔寔：《政论》，《全后汉文》卷46，《全上古三代秦汉三国六朝文》，第722—728页。

② （汉）贾山：《至言》，《汉书》卷51《贾山传》，第2336页。

③ 《风俗通义校注》，《应劭自序》，第8页。

④ 《说苑校证》，第170页。

⑤ 《论衡校释》，第1177页。

祀、依赖占卜、多所禁忌等现象，并向世人揭示出鬼神方术之事虚无缥缈、难以依凭的一面。如《韩非子·饰邪》通过燕、赵、秦、魏等国攻战之事说明，"龟筴鬼神不足举胜，左右背乡（向）不足以专战"，放弃人事的努力而一味仗恃所谓的鬼神佑助，"愚莫大焉"。陆贾《新语》之《怀虑》篇批评了那些"论不验之语，学不然之事，图天地之形，说灾变之异"的人，说他们虽然"听之者若神，视之者如异"，却不能保得自身平安，可见其法术学说之虚妄。谷永《说成帝拒绝祭祀方术》一文亦指出宣扬奇怪鬼神之说、祭祀报祠之方、神仙黄冶之术者的不可信从，说他们不过是"奸人惑众"，"听其言，洋洋满耳，若将可遇；求之，荡荡如系风捕景，终不可得"。王符《潜夫论》之《浮侈》篇讲到，细民百姓饱受巫觋之人的蛊惑欺骗，或奔走避疾徒添祸祟，或弃医事神至于死亡，却"不自知为巫所欺误，乃反恨事巫之晚"。先秦两汉说理散文中又多处指出，祭祷、卜筮、禁忌等行为原本是政事之文饰，或是使人竭忠尽诚的一种手段，并非其中真有神灵存在。如《荀子·天论》云："日月食而救之，天旱而雩，卜筮然后决大事，非以为得求也，以文之也。故君子以为文，而百姓以为神。以为文则吉，以为神则凶也。"《淮南子·泛论》论及，"飨大高者而彘为上牲，葬死人者裘不可以藏，相戏以刃者太祖軵其肘，枕户橉而卧者鬼神跖其首"等世俗说法实际是"圣人"假托鬼神吉凶所立的禁戒，并说祭祀井、灶、门户、箕帚、臼杵、山河等的本意并不是认为神灵能歆享祭品，而是为了"不忘其功"。王充《论衡》之《辩祟》篇中说："圣人举事，先定于义，义已定立，决以卜筮，示不专己，明与鬼神同意共指，欲令众下信用不疑。"仲长统《昌言》里面也表达了"有祷祈之礼、史巫之事者，尽中正，竭精诚也"的观点。先秦两汉说理散文又屡持鬼神唯德是佑，德义能胜妖孽之论，倡言人当以修德守道，固心正性，端身慎行为本，而不应一味听命于鬼神。如《墨子》之《天志上》和《明鬼下》篇中分别有天"欲义而恶不义"和鬼神"赏贤而罚暴"的言论。《老子》第六十章云："以道莅天下，其鬼不神。非其鬼不神，其神不伤人。非其神不伤人，圣人亦不伤人。"《荀子·大略》云："以贤易不肖，不待卜而后知吉。"《潜夫论·巫列》云："夫妖不胜德，邪不伐正，天之经也。"仲长统《昌言》亦言：

　　　　和神气，惩思虑，避风湿，节饮食，适嗜欲，此寿考之方也。不

> 幸而有疾，则针石汤药之之（"之"字衍）所去也。肃礼容，居中
> 正，康道德，履仁义，敬天地，恪宗庙，此吉祥之术也。不幸而有
> 灾，则克己责躬之所复也。

以和神避害得寿考，以针石汤药祛疾病，以礼义敬恪求吉祥，以克己责躬除灾眚，这是作者为那些沉溺于迷信虚妄之风，背离根本而步入邪途的人们开出的一剂良方。

二是奢侈享乐、追逐富贵的风气。春秋战国至于秦汉，奢侈享乐、追逐富贵之风弥漫于世，先秦两汉说理散文中时时会有对这种风气的批判，作者还站在各自的思想学说的立场上对此提出种种匡济之方。如《墨子·辞过》中批评了当世君主和富贵之人在宫室、衣服、饮食、舟车、蓄私（妾媵私人）五个方面的奢侈无节现象，并称古代圣王"作为宫室，便于生，不以为观乐也"，"作为衣服带履，便于身，不以为辟（僻）怪也"，"其为食也，足以增气充虚、强体适腹而已矣"，"其为舟车也，完固轻利，可以任重致远"，"必蓄私不以伤行"云云，向有关人士发出"俭节则昌，淫佚则亡"的劝诫。《盐铁论·散不足》中的贤良一方也批评了时人在"宫室舆马"、"衣服器械"、"丧祭食饮"、"声色玩好"等方面的上行下效、奢侈僭越现象，并揭示了此种风气所带来的靡费资财，伤害民生等不良后果，又对定立制度防范人情的古之圣人加以称赞，显然在他们看来，古圣先贤的做法是当世治民者应当效仿的。《潜夫论·浮侈》集中批评了作者所生活时代的各种奢侈逐末、铺张攀比行为，对于其所造成的"一飨之所费，破终身之本业"，"费功伤农"，"伤害吏民"等恶劣后果深表痛心，并提出了"观民设教"、"慎微防萌"等移风易俗的措施。《庄子》之《盗跖》篇中借知和之口对求富趋贵、不知厌足之人发出的批判更是别具一格：

> 今富人耳营钟鼓管籥之声，口嗛于刍豢醪醴之味，以感其意，遗
> 忘其业，可谓乱矣；侅溺于冯气，若负重行而上坂也，可谓苦矣；贪
> 财而取慰，贪权而取竭，静居则溺，体泽则冯，可谓疾矣；为欲富就
> 利，故满若堵耳而不知避，且冯而不舍，可谓辱矣；财积而无用，服
> 膺而不舍，满心戚醮，求益而不止，可谓忧矣；内则疑劫请之贼，外
> 则畏寇盗之害，内周楼疏，外不敢独行，可谓畏矣。此六者，天下之

　　至害也，皆遗忘而不知察，及其患至，求尽性竭财，单以反一日之无故而不可得也。故观之名则不见，求之利则不得，缭意绝体而争此，不亦惑乎！

　　文中从个体人生的角度指出，那些追逐富贵财利、贪婪不知足的人会给自己的身心带来莫大的祸患和伤害，可谓迷惑糊涂。文中知和又说"平为福，有余为害者，物莫不然，而财其甚者也"，这是作者对执迷不悟的世人做出的独具慧识的提醒。《庄子》之《缮性》篇论及，获得"轩冕"即荣华高位并非真正的"得志"，真正的"得志"乃是摆脱外物的束缚，乐全天性，从而"无以益其乐"，文云："轩冕在身，非性命也，物之傥来，寄者也。寄之，其来不可圉，其去不可止。故不为轩冕肆志，不为穷约趋俗，其乐彼与此同，故无忧而已矣。今寄去则不乐，由是观之，虽乐，未尝不荒也。"《庄子》之《至乐》篇批评了社会上的逐乐之风，并提出了"至乐无乐"，真乐在于恬静无为的观点。《吕氏春秋》之《本生》篇亦对富贵之人追求并沉溺于声色滋味之享受的风气表示反对，说他们的行为乃是"以性养物"，为外物所役使以至于伤生害性，并提倡对于声色滋味"利于性则取之，害于性则舍之"。以上几处文字也都是从个体人生的角度立论，言语间闪烁着道家智慧的光芒，与《墨子》等说理散文中的同类文字有着明显的不同。

　　三是礼仪风俗。世俗之人执行礼仪，往往重视外在的形式而忽视内在的意义，甚至造成一系列陋俗，严重地败坏了世风，先秦两汉说理散文对此现象也做出了批判。如《论语·八佾》中孔子"礼，与其奢也，宁俭；丧，与其易也，宁戚"的言论，《韩非子·解老》中"众人之为礼也，以尊他人也"，"君子之为礼，以为其身"的言论，都隐含着对当世礼俗的批评。又如《盐铁论·散不足》写道："今生不能致其爱敬，死以奢侈相高；虽无哀戚之心，而厚葬重币者，则称以为孝，显名立于世，光荣著于俗。故黎民相慕效，至于发屋卖业。"仲长统《昌言》写道："今嫁娶之会，捶杖以督之戏谑，酒醴以趣之情欲，宣淫佚于广众之中，显阴私于族亲之间，污风诡俗，生淫长奸，莫此之甚，不可不断者也。"在以上几处文字中，作者在批判世上礼俗的同时还提醒世人，礼的实质比它的形式更为重要，执行礼仪应以身正意诚为前提，应注重礼仪的教化规范作用。《庄子》中也有一些对世间礼俗的自具特色的批判，如《渔父》篇写道：

"事亲以适，不论所以矣；饮酒以乐，不选其具矣；处丧以哀，无问其礼矣。礼者，世俗之所为也；真者，所以受于天也，自然不可易也。故圣人法天贵真，不拘于俗。愚者反此，不能法天而恤于人，不知贵真，禄禄而受变于俗，故不足。"作者以道家所提倡的"法天贵真"为标尺来衡量世上礼俗，抨击其虚伪性和形式主义习气，其对礼的实质的重视与孔子等人还是一致的。

四是尊古卑今的风气。崇古抑今是中华民族的一种传统的文化心理，先秦两汉说理散文对在这种心理支配下所出现的尊古卑今风气进行了批判。如《韩非子·外储说左上》篇中通过小儿游戏所做的"尘饭涂羹""可以戏而不可食"的比喻说明"称上古之传颂，辩而不悫，道先王仁义而不能正国者，此亦可以戏而不可以为治也"的道理，其间包含着对世上某些尊古卑今风气的抨击。《淮南子·脩务》写道："世俗之人，多尊古而贱今，故为道者，必托之于神农、黄帝而后能入说。""邯郸师有出新曲者，托之李奇，诸人皆争学之。后知其非也，而皆弃其曲。""今取新圣人书，名之孔、墨，则弟子句指而受者必众矣。"同篇还提及，钝敝之剑、坏劣之琴若称之为"顷襄之剑"、"楚庄之琴"，则世人将争相佩带或弹奏，而没有被托之古昔的刀剑、琴器即使再锋利、再精良也不会受到青睐。文中在批判弥漫于歌乐、器用、学术等领域的贵古贱今之时风的同时，还针对此风气提出了中心有主，辨明是非，"不为古今易意"的反拨主张。《论衡》里面对尊古卑今风气的批判言论特别多，在其《问孔》、《超奇》、《齐世》、《案书》等篇中均可见到。对于世间存在的种种高古下今、褒古贬今现象，作者发出了"前人之业，菜果甘甜；后人新造，蜜酪辛苦"（《超奇》）的讥嘲，力主明辨然否，不惑于众，"优者为高，明者为上"（《超奇》）。与先秦相比，汉代尊古卑今风气更盛，这由两汉那些托名古人创作的琴曲、托名孔子制造的纬书，以及汉赋中不胜枚举的以古人古物之名为今人今物代称的词语即可察觉。与此相应，汉代说理散文中对尊古卑今风气的批判尤其多而有力。

三　风俗文化对先秦两汉说理散文之写作艺术的影响

先秦两汉说理散文立足于社会人生构建理论之大厦，其所论说的主要不是抽象的道理，而是作者在现实生活中认识到的有关社会、人生的具体事理，其所用材料主要也是来自客观现实生活。这一时期的文学作者已经有了一种从现实生活中寻找材料以支撑自己观点的高度自觉。如《荀子·非相》论谈说之术云："矜庄以莅之，端诚以处之，坚强以持之，分别以喻之，譬称以明之……如是则说常无不受。"① 《淮南子》之《精神训》说："众人以为虚言，吾将举类而实之。"同书《要略》篇云："总要举凡，而语不剖判纯朴，靡散大宗，惧为人之惛惛然弗能知也，故多为之辞，博为之说。又恐人之离本就末也，故言道而不言事，则无以与世浮沉；言事而不言道，则无以与化游息。"② 《说苑·善说》云："夫说者，固以其所知谕其所不知，而使人知之。"③ 《论衡·自纪》云："何以为辩？喻深以浅。何以为智？喻难以易。"④ 正如荀子等人所言，为了把道理讲说清楚，使人信服，先秦两汉说理散文中纳入了大量现实生活中的事物，以之作比喻，充分例证，提供佐助，支撑论点。在先秦两汉说理散文所运用的现实生活材料中，有相当大的一部分来自民众的风俗生活。这些来自民众风俗生活的材料有俚谚俗语、神话传说和民间故事传闻，以及其他形形色色的风俗事象。

先秦两汉说理散文中引用了不少俚谚俗语以论证事理。如《孟子·公孙丑上》引齐人言曰："虽有智慧，不如乘势；虽有鎡基，不如待时。"文中孟子引用这句在齐国流传的俗语说明，齐国若趁眼下的大好时机施行仁政以图称王天下，将会收到事半功倍的功效。《荀子·大略》引民语曰："欲富乎？忍耻矣，倾绝矣，绝故旧矣，与义分背矣。"文中引用这句俗语说明，在上位者如果喜财好富，下面的民众就会为了财利而不顾一切，天下将会乱象丛生。《韩非子》之《奸劫弑臣》篇中说："谚曰：'厉怜王。'此不恭之言也。虽然，古无虚谚，不可不察也。"君主王霸之人固然拥有无上的尊荣，然而一旦落到为臣子所劫杀胁迫的境地，其心灵之忧惧，形体之苦痛，有甚于身患疠癞之疾者。文中引用"厉怜王"的民间谚语说明了这个道理，并高度肯定了里谚俗语的价值。同书《五蠹》篇亦引鄙谚"长袖善舞，多钱善贾"说明了"治强易为谋，弱乱难为计"的道理。又如西汉刘辅的《上书谏立赵后》一文为论说卑贱无德的赵飞

① 《荀子集解》，第86页。
② 《淮南子集释》，第531、1438—1439页。
③ 《说苑校证》，第272页。
④ 《论衡校释》，第1194页。

燕不可充当国母，引用了里语"腐木不可以为柱，卑人不可以为主"。东汉班昭《女诫》之《敬慎》章为宣扬男以强为贵，女以弱为美的道德规范，引用了鄙谚"生男如狼，犹恐其尪；生女如鼠，犹恐其虎"。《潜夫论》之《贤难》篇引用谚语"一犬吠形，百犬吠声"以讽刺世人不辨真伪，《救边》篇引用谚语"痛不著身言忍之，钱不出家言与之"以讽刺言谈之士讳言边害之危急。《风俗通义·正失》为论证关于九江太守宋均靠斥退贪残之人，进用忠良之士等措施使伤害当地人民的老虎渡江而去的传言之不可信，引用了俚语"狐欲渡河，无奈尾何"。俚谚俗语是人民大众的悠久智慧和普遍经验的结晶，具有深入人心、言简意赅、通俗易懂、活泼风趣等特点。它们在先秦两汉说理散文中的运用，显然增强了作品的说服力和表现力。

先秦两汉说理散文又惯于采用神话传说或民间故事传闻以论学。如《孟子·滕文公下》述齐人陈仲子之事云：

> 仲子，齐之世家也。兄戴，盖禄万钟。以兄之禄为不义之禄而不食也，以兄之室为不义之室而不居也，避兄离母，处于於陵。他日归，则有馈其兄生鹅者，己频顣曰："恶用是鶂鶂者为哉？"他日，其母杀是鹅也，与之食之。其兄自外至，曰："是鶂鶂之肉也。"出而哇之。

这令人捧腹的陈仲子食鹅之先食后哇，当系传闻之辞。文中借用这一民间传闻，诙谐生动地指明了过于耿介清高之不可取。再如《荀子·解蔽》中有这样一则民间传说：

> 夏首之南有人焉，曰涓蜀梁。其为人也，愚而善畏。明月而宵行，俯见其影，以为伏鬼也；卬（仰）视其发，以为立魅也。背而走，比至其家，失气而死，岂不哀哉！

人在神志恍惚、心存疑惑之时会做出错误的判断，甚至误认为有鬼神存在，文中运用涓蜀梁疑鬼之传说形象地说明了这个道理。至于《韩非子》、《吕氏春秋》、《淮南子》、《韩诗外传》、《说苑》、《新序》、《风俗通义》等说理散文著作，更是采纳了相当多的神话传说或民间故事传闻以明道论理，如郑人买履（《韩非子·外储说左上》）、郑人争年（《韩非子·外储说左上》）、守株待兔（《韩非子·五蠹》）、刻舟求剑（《吕氏春秋·察今》）、黎丘丈人（《吕氏春秋·疑似》）、生木造屋（《吕氏春秋·别类》）、女娲补天（《淮南子·览冥训》）、羿射十日（《淮南子·本经训》）、孔子遇阿谷处女（《韩诗外传》卷一）、屠牛吐辞婚（《韩诗外传》卷九）、东海孝妇（《说苑·贵德》）、叶公好龙（《新序·杂事五》）、郝子廉一介不取（《风俗通义·愆礼》）等事均属此类。先秦两汉说理散文中对神话传说或民间故事传闻的采用，是作者出于论学游说、表达思想观点的需要而设立的一种特殊的言语方式。这些取自风俗文化并经过作者本人提炼过滤的神话传说或民间故事传闻，为先秦两汉说理散文增添了许多奇幻灵动、新鲜有味的质素，使其更具艺术魅力。

　　在引用俚谚俗语、采用神话传说和民间故事传闻之外，先秦两汉说理散文还运用了其他各种各样的风俗事象以进行比喻或举例论证。如《墨子·所染》以染丝时"染于苍则苍，染于黄则黄，所入者变，其色亦变"的现象比喻君主、士人会受到其周围的臣子、朋友的这样那样的、或好或坏的影响，并以此说明了"染不可不慎"的道理①。再如《荀子·正名》写道："衡不正，则重县（悬）于仰而人以为轻，轻县于俛而人以为重，此人所以惑于轻重也。权不正，则祸托于欲而人以为福，福托于恶而人以为祸，此亦人所以惑于祸福也。道者，古今之正权也，离道而内自择，则不知祸福之所托。"作者将道比作能准确称物的秤权，认为人一旦离弃了大道就会辨不清祸福吉凶，如同秤衡秤权不正就不能准确地称出物品的轻重一样。《吕氏春秋·别类》写道：

　　　　相剑者曰："白所以为坚也，黄所以为牣（韧）也，黄白杂则坚且牣，良剑也。"难者曰："白所以为不牣也，黄所以为不坚也，黄白杂则不坚且不牣也。又柔则锩（卷），坚则折，剑折且锩，焉得为利剑？"剑之情未革，而或以为良，或以为恶，说使之也。故有以聪明听说则妄说者止，无以聪明听说则尧、桀无别矣。

作者通过比喻告诉人们，世上言谈者的话语往往是颠倒黑白、不可听信

① 《吕氏春秋》有《当染》篇，与《墨子·所染》全文略同。

的，如同相剑者的妄下断语一样，因此人君应以一颗明智之心对待游说之辞。又如桓谭《新论》之《离事》篇有下面的话："举网以纲，千目皆张；振裘持领，万毛自整。治大国者，亦当如此。"这是以人们常见的纲举目张、挈领振裘的现象比喻治国须明要害，抓关键。《论衡·程材》中为反驳世人对儒生做出的"材不敏"、"知（智）不达"的攻击，用了这样一个比喻："齐部世刺绣，恒女无不能；襄邑俗织锦，钝妇无不巧。日见之，日为之，手狎也。"儒生看似欠缺从事具体职事的能力，但这是他们志性高洁不肯同流合污，或者屏居窜处于一旁而不熟悉当世事务所致，并不能说明他们才智低劣，作者用一个反面比喻表明了这个观点。以上都属于以风俗事象作比喻的例子。风俗事象在先秦两汉说理散文中也常常被作为例证使用。如《庄子·达生》为揭示人看重外物会导致内心笨拙的规律，举了一个赌博时所下赌注越重人的表现往往就越差的例子："以瓦注者巧，以钩注者惮，以黄金注者殙。其巧一也，而有所矜，则重外也。凡外重者内拙。"再如《韩非子·说林下》以渔人蚕妇不畏鳣、蚕之事为例揭示了财利对人的巨大诱惑力："鳣似蛇，蚕似蠋，人见蛇则惊骇，见蠋则毛起。渔者持鳣，妇人拾蚕，利之所在，皆为贲、诸。"又如《淮南子·脩务》写道：

> 今鼓舞者，绕身若环，曾挠摩地，扶旋猗那，动容转曲，便媚拟神，身若秋药被风，发若结旌，骋驰若骛。木熙者，举梧槚，据句枉，蜷自纵，好茂叶，龙夭矫，燕枝拘，援丰条，舞扶疏，龙从鸟集，搏援攫肆，薿蒙踊跃，且夫观者莫不为之损心酸足。彼乃始徐行微笑，被衣修擢。夫鼓舞者非柔纵，而木熙者非眇劲，淹浸渍渐靡使然也。……君子脩美，虽未有利，福将在后至。

文中真实而生动地描写了鼓舞者和木熙（高竿表演）者的种种高难度动作，并以此作为一个方面的例证以论说熟能生巧之理、积善成福之道，显然大大有助于读者对该道理的领会体悟。

总而言之，先秦两汉说理散文在思想观点、论题论旨、写作艺术等方面都与风俗文化有着或隐或显的密切联系。整体而论，先秦两汉说理散文中的风习性思想意识，先秦两汉说理散文对风俗文化的批判和理论匡正，以及其中对多种多样的风俗文化材料的运用，无形中为它增添了许多奇光异彩，使原本易流于枯燥干巴的论政说理之文显得活泼多姿，趣味无穷，一派淳风古韵。刘勰曾以"辨雕万物，智周宇宙"（《文心雕龙·诸子》）之语评论诸子散文，指出它们有议论广博，巨细靡遗的特点。所谓"万物"、"宇宙"之中，风俗事物岂不比比皆是？先秦两汉说理散文能够达到雕琢万物、揣摩宇宙的高度，与作者对纷纭满目的风俗事物的关注和采择也是分不开的。

第二节　《孟子》与时代礼俗

对于《孟子》一书，人们关注较多的是其中所表述的仁政、王道、民本、性善、养气之类高宏雅正的政治、哲学等方面的思想，似乎《孟子》的内容、意蕴仅限于此。实际上，《孟子》一书也包含着一定的风俗文化意识，仅就其中有关"礼"的部分而言，就往往是与作者生活时代的礼俗联系在一起的。正如有的学者所指出的，由于社会上的人都生活在氏族或者宗族的帷幕之下，先秦时期"礼与俗关系特别密切，以至于礼俗连称，礼俗无别"[①]。这种"礼"与"俗"之间的密切关系更使得《孟子》中所谈论的"礼"与时代礼俗难以分离。具体地说，《孟子》中有关"礼"的部分，涉及交际、事亲、丧葬等多方面的礼俗。考察《孟子》与时代礼俗之间的关联，不但有助于我们进一步认识孟子其人的思想性格和《孟子》一书的思想文化内蕴及价值，也有助于我们进一步认识《孟子》的文章风格和文学成就。《孟子》一书与作者生活时代的礼俗之间的关系，主要表现为书中孟子对待时代礼俗的态度以及书中与礼俗相关部分所具有的文学意义。下面就从交际、事亲、丧葬三个方面来探析在《孟子》一书中孟子对待时代礼俗的态度，并对孟子认同和超越时代礼俗的思想文化价值以及书中与礼俗相关部分的文学意义加以发掘。

一　孟子对待交际礼俗的态度

在《孟子》一书中，孟子对其所生活之时代的交际礼俗的态度，主要表现在孟子对待相见礼俗的态度和对待馈赠礼俗的态度两个方面。

---

① 《中国民俗史·先秦卷》，第5页。

（一）孟子对待相见礼俗的态度

首先，按照一般人的看法或做法，当国君或父亲、师长等尊者召见某人或唤某人前来时，此人应当急速前往，断无不见之理，否则便是失礼，但在孟子看来却并非完全如此。《公孙丑下》记录了这样一件事：孟子初到齐国，本打算朝见齐王，但却因齐王托病相召而打消了这一念头，并且也托病拒绝去见齐王，还在声称有病的第二天公然出外吊丧，甚至对齐王派医生前来都不管不顾。对于孟子的做法，孟子的两位弟子公孙丑和孟仲子都觉得有些过分，孟子的朋友齐国大夫景丑也批评他的行为于礼有违："《礼》曰：'父召，无诺。''君命召，不俟驾。'固将朝也，闻王命而遂不果，宜与夫《礼》若不相似然。"景氏在这里引用了《礼》书上的话来说明孟子按礼节应往见齐王。《礼记·曲礼上》云："父召无'诺'，先生召无'诺'，'唯'而起。"《礼记·玉藻》云："凡君召以三节：二节以走，一节以趋。在官不俟屦，在外不俟车。"又云："父命呼，'唯'而不'诺'，手执业则投之，食在口则吐之，走而不趋。"① 上述成文之礼仪自然也是时人普遍认同或奉行的，但是孟子却认为"将大有为之君，必有所不召之臣"，而齐王对有德之士不能致敬尽礼，所以自己不应前去见他。在《万章下》中，孟子的门徒万章向他请教其不见诸侯的缘由，万章的疑问实际上也暗含着一种世俗的看法：国君召见某人，某人理应往见。孟子回答说，自己对诸侯而言位同庶人，而庶人对国君而言，"往役，义也；往见，不义也"。赵岐注曰："庶人法当给役，故往役，义也；庶人非臣也，不当见君，故往见，不义也。"② 在孟子看来，作为一名庶人，若国君召其服役则应前往，但若被国君召见则不应前往，如此方合乎礼义。他还举齐景公田猎招虞人以旌一事论说了"非其招不往"的道理，并指出，诸侯欲见贤人而召其前来，是"以不贤人之招招贤人"，故不可行。总之，以上事例都反映了孟子对"父召，无诺"，"君命召，不俟驾"等世俗见解、世俗做法的否定和超越，从中也可以看出孟子渊博的学识、过人的思辨能力和独立不群的人格。

孟子对待相见礼俗还有另一个值得注意的地方，这就是按照一般人的看法或做法，某人以礼来见，或尊贵之人来见，应当待之以相应之礼，但

---

① 《礼记注疏》，《十三经注疏》，第 1240、1482、1484 页。

② 《孟子正义》，720 页。

在孟子那里也不尽然。《公孙丑下》记录了这样一件事：孟子离开齐国，宿于昼邑，有个人想替齐王挽留孟子，"坐而言，（孟子）不应，隐几而卧"，于是此人很不高兴，他觉得自己对孟子足够恭敬，孟子实在不该对自己这样冷淡，因此"请勿复敢见"。面对此人的责怪，孟子借鲁穆公与子思、泄柳、申详之事以辩明，对方不能劝齐王推行其道而徒劝其留，乃是对方与自己决绝，不是自己与对方决绝，所以自己对对方的态度并无不当之处。在《尽心上》中，孟子弟子公都子问起滕君之弟滕更来学于门下，"若在所礼"而孟子却不回答其询问的理由，孟子的解释是："挟贵而问，挟贤而问，挟长而问，挟有勋劳而问，挟故而问，皆所不答也。滕更有二焉。"滕更问道时既然有所倚仗，那么他的受道之心肯定不专不诚，所以孟子对这样的人以"不答"而答之。总之，以上事例也都反映了孟子对时代相见礼俗的否定和超越。

（二）孟子对待馈赠礼俗的态度

按照一般人的看法，拒绝他人的馈赠是不恭敬的行为，即"却之为不恭"（《孟子·万章下》）。孟子基本上是赞同这一看法的，他还为弟子解释了"却之为不恭"的原因："尊者赐之，曰：其所取之者义乎不义乎？而后受之。以是为不恭，故弗却也。"（《万章下》）不过，在孟子看来，对于他人的馈赠也并不是任何情况、任何场合下都可以接受的。他在《万章下》中指出，如果对方所馈赠的财物是抢劫来的则不能接受，对于杀人越货者是应当"不待教而诛"的。这又牵涉另一个问题：当时的诸侯从人民那里大肆敛取财物，其行为如同抢劫，那么对于他们所馈赠的那些搜刮来的财物是不是也应该拒绝接受呢？孟子的观点是，诸侯所馈赠的礼物虽然是通过不义手段得来的，但如果他们的交际和馈赠行为合乎礼仪则可以接受，对于他们应"教之不改而后诛之"。孟子还认为，如果他人的馈赠没有正当的理由，也不该接受。在《公孙丑下》中，孟子的弟子陈臻有这样一段言论：

前日于齐，王馈兼金一百而不受；于宋，馈七十镒而受；于薛，馈五十镒而受。前日之不受是，则今日之受非也。今日之受是，则前日之不受非也。夫子必居一于此矣。

面对陈臻的问难，孟子解释说，自己无论"受"还是"不受"都是有道理的：在宋国将有远行，宋君乃馈赠盘缠，故应接受；在薛邑面临危险，薛君乃馈赠购置兵备之资，故也应接受；齐王的馈赠则没有说法，"无处而馈之，是货之也"，故不应接受。总之，孟子既认可"却之为不恭"的说法，同时又认识到了在某些情况、某些场合下"却"的必要性。

在孟子那里，对于同样的馈赠行为，回报的方式有时也不尽相同，这也是超出常人的见识之外的。《告子下》记录了下面一件事情：

> 孟子居邹，季任为任处守，以币交，受之而不报。处于平陆，储子为相，以币交，受之而不报。他日，由邹之任，见季子；由平陆之齐，不见储子。

季任和储子都送礼物与孟子结交，孟子收下了二人的礼物而没有立即答礼。朱熹《集注》曰："不报者，来见则当报之，但以币交，则不必报也。"[1] 可见孟子的"受之而不报"是符合当时的礼节的，但他后来的"之任，见季子"，"之齐，不见储子"则有些让人难以理解了。在后文中，弟子屋庐子问孟子他见季子而不见储子的缘由是否在于储子职位轻于季子，孟子引《周书·洛诰》之语作了回答。他的意思是，献物于人须有诚意，季子居守其国，不得前往他国见自己，因此季子"以币交"而礼意已备；但身为齐相的储子本可以到位于齐国境内的平陆来见自己却不来见，因此储子虽然也"以币交"，却礼意不备，所以自己对此二人要采取不同的回报方式。

此外，孟子还注意到馈赠不同于赏赐，对于他人的赠物和赐物应区别对待。他在《万章下》中回答弟子的疑问说：如果国君以粟米馈赠未仕之人则应接受，因为这是君待民之礼，"君之于氓也，固周之"。但如果国君赐物给未仕之人则不能接受，因为这是君待臣之礼："无常职而赐于上者，以为不恭也。"在孟子看来，就未仕者而言，对于国君的馈赠"却之为不恭"，对于国君的赐物则是"却之为恭"了。

除了对待相见礼俗和馈赠礼俗的态度之外，孟子对待交际礼俗的态度还有一点值得一提，这就是对虚情假意的交际之恭敬的批评。人际交往讲究恭敬，孟子也提倡人们在交际过程中以"恭敬"相互对待，但他所讲

---

① 《四书章句集注》，第 341 页。

的"恭敬"又不是那种有其仪而无其实、有其貌而无其情的恭敬。在《万章下》中，当万章问及"交际何心"时，孟子答之以"恭也"二字，其意在于强调人与人交往用心须恭敬。孟子又说："礼人不答，反其敬。"（《离娄上》）"恭敬者，币之未将者也。恭敬而无实，君子不可虚拘。"（《尽心上》）"恭者不侮人，俭者不夺人。……恭俭岂可以声音笑貌为哉?"（《离娄上》）这种对身正意诚的、发自内心的恭敬的强调也可以说是孟子对时代交际礼俗的一种否定和超越。

二　孟子对待事亲礼俗的态度

在《孟子》一书中，孟子对其所生活之时代的事亲礼俗的态度，主要表现在孟子对如何看待父子之间的矛盾、子女对父母应怀有的感情、奉养父母的方式方法、事亲在社会人生中的地位和意义等问题的认识和理解上。

按照世俗的看法，如果子女得罪父母，那是有悖于孝道的，但是孟子对此却有着不同的理解。《离娄下》记录了孟子与公都子的如下一段对话：

> 公都子曰："匡章，通国皆称不孝焉。夫子与之游，又从而礼貌之，敢问何也?"孟子曰："世俗所谓不孝者五：惰其四支，不顾父母之养，一不孝也；博弈，好饮酒，不顾父母之养，二不孝也；好货财，私妻子，不顾父母之养，三不孝也；从耳目之欲，以为父母戮，四不孝也；好勇斗很，以危父母，五不孝也。章子有一于是乎? 夫章子，子父责善而不相遇也。责善，朋友之道也。父子责善，贼恩之大者。夫章子岂不欲有夫妻子母之属哉? 为得罪于父，不得近，出妻屏子，终身不养焉。其设心以为不若是，是则罪之大者。是则章子已矣。"

齐人匡章（又称章子）因为得罪了父亲而为其父所驱逐，举国上下都说他不孝，孟子不但没有附同众人，反而与匡章彼此来往，并待之以礼，公都子对此感到不解，孟子乃为匡章作了一番辩白。孟子的谈话大致包含三层意思：首先，匡章并未进入世俗所谓的"不孝"之列。其次，匡章得罪父亲的原因在于"子父责善而不相遇"。《战国策·齐策一》述齐威王之语云："章子之母启，得罪其父，其父杀之而埋马栈之下。"吴师道注此句说："章子通国称不孝。孟子以为父子责善而不相遇者，恐因此事也。"① 在孟子看来，相责以善是朋友之间的准则，父子之间"责善"是最伤感情的事，在《离娄上》中他也表达过类似的观点："古者易子而教之。父子之间不责善，责善则离，离则不祥莫大焉！"从这个意义上来说，对匡章得罪其父这件事情是可以谅解的。再次，匡章因为不得接近其父，故而离弃其妻，疏远其子，以自我责罚，不孝之人焉能如此？总之，孟子固然不赞同父子之间相互伤害感情，但同时又认为，为子者获罪于父，不能因此就断定子方不孝，而应该具体分析父子间闹矛盾的原因和双方的实际状况，在辨明真相后再下结论。

　　按照世俗的看法，子女对父母应保持一种敬爱之心，不应怀有怨情，甚至如《礼记·内则》所言，"父母怒，不说，而挞之流血，不敢疾怨，起敬起孝"②。但在孟子看来，子女对父母也并非不可以有怨情，有时候没有怨情反为不孝。在《万章上》中，孟子称舜因未能得到父母的欢心而"怨慕"，万章认为舜不宜有"怨"，并引用了曾子所说的"父母爱之，喜而不忘。父母恶之，劳而不怨"③ 作为根据（万章的观点代表了一种世俗的见识），孟子则指出"怨慕"父母的舜才算得上"大孝"之人："人少则慕父母，知好色则慕少艾，有妻子则慕妻子，仕则慕君，不得于君则热中。大孝终身慕父母，五十而慕者，予于大舜见之矣④。"在《告子下》中，公孙丑告诉孟子，高子（齐人）以为《诗·小雅·小弁》为"小人之诗"，因为作者有"怨"其亲之意（高子的观点也可以说是代表了一种世俗的见识），孟子则批驳了高子的言论，他通过解释《诗·小雅·小弁》和《诗·邶风·凯风》"怨"与"不怨"的问题而指出："亲之过大而不怨，是愈疏也。亲之过小而怨，是不可矶也。愈疏，不孝也。不可矶，亦不孝也。"综上所述，孟子一方面不提倡为子者因父母的一点小过错而心怀怨恨；另一方面又认识到，不能简单地由"怨"与"不怨"来区分"不孝"与"孝"，而应结合亲子双方的实情做出评判。

① 《战国策集注汇考》，第 512—513 页。
② 《礼记注疏》，《十三经注疏》，第 1463 页。
③ 见于《礼记·祭义》、《大戴礼记·曾子大孝》等篇。
④ 《孟子·告子下》引孔子语曰："舜其至孝矣！五十而慕。"

　　孟子在奉养父母的方式方法上也有超出常人的见解。他在《离娄上》中举曾子养曾皙和曾元养曾子的事例以说明，事亲不能停留于一般的"养口体"的层次，而应达到更高的"养志"的层次，即承顺父母的意愿而不忍对其加以伤害。但孟子所讲的对父母的顺从又不同于一般的曲意逢迎。他在《离娄上》中说："不得乎亲，不可以为人。不顺乎亲，不可以为子。"朱熹《集注》云："得者曲为承顺，以得其心之悦而已。顺则有以谕之于道，心与之一而未始有违，尤人所难也。"① 据此，"顺乎亲"比"得乎亲"更进一步，它向为人子者提出了一个能以道义感化其亲的要求。孟子又宣扬最大的孝行就是"尊亲"："孝子之至，莫大乎尊亲；尊亲之至，莫大乎以天下养。为天子父，尊之至也。以天下养，养之至也。"（《万章上》）细绎文意，这里的"尊亲"也不仅仅是指一般的尊敬父母，还包含着父母因其子德高位尊而获得更多尊敬的意思。孟子又强调对父母的孝敬和取悦应发自内心："悦亲有道：反身不诚，不悦于亲矣。"（《离娄上》）孟子还认识到事亲的前提是"守身"，即守护自身的节操："不失其身而能事其亲者，吾闻之矣。失其身而能事其亲者，吾未之闻也。"（《离娄上》）这些也是很精深的见解。总之，上述言论都反映了孟子对时代事亲礼俗的匡正和超越。

　　孟子极其看重事亲在社会人生中的地位和意义。他继承了前人的孝悌为"仁之本"（《论语·学而》）等思想又对其加以发展，形成了自己对事亲之意义价值的认识。孟子认为，孝敬父母是做人的前提："不得乎亲，不可以为人。"（《离娄上》）孝敬父母也是一个人获得朋友和上司信任的途径："获于上有道：不信于友，弗获于上矣。信于友有道：事亲弗悦，弗信于友矣。"（《离娄上》）孝敬父母还具有重要的政治价值："老吾老，以及人之老；幼吾幼，以及人之幼：天下可运于掌。"（《梁惠王上》）"人人亲其亲，长其长，而天下平。"（《离娄上》）这种对事亲在社会人生中的地位和意义的看重与强调，虽然大致不出儒家的"修齐治平"的范围，但在孟子生活的时代并且相对于当时的世俗意识而言却堪称高屋建瓴之论，因此也可以把它看作孟子对时代事亲礼俗的一种思考和超越。

---

① 《四书章句集注》，第 287 页。

三　孟子对待丧葬礼俗的态度

在《孟子》一书中，孟子对其所生活时代的丧葬礼俗的态度，主要表现在孟子对墓葬的起源、丧葬物品的使用、服丧条件和居丧时间、丧葬的地位和功能等问题的认识和理解上。

墓葬是中国传统的葬式，对此，人们相沿成习，很少有人会想到探究一下它的起源问题，孟子则设身处地地对墓葬的起源进行了追溯。《滕文公上》记录了孟子批驳墨家的"薄葬"、"兼爱"观点的一番言论，其中谈到了葬埋之礼的缘起：

> 盖上世尝有不葬其亲者，其亲死，则举而委之于壑。他日过之，狐狸食之，蝇蚋姑嘬之，其颡有泚，睨而不视。夫泚也，非为人泚，中心达于面目。盖归反虆梩而掩之。掩之诚是也，则孝子仁人之掩其亲，亦必有道矣。

在孟子看来，爱由亲始，推以及人，自有差等，葬埋之礼就是出于亲子之间的至深至重、不能自已之情，而亲死厚葬也自有道理，是符合人之常情的，薄葬则不宜提倡。从现代科学的角度来看，孟子对墓葬起源的解释当然有些片面：人们对死者实行墓葬"一方面固然是出于对自己集团的成员的关怀，眷恋死去的亲人，更重要的是同灵魂观念和原始宗教的产生有关"[1]。不过，相对于凡事习以为常而不察其因的一般民众而言，孟子对葬埋之礼的这种追本溯源的态度还是非常值得称道的。

孟子生活的时代盛行厚葬[2]，孟子本人也主张厚葬，这与时代葬俗是一致的，但在丧葬物品的使用标准上，孟子有其与众不同的尺度。《梁惠王下》记录了下面一件事：鲁平公打算去拜访孟子，但被嬖臣臧仓劝阻住了，臧仓提出的理由是孟子"后丧逾前丧"，即他办理母亲的丧事比先前办理父亲的丧事隆重，其行为不合"礼义"，因此称不上是什么"贤

---

① 阴法鲁、许树安主编《中国古代文化史》第 2 册，北京大学出版社 1991 年版，第 121 页。
② 《孟子·滕文公上》述孟子语云："吾闻夷子墨者，墨之治丧也，以薄为其道也。夷子思以易天下，岂以为非是而不贵也？"此语正是孟子所处时代盛行厚葬的明证。

者"，鲁君实在不该屈尊去见这样的人。之后孟子的弟子乐正子向鲁君问起他不见孟子的缘由，鲁君据实相告，乐正子乃问所谓"逾"是否是指"前以士，后以大夫；前以三鼎，而后以五鼎"，即孟子以士礼葬父，以大夫礼葬母（孟子葬母与葬父所用之礼之所以不同，是因为他前后身份、地位有变化，但他仍是在依礼行事），鲁君答之以"否，谓棺椁衣衾之美也"，乐正子又辩解说，这是因为孟子前后"贫富不同"，不能说是违礼。此处乐正子的辩解部分地代表了孟子的观点，臧仓对孟子的诽谤则代表了一种世俗的认识。其实不仅臧仓有此看法，在《公孙丑下》中，孟子的另一位弟子充虞也曾当面指出孟子为母亲置办的棺木"若以美然"。对于充虞的质疑，孟子回答说，"古者棺椁无度，中古棺七寸，椁称之，自天子达于庶人"，所以自己讲究棺椁的坚固厚实并没有违背礼制的要求。孟子又进一步解释说，讲求棺木的坚厚不只是为了美观，也是"尽于人心"即子女对父母尽孝心的表现，因此，在礼制和财力允许的情况下，应当采取最好的方式来安葬亲人，"君子不以天下俭其亲"。由上可见，在葬礼的规格、丧葬器具物品的使用等问题上，孟子有遵从社会礼俗的一面，同时还注意因时制宜，适当变通，并将"尽于人心"等思想贯注于其中，从而对时代丧葬礼俗有所超越。

周代礼俗要求生者依照亲疏尊卑的等级秩序为死者服丧，孟子基本上是维护这一礼俗的，但在服丧条件和居丧时间等问题上，孟子又有不同于时代礼俗的说法。在《离娄下》中，齐宣王以"礼为旧君有服，何如斯可为服矣"之语问孟子，孟子回答说：

> 谏行言听，膏泽下于民；有故而去，则君使人导之出疆，又先于其所往；去三年不反，然后收其田里：此之谓三有礼焉。如此，则为之服矣。今也为臣，谏则不行，言则不听，膏泽不下于民；有故而去，则君搏执之，又极之于其所往；去之日遂收其田里：此之谓寇雠。寇雠何服之有？

周代礼制有旧臣为旧君服丧（包括致仕和去国两种情况）的规定，《仪礼·丧服》云："疏衰裳，齐，牡麻绖，无受者……为旧君、君之母、妻。[传曰]为旧君者，孰谓也？仕焉而已者也。何以服齐衰三月也？言与民同也。君之母、妻，则小君也。……大夫在外，其妻、长子为旧国君。［传曰］何以服齐衰三月也？妻，言与民同也。长子，言未去也。"①按照世俗之见，旧臣为旧君服丧似乎应是无条件的，齐王问话的目的也是单方面强调臣应敬君，但孟子却指出，旧臣为旧君服丧应以君昔日曾"三有礼"于臣为前提，反之则不应服丧，这与他前面所说的"君之视臣如手足，则臣视君如腹心"等话语是一致的，都申述了君臣之间应报施有道，君与臣应以恩义礼敬相互对待的意思。《滕文公上》有这样一段记录：滕定公去世后，滕世子派其傅然友向孟子询问如何治丧，孟子答以"三年之丧，齐疏之服，飦粥之食，自天子达于庶人，三代共之"，世子接受了孟子的建议，打算实行三年之丧，但滕国的"父兄百官"都不愿意，并称"吾宗国鲁先君莫之行，吾先君亦莫之行也"，可见三年之丧的古礼久已废坏，不行三年之丧反成时俗。世子虽然遇上了一些阻力，但在孟子的劝勉下他终于断然行起了三年之丧，并且收到了不错的劝化人心的效果："五月居庐，未有命戒，百官族人可谓曰知。及至葬，四方来观之，颜色之戚，哭泣之哀，吊者大悦。"这一事例反映了孟子的一种强调久丧的思想，孟子对久丧的强调显然也是对时俗的一种反拨。当然，孟子所提倡的"三年之丧"或久丧并非徒具形式，其中贯穿着一个"亲丧固所自尽"（《滕文公上》）即子女对父母的丧事本应竭尽心力的观念。正因如此，在《尽心上》中，孟子对主张劝"欲短丧"的齐宣王服丧一年总比不服丧要强的公孙丑的说法表示反对，而对某王子之傅为因礼制所限不能为生母终服其丧的王子"请数月之丧"的做法表示赞许：在孟子看来，齐王本不想"自尽"，故而勉强让他延长服丧时日并无多大意义；王子则可谓做到了"自尽"，故而对他来说，"虽加一日愈于已"。

此外，孟子还谈论到了丧葬的地位和功能问题。如"养生者不足以当大事，惟送死可以当大事"（《离娄下》），"养生丧死无憾，王道之始也"（《梁惠王上》）等语句，均将丧葬俗事提升到人生大事或朝政大事的高度来看待，字里行间展现着孟子不同寻常的眼光。

余论

由以上论述可知，在《孟子》一书中，孟子对其所生活时代的礼俗

---

① （汉）郑玄注，（唐）贾公彦疏：《仪礼注疏》，（清）阮元校刻《十三经注疏》，中华书局1980年影印本，第1110页。

既有认同的一面，又有超越的一面，而无论是认同还是超越，都有一个基本的出发点，这就是顺应"本性"，不失"本心"。孟子认为，人性以心为本，人性本身是善的，仁义礼智也是人心所固有的："仁义礼智，非由外铄我也，我固有之也，弗思耳矣。"(《告子上》)需要注意的是，孟子所讲的"仁义礼智"与世俗的礼义道德是有所不同的，他在《离娄下》中说："非礼之礼，非义之义，大人弗为。"又说："大人者，言不必信，行不必果，惟义所在。"这就是说，世俗的礼义道德常常似是而非，而人心所固有的"仁义礼智"才是最符合正道的，通达万变的"大人"正是由"本心"或者说"本心"所具有的道义出发来立身行事的，而从不拘泥于世俗的礼义教条。孟子又说："大人者，不失其赤子之心者也。"(《离娄下》)在孟子看来，因为最符合正道的"仁义礼智"为人心所固有，所以，只要一个人不失却其"本性"或"本心"，他的道德意识就不会缺失，他的行为——无论遵从礼俗的规范和要求与否——也就不会出现偏颇，成为因时处宜，无所不能的"大人"。孟子既然倡扬"性善"之说，自然重视个人的道德判断，在他那里，"个人判断之权威，可在世俗所谓礼义之上"①，因此他对时代礼俗就表现出了一种从顺应"本性"或不失"本心"出发的既认同又超越的态度。

《孟子》中有关交际、事亲、丧葬等礼俗的种种言论，是孟子"遵夫子之业而润色之"(《史记·儒林列传》)的一个重要表现，在理论上进一步丰富和发展了儒家的"礼"、"义"、"恭"、"敬"、"忠"、"孝"等思想，从一个侧面对儒家伦理学说的精神品格做出了创造性的提升。在孟子所生活的战国时期，随着社会制度的变化和发展，儒家学说也需要适应时代演进的需要，建立起一个新的诠释体系，如此方能保持自身的活力，孟子有关礼俗的精深独到之见正为儒家伦理学说注入了新鲜血液。孟子的"性善"说和他对待礼俗以及其他外在规范的态度虽然不无缺憾，但也有着一定的实践意义，正如法国学者弗朗索瓦·于连所指出的："由于只要顺应我们身上的本性要求就行了，那么我们也就无需那些由外部来规定我们的行为的规章或准则了；而由于没有预先以任何固定约成的方式来左右我们的行为，我们也就总是能够留心于各种情况的差异，从而顺应所有的

---

① 冯友兰：《中国哲学史》，华东师范大学出版社2000年版，上册，第99页。

变化。"① 从这个意义上说，由"本性"或"本心"出发来对待礼俗或其他外在规范，有利于人的自由意志的发挥，也有利于克服规章、准则之类东西的限制人心、限定行为等弊端。即便是在现代社会生活中，孟子有关社会礼俗、伦理规范的思想也不无参考价值。

通过以上论述也不难看出，《孟子》一书通过记写孟子对待礼俗的态度和言行，不但有力地表达了全书的人性本善、不失"本心"的具有主导性的思想观念，还将这些看似抽象高深的思想观念融于对民风民俗及相关问题的叙述和评论之中，使之具体化、浅显化、生活化乃至趣味化了，正所谓"君子之言也，不下带而道存焉"（《孟子·尽心下》），这可以说是《孟子》中与礼俗相关部分所具有的一种文学意义。

《孟子》一书通过记写孟子对待礼俗的态度和言行，还较为突出地展现了一个傲岸而不失平易、任性而自有定见的孟子形象。读过《孟子》的人不难体会到书中孟子的为人傲岸，甚至还带着几分任性的形象特点。孟子的这份傲岸，这种任性，除了表现为他对王公贵人的蔑视，也表现为他对具有强大束缚力的礼俗，特别是人际交往礼俗的超越和突破，而且从某种意义上说，蔑视权贵也是对"父子主恩，君臣主敬"（《孟子·公孙丑下》）的礼俗的一种突破。如《公孙丑下》中，孟子的不顾弟子和朋友的劝说坚持不见齐王，以及以"卧"而"不应"的态度对待"为王留行者"，就都是对礼俗的突破，也都突出地表现了孟子的傲岸甚或任性。又如《离娄下》中的一章：

> 公行子有子之丧，右师往吊，入门，有进而与右师言者，有就右师之位而与右师言者。孟子不与右师言。右师不悦，曰："诸君子皆与驩言，孟子独不与驩言，是简驩也。"孟子闻之曰："礼，朝廷不历位而相与言，不逾阶而相揖也。我欲行礼，子敖以我为简，不亦异乎！"

文中的"右师"即王驩，字子敖，是齐王宠臣。孟子与众人到齐大夫公行子那里吊丧，众位吊丧者在王驩到来时纷纷上前与他搭讪，但孟子偏偏

① ［法］弗朗索瓦·于连：《道德奠基：孟子与启蒙哲人的对话》，宋刚译，北京大学出版社 2002 年版，第 67—68 页。

不搭理他，这让王驩觉得很不受用，孟子还自言这样做是有道理的（这当然也是孟子避免与所恶之人言语的一个巧妙借口）：此次吊丧乃奉君命行事，应遵循朝廷上的礼仪，故而自己不应与王驩讲话。当时的礼俗自有趋附贵幸者的习气，孟子的上述言行可以说是对这种礼俗的突破，我们从中能够进一步看出孟子的傲岸个性。《孟子》一书中的孟子形象有傲岸、任性的特点，但又不仅止于傲岸和任性，他在傲岸中时而能显出平易，他的任性也从不缺乏一定之见。孟子的平易，时时通过他对某些礼俗的遵从和认可，如吊人之丧、答人之礼、收受馈赠、宣扬孝道等表现出来。

孟子的有定见，也由他面对礼俗冲击时对道义和"本心"的固守获得了突出表现。如孟子的接受宋君、薛君的馈金而不接受齐王的馈金（《公孙丑下》），答礼时见季子而不见储子（《告子下》），以及"后丧逾前丧"（《梁惠王下》）等做法，或顺从礼俗，或违背礼俗，看似没有一定的原则，实际都是立足于仁义之道，乃所谓"君子之所为，众人固不识也"（《告子下》），因而更加鲜明地表现了孟子的胸有定见。

《孟子》文风具有一种尖锐犀利的特点，这一特点在相当大的程度上是通过书中孟子有关礼俗的言论体现出来的。孟子曾说过："行之而不著焉，习矣而不察焉，终身由之而不知其道者，众也。"（《孟子·尽心上》）虽然此语本意是说绝大多数人乃是不自觉地按照所谓大道行事，但也在客观上说明了一个问题，即一般人对身边的习俗、礼俗常常是不明所以的。对众庶之人都不识所以然的礼俗，孟子却能入木三分地揭示出其真谛或弊病，所以与全书其他部分相比，《孟子》一书中孟子所发的有关礼俗的言论尤其显得犀利。如"恭敬者，币之未将者也"（《尽心上》），"夫章子，子父责善而不相遇也"（《离娄下》），"大孝终身慕父母"（《万章上》），"亲丧固所自尽也"（《滕文公上》），以及对葬埋之礼缘起的解释（《滕文公上》）等言论，都堪称剜心刺骨，鞭辟入里。

总而言之，《孟子》一书与其所产生时代的礼俗有着不可分割的联系，交际、事亲、丧葬等礼俗因素的融入，不但影响到《孟子》一书的内涵，也加深、增强了全书的文学色彩和独特风格。曾经有学者指出20世纪《孟子》研究的某些缺憾，这就是相对于哲学思想、社会政治主张的研究而言，对《孟子》散文艺术的研究工作做得不够，而且对《孟子》散文艺术的研究不但存在着理论上套用欧美评判标准和术语的失误，还"过多地受到主流意识形态的介入和政治思潮的干扰，重思想轻艺术，褒

贬失当，既造成了众多的迷误，也造成了研究的浮浅和领域的狭隘，很多
问题缺乏深入的探讨，甚至有一些'空白'的领域需要去填补"①，这些
问题在当前的《孟子》研究中也不同程度地存在着。本节对《孟子》一
书与时代礼俗之关系的探究，就是从实际出发提炼命题，拓展《孟子》
的研究领域，开辟《孟子》研究的新思路的一种尝试，希望能以此填补
《孟子》研究的某些"空白"，进一步展现《孟子》的真面貌和丰富性。

第三节　《庄子》相术思想及其文学意义

相术是以目验的方法为特点的一种占卜方术，它所注意的是观察对象
的外部特征，包括形势、位置、结构、气度等，所以也叫"形法"②。据
《汉书·艺文志·数术略》，古代相术涉及的对象非常广泛，有相地形、
相宅墓、相人、相六畜（马、牛、羊、鸡、犬、豕）、相宝剑刀、相衣
器、相土、相蚕等名目。相术信仰作为一种风俗文化，在春秋战国时期已
经比较流行，并在当时的书籍著作中留下了点点印痕，而《庄子》中就
有不少与相术有关的内容。自古至今，关于《庄子》的研究成果极为丰
硕，无论是对其哲学体系的阐释和发挥，还是对其文学成就的探讨和揭
示，还是近年来兴起的从文化学、伦理学、语言学、文学、宗教学、心理
学、生态学、管理学、营销学等角度对其进行的跨学科、多维度研究，都
创获颇多，但民俗学或风俗文化视阈中的《庄子》研究则极少有人涉足，
从相术角度对《庄子》做出研究的更乏其人。基于《庄子》研究的这种
现状，本节将结合相关的背景资料对《庄子》一书中所蕴含的相术思想
进行探析，这不但有助于学术界进一步认识《庄子》的风俗文化价值，
也有助于当今对《庄子》哲学思想和文学成就的解读与分析。

一　《庄子》对世间相术的看法

要谈论《庄子》一书中所蕴含的相术思想，首先应该论及的是《庄
子》作者对社会上的相士所持有的、世人所普遍信奉的相术的看法。在

---

① 聂永华：《百年〈孟子〉散文艺术研究之回顾与前瞻》，《郑州大学学报》（哲学社会科
学版）2002 年第 3 期，第 138—142 页。

② 李零：《中国方术考》（修订本），东方出版社 2001 年版，第 84 页。

《庄子》作者看来，世间流传的相术有其合理、可信的一面，一些本领高超之相士的相人相物行为更为准确可靠，但世间相术也有很大的局限性，需要从思想上或方法上对其加以改进和提高。归结起来，作者在对世间相术有所肯定的基础上对其局限性所做出的批评主要有以下两点：

一是操作方法的局限性。相士主要凭借人或物的形貌特征进行推断或预测，这种操作方法虽然具有一定的可行性，但由于其依据的单一和视野的狭窄，难免会碰到行不通的情况。《庄子》之《应帝王》篇讲述了一则相人故事：郑国有个巫师叫季咸，能占出人的生死存亡、祸福寿夭，他预言某事所发生的时间能够精确到年、月乃至旬、日，而且准确如神，以致郑国人见到他"皆弃而走"，唯恐预闻到凶祸之事。列子"见之而心醉"，并对其师壶子声称季咸之道有过于壶子本人，壶子回应说，列子从自己这儿学得的仅是道之表，并未探取到道之实，列子修道尚浅，却拿这样的"道"来"与世亢必信"，所以使季咸窥测到了他的心思，从而获得相人的成功。接下来，壶子让列子请季咸前来为自己相面，季咸先后四次相壶子，却都失败了。文云：

> 明日，列子与之见壶子。出而谓列子曰："嘻！子之先生死矣，弗活矣，不以旬数矣！吾见怪焉，见湿灰焉。"列子入，泣涕沾襟，以告壶子。壶子曰："乡（向）吾示之以地文，萌乎不震不正。是殆见吾杜德机也。尝又与来。"明日，又与之见壶子。出而谓列子曰："幸矣，子之先生遇我也！有瘳矣，全然有生矣。吾见其杜权矣。"列子入，以告壶子。壶子曰："乡吾示之以天壤，名实不入，而机发于踵。是殆见吾善者机也。尝又与来。"明日，又与之见壶子。出而谓列子曰："子之先生不齐，吾无得而相焉。试齐，且复相之。"列子入，以告壶子。壶子曰："吾乡示之以太冲莫胜（朕）。是殆见吾衡气机也。鲵桓之审为渊，止水之审为渊，流水之审为渊。渊有九名，此处三焉。尝又与来。"明日，又与之见壶子。立未定，自失而走。壶子曰："追之！"列子追之不及，反以报壶子，曰："已灭矣，已失矣，吾弗及也。"壶子曰："乡吾示之以未始出吾宗。吾与之虚而委蛇，不知其谁何，因以为弟靡，因以为波流，故逃也。"

季咸第一次相壶子，以为壶子将死，因为他面如湿灰，全无生机，事实证明他是相错了；第二次相壶子，以为壶子又有了活下去的希望，因为他先前闭塞的生机开始活动了，事实证明他又相错了；第三次相壶子，只觉得无从着手，因为壶子看起来精神恍惚，难以捉摸；第四次相壶子，还没有站稳脚跟就落荒而逃了，因为壶子更让人捉摸不定了。至于季咸相壶子失败的缘由，壶子每次都作了分析，清代学者王先谦对此有几句简明的解释："今季咸见其（壶子）尸居而坐忘，即谓之将死；见其神动而天随，即谓之有生。苟无心而应感，则与变升降，以世为量，然后足为物主，而顺时无极耳，岂相者之所觉哉！"① 此语堪称中的。季咸相壶子之事本是一则寓言，其本意是为了说明为帝王者应当虚己无为，立于不测之地，不可使天下人"相"出其端倪，以开启机智之门，但也在客观上反映了作者对于世间相士与其相术的某种批评。现代人很容易把壶子与季咸之间的较量看成中国最早的破除迷信、揭露相术虚伪实质的生动教材，甚至是批判封建宿命论的开创性壮举，但细绎原文可知，《庄子》作者并不是出于科学的意识去揭发相术之伪的，季咸见壶子的情形只能算是"小巫见大巫"②。故此，对季咸相壶子一事所包含的批评相术的意思这样理解比较合理：那些凭借外貌、神情来相人的世间相士，即使其相术已经达到非常高妙的地步，然而一旦遇上表情渊深莫测、没有定相可相之人，就可能束手无策了。相士可能会遇上无法把握的外相，这反映了世间相术操作方法上的一种局限性。相士还可能会遇上表里不一的外相。《庄子·列御寇》托言于孔子云："凡人心险于山川，难于知天。天犹有春秋冬夏旦暮之期，人者厚貌深情。故有貌愿而益（溢），有长若不肖，有顺懁而达，有坚而缦，有缓而釬。"某些人的外貌与其内心和性情并不一致，甚至外表特征和内在品格恰恰相反，从而增加了相人识人的难度。为此，作者在下文中托言孔子提出了"九观"之法，即"远使之而观其忠，近使之而观其敬，烦使之而观其能，卒（猝）然问焉而观其知，急与之期而观其信，委之以财而观其仁，告之以危而观其节，醉之以酒而观其侧（则），杂之以处而观其色"。在"孔子"看来，通过上述九事捕捉征验，就足以识别贤能或不肖之人了。《列御寇》中的上述言论虽然说的是观人识才的问

---

① 《庄子集解》，第 74 页。

② 叶舒宪：《庄子的文化解析——前古典与后现代的视界融合》，湖北人民出版社 1997 年版，第 244—246 页。

题，但因为人的外表和内里不一致的情况也是给相士提出的一个难题，所以我们也可以把它看作对世间相术的某种侧面批评：单凭形貌特征推测人的性情命运，而不把言行作风等也作为相人依据，一旦遇上表里不一之人，就难免会出现失误，这也是世间相术操作方法上的一种局限性。

二是相者思想认识的局限性。一般相者重视术艺提高而轻视精神修炼，思想庸俗，境界不高，见解固陋，致使他们的相术大为逊色。《庄子》之《徐无鬼》篇有这样一则寓言：子綦召来善相者九方歅为他的八个儿子相命，九方歅相出其中名为梱的那个儿子最有福气，并预言梱"将与国君同食以终其身"，子綦听罢却"索然出涕"，哀叹梱"何为以至于是极"。九方歅对子綦的表现大惑不解，觉得此人不像有福分的样子："夫与国君同食，泽及三族，而况父母乎？今夫子闻之而泣，是御福也。子则祥矣，父则不祥。"面对九方歅的批评，子綦分辩说，此中道理非九方歅知识所能及：九方歅所谓的"祥"不过是子綦所看不上的"尽于酒肉，入于鼻口"，还不知道这些东西是怎么来的；自己和儿子共同修道，"游于天地"，循任自然，不求功名，绝不是世俗的酒肉之人，而梱的相貌却显示他将来竟然要得到世俗的酒食之报偿，这实在是怪异之征，恐怕上天将要降危难于其子其家了。这之后没多久梱就被派往燕国，途中遭强盗掳获，"刖而鬻之于齐，适当渠公之街，然身食肉而终"。据宣颖注解，文中"适当渠公之街"意为"适当君门之街为阍者"①，这就是所谓"与国君同食"。或者也可以将"与国君同食"理解为食君之禄。无论对九方歅所说的"与国君同食"五字作哪种理解，梱后来的命运都可以说被九方歅言中了。在作者笔下，九方歅的预言不可谓不灵验，但他只知其一不知其二，知世俗不知大道，不清楚"与国君同食以终其身"这样的生活对子綦父子的意义，更没有考虑到此种生活的由来，这正代表着某些相士思想认识上的不足之处。再如《庄子·人间世》中的匠石相木故事：

> 匠石之齐，至乎曲辕，见栎社树。其大蔽数千牛，絜之百围，其高临山十仞而后有枝，其可以为舟者旁十数。观者如市，匠伯不顾，遂行不辍。弟子厌观之，走及匠石，曰："自吾执斧斤以随夫子，未尝见材如此其美也。先生不肯视，行不辍，何邪？"曰："已矣，勿

---

① 《庄子集解》，第 220 页。

言之矣！散木也，以为舟则沈（沉），以为棺椁则速腐，以为器则速毁，以为门户则液橘，以为柱则蠹。是不材之木也，无所可用，故能若是之寿。"……

匠石一眼看出令其弟子和众人叹为美材的身为社木的大栎树实为"不材之木"，对它不屑一顾。与弟子相比，匠石的见识堪称高明，但在作者笔下他的心智仍然是有所障蔽的。文中接下来就写大栎树托梦给匠石，言称可用之木"以其能苦其生"，莫能终其天年，自己则因为"无所可用"而得以全身，并长得如此高大，它还讥刺匠石为"几死之散人"，"恶知散木"。最后，匠石认识到大栎树保全自己的方法与俗众不同，对它是不能以常理加以度量的。这则故事以木喻人，其中寄寓着这样一个道理：有才者被自己的才能害苦了一生，全生远害之方在于以"无用"为"大用"。所谓"无用"也就是"不被当道者所役用"，"不沦于工具价值"，如此则可保全自身，进而发展自身①。匠石相木故事虽然意在说明有关社会人生的哲理，但也在一定程度上折射出相人者或相物者在观人识"材"方面的思想局限，这也是《庄子》作者所批评的。此外，《庄子》之《逍遥游》篇中惠子与庄子论大樗之用、《山木》篇中庄子悟到大木"以不材得终其天年"、《人间世》篇中南伯子綦称赏"不材之木"等事，也隐隐约约透露出作者对相人者或相物者思想境界的指摘或期许。

二　《庄子》所主张的观人相物方法

《庄子》在批评世间相术局限性的同时，还推出了一套独特的观人相物方法。无论是就观人相物的目的还是观人相物的具体手段而言，《庄子》所主张的观人相物方法与一般意义上的相术都有着较大的差别，严格地说对它已不能以"术"称之，可以把它看作是在吸纳借鉴世间相术基础上对后者的一种超越和反拨。《庄子》以作者所推尊的"道"为标准来观照世间相术，《庄子》所主张的观人相物方法也贯穿着一个"道"字。《庄子》作者认为，存在于天地宇宙之间的普遍性的秩序——"道"是无处不在的。正如《庄子·知北游》引庄子之语所言称的那样，"道"可以"在蝼蚁"，"在稊稗"，"在瓦甓"，"在屎溺"，总之"无所不在"，

---

① 陈鼓应：《庄子今注今译》（最新修订版），商务印书馆 2007 年版，第 128 页。

"无乎逃物"①。又《庄子·天道》引"夫子曰"说："夫道，于大不终，于小不遗，故万物备。广广乎其无不容也，渊乎其不可测也。"②《庄子·天地》云："（故）通于天地者，德也；行于万物者，道也；上治人者，事也；能有所艺者，技也。技兼于事，事兼于义，义兼于德，德兼于道，道兼于天。"③ 这就是说，"道"广大无伦，渊深无比，贯通于万事万物之中，天地万物无不受其支配，即使人的各种才能技艺的运用和发挥也要合乎这至高的"道"。既然人间万事都要依"道"而行，观人相物自然也应循"道"而为了。

《庄子》中有一些以道家人物所独具的法眼来观人相物的事例或言论。如《田子方》篇所述宋元君观人之事：

> 宋元君将画图，众史皆至，受揖而立；舐笔和墨，在外者半。有一史后至者，儃儃然不趋，受揖不立，因之舍。公使人视之，则解衣般礴，裸。君曰："可矣，是真画者也。"

宋元君由后至之画史舒闲安定、不拘格套的举止神态看出他是一个"真画者"，因为其表现证明他是一个怀道之士、内足之人，这样的人作画才能够达到出神入化的境地，这里的宋元君明显被赋予了道家人物的眼光。同篇还叙述了一则类似的观人故事：周文王在臧地见到一位丈人垂钓，"其钓莫钓，非持其钓有钓者也，常钓也"，文王由此看出臧丈人是一个有道之人，遂假托先君之命将政事委托给他。这里的臧丈人垂钓却无心施饵，意不在鱼，这是道家所欣赏的境界。文王以"道"观人，认为这样的人士才最适合担当国政重任。《达生》篇有一则关于如何养斗鸡的故事：文中的纪渻子在斗鸡处于"虚憍而恃气"、"应向（响）景（影）"和"疾视而盛气"的阶段时都觉得这样的鸡不能拿出去与其他鸡相斗，直至他手下的斗鸡"虽有鸣者，已无变矣，望之似木鸡矣，其德全矣"之时才认为所养之鸡庶几达到了无敌的水平，这则故事可以说是一个以

---

① 《庄子集解》，第190页。
② 同上书，第119—120页。
③ 《庄子集解》，第99页。陈碧虚《庄子阙误》引江南古藏本改"通于天地者，德也；行于万物者，道也"为"通于天者，道也；顺于地者，德也；行于万物者，义也"，以江南古藏本较为合理。

"道"相鸡的事例。《徐无鬼》篇有一段隐士徐无鬼对魏武侯所讲的关于相狗马的言论：

> 尝语君，吾相狗也。下之质，执饱而止，是狸德也；中之质，若视日；上之质，若亡其一。吾相狗，又不若吾相马也。吾相马，直者中绳，曲者中钩，方者中矩，圆者中规，是国马也，而未若天下马也。天下马有成材，若恤若失，若丧其一，若是者，超轶绝尘，不知其所。

徐无鬼相狗相马的最高标准就是"若亡其一"、"若丧其一"，也就是精神凝寂，如同忘记了自己，这是道家所推崇的"真人"的境界，也是作者笔下材质最高的畜类的境界。《吕氏春秋·观表》中有一段关于先秦之时相马术的述评："古之善相马者，寒风是相口齿，麻朝相颊，子女厉相目，卫忌相髭，许鄙相尻，投伐褐相胸胁，管青相膹肳，陈悲相股脚，秦牙相前，赞君相后。……其所以相者不同，见马之一征也，而知节之高卑，足之滑易，材之坚脆，能之长短。"[1] 所谓"善相马者"主要以马体某些部位的特征作为相视的依据，与《庄子》所称道的相马方法有着明显的不同。睡虎地秦简《日书》（1975 年 12 月出土，成书年代大约在公元前 278 年秦国设立南郡到公元前 246 年秦王政元年之间）甲种中的《马禖》一节文字也侧面反映了先秦相马术的某些情况。《马禖》是一篇祭祀马神时用的祈祷祝词，在祝词中祭祀者希望马神使自己养殖的马都能达到理想的善马标准："令其□者（嗜）□，□者（嗜）饮，律律弗御自行，弗敺（驱）自出，令其鼻能糗（嗅）乡（香），令耳恩（聪）目明，令头为身衡，脊力（脊）为身刚，脚为身□，尾善敺（驱）□，腹为百草囊，四足善行。"[2] 简文虽然有残缺之处，读者仍能从中大致地了解到祭祀者对马的鼻、耳、头、脊、脚、尾、腹、足等各部分所提出的理想要求，这与一般相马术的观察范围非常接近，由此也可以对先秦时期一般相者的相马之法有所认识，他们显然缺乏"徐无鬼"式人物的独特哲学眼光。综合以上例证可知，以所观察对象的外部特征或表现显示该对象是否

---

① 《吕氏春秋集释》，第 579—580 页。

② 吴小强：《秦简日书集释》，岳麓书社 2000 年版，第 175 页。

达到道境为标尺来推断其品德、才能和未来是《庄子》所主张的观人相物方法的最大特点。

从道家特有的相观标准出发，《庄子》中着重谈论了两类人的外相，即世俗人之相和得道者之相。

在《庄子》作者看来，世俗之人因为不能通道合德，自然天性受到束缚，所以他们的外相也不是出于自然，而是受着自觉意识的支配。在《庄子》之《天道》篇中，老子对前来学道的士成绮这样评论他的状貌："而容崖然，而目冲然，而颡頯然，而口阚然，而状义（峨）然，似系马而止也。动而持，发也机，察而审，知巧而睹于泰，凡以为不信。边竟有人焉，其名为窃。"在老子眼中，士成绮容态自命不凡，眼睛鼓突直视，额头高亢，口张舌利，形貌巍峨，整个人好似奔腾的马被人拴住，身体虽然暂时停息下来了而心思还在驰骛。他蠢蠢欲动而强自抑制，一旦能够行动就会像剑发弩机；他看起来明察而精审，自恃智慧机巧而外露骄泰之色。总之，士成绮状貌上的上述所有特点都不是自然之性的表现，由其状貌足以看出他是一个骄傲矜持、恃智弄巧的俗人。在《寓言》篇中，老子也批评了他中途遇上的阳子居的骄矜傲慢之态："而睢睢盱盱，而谁与居？大白若辱，盛德若不足。"阳子居受教改过之前架子很大，致使"舍者迎将其家，公执席，妻执巾栉，舍者避席，炀者避灶"。他虽自视甚高，却未闻大道；虽自异于众，却未能免俗，他的状貌是与盛德之士相距甚远的。《田子方》篇中，温伯雪子这样描述他所会见的鲁客的状貌举止："昔之见我者，进退一成规，一成矩；从容一若龙，一若虎；其谏我也似子，其道（导）我也似父。"在温伯雪子眼里，那位恪守礼义规矩的鲁客呈现出一派矫揉造作之态，他的外相脱离了自然状态，这表明他实际上不过是俗人一个。《外物》篇中，老莱子由弟子描述的他外出打柴时所遇之人的"修上而趋（促）下，末偻而后耳，视若营四海"的状貌准确地推断出此人就是孔丘，并告诫孔丘"去汝躬矜与汝容知，斯为君子矣"。在老莱子眼里，孔丘显现出一副矜持之容，机智之貌，称不上怀道抱德的"君子"。总之，以上这些人都挂着一副未得道者之相。此外，在《庚桑楚》篇中，作者还借老子之口描述了背离自然天性，欲归返本真而不得者的状貌特点。文中的老子从前来求教的南荣趎的"眉睫之间"探知了他的心志，他觉得南荣趎的外表好像一个无家可归的流亡之人一般："若规规然若丧父母，揭竿而求诸海也。女亡人哉！惘惘乎汝欲反汝情性而无由入，可怜哉！"南荣趎无法回归到他的真实性情，所以表现出一副茫然自失的样子，这虽然不同于一般世俗之人，但仍然不是达于道境者之相。总之，《庄子》作者认为，世俗之人刻意显出或做出的容色举动是违背人的真实本性的，是束缚人的心灵的，所谓"容、动、色、理、气、意六者，缪心也"（《庄子·庚桑楚》）。《庄子》还指出，如果人内心的情欲不能疏解，他的形貌举动便会现出光仪，一个人靠这样的外貌镇服人心而其内心不能自足，就会给自己招来祸患："夫内诚不解，形谍成光，以外镇人心，使人轻乎贵老，而鳌其所患。"（《列御寇》）所以《庄子》作者主张人不应骛名而应求实，人的一举一动都应出于自然，这样才能行事顺遂，而不至于事与愿违："动以不得已之谓德，动无非我之谓治，名相反而实相顺也。"（《庄子·庚桑楚》）

与世俗人矜持做作、不离华饰的外相不同，《庄子》中的得道者之相是保持着本然状态的，是朴实无华而自显天光的。试看《大宗师》篇描述的"古之真人"的神态状貌：

> 古之真人……其心志①，其容寂，其颡頯②，凄然似秋，煖然似春，喜怒通四时，与物有宜，而莫知其极。……其状義（峨）而不朋（崩），若不足而不承，与乎其觚而不坚也，张乎其虚而不华也，邴邴乎其似喜乎！崔乎其不得已乎！滀乎进我色也，与乎止我德也，厉乎其似世乎！謷乎其未可制也，连乎其似好闭也，悗乎忘其言也。

所谓得道"真人"因为内心忘怀了一切，容貌显得静寂而安闲，额头显得宽广而朴质；他像秋天一样冷肃，像春天一样温暖，他的喜怒哀乐就如同四季运行那样自然；他的神态巍峨而不崩弛，谦卑而不低贱，特立而不固执，宏阔而不浮华；他畅然自适，沉默如闭关，无心似忘言，一举一动都好像出于不得已；他高远超迈而和悦可亲，令人见之而归心。此外，《天地》篇中谆芒所述"怊乎若婴儿之失其母也，傥乎若行而失其道也"

---

① 据宣颖注解，"志"当作"忘"。

② 据王先谦集解，此处"颡"字同"恢"，形容大朴之貌。《庄子·天道》中老子评论士成绮状貌亦称"而颡頯然"，据成玄英注解，彼处"颡"字有"高亢，显露华饰"之意。两处"颡"字含义有所不同。

的"德人"容态,《庚桑楚》篇中老子所称道的"动不知所为,行不知所之,身若槁木之枝而心若死灰"的"儿子"(婴儿)般的外表,《知北游》中被衣所期望于人的"瞳焉如新出之犊而无求其故"的纯真无邪之貌,也都是得道者的外相。在《庄子》作者笔下,得道者的外貌看似枯槁晦暗,缺乏生气,怅然若失,懵懂无主,却自有大美在其中。请看《庄子》之《田子方》篇中的一段文字:

> 孔子见老聃,老聃新沐,方将被发而干,慹然似非人。孔子便而待之,少焉见曰:"丘也眩与?其信然与?向者先生形体掘(倔)若槁木,似遗物离人而立于独也。"老聃曰:"吾游心于物之初。"

老聃凝神定立、如同槁木偶人的样子,是游心于无物之境,与道之真相遇者的特有状貌,令孔子深为叹服,几乎不敢相信自己的眼睛。《徐无鬼》篇中,遗物丧我、众心尽遣的南伯子綦"隐几而坐,仰天而嘘",形若"槁骸"的样子也令颜成子见而惊叹,称赞其为"物之尤"①。《知北游》篇中,被衣也赞叹悟得道真忽而睡去的齧缺"形若槁骸,心若死灰","媒媒晦晦,无心而不可与谋","彼何人哉"。总之,与"垂衣裳,设采色,动容貌,以媚一世"(《庄子·天地》),"内诚不解,形谍成光"(《庄子·列御寇》)的世俗之人相比,得道者在外表上独具一种难以言说的魅力和亲和力,他们灵宇安泰,通身散发着自然的光辉;"宇泰定者,发乎大光。发乎天光者,人见其人,物见其物。"(《庄子·庚桑楚》)

余论

综上所述,《庄子》对世间相术有肯定、吸纳和借鉴的一面,也有否定、超越和提升的一面,《庄子》相术思想从一个侧面体现了全书的学说核心,其最大的特点就是援"道"入"相"——以"道"观照世间相术,并主张以"道"观人,以"道"相物。对于世上流传的相术,中外思想家有各种不同的看法。有对相术基本上持否定态度的。如荀子就批评过"相人之形状颜色而知其吉凶妖祥"的相人术,认为"相形不如论心,论心不如择术","行不胜心,心不胜术",人的形貌好坏与其心术善恶并

---

① 此事又见于《庄子·齐物论》,文字上有所不同。

不具有必然的对应关系，"长短、小大、善恶形相，非吉凶也"（《荀子·非相》）①。德国哲学家黑格尔也曾批评过西方流行的面相学和头盖骨相学，他认为相面家的观察"乃是以一种意谓出来的现实存在为自己的对象，并且从中寻找规律"，他们貌似合理地寻找可靠的外在判据，但这个判据与他们要说的东西之间并没有必然性和规律性的联系，一个人的真实性只能在他的行为里表现出来；而头盖骨相学更没有道理："说一种骨骼是意识的现实的存在，这简直可以说是对于理性的一种彻头彻尾的否定。"② 也有对相术基本上持肯定态度的。如东汉王充就断言人的形貌特征与其"性"、"命"之间存在着必然的联系："人命禀于天，则有表候见于体。察表候以知命，犹察斗斛以知容矣。""案骨节之法，察皮肤之理，以审人之性命，无不应者。"他还说人相为"隐匿微妙之表"，"或在内，或在外，或在形体，或在声气"，而法术浅薄之人往往见其表不见其里，致使其推测与实际不符。（《论衡·骨相》）③ 东汉王符也认为形貌特征可以显示人的品性和命运："人身体形貌皆有象类，骨法角肉各有分部，以著性命之期，显贵贱之表。"他还强调对人的"性"、"命"的推测应综合考虑骨法、气色、部位、德行等因素，又说相人是一项很复杂的工作，头脑不聪明、用心不精密的相者是不容易相中的，而且相者"能期其所极，不能使之必致"，所以人也不能一味信赖外相，坐等天命，修善力行对人的发展也起着非常重要的作用。（《潜夫论·相列》）④ 德国哲学家叔本华对西方流行的观相术也是深信不疑，言称"人的外表是表现内心的图画，相貌表达并揭示了人的整个性格特征"；"人的面孔乃是人们无法施展掩饰才能的地方，要掩饰自己的本来面貌只能限于类似模仿的表情"。他还认为，"要成功地观看一个人的相貌，首要的条件是保持纯粹客观的观点"（严格地说，只有第一观感才能使人做出纯客观的评价），而且应当在被观察者独自一人并完全沉浸于他自己的思想中时对他进行观察。⑤ 与

①　《荀子集解》，第72—73页。

②　[德] 黑格尔：《精神现象学》，贺麟、王玖兴译，商务印书馆1979年版，上卷，第204—232页。

③　《论衡校释》，第108—123页。

④　《潜夫论笺校正》，第308—314页。

⑤　[德] 叔本华：《论观相术》，载《叔本华论说文集》，范进等译，商务印书馆1999年版，第278—286页。

其他思想家的相术思想比较,《庄子》相术思想是独具特色的。《庄子》作者不是像一般思想家那样对世上流传的相术或否定，或肯定，或对其特别之处加以强调，或对其不足之处进行修正，而是在借鉴和批判世间相术的基础上对其做出了大幅度的提升，形成了一套贯通着道家特有的道境标准的、具有鲜明哲学特质的观人相物方法。《庄子》相术思想包括其所提出的观相方法虽然并非无可指摘，但也有着很大的启发意义，足以拓相者之心胸，开世人之茅塞。

就在全书中的地位和意义而言，《庄子》相术思想不但从一个侧面体现了全书的学说核心——"道"或"无为"，其表现形式也对全书有增光添色之功。《庄子》是一部具有很强文学性的哲学著作，《庄子》中有关相术相法的言论更为全书增添了几分文学因素。首先，观人相物是风俗方面的东西，为世人所习见，俗众所能知，作者却抓住这寻常之事大作不寻常之文，或写观相者之高言，或写被观相者之异行，或写观相者之预言断语所引起的出人意料的反应，笔端翻空出奇，尽显恢诡谲怪之趣。如《徐无鬼》篇中的九方歅相子綦之八子和徐无鬼以相狗马法告魏武侯、《田子方》篇中的宋元君观画史等事，都颇具奇异色彩。《庄子》本有"奇书"之称，《庄子》中的观人相物之事正以其常中出奇，倍显其奇的优势为全书贡献着奇趣。其次，《庄子》通过对观相者言行的叙写和被观相者外貌的刻画，或从观相者的角度出发展现了一系列新异传神的人物形象。如《应帝王》篇"季咸相壶子"一节文字所展现的相者季咸的形象就颇为引人注目，清人林云铭曾评论其中季咸谓列子"幸矣，子之先生遇我也"云云数语说："相二次，不但能定人生死，而且能起死回生。行术之人，惯有此副自赞话头，曲曲写出。"又评论写季咸"立未定，自失而走"，列子追之弗及情状的一段文字说："伎俩已尽，羞见郑人，连忙舍郑国而他往，踪影俱绝，此术士行径也，写得好笑。"① 文中的季咸刚出场的时候高明如神，后来竟逐渐显露出一副江湖术士的嘴脸和行径，这样的手笔，用"如闻其声"、"如见其人"来形容是不过分的；这样的形象，也称得上是中国文学史上较早的刻画得较为成功的术士形象。其他如对《大宗师》篇中的"古之真人"，《天道》篇中的士成绮，《田子方》

---

① （清）林云铭撰，（日）罗州松井校订:《庄子因》，平安书肆、大阪书肆日本宽政八年（1796年）刻本，第2册，第43—44页。

篇中的鲁客、老聃、"真画者"，《庚桑楚》篇中的南荣趎，《徐无鬼》篇中的南伯子綦，《外物》篇中的孔丘等人的外貌描写，都是通过观相者之口来写人，或者从观相者的角度写人，文中的人物状貌就是其性情、品格和思想境界的代名词，堪称传神之笔，同时也显示了这类文字在写人方面所具有的优势。最后，《庄子》中的观人相物故事有的遵循着由对人物未来的预言或对人物品性、才能的推断到预言、推断的验证的结构模式，这类故事能够引发关注其预言或推断灵验、准确与否的读者的好奇心，从而提供有吸引力的情节，如《徐无鬼》篇中的九方歅相子綦之八子和《田子方》篇中的文王观臧丈人之事即是。《庄子》中有关相术相法之言论的文学因素当然不止于此，以上所论仅为与其他部分相较而言这部分文字能显出特色的文学因素，由此更可以看出它的文学价值。总而言之，《庄子》相术思想不仅见解精深，其表现形式也富于艺术之美，今人很有必要加以关注和探究。

第四节　《淮南子》"悲"、"乐"论与风俗批判

"悲"与"乐"是《淮南子》一书的主要论题之一。其《要略》篇云："凡属书者，所以窥道开塞，庶后世使知举错取舍之宜适，外与物接而不眩，内有以处神养气，宴炀至和，而己自乐所受乎天地者也。"由此语可知，《淮南子》的创作宗旨就是以作者所提倡的"道"开导世人，使他们获得一种活性自得之乐。与此相应，有关"乐"的思想在《淮南子》中占有非常重要的位置。在此书中，作者又常将"悲"、"哀"、"忧"等字眼与"乐"、"喜"、"欢"等字眼相提并论，因此，《淮南子》关于"悲"的思想实与其关于"乐"的思想密不可分，两者同为全书思想内涵的重要组成部分。当然，《淮南子》中涉及悲、乐问题的言论不是那么集中，而是散见于书中的大多数篇卷，有时还是作为其他观点的论据而出现的，但它在全书中的重要性仍不容忽视。关于《淮南子》的思想内涵，前贤时哲已多有论述，其中既有对《淮南子》哲学思想的通论，也有对《淮南子》某一方面的思想，包括对它的认识论以及政治学、法律学、军事学、教育学、伦理学、心理学、美学、音乐学、文学等方面思想的探讨，但对于其有关悲、乐问题的思想却鲜有涉足。《淮南子》"悲"、"乐"论不但在全书中占有不可忽视的理论地位，而且有一个颇值得注意

之处，这就是作者的悲乐观是作为世俗悲乐意识的对立面提出来的，包含着浓重的风俗批判成分，这同时也使《淮南子》"悲"、"乐"论具有了相当大的思想活力和文学魅力。正因为它的这种独特性，《淮南子》"悲"、"乐"论值得我们从风俗视角对其加以深究细研。

一　《淮南子》中对何谓悲、何谓乐的问题的认识

《淮南子》"悲"、"乐"论首先值得注意的一部分内容，是作者对何谓悲、何谓乐的问题的认识和理解。在《淮南子》中，悲与乐有着"齐民"之悲、乐和"圣人"之悲、乐的分别。

《淮南子》批评了"齐民"即凡夫平民的悲乐意识和社会上的享乐风气。先秦时期就已出现"子有酒食，何不日鼓瑟！且以喜乐，且以永日"（《诗经·唐风·山有枢》），"娱酒不废，沈日夜些"，"酌饮尽欢，乐先故些"（《楚辞·招魂》）等享乐意识、享乐现象以及所谓"仪狄之酒"、"易牙之调"、"南威之美"、"强台之乐"（《战国策·魏策二》）等享乐追求，至汉代，享乐意识得到进一步的张扬，享乐风气盛行于世，这可以从各种文献记载和大量出土文物得到证明[①]，兹不赘述。由汉代郊庙歌辞《安世房中歌》来看，西汉初年统治者是将"下民安乐"作为治国理想之一的，他们还提倡"在乐不荒"。据《后汉书·西南夷传》所录白狼王唐菆等所作《远夷怀德歌》，汉明帝时朝廷曾以"大汉安乐"为诱饵来怀柔周边民族。以上资料更表明了汉代朝野对"乐"字的看重。汉代官民追逐享乐的风气和他们的悲乐观受到《淮南子》作者的大力反对。《淮南子·原道训》云：

> 所谓乐者，岂必处京台、章华，游云梦、沙邱，耳听《九韶》、《六莹》，口味煎熬芬芳，驰骋夷道，钓射鹔鹴之谓乐乎？……夫建钟鼓，列管弦，席旃茵，傅旄象，耳听朝歌北鄙靡靡之乐，齐靡曼之色，陈酒行觞，夜以继日，强弩弋高鸟，走犬逐狡兔，此其为乐也，炎炎赫赫，怵然若有所诱慕。……（故虽）游于江浔海裔，驰要褭，建翠盖，目观《掉羽》、《武象》之乐，耳听滔朗奇丽激抮之音，扬

郑、卫之浩乐，结激楚之遗风，射沼滨之高鸟，逐苑囿之走兽，此齐
民之所以淫泆流湎……

凡俗之人引以为乐、追逐成风的，是台观苑囿、滋味声色、车马仪仗、钓
射游遨、田猎驰逐等奢侈享受，是各种物质满足、感官刺激。《淮南子·
本经训》列有"五遁"，即"遁于木"、"遁于水"、"遁于土"、"遁于
金"、"遁于火"五种流遁放逸之事，这些也是世俗享乐之风的反映。《原
道训》又指出，如果无法拥有这类享受，甚至在物质上极度匮乏，"齐
民"则会引以为悲：

> 处穷僻之乡，侧谿谷之间，隐于榛薄之中，环堵之室，茨之以生
> 茅，蓬户瓮牖，揉桑为枢，上漏下湿，润浸北房，雪霜滚滩，浸潭苴
> 蒋，逍遥于广泽之中，而仿洋于山峡之旁，此齐民之所为形植黎累忧
> 悲而不得志也……

处于穷乡僻壤，所居不过茅草蓬荜之屋、狭陋潮湿之室，出入所见无非深
山险谷、荆榛野泽，会让凡夫俗人憔悴瘦损，不胜悲愁。《淮南子》作者
认为，世俗之人所沉溺或向往的那些乐事，看似赫赫扬扬，诱惑无边，但
却会使人贪得无厌，越陷越深，难以真正满足人的需要，故"虽以天下
为家，万民为臣妾，不足以养生也"（《原道训》），"万乘之势不足以为
尊，天下之富不足以为乐"（《泛论训》）。《淮南子》作者还认识到，世
俗之人所乐之事，始则使人欣然而喜，得意扬扬，但最终留给人的却是悲
怨烦乱。《原道训》云："解车休马，罢酒彻乐，而心忽然若有所丧，怅
然若有所亡也。是何则？不以内乐外，而以外乐内，乐作而喜，曲终而
悲，悲喜转而相生，精神乱营，不得须臾平。"单纯地通过感官刺激来获
取快乐，即所谓"以外乐内"，刺激过后，人将会产生一种怅然若失的空
虚之感，这会促使他进一步去寻求刺激，然后坠入更大的空虚之中，如此
悲喜相生，只会扰乱人的心神，使人难以获得真正的快乐。《淮南子》所
说的始乐终悲，其中也有物极必反、乐极生悲的情况，如《诠言训》所
云："今有美酒嘉肴以相飨，卑体婉辞以接之，欲以合欢，争盈爵之间，
反生斗，斗而相伤，三族结怨，反其所憎，此酒之败也。"总之，《淮南
子》对世俗的悲乐观是持批判态度的，在作者看来，世俗之乐并非真正

之乐，世俗之人引以为悲的也未必真正为悲。

在《淮南子》作者笔下，"圣人"有着与"齐民"截然不同的悲乐观，这也是作者所提倡和推崇的悲乐观。世俗之人以奢侈为乐，以俭约为悲，以安逸为乐，以劳碌为悲，以富贵为乐，以贫贱为悲，以生为乐，以死为悲，但"圣人"却是"不以奢为乐，不以廉为悲"，"不以康为乐，不以慊为悲，不以贵为安，不以贱为危"，"不以贵贱贫富劳逸失其志德"（《原道训》），甚至以生为劳苦，以死为逸乐，将生死变化视作快乐无边之事："夫大块载我以形，劳我以生，逸我以老，休我以死。善我生者，乃所以善我死也。""一范人之形而犹喜。若人者，千变万化而未始有极也，弊而复新，其为乐也，可胜计邪？"①（《俶真训》）归根到底，"圣人"之乐亦即作者心目中真正的快乐就是在内心深处体道和德，自得天性："吾所谓乐者，人得其得者也。"（《原道训》）作者深切地认识到，人与世间万物禀性各异，同样的事物会带给不同的物类大不相同的感受。如《齐俗训》指出，人类、虎豹、猿狄、鼋鼍、鸟兽乃至万物都各有所安、所便、所乐，也各有所忌、所畏、所忧，"形殊性诡，所以为乐者乃所以为哀，所以为安者乃所以为危也"。《说山训》亦云："汤沐具而虮虱相吊，大厦成而燕雀相贺，忧乐别也。""鹤寿千岁以极其游；蜉蝣朝生而暮死，而尽其乐。"在《诠言训》中，作者从人类的普遍天性出发论说了人的真正快乐所在：

> 心有忧者，筐床衽席弗能安也，菰饭犓牛弗能甘也，琴瑟鸣竽弗能乐也。患解忧除，然后食甘寝宁，居安游乐。由是观之，生有以乐也，死有以哀也②。今务益性之所不能乐，而以害性之所以乐，故虽富有天下，贵为天子，而不免为哀之人。凡人之性，乐恬而憎悯，乐佚而憎劳。心常无欲，可谓恬矣；形常无事，可谓佚矣。游心于恬，舍形于佚，以俟天命，自乐于内，无急于外，虽天下之大，不足以易其一概，日月廖而无溉于志，故虽贱如贵，虽贫如富。

人性有所乐，也有所哀，人的普遍天性就是喜好安恬闲逸，厌恶愁烦劳

---

① 上述语句乃本于《庄子·大宗师》。
② 据蒋礼鸿注，此句"生"字应作"性"，"死"字为衍文。

苦，能做到无欲无事，内心通于天机，不受外物左右，就能使身心处于难得的安逸之中，就能获得真正的、恒久的快乐。在《齐俗训》中，作者还指出，不同的人禀性也各有所宜，正如飞鸟栖于巢，狐狸宿于穴一样，"趋舍行义，亦人之所栖宿也，各乐其所安，致其所蹠，谓之成人"。在作者看来，人如果能使自己的天性居于其所安之处，就可以称为完美之人，这样的人，无论身处何境，都能自得其乐："乔木之下，空穴之中，足以适情。"（《原道训》）。"圣人"或者所谓得道之人所采取的正是"食足以接气，衣足以盖形，适情不求余"（《精神训》）的生活态度，而不谙天道的凡夫俗人却"释其所已有，而求其所未得"，他们终生都在劳神竭智、费尽心机地谋划算计，钻营取巧，但这样做的结果只是使自己陷入茫茫祸福、无边烦扰之中，"不喜则忧，中未尝平"（《诠言训》），实际上并未享受到真正的快乐。

《淮南子》所提倡的"人得其得"之乐，或者说"自得"之乐，虽然"为欢不忻忻"，"为悲不惙惙"（《原道训》），但在作者看来，因为"自得"之人能做到"与道同出"，"万物纷糅，与之转化"（《原道训》），所以他们能够无乐而无不乐，实则到达了极乐境地，这是世俗的快乐所无法比拟的。作者在《精神训》中指出，服苦役者能在树荫下小憩片刻就会"脱然而喜"，受病痛折磨难以入眠者能得一时安睡连亲戚兄弟都会为之"欢然而喜"，摆脱俗扰物累的"自得"之乐也有似于此，而且那种息于"岩穴之间"、安享"脩夜之宁"的快乐比前者不知还要大出多少倍。作者在《泰族训》中也说，"人欲知高下而不能，教之用管准则说（悦）；欲知轻重而无以，予之以权衡则喜；欲知远近而不能，教之以金目刚快射①"；"射者数发不中，人教之以仪则喜"，而心与道通，"知应无方而不穷"带给人的快乐也有似于此并远过于此："其为乐也，岂直一说之快哉！"本篇还提及，人心由茅塞不开到旷然与道相通，其为乐之大，如同一个人由被囚禁于冥室之中到"穿隙穴，见雨零"，再到"开户发牖，从冥冥见炤炤"，又到"出室坐堂，见日月光"，最终"登泰山，履石封"饱览天地万物一般。作者通过上述一系列比喻，形象而发人深思地说明了"得其得"之乐给人的如释重负、如获至宝之感以及"圣人"的"自得"之乐与世俗之人的不"自得"之乐在快乐程度上的天壤之别。

---

① "射"字为衍文。

伊璧鸠鲁曾说："当我们说快乐是一个主要的善时，我们并不是指放荡者的快乐或肉体享受的快乐。我们所谓的快乐，是指身体的无痛苦和灵魂的无纷扰。""使生活愉快的乃是清醒的静观，它找出了一切取舍的理由，清除了那些在灵魂中造成最大的纷扰的空洞意见。"[①] 亚里士多德亦言："因为快乐是属于实现活动的，所以，完善着完美而享得福祉的人的实现活动——不论是一种还是多种——的快乐就是最充分意义上的人的快乐。其他的快乐，也像其实现活动一样，只在次等的或更弱的意义上是人的快乐。"[②]《淮南子》作者对何谓悲、何谓乐问题的看法与上述两位哲人所论有些相似，而且比前者多出了一个"道"的内核。作者是从宇宙天道的角度立论来畅谈其对"悲"、"乐"之内涵的认识，显得视阈宏阔而见解精深。

二 《淮南子》中对如何处理悲、乐之名与悲、乐之实的关系问题的认识

《淮南子》"悲"、"乐"论所涉及的又一个重要问题，是如何处理悲、乐之名与悲、乐之实的关系。

《淮南子》吸取了先秦学者关于名实问题的某些观点，对名实关系提出了自己的看法。书中批判名实不符的现象，主张名实统一，"使人之所怀于内者，与所见于外者，若合符节"（《人间训》）。世俗之人在悲、乐方面的名不副实的做法也在《淮南子》的批判之列。《本经训》云：

> 古者圣人在上……夫人相乐，无所发贶，故圣人为之作乐以和节之。末世之政……愚夫蠢妇，皆有流连之心，悽怆之志，乃使始为之撞大钟，击鸣鼓，吹竽笙，弹琴瑟，失乐之本矣。古者……各致其爱，而无憾恨其间。夫三年之丧，非强而致之，听乐不乐，食旨不甘，思慕之心，未能绝也。晚世风流俗败，嗜欲多，礼义废，君臣相欺，父子相疑，怨尤充胸，思心尽亡，被衰戴绖，戏笑其中，虽致之

---

① ［古希腊］伊璧鸠鲁：《著作残篇·致美诺寇的信》，载北京大学哲学系外国哲学史教研室编译《古希腊罗马哲学》，商务印书馆1961年版，第368—369页。

② ［古希腊］亚里士多德：《尼各马可伦理学》，廖申白译注，商务印书馆2003年版，第302页。

三年，失丧之本也。

心中本来悽怆不宁，却通过音乐歌舞等途径强自欢乐；心中本无思慕痛悼之情，却不得不服丧戴孝强装悲伤，这些都是外不副内，违背了作乐和制定丧葬之礼的本意。文中所说的"末世"、"晚世"自然也包括《淮南子》作者所生活的西汉时期，从文献记载看，当时的确不乏"失乐之本"和"失丧之本"的现象。如《盐铁论·通有》所言"虽白屋草庐，歌讴鼓琴，日给月单，朝歌暮戚"和"家无斗筲，鸣琴在室"① 的情形，正是《淮南子》所谓"失乐之本"。又如《史记·五宗世家》记载，汉景帝之子常山宪王刘舜薨后，其太子刘勃于服丧之时"私奸，饮酒，博戏，击筑，与女子载驰，环城过市，入牢视囚"②；《汉书·霍光传》记载，汉昭帝崩后，昌邑王刘贺被迎立为昭帝后嗣，刘贺在为昭帝典丧、服丧期间"亡悲哀之心"，"居禁闼内敖戏"，"击鼓歌吹作俳倡"，"湛沔于酒"③，刘勃和刘贺都是有服丧之名而无悲痛之实，乃《淮南子》所谓"失丧之本"。《淮南子》之《说山训》讲述了这样一件事："东家母死，其子哭之不哀。西家子见之，归谓其母曰：'社何爱速死，吾必悲哭社。'"④ 由西家子的言语可知，东家子在其母死后"哭之不哀"的表现是惹人非议的，也就是说，当时的风俗是不论有没有哀痛之情，人们在哭丧之时都要努力做出哀痛之状，这与《淮南子·说林训》所言"邻之母死，往哭之，妻死而不泣"⑤ 的现象相类，也都是"失丧之本"。上述"失乐之本"和"失丧之本"成风，悲、乐之名与悲、乐之实相距甚远的现象在《淮南子》中受到尖锐的批判，在作者看来，无悲乐之情而强作悲乐，就是"以伪辅情"（《齐俗训》），乃圣人君子所不为。

　　《淮南子》从分析喜怒哀乐及其种种外部表现的本源出发，提出了在悲、乐方面应文质相应、名实相符的观点。其《本经训》篇云："凡人之性，心和欲得则乐，乐斯动，动斯蹈，蹈斯荡，荡斯歌，歌斯舞，歌舞节则禽兽跳矣。人之性，心有忧丧则悲，悲则哀，哀斯愤，愤斯怒，怒斯

① 《盐铁论校注》，第42页。
② 《史记》，第2103页。
③ 《汉书》，第2940—2944页。
④ 《淮南子集释》，第1132页。
⑤ 同上书，第1205页。

动，动则手足不静。……故钟鼓管箫，干戚羽旄，所以饰喜也。衰经苴杖，哭踊有节，所以饰哀也。……必有其质，乃为之文。"《主术训》篇云："（故）古之为金石管弦者，所以宣乐也……衰经菅屦，辟踊哭泣，所以谕哀也：此皆有充于内而成像于外。"《齐俗训》篇云："且喜怒哀乐，有感而自然者也。故哭之发于口，涕之出于目，此皆愤于中而形于外者也。譬若水之下流，烟之上寻也，夫有孰推之者？"《泰族训》篇云："民有喜乐之性，故有钟鼓管弦之音；有悲哀之性，故有衰经哭踊之节。"将上面几处论述结合起来看，作者表达了这样一个观点：乐与悲都是人的天性，乐来自人的心境和谐和欲望满足，悲来自人心中的忧虑不安和有所丧亡；撞钟、击鼓、吹管、抚弦、歌舞等行为都是产生于人心之乐，披麻戴孝、扶杖居丧、痛哭流涕、捶胸顿足等行为都是产生于人心之悲，因而这些行为本是宣泄和表露悲乐之情的途径和方式，或者说是对后者的一种文饰。既然悲与乐的种种外部表现本来都是建立在悲与乐之真情的基础上的，那么在悲、乐方面就不应多文少质，有名无实，或者与此相反，因此作者提倡制作音乐应"足以合欢宣意而已，喜不羡于音"，制定丧礼应使"悲哀抱于情，葬薶称于养，不强人之所不能为，不绝人之所能已①"（《齐俗训》），也就是主张使悲、乐之文与悲、乐之质相应，悲、乐之名与悲、乐之实相副。如果在某些情况下实在不能做到让二者正相符合，作者的倾向是，宁做"乐有余而名不足"的"君子"，不做"乐不足而名有余"的"小人"（《缪称训》），亦即宁取实大于名，不取名大于实。

《淮南子》继承了道家的"圣人法天贵真，不拘于俗"，"真在内者，神动于外"，"不精不诚，不能动人"（见《庄子·渔父》）② 等观点，在此基础上再三强调了发自内心深处的悲乐之情的巨大的感染力量。其《览冥训》篇云："昔雍门子以哭见于孟尝君，已而陈辞通意，抚心发声，孟尝君为之增欷歔唈，流涕狼戾不可止。精神形于内，而外谕哀于人心，此不传之道。使俗人不得其君形者而效其容，必为人笑。"《主术训》篇云："夫荣启期一弹而孔子三日乐，感于和；邹忌一徽而威王终夕悲，感于忧。动诸琴瑟，形诸音声，而能使人为之哀乐。"《缪称训》篇云："歌

---

① "不绝人之所能已"应为"不绝人之所不能已"。

② 《庄子集解》，第275—276页。

哭，众人之所能为也，一发声，入人耳，感人心，情之至者也。"文中通过一系列具体事例说明，弹琴鼓瑟也好，唱歌号哭也罢，只有怀情抱质，出之以精诚，才能感人至深，甚至带来意想不到的效应和结果；相反，如果本无悲乐之情而强作悲乐之状，那是收不到多大效果的，正所谓"心哀而歌不乐，心乐而哭不哀"（《缪称训》），"强哭者虽病不哀，强亲者虽笑不和"（《齐俗训》）。在《缪称训》中，作者还引孔子之语"弦则是也，其声非也"，以及"钧之哭也，曰：'子予奈何兮乘我何！'其哀则同，其所以哀则异"，说明悲乐歌哭若不是出自本心，便会使人有异样之感，也不足以深切地感动人情，并进一步指出，"以文灭情则失情，以情灭文则失文"，只有悲乐之情与悲乐之状相应，"情"发于中而"文"现于外，才能情与物接，乃至感天动地："文情理通，则凤麟极矣。"

三 《淮南子》中对悲、乐与治身、养民之关系的认识

悲、乐与治身、养民之关系也是《淮南子》"悲"、"乐"论所涉及的主要问题之一。

《淮南子》吸收了《老子》、《庄子》、《韩非子》等书中的相关观点，论述了世俗的悲、乐对养生、治身的危害性。作者认为，世俗之人基于嗜欲、好恶、得失、取舍等而产生的喜乐忧悲，是背离天道和人性的，这种悲、乐之情容易伤身致病，甚至会给人招来灾祸。如其《原道训》篇云："夫喜怒者，道之邪也；忧悲者，德之失也；好憎者，心之过也；嗜欲者，性之累也。人大怒破阴，大喜坠阳，薄气发喑，惊怖为狂，忧悲多恚，病乃成积，好憎繁多，祸乃相随。"《精神训》篇也有"夫悲乐者德之邪也，而喜怒者道之过也，好憎者心之暴也"，"人大怒破阴，大喜坠阳，大忧内崩，大怖生狂"等论断。作者又指出，世俗之人以声色滋味等方面的享乐来养生，许多人的养生之具不可谓不丰厚，但结果却适得其反。《精神训》云：

> 夫孔窍者，精神之户牖也，而气志者，五藏之使候也。耳目淫于声色之乐，则五藏摇动而不定矣；五藏摇动而不定，则血气滔荡而不休矣；血气滔荡而不休，则精神驰骋于外而不守矣；精神驰骋于外而不守，则祸福之至虽如丘山，无由识之矣。……是故五色乱目，使目不明；五声哗耳，使耳不聪；五味乱口，使口爽伤；趣舍滑心，使行

飞扬。此四者，天下之所养性（生）也，然皆人累也。故曰：嗜欲
者使人之气越，而好憎者使人之心劳，弗疾去则志气日耗。夫人之所
以不能终其寿命，而中道夭于刑戮者，何也？以其生生之厚。

世俗之人为了使自己生活得更加快乐舒适，无休止地追求各种感官享受，
追逐财利富贵，他们放纵自己的嗜欲，任随自己的好憎，陷于得失取舍之
中不能自拔，但这样做的结果只是使自身耳目口舌皆受损伤，而且五脏摇
动，血气荡涌，心劳力瘁，精神散越不能内守，以致神志昏聩，行为错
乱，甚至自取其祸，死于非命，真是养生不成反而伤生害命了。

　　一般世俗之人恣意享乐，患得患失，喜怒无常的做法固然是《淮南子》
所否定的，另外一部分人的止欲禁乐思想以及他们的为了迎合流俗而以所
谓礼义自我约束的行为也在《淮南子》的批判之列。其《精神训》篇云：

　　　　衰世凑学，不知原心反本，直雕琢其性，矫拂其情，以与世交；
　　故目虽欲之，禁之以度，心虽乐之，节之以礼，趋翔周旋，诎节卑
　　拜，肉凝而不食，酒澄而不饮：外束其形，内总其德，钳阴阳之和，
　　而迫性命之情，故终身为悲人。……今夫儒者，不本其所以欲，而禁
　　其所欲，不原其所以乐，而闭其所乐，是犹决江河之源而障之以手
　　也。夫牧民者，犹畜禽兽也，不塞其圈垣，使有野心，系绊其足，以
　　禁其动，而欲脩生寿终，岂可得乎？

作者笔下的儒家学者以及某些沽名钓誉之人，他们本来也有世俗的欲望和
享乐之心，但却要用这样那样的制度和礼节来约束自己的行为和性情，以
与世人周旋往来，实际上仍难以免俗。在作者看来，他们的做法也是背本
趋末的，它不是从根本上消除人的过分的欲望和享乐之心，而是一味压制
人的心性情志，结果只能是使人如被束缚住腿脚的禽兽那样终生处于抑郁
忧悲之中，甚至会造成江河决口般一发不可收拾的后果，在这种境况中生
活的人，自然不能健康长命，寿终正寝。本篇下文又引颜回夭折、子路菹
醢、子夏失明、冉伯牛生疢以及"子夏见曾子，一臞一肥"① 之事，进一

---

　　① 《原道》篇亦提及此事，文云："（故）子夏心战而臞，得道而肥。"其文对子夏持赞许
态度，取义与此篇不同。

步论述了"迫性"、"拂情"、"闭欲"的危害性，指出这些人"虽情心郁殪，形性屈竭，犹不得已自强也"，因此皆不得终其天年。此外，在《道应训》中，作者还借助中山公子牟与詹子的对话以说明，压制享乐的欲望比纵情恣意的世俗更能危害人的健康和生命："不能自胜而强弗从者，此之谓重伤；重伤之人，无寿类矣。"

在《淮南子》作者笔下，"圣人"、"至人"、"君子"、"达至道者"之类人物顺应天性所获得的快乐最有利于养生和治身，正如《淮南子·泰族训》所言："神清志平，百节皆宁，养性（生）之本也；肥肌肤，充肠腹，供嗜欲，养生之末也。"所谓"神清志平，百节皆宁"，也就是拥有了自得天性之乐。在《淮南子》中，自得天性之乐对养生治身的意义主要表现在两个方面：

首先，自得天性之乐能使人身心舒畅，健康长寿，明智通达，不受灾祸和烦恼的困扰。如《精神训》指出，"达至道者"能够"理情性，治心术，养以和，持以适，乐道而忘贱，安德而忘贫，性有不欲，无欲而不得，心有不乐，无乐而不为，无益情者，不以累德，而便性者，不以滑和①"，从而使其身心处于极其舒适自由的状态。同篇又言："使耳目精明玄达而无诱慕，气志虚静恬愉而省嗜欲，五藏定宁充盈而不泄，精神内守形骸而不外越，则望于往世之前，而视于来事之后，犹未足为也，岂直祸福之间哉！……夫惟能无以生为者，则所以脩得生也。"由此可见，顺应天性，不为物诱，心境恬愉，还能使人神志清醒，洞晓世事，全身远祸，这样的人虽然无意于营求生活之事，反而容易获得长生。《俶真训》也指出，"性得其宜"、精神恬淡和愉之人"血脉无郁滞，五藏无蔚气，祸福弗能挠滑，非誉弗能尘垢，故能致其极"：他们不唯身体安康，而且心灵上无烦无扰，不经意间赢得了至高的生活质量。

其次，对自得天性之乐的追求能够从根源上消除给人带来危害的过分的欲望。《诠言训》云：

　　圣人胜心，众人胜欲。君子行正气，小人行邪气。内便于性，外合于义，循理而动，不系于物者，正气也。重于滋味，淫于声色，发

———————

① "无益情者，不以累德，而便性者，不以滑和"当作"无益于情者，不以累德，不便于性者，不以滑和"。

于喜怒，不顾后患者，邪气也。邪与正相伤，欲与性相害，不可两立，一置一废，故圣人损欲而从事于性。目好色，耳好声，口好味，接而说之，不知利害嗜①欲也。食之不宁于体，听之不合于道，视之不便于性，三官交争，以义为制者，心也。割痤疽，非不痛也，饮毒药，非不苦也，然而为之者，便于身也。渴而饮水，非不快也，饥而大殄，非不澹也，然而弗为者，害于性也。此四者，耳目鼻口不知所取去，心为之制，各得其所。由是观之，欲之不可胜明矣。凡治身养性，节寝处，适饮食，和喜怒，便动静，使在己者得，而邪气因而不生，岂若忧痕疵之与痤疽之发，而豫备之哉！

作者在这段文字中指出：耳目鼻口等器官贪图享受，不知利害，心则能对它们加以引导，在心的引领和调控之下，对身体有利的事情，即便是"割痤疽"、"饮毒药"，也是人在所不辞的；对生命有害的事情，即便是"渴而饮水"、"饥而大殄（餐）"，也在人所拒绝之列。众庶之人和所谓"小人"放纵耳目鼻口之欲望，不能控制自己的喜怒悲乐，他们的行为其实是在酿造着无穷后患，而"圣人"等得道者却能以心制欲，也就是凭借心中的"道"、"义"之准绳来权衡利害轻重，决定耳目鼻口之取舍②。王念孙注"圣人胜心，众人胜欲"句云："胜，任也。言圣人任心，众人任欲也。"金其源注此句云："……心即性也。胜心谓任性，胜欲谓任欲。"③ 据王、金二家注，文中所言"心"即为性，"胜心"也即顺应天性。如文中所言，"欲"与"性"不可两立，"心"能对"欲"加以调控，可见"圣人"等得道者的"胜心"或者说对天性得所、悲乐得宜的追求本身包含着一个调控欲望的过程，所谓"圣人先立乎其大者，则其小者不能夺"④。这段话实际上告诉我们：对自得天性之乐的追求可以从根源上消除那些给人带来危害的过分的欲望，如文中所说，使"正气"永驻，"邪气"不生，这样人也就不用再担心欲望之"邪气"如痕疵痤疽

---

① "嗜"当作"者"。
② 此即《淮南子·人间训》所言："悦于目，悦于心，愚者之所利也，然而有道者之所辞也。"
③ 《淮南子集释》，第 1013—1014 页。
④ 参见《淮南子·诠言训》"圣人胜心，众人胜欲"句王念孙注。《淮南子集释》，第 1013 页。

般随时都有发作的可能。在"圣人"等得道者那里，既然非分的欲望失去了萌生的土壤，也就不会存在因克制欲望、压抑性情而产生的烦恼和弊病。《淮南子·精神训》云："若夫至人，量腹而食，度形而衣，容身而游，适情而行，余天下而不贪，委万物而不利，处大廓之宇，游无极之野，登太皇，冯太一，玩天地于掌握之中，夫岂为贫富肥臞哉！""为贫富肥臞"说的是子夏之事：子夏曾努力克制其对富贵之乐的欲望，强迫自己遵从先王之道，为此陷入了激烈的思想斗争中，身体瘦而复肥。虽然在子夏的思想中最终是先王之道占了上风，但他的性情无疑是受到了相当大的压抑，而任性而生、适情而行的"至人"则绝不会遭遇到如此的困扰。

在《淮南子》作者看来，悲乐得宜与否不但关系到养生和治身，而且关系到养民和治国。如《淮南子·精神训》论及，"达至道者……纵体肆意，而度制可以为天下仪"，《淮南子·泰族训》亦言："能得人心者，必自得者也。""直行性命之情，而制度可以为万民仪。今目悦五色，口嚼滋味，耳淫五声，七窍交争以害其性，日引邪欲而浇其身夫调①，身弗能治，奈天下何！故自养得其节，则养民得其心矣。"所谓"纵体肆意"、"自得"、"直行性命之情"、"自养得其节"，也即悲乐得宜，拥有适性自得之乐，它不但有利于养护自身，也是成功地治理国家和人民的重要前提；所谓"目悦五色"等则是悲乐失当的做法，悲乐失当之人连自身都料理不好，更谈不上平治天下了。上述观点从一个侧面反映了古人将修养自身看作进行社会管理的逻辑起点的思想，从中也可以看出"悲"、"乐"二字事关国运民生的重大意义。

结语

《淮南子》"悲"、"乐"论继承、融合了前人的有关思想和言论，同时又对其作出了很大程度的充实和发挥。例如《淮南子》中关于何谓悲、何谓乐的观点，基本上是来自《庄子》。《庄子·至乐》中有这样几段话："夫天下之所尊者，富贵寿善也；所乐者，身安、厚味、美服、好色、音声也；所下者，贫贱夭恶也；所苦者，身不得安逸，口不得厚味，形不得美服，目不得好色，耳不得音声；若不得者，则大忧以惧。其为形也亦愚

---

① 据王念孙注，"夫调"当为"天和"，上衍"身"字。

哉！……吾观夫俗之所乐，举群趣者，誙誙然如将不得已，而皆曰乐者，吾未之乐也，亦未之不乐也。果有乐无有哉？吾以无为诚乐矣，又俗之所大苦也。故曰：‘至乐无乐，至誉无誉。’”①《淮南子》吸取了上述《庄子》对何谓悲、乐的看法，同时又遵照“举类而实之”（《淮南子·精神训》），“多为之辞，博为之说”（《淮南子·要略》）的写作原则，对其进行了多方面的充实和发挥，使之血肉丰满，更具说服力，相对而言也易于为人所接受。其他如《淮南子》中关于如何处理悲、乐之名与悲、乐之实的关系，悲、乐与治身、养民之关系的论述，也广泛采摭了《老子》、《庄子》、《吕氏春秋》等著作中的观点和言论并对其加以融会贯通和充实、发挥。

在《淮南子》为论说悲乐问题而联系和列举的众多事例中，有很大一部分属于风俗习尚方面的东西，包括追求感官享乐的风气、强作悲乐的风气、悲乐无节的风气等，它们也是作者所反对和批判的对象。美国学者安乐哲曾这样评价《淮南子》：“作为一部调和论的著作，它广泛而有重点地借用了先秦的思想素材及成果来充实自己。事实上，正因为《淮南子》的汇编特点，使得很多学者误以为它是一部‘拼凑的’书。其实不然。……《淮南子》的独创性和深度恰恰在于，它能够超越思想派别之纷争，融合各派思想之精义，而创造出一个新的哲学理论体系。”② 更为全面地说，《淮南子》不唯能“融合各派思想之精义”，也能将社会现实融入笔底，而且它“显然在很大程度上超越了前人对‘官方社会’的专注，而将视阈扩展到颇易被忽略的‘民间社会’之中”③，这应该说也是《淮南子》的重要价值所在。与偏重于理性思辨的西方哲学著作不同，也与众多偏重于宏大理论体系的建构而漠视日常生活世界的中国古今哲学社会科学著作不同，《淮南子》注意将理论的严肃性与实践的重要性相结合，在建构理论体系的同时又关注社会现实，重视民众生活，从而避免了说理的抽象和空洞。《淮南子》的这一特点在其“悲”、“乐”论中得到了突出体现。正面说理和风俗批判的结合，使《淮南子》“悲”、“乐”

---

① 《庄子集解》，第149—150页。

② ［美］安乐哲：《主术——中国古代政治艺术之研究》，滕复译，北京大学出版社1995年版，第5页。

③ 戴黍：《日常生活与社会治理——试析〈淮南子〉中所见风俗观》，《学术研究》2010年第12期，第20—25页。

论既有理论的高度和深度，又有现实的针对性、文笔的鲜活性以及愤世嫉俗的情感色彩，表现出相当大的思想活力和文学魅力，使读者既能"与世浮沉"，又能"与化游息"（《淮南子·要略》），至今仍给人以美感和启迪。

主要引用和参考书目

（清）阮元校刻：《十三经注疏》，中华书局 1980 年影印本。

（宋）朱熹：《诗集传》，《朱子全书》（第一册），上海古籍出版社、安徽
　　教育出版社 2002 年版。

（宋）朱熹：《四书章句集注》，中华书局 1983 年版。

（清）魏源：《诗古微》，清道光刻本。

（清）方玉润：《诗经原始》，中华书局 1986 年版。

（汉）韩婴撰，许维遹校释：《韩诗外传集释》，中华书局 1980 年版。

（汉）戴德撰，（清）王聘珍解诂，王文锦点校：《大戴礼记解诂》，中华
　　书局 1983 年版。

（清）冯李骅、（清）陆浩：《春秋左绣》，上海广益书局 1912 年版。

杨伯峻：《春秋左传注》，中华书局 1990 年版。

程树德撰，程俊英、蒋见元点校：《论语集释》，中华书局 1990 年版。

（清）焦循撰，沈文倬点校：《孟子正义》，中华书局 1987 年版。

（汉）史游：《急就篇》，中华书局 1985 年版。

周祖谟：《方言校笺》，中华书局 1993 年版。

（汉）许慎撰，（宋）徐铉校定：《说文解字》，中华书局 1963 年版。

（汉）刘熙：《释名》，中华书局 1985 年版。

（清）朱彝尊：《经义考》，中华书局《四部备要》本。

（清）皮锡瑞：《经学通论》，中华书局 1954 年版。

徐元诰撰，王树民、沈长云点校：《国语集解》（修订本），中华书局
　　2002 年版。

诸祖耿：《战国策集注汇考》（增补本），凤凰出版社 2008 年版。

（汉）刘向集录，范祥雍笺证，范邦瑾协校：《战国策笺证》，上海古籍出

版社 2006 年版。

（汉）司马迁撰，（南朝宋）裴骃集解，（唐）司马贞索隐，（唐）张守节
　　正义：《史记》，中华书局 1982 年版。

（汉）班固撰，（唐）颜师古注：《汉书》，中华书局 1962 年版。

（南朝宋）范晔撰，（唐）李贤等注：《后汉书》，中华书局 1965 年版。

（晋）陈寿撰，（南朝宋）裴松之注：《三国志》，中华书局 1982 年版。

（南朝梁）沈约：《宋书》，中华书局 1974 年版。

黄怀信、张懋镕、田旭东撰，黄怀信修订，李学勤审定：《逸周书汇校集
　　注》（修订本），上海古籍出版社 2007 年版。

（汉）刘珍等撰，吴树平校注《东观汉记校注》，中华书局 2008 年版。

（汉）荀悦、（晋）袁宏著，张烈点校：《两汉纪》，中华书局 2002 年版。

（汉）赵晔撰，周生春辑校汇考：《吴越春秋辑校汇考》，上海古籍出版社
　　1997 年版。

（汉）袁康、吴平辑录：《越绝书》，上海古籍出版社 1985 年版。

（汉）刘向编撰，（晋）顾恺之图画：《古列女传》，中华书局 1985 年影印
　　本新 1 版。

（唐）刘知几著，（清）浦起龙通释，王煦华整理：《史通通释》，上海古
　　籍出版社 2009 年版。

（清）赵翼著，王树民校证：《廿二史札记校证》（订补本），中华书局
　　1984 年版。

徐蜀选编：《二十四史订补》，书目文献出版社 1996 年影印本。

（宋）陈振孙撰，徐小蛮、顾美华点校：《直斋书录解题》，上海古籍出版
　　社 1987 年版。

（清）章学诚著，叶瑛校注：《文史通义校注》，中华书局 1985 年版。

（清）黄遵宪：《日本国志》（沈云龙主编《近代中国史料丛刊续编》
　　本），台北文海出版社 1983 年版。

（清）张亮采：《中国风俗史》，东方出版社 1996 年版。

袁珂：《山海经校注》，上海古籍出版社 1980 年版。

吴毓江撰，孙启治点校：《墨子校注》，中华书局 2006 年版。

（清）林云铭撰，［日］罗州松井校订：《庄子因》，平安书肆、大阪书
　　肆，日本宽政八年（1796）刻本。

（清）王先谦撰，沈啸寰点校：《庄子集解》，中华书局1987年版。

陈鼓应：《庄子今注今译》（最新修订版），商务印书馆2007年版。

（战国）荀况撰，（清）王先谦集解，沈啸寰、王星贤点校：《荀子集解》，中华书局1988年版。

（战国）韩非撰，（清）王先慎集解，钟哲点校：《韩非子集解》，中华书局1998年版。

（战国）吕不韦等撰，许维遹集释，梁运华整理：《吕氏春秋集释》，中华书局2009年版。

黎翔凤撰，梁运华整理：《管子校注》，中华书局2004年版。

吴则虞：《晏子春秋集释》，中华书局1962年版。

蒋礼鸿：《商君书锥指》，中华书局1986年版。

（汉）陆贾撰，王利器校注：《新语校注》，中华书局1986年版。

（汉）贾谊撰，阎振益、钟夏校注：《新书校注》，中华书局2000年版。

（汉）刘安等撰，何宁集释：《淮南子集释》，中华书局1998年版。

（汉）董仲舒撰，苏舆义证：《春秋繁露义证》，中华书局1992年版。

（汉）桓宽撰，王利器校注：《盐铁论校注》，中华书局1992年版。

（汉）焦延寿：《焦氏易林》，中华书局1985年版。

（汉）刘向撰，向宗鲁校正：《说苑校证》，中华书局1987年版。

（汉）刘向编著，石光瑛校释，陈新整理：《新序校释》，中华书局2001年版。

（汉）刘歆撰，（晋）葛洪集，向新阳、刘克任校注：《西京杂记校注》，上海古籍出版社1991年版。

（汉）扬雄撰，汪荣宝义疏，陈仲夫点校：《法言义疏》，中华书局1987年版。

（汉）王充撰，黄晖校释：《论衡校释》，中华书局1990年版。

（汉）王符著，（清）汪继培笺，彭铎校正：《潜夫论笺校正》，中华书局1985年版。

（汉）应劭撰，王利器校注：《风俗通义校注》，中华书局1981年版。

吴小强：《秦简日书集释》，岳麓书社2000年版。

王明：《太平经合校》，中华书局1960年版。

（宋）李昉等撰：《太平御览》，中华书局1960年影印本。

（明）屠隆：《鸿苞》，明万历刊本。

（清）顾炎武著，（清）黄汝成集释：《日知录集释》，世界书局中华民国二十五年（1936）版。

（清）袁枚：《随园随笔》，《续修四库全书》第 1148 册，上海古籍出版社 2002 年版。

（宋）洪兴祖撰，白化文等点校：《楚辞补注》，中华书局 1983 年版。

（宋）朱熹：《楚辞集注》，人民文学出版社 1953 年影印宋端平刻本。

（明）汪瑗撰，董洪利点校：《楚辞集解》，北京古籍出版社 1994 年版。

汤炳正、李大明、李诚等：《楚辞今注》，上海古籍出版社 1996 年版。

黄灵庚：《楚辞章句疏证》，中华书局 2009 年版。

（梁）萧统编，（唐）李善注：《文选》，中华书局 1977 年影印本。

（梁）萧统编，（唐）李善、吕延济、刘良等注：《六臣注文选》，中华书局 2012 年影印本。

（宋）章樵注：《古文苑》（《丛书集成初编》本），商务印书馆中华民国二十六年（1937）版。

（宋）郭茂倩编：《乐府诗集》，中华书局 1979 年版。

（明）张溥辑：《汉魏六朝百三家集》，台湾商务印书馆 1986 年影印文渊阁《四库全书》本。

（清）陈祚明编：《采菽堂古诗选》，清乾隆十三年（1748）刻本。

（清）严可均校辑：《全上古三代秦汉三国六朝文》，中华书局 1958 年影印本。

逯钦立辑：《先秦汉魏晋南北朝诗》，中华书局 1983 年版。

费振刚、胡双宝、宗明华辑校：《全汉赋》，北京大学出版社 1993 年版。

龚克昌等：《全汉赋评注》，石家庄花山文艺出版社 2003 年版。

（南朝梁）刘勰著，范文澜注：《文心雕龙注》，人民文学出版社 1958 年版。

（元）祝尧：《古赋辩体》，文渊阁《四库全书》总第 1366 册，台北台湾商务印书馆 1986 年影印本。

（清）梁玉绳：《蜕稿》（《梁氏丛书》第 33—34 册），1821—1850 年刻本。

（清）刘熙载撰，袁津琥校注：《艺概注稿》，中华书局 2009 年版。

马承源主编:《上海博物馆藏战国楚竹书》（一），上海古籍出版社 2001年版。

葛兆光:《中国思想史·第一卷》，复旦大学出版社 2001 年版。

顾颉刚:《秦汉的方士与儒生》，上海古籍出版社 1978 年版。

徐杰舜主编:《汉族风俗史》，学林出版社 2004 年版。

袁珂:《中国神话史》，上海文艺出版社 1988 年版。

胡士莹:《话本小说概论》，中华书局 1980 年版。

黄金明:《汉魏晋南北朝诔碑文研究》，人民文学出版社 2005 年版。

孙机:《汉代物质文化资料图说》，文物出版社 1991 年版。

陈高华、徐吉军主编:《中国风俗通史》，上海文艺出版社 2003 年版。

刘厚琴:《儒学与汉代社会》，齐鲁书社 2002 年版。

鲁迅:《汉文学史纲要》，人民文学出版社 1973 年版。

王元化主编，劳舒编，雪克校:《刘师培学术论著》，浙江人民出版社1998 年版。

简宗梧:《汉赋源流与价值之商榷》，文史哲出版社 1980 年版。

丘琼荪:《诗赋词曲概论》，中国书店 1985 年影印本。

曹明纲:《赋学概论》，上海古籍出版社 1998 年版。

廖群:《先秦两汉文学考古研究》，学习出版社 2007 年版。

吕思勉:《先秦史》，上海古籍出版社 2005 年版。

吕思勉:《秦汉史》，上海古籍出版社 2005 年版。

闻一多:《诗经通义》，《闻一多全集》，湖北人民出版社 1993 年版。

闻一多:《风诗类钞》，《闻一多全集》，湖北人民出版社 1993 年版。

萧兵:《楚辞的文化破译——一个微宏观互渗的研究》，湖北人民出版社1991 年版。

叶舒宪:《诗经的文化阐释——中国诗歌的发生研究》，陕西人民出版社2005 年版。

叶舒宪:《庄子的文化解析——前古典与后现代的视界融合》，湖北人民出版社 1997 年版。

沈从文:《中国古代服饰研究》（《沈从文全集·32 卷》），北岳文艺出版社 2002 年版。

蔡子谔:《中国服饰美学史》，河北美术出版社 2001 年版。

钟敬文:《钟敬文民俗学论集》，上海文艺出版社 1998 年版。

钟敬文主编：《民俗学概论》，上海文艺出版社 1998 年版。

钟敬文主编：《中国民俗史》，人民出版社 2008 年版。

张素卿：《〈左传〉称诗研究》，"国立"台湾大学出版委员会 1991 年版。

易玄：《谶纬神学与古代社会预言》，巴蜀书社 1999 年版。

许烺光：《宗族·种姓·俱乐部》，薛刚译，华夏出版社 1990 年版。

翟学伟：《中国社会中的日常权威：关系与权力的历史社会学研究》，社
　会科学文献出版社 2004 年版。

马新：《两汉乡村社会史》，齐鲁书社 1997 年版。

冯友兰：《中国哲学史》，华东师范大学出版社 2000 年版。

李零：《中国方术考》（修订本），东方出版社 2001 年版。

王洲明先生：《先秦两汉文化与文学》，山东大学出版社 1996 年版。

卞孝萱、王琳先生：《两汉文学》，安徽教育出版社 2001 年版。

陈勤建：《文艺民俗学》，上海文化出版社 2009 年版。

宋德胤：《文艺民俗学》，北方文艺出版社 1991 年版。

秦耕：《文艺民俗学》，安徽文艺出版社 1993 年版。

韩养民：《中国风俗文化学》，陕西人民教育出版社 1998 年版。

乌丙安：《民俗学原理》，辽宁教育出版社 2001 年版。

刘跃进：《秦汉文学地理与文人分布》，中国社会科学出版社 2012 年版。

曾大兴：《文学地理学研究》，商务印书馆 2012 年版。

曾大兴：《中国历代文学家之地理分布》，商务印书馆 2013 年版。

钱钟书：《管锥编》，中华书局 1986 年版。

赵敏俐、吴相洲、刘怀荣等著：《中国古代歌诗研究——从〈诗经〉到元
　曲的艺术生产史》，北京大学出版社 2005 年版。

傅道彬：《诗可以观：礼乐文化与周代诗学精神》，中华书局 2010 年版。

马银琴：《两周诗史》，社会科学文献出版社 2006 年版。

张新科：《文化视野中的汉代文学》，中国社会科学出版社 2006 年版。

蓝旭：《东汉士风与文学》，人民文学出版社 2004 年版。

王泽强：《简帛文献与先秦两汉文学研究》，中国社会科学出版社 2010
　年版。

尚秉和：《历代社会风俗事物考》，上海书店 1991 年版。

李学勤主编，孟世凯副主编，孟世凯著：《商史与商代文明》，上海科学
　技术文献出版社 2007 年版。

李学勤主编，孟世凯副主编，张广志著：《西周史与西周文明》，上海科
　　学技术文献出版社 2007 年版。

李学勤主编，孟世凯副主编，王美凤、周苏平、田旭东著：《春秋史与春
　　秋文明》，上海科学技术文献出版社 2007 年版。

吕文郁：《春秋战国文化史》，东方出版中心 2007 年版。

熊铁基：《秦汉文化史》，东方出版中心 2007 年版。

林剑鸣、余华青、周天游等著：《秦汉社会文明》，西北大学出版社 1985
　　年版。

睡虎地秦墓竹简整理小组：《睡虎地秦墓竹简》，文物出版社 1990 年版。

中国画像石全集编辑委员会：《中国画像石全集》，山东美术出版社、河
　　南美术出版社 2000 年版。

[古希腊] 亚里士多德：《尼各马可伦理学》，廖申白译注，商务印书馆
　　2003 年版。

[德] 黑格尔：《精神现象学》，贺麟、王玖兴译，商务印书馆 1979 年版。

[德] 叔本华：《叔本华论说文集》，范进等译，商务印书馆 1999 年版。

[法] 丹纳：《艺术哲学》，傅雷译，天津社会科学院出版社 2007 年版。

[英] 查·索·博尔尼：《民俗学手册》，程德祺等译，上海文艺出版社
　　1995 年版。

[美] 露丝·本尼迪克特：《文化模式》，王炜等译，生活·读书·新知三
　　联书店 1988 年版。

[美] 勒内·韦勒克、[美] 奥斯汀·沃伦：《文学理论》（修订版），刘
　　象愚等译，江苏教育出版社 2005 年版。

[日] 今道友信：《东方的美学》，蒋寅等译，生活·读书·新知三联书店
　　1991 年版。

[英] 崔瑞德、[英] 鲁惟一编：《剑桥中国秦汉史》，杨品泉等译，中国
　　社会科学出版社 1992 年版。

[美] 海登·怀特：《后现代历史叙事学》，陈永国、张万娟译，中国社会
　　科学出版社 2003 年版。

[英] E. H. 卡尔：《历史是什么》，陈恒译，商务印书馆 2007 年版。

[法] 弗朗索瓦·于连：《道德奠基：孟子与启蒙哲人的对话》，宋刚译，
　　北京大学出版社 2002 年版。

〔美〕安乐哲：《主术——中国古代政治艺术之研究》，藤复译，北京大学出版社 1995 年版。

〔美〕阿兰·邓迪斯编：《世界民俗学》，陈建宪、彭海斌译，上海文艺出版社 1990 年版。

〔日〕关敬吾编著：《民俗学》，王汝澜、龚益善译，中国民间文艺出版社 1986 年版。

〔法〕列维—布留尔：《原始思维》，丁由译，商务印书馆 1981 年版。

〔法〕列维—斯特劳斯：《野性的思维》，李幼蒸译，商务印书馆 1987 年版。

〔日〕安居香山、中村璋八辑：《纬书集成》，河北人民出版社 1994 年版。

〔英〕李约瑟：《中国古代科学思想史》，陈立夫等译，江西人民出版社 2006 年版。

〔英〕马林诺夫斯基：《文化论》，费孝通等译，中国民间文艺出版社 1987 年版。

后　记

　　2010 年，我以"先秦两汉风俗与文学研究"为课题名称，申报了教育部人文社会科学研究项目，获准立项。历时四年有余，这部作为结项成果的书稿终于要画上最后一个句号了。近日偶得一梦，梦中室门不知怎么开了，去关门时似觉门后有人，果然门后就冲出一人，拿着一支长枪之类的东西，径直刺入了我的心脏。醒来回想，觉得这梦似乎有些象征意味。忽而忆起了桓谭《新论》中提到的出自扬雄自述的发生在他身上的一件事："成帝时，赵昭仪方大幸，每上甘泉，诏令作赋，为之卒暴。思精苦，赋成，遂困倦小卧，梦其五藏出在地，以手收而内之。及觉，病喘悸大少气，病一岁。"不由想到，近日这梦与扬子的梦况竟有些相似之处。

　　少时读楚辞，高冠岌岌，长佩陆离，山高蔽日，浓云承宇，幽篁萧森，猿鸣清凄，皋兰被径，江枫千里，曾深深为那种迷离神秘之美所打动，宛如回归到了一个云遮雾绕的、温馨美好的故乡。后来，出于对先秦两汉文学的情有独钟，进入了它的学术领域，更觉察到其中有着那么多的足以让人栖息精神的家园和故乡。孔子有言曰："里仁为美。择不处仁，焉得知？"《庄子》有言曰："旧国旧都，望之畅然；虽使丘陵草木之缗，入之者十九，犹之畅然。"厚德堪做家园，大道可为故乡，信然！时至今日，我一如既往耕耘在先秦两汉文学的故乡，却感到这故乡日渐萧条冷落。多年来从事先秦文学的教学工作，深觉学子们与它的隔膜正在年复一年地加厚，这个事实令我心痛。尽管如此，我依然作为一个执着的留守者，竭力向外面的世界展示这精神故乡的明山秀水、淳风古韵，以及那一份份虽然味道有些寡淡，但绝对绿色有机天然无污染的特色食粮。即使落魄如仲尼，孤独如庄生，憔悴如屈子，劳苦如子云，我也不想退却。这部题名为《风俗文化视阈下的先秦两汉文学》的著作，将先秦两汉文学作为一个整体来观照，探寻其与风俗文化、世俗生活之间的种种关联，探寻其中代表性作品的风俗因子、烟火气息，探寻其中能够打动人心、能够与今人相通且引今人共鸣之处，正是笔者实现上述意图的一种尝试。

在本书即将出版的时候，衷心地要感谢很多对完成本书有帮助有启发的人。感谢恩师王洲明先生、王琳先生，他们身上所体现出的那种老一辈学者特有的谨厚之风、严正之气多年来都在给我以鼓舞，使我在教学和科研工作中不敢有太多的怠惰轻慢。我深知，先生们传递给我的那种严谨踏实、知行一致、内满外扬、不务虚浮的学统，正是中华文化的命脉所系。我不想让这可贵学统在我这里中断，为此一直在做着苦心孤诣的，甚至付出如山、所得似垤的努力。也要感谢我所在院校的多位领导和同仁：感谢位高不忘奖掖后进的季桂起校长，感谢一心为师生服务的科研处高国武处长，感谢以弘扬人文精神为己任的文学院姜山秀院长，感谢一身长者之风的文学院黄金元书记，感谢严谨治学潜心教学的李桂廷老师，感谢兢兢业业做实事的庞金殿老师，感谢耐心细心回答和处理我各种问题的社科处仲冲老师，感谢知道我有夜间做事习惯总是设法不在上午第一、二节给我排课的办公室王学军老师，感谢业务精熟乐于助人的黄传波老师，感谢知我事多在合编教材时主动多揽任务宛如兄长的张金平老师，感谢时常为我排忧解难如同知心姐姐的翟兴娥老师……还要感谢中国社会科学出版社的李炳青编审，她对本书的出版给予了热情支持。这一番番深恩厚谊，怎一个"谢"字了得！

由于研究对象庞大，时间又不太充分，加之水平所限，书中难免会有错误疏漏之处，敬请读者批评指正。

昝风华

2015 年 3 月